CONNOLLY

John Connolly est né à Dublin en 1968. Il a été journaliste pendant cinq ans à l'*Irish Times* avant de se consacrer à plein temps à l'écriture. *Tout ce qui meurt* (Presses de la Cité, 2001), son premier roman, a été un best-seller aux États-Unis et en Grande-Bretagne. Depuis, d'autres titres ont paru, mettant tous en scène le détective Charlie Parker, comme ... *Laissez toute espérance* (2002), *Le Pouvoir des ténèbres* (2004), *Le Baiser de Caïn* (2003), *La Maison des miroirs* (2013), *L'Ange noir* (2006), *La Proie des ombres* (2008), *Les Anges de la nuit* (2009), *L'Empreinte des amants* (2010), *Les Murmures* (2011), *La Nuit des corbeaux* (2012), *La Colère des anges* (2013), *Sous l'emprise des ombres* (2015), *Le Chant des dunes* (2016), *Le Temps des tourments* (2018) – à l'exception des *Âmes perdues de Dutch Island* (2014). Plusieurs de ses œuvres sont en cours d'adaptation pour le cinéma. Son recueil de nouvelles, *Musique nocturne*, a paru en 2019.

**Retrouvez toute l'actualité de l'auteur sur :**
**www.johnconnollybooks.com**

# MUSIQUE NOCTURNE

DU MÊME AUTEUR

*CHEZ POCKET*

LES ÂMES PERDUES DE DUTCH ISLAND

MUSIQUE NOCTURNE

**DANS LA SÉRIE CHARLIE PARKER**

TOUT CE QUI MEURT

… LAISSEZ TOUTE ESPÉRANCE

LE POUVOIR DES TÉNÈBRES

LE BAISER DE CAÏN

L'ANGE NOIR

LA PROIE DES OMBRES

LES ANGES DE LA NUIT

L'EMPREINTE DES AMANTS

LES MURMURES

LA NUIT DES CORBEAUX

LA MAISON DES MIROIRS

LA COLÈRE DES ANGES

SOUS L'EMPRISE DES OMBRES

LE CHANT DES DUNES

LE TEMPS DES TOURMENTS

JOHN CONNOLLY

# MUSIQUE NOCTURNE

NOUVELLES

*Traduit de l'anglais (Irlande)*
*par Jacques Martinache,*
*et par Pierre Brévignon*
*pour la nouvelle « Prière d'achever »*

PRESSES
DE LA CITÉ

Titre original :
*NIGHT MUSIC*
L'édition originale a paru en 2015 aux éditions Atria,
Simon & Schuster, New York.

Ce livre est une œuvre de fiction. Les noms, les personnages, les lieux et les événements sont le fruit de l'imagination de l'auteur ou utilisés fictivement. Toute ressemblance avec des personnes réelles, vivantes ou mortes serait pure coïncidence.

MIXTE
Papier issu de sources responsables
FSC www.fsc.org
FSC™ C003309

Pocket, une marque d'Univers Poche,
est un éditeur qui s'engage pour la préservation
de l'environnement et qui utilise du papier fabriqué
à partir de bois provenant de forêts gérées
de manière responsable.


ISBN : 978-2-266-29973-2
Dépôt légal : février 2020

## Sommaire

# Prière d'achever

## 1

Commençons par dire ceci :

Vue de l'extérieur, l'existence menée par M. Berger pouvait sembler ennuyeuse. Un constat auquel M. Berger lui-même aurait sans doute souscrit.

Il était employé au service du Logement d'un modeste conseil municipal anglais en tant que « préposé au Registre des comptes clôturés ». Son travail, au fil des ans, consistait à recenser les bénéficiaires de logements sociaux qui, après avoir quitté ou abandonné leurs appartements, laissaient des arriérés sur leurs comptes. Qu'il s'agisse de une semaine, de un mois, voire de un an de loyer (car les procédures d'expulsion sont compliquées et peuvent s'éterniser jusqu'à ce que la municipalité et le locataire entretiennent le même genre de relation qu'une armée avec les assiégés d'une cité fortifiée), M. Berger inscrivait les sommes dues dans un épais livre comptable à reliure de cuir. À la fin de l'année, il devait comparer les loyers perçus réellement et ceux qui auraient dû l'être. S'il avait bien travaillé, la différence entre les deux totaux devait correspondre à la somme globale pointée dans le registre.

Même M. Berger trouvait cette activité fastidieuse à expliquer. Il était rare qu'une discussion avec un chauffeur de taxi, un voisin de train ou de bus se prolonge au-delà de la description de son gagne-pain. Mais M. Berger ne s'en formalisait pas. Il ne se faisait aucune illusion sur son travail ou sur lui-même. Il s'entendait parfaitement avec ses collègues et les rejoignait volontiers en fin de semaine autour d'une pinte de bière, mais c'était tout. Il participait aux collectes pour les départs à la retraite, les cadeaux de mariage et les couronnes mortuaires. À une époque, il avait même cru qu'il ne tarderait pas à faire l'objet d'une collecte de ce genre car il avait entrepris la cour prudente d'une jeune collègue de la comptabilité. Ses avances avaient été accueillies de bonne grâce et avaient donné lieu, de part et d'autre, à une parade nuptiale qui avait duré toute l'année, jusqu'à ce qu'un homme moins inhibé que M. Berger entre dans l'arène et que la jeune femme le délaisse pour son rival, sans doute fatiguée d'attendre que M. Berger franchisse ce qu'il percevait comme une zone d'exclusion autour de sa personne. Le fait que M. Berger ait participé à l'achat de leur cadeau de mariage sans une once d'amertume en dit long sur sa personnalité.

Son poste de préposé au registre ne payait ni bien ni mal, mais lui garantissait de quoi se vêtir, se nourrir, ainsi qu'un toit au-dessus de la tête. L'essentiel de ses économies était consacré aux livres. M. Berger menait une existence guidée par l'imagination et nourrie par les histoires. Son appartement était garni d'étagères qui accueillaient tous les livres qu'il aimait, rangés sans ordre particulier. Oh, bien sûr, il les regroupait par auteurs, mais il ne s'embarrassait pas de classement alphabétique ou thématique. À tout moment, il savait où poser la main pour trouver le volume qu'il cherchait, et c'était bien suffisant. L'ordre faisait le bonheur des esprits ternes – or M. Berger était bien moins terne qu'il pouvait y paraître. (Les gens malheureux ont tendance à considérer comme insipides les gens contents de leur sort.) Il arrivait parfois à M. Berger de se sentir un peu seul, mais il ne s'ennuyait jamais, il n'était jamais malheureux et les jours qui passaient se confondaient pour lui avec les livres qu'il lisait.

J'ai l'impression qu'en racontant son histoire j'ai fait passer M. Berger pour un vieux monsieur. Mais il ne l'était pas. Il avait trente-cinq ans et, s'il ne courait pas le risque d'être pris pour un jeune premier, il ne manquait pas non plus de charme. Peut-être simplement quelque chose en lui le rendait-il sinon asexué, du moins imperméable à la réalité concrète des relations avec le sexe opposé. Cette impression se trouvait renforcée par le souvenir collectif de ce qui s'était passé – ou plutôt ne s'était pas passé – avec la fille de la comptabilité. Fatalement, M. Berger s'était retrouvé condamné à grossir les rangs poussiéreux des célibataires et des vieilles filles de l'administration municipale, à rejoindre le bataillon des placardisés, des originaux et des mélancoliques, alors qu'aucun de ces qualificatifs ne lui correspondait. Bon, peut-être un peu le dernier, quand même. S'il n'en parlait jamais, et s'il ne se l'était jamais complètement avoué, M. Berger regrettait d'avoir été incapable d'exprimer en bonne et due forme son affection à sa collègue. Peu à peu, il s'était résigné à croire qu'il n'était pas destiné à partager sa vie avec une autre personne. Il était devenu une sorte d'objet figé, et ses livres reflétaient l'image qu'il se faisait de lui-même. Il n'était ni un grand amoureux ni un héros tragique. Il ressemblait plutôt à ces narrateurs de roman qui observent la vie des autres : des patères auxquelles l'écrivain suspend ses intrigues comme des manteaux, en attendant que les vrais acteurs du livre viennent les enfiler. Mais en lecteur passionné et vorace, M. Berger ne s'apercevait pas que la vie qu'il observait était la sienne.

À l'automne 1968, le jour du trente-sixième anniversaire de M. Berger, le conseil municipal annonça le déménagement de ses bureaux. Jusqu'alors, les différents services étaient disséminés à travers la ville tels des avant-postes ; on trouvait désormais plus logique de les réunir au sein d'un même espace fonctionnel et de vendre les bâtiments annexes. Cette annonce attrista M. Berger. Le service du Logement occupait un ensemble de bureaux délabrés dans une bâtisse en briques rouges qui avait accueilli jadis une école privée, et il y avait quelque chose d'étrangement agréable dans la façon imparfaite dont le lieu s'était adapté à sa fonction actuelle. Le nouveau quartier général du conseil municipal était un bloc d'architecture brutaliste imaginé par l'un des acolytes de Le Corbusier, dont la vision se résumait à éliminer toute forme d'expression individuelle et excentrique pour la remplacer par un agencement uniforme d'acier, de verre et de béton armé. Il se dressait à l'emplacement de ce qui avait autrefois été une splendide gare victorienne – elle-même remplacée par une sorte de bunker trapu. À terme, M. Berger le savait, les autres joyaux de la ville seraient à leur tour réduits en poussière et la laideur des nouvelles constructions ne tarderait pas à contaminer l'ensemble de la population. Comment aurait-il pu en être autrement ?

M. Berger fut en outre informé que, sous ce nouveau régime, le Registre des comptes clôturés deviendrait caduc et qu'il serait transféré vers de nouveaux services. Un système plus moderne, plus efficace, allait être mis en place – lequel, comme tant d'autres initiatives, se révélerait plus tard moins efficace et plus coûteux que l'original. Ce changement coïncida avec le décès de la vieille mère de M. Berger – son dernier parent proche – et la découverte de l'héritage modeste mais non négligeable qu'elle léguait à son fils : sa maison, un petit portefeuille d'actions et une somme qui n'était pas exactement une fortune, mais qui pouvait permettre à M. Berger, si elle était investie avec soin, de vivre dans un confort acceptable jusqu'à la fin de ses jours. Lui qui avait toujours rêvé d'écrire vit là l'occasion idéale de mettre à l'épreuve sa bravoure littéraire.

Et c'est ainsi qu'une collecte fut enfin organisée pour M. Berger, et qu'une poignée de collègues vint lui dire adieu et lui souhaiter bonne chance. Après quoi, tous l'oublièrent promptement.

## 2

La mère de M. Berger avait passé ses vieux jours dans un cottage aux abords de la petite ville de Glossom. C'était une de ces maisons anglaises raisonnablement coquettes destinées de préférence aux gens dont le séjour sur terre touche à sa fin, qui préfèrent un environnement peu susceptible de les agiter outre mesure et de précipiter l'issue fatale. La communauté était en majorité à tendance anglicane traditionnelle, et proposait des activités liées pour l'essentiel à la paroisse : rares étaient les soirées où l'église n'accueillait pas un spectacle de théâtre amateur, une conférence d'historiens locaux ou une réunion de Fabiens[1] préoccupés mais discrets.

Malgré cela, la mère de M. Berger était restée plutôt solitaire, et quelques haussements de sourcils parcoururent la population de Glossom quand son fils choisit d'adopter le même mode de vie. Il passait ses journées à rédiger le plan de l'œuvre de fiction qu'il avait en tête : un roman d'amour contrarié doublé d'une critique sociale sous-jacente, situé dans l'univers des filatures de laine du Lancashire au XIXe siècle. Assez vite pourtant, M. Berger se rendit compte que c'était tout à fait le genre d'histoire que les Fabiens auraient justement approuvé, ce qui refroidit quelque peu son enthousiasme. Il caressa ensuite l'idée de se lancer dans des nouvelles, qui se révélèrent tout aussi insatisfaisantes, avant de se rabattre sur l'ultime recours du littérateur éhonté : la poésie. Finalement, ne serait-ce que pour garder la main, il se mit à écrire des lettres aux journaux sur des sujets de portée nationale ou internationale. L'une d'elles, consacrée au problème des blaireaux, fut même publiée dans le *Telegraph*. Mais les nombreuses coupes pratiquées dans le texte faisaient passer M. Berger pour un obsédé des blaireaux, alors que rien n'aurait pu être plus éloigné de la vérité.

---

1. *Fabian Society* : mouvance de centre gauche réformatrice à l'origine de la fondation du parti travailliste. *(N.d.T.)*

L'idée qu'il n'était peut-être pas taillé pour la vie d'écrivain, quelle que soit sa stature, commença à poindre dans l'esprit de M. Berger. Au fond, il faisait peut-être partie de ces gens qui doivent se contenter du plaisir de lire. Une fois parvenu à cette conclusion, il eut l'impression qu'un énorme poids venait de choir de ses épaules. Il rangea les carnets qu'il avait achetés à grands frais chez Smythson, la célèbre enseigne de Mayfair, et le vide qu'ils laissèrent dans ses poches fut vite comblé par le dernier volume de la saga romanesque d'Anthony Powell, *La Danse de la vie humaine.*

Chaque soir, M. Berger avait pris l'habitude d'aller se promener le long de la voie ferrée. Un sentier oublié, non loin de l'arrière-cour de son cottage, traversait un bois et aboutissait à un talus sur lequel passaient les trains. Jusqu'à une période récente, ils s'arrêtaient quatre fois par jour à Glossom, mais la restructuration du réseau ferroviaire avait entraîné la fermeture de la gare. La ligne était toujours en service – chaque passage de train rappelait bruyamment la disparition de la station – mais, tôt ou tard, au gré du réaménagement des itinéraires, le fracas des wagons disparaîtrait lui aussi. La voie ferrée desservant Glossom serait peu à peu envahie par la végétation et la gare ne tarderait pas à tomber en décrépitude. Certains habitants avaient lancé l'idée de la racheter à la British Railways pour la transformer en musée, mais la vocation exacte d'un tel musée restait obscure, l'histoire de Glossom souffrant de nettes lacunes en matière de batailles, de têtes couronnées ou de grands inventeurs.

Rien de tout cela ne préoccupait M. Berger. Pouvoir se promener dans un endroit agréable et, quand le temps le permettait, s'asseoir près de la voie ferrée pour lire suffisaient à son bonheur. Il y avait un échalier dans la clôture près de la vieille gare et il aimait y grimper pour attendre le passage du dernier train en direction du sud. Il regardait filer en un éclair les hommes d'affaires en costume-cravate et éprouvait un élan de gratitude en songeant que sa vie professionnelle avait, par chance, atteint prématurément son terme.

À présent, l'hiver était tout proche et M. Berger continuait ses promenades ; mais à cause de la lumière déclinante et du froid de plus en plus vif, il ne s'arrêtait plus pour lire. Ce qui ne l'empêchait pas de toujours avoir un volume sur lui, car il passait chaque soir une petite heure à bouquiner au Crapaud Tacheté devant un verre de vin ou une pinte de blonde.

Le soir qui nous intéresse, M. Berger était juché sur son échalier pour attendre l'arrivée du train. Lequel, constata-t-il, accusait un léger retard. Depuis quelque temps, le phénomène se reproduisait de plus en plus souvent, et M. Berger se demanda si toute cette rationalisation des procédures allait vraiment entraîner des améliorations. Il alluma sa pipe et regarda vers l'ouest le soleil se coucher derrière le bois, jetant ses derniers rayons comme autant de flammes à travers les branches des arbres dénudés.

À cet instant, il aperçut, un peu plus loin vers la voie ferrée, une femme qui se frayait un accès parmi les épais fourrés. Il avait déjà remarqué une sorte de chemin à cet endroit – les branches des buissons étaient brisées –, sans comparaison cependant avec le sentier emprunté par M. Berger (qui n'avait du reste aucune envie de s'égratigner la peau ou d'accrocher ses vêtements aux broussailles). La femme était vêtue d'une robe sombre, mais ce qui retint son attention fut le petit sac rouge suspendu à son bras. Il contrastait vivement avec le reste de sa tenue. M. Berger tenta de distinguer le visage de l'inconnue, mais la direction qu'elle prenait l'en empêcha.

Il entendit alors un sifflet lointain et l'échalier se mit à vibrer. L'express – le dernier train de la soirée – approchait. La lueur de ses phares transperçait les arbres. M. Berger se tourna de nouveau sur sa droite : la femme s'était immobilisée ; elle aussi avait entendu le train. Il supposa qu'elle allait attendre son passage, mais elle n'en fit rien. Au contraire : elle pressa le pas. Peut-être espérait-elle franchir la voie ferrée en premier, mais l'entreprise paraissait risquée. Dans des circonstances pareilles, on pouvait facilement se tromper en évaluant les distances, et M. Berger connaissait plus d'une histoire où des imprudents avaient trébuché en courant ou s'étaient coincé le pied sous une traverse. Le train avait abrégé leur existence.

— Eh ! Attendez ! cria M. Berger.

Par réflexe, il sauta du portail et marcha rapidement vers la jeune femme. Au son de sa voix, elle s'était retournée, et même à cette distance il remarqua la beauté de ses traits. Son visage était pâle, mais elle ne semblait pas angoissée. Elle dégageait une impression de calme assez irréelle et troublante.

— Ne traversez pas ! Laissez passer le train !

Elle émergea des buissons, releva l'ourlet de sa robe – dévoilant des bottines hautes à lacets et laissant deviner une paire de bas – puis entreprit de gravir le talus. M. Berger se mit à courir tout en continuant à l'appeler, alors même que le grondement s'amplifiait derrière lui jusqu'à ce que l'express file à sa hauteur en une fulgurance de bruit, de lumière et de vapeurs de diesel.

Il eut juste le temps de voir la femme jeter son sac rouge, rentrer la tête dans les épaules, tendre les bras en avant et se jeter à genoux sur les rails.

M. Berger tressaillit. L'angle de la voie masquait le lieu de la collision et, si elle avait crié, le son se perdit dans le fracas de la machine. Quand il rouvrit les yeux, la femme avait disparu et le train poursuivait sa route.

M. Berger se précipita jusqu'à l'endroit où il avait vu la femme pour la dernière fois. Il se prépara au pire – un amas sanglant de membres déchiquetés sur la voie –, mais il n'y avait rien. N'ayant jamais été témoin d'un accident de ce genre, il ignorait si un train qui percute quelqu'un à pleine vitesse aurait laissé derrière lui beaucoup de dégâts. Il était possible que la puissance du choc ait propulsé en tous sens des fragments de la femme, ou que la motrice ait expédié son squelette fracassé un peu plus loin sur les rails. Après avoir fouillé les broussailles à la hauteur du point d'impact, M. Berger longea assez longtemps la voie ferrée, mais n'aperçut aucune traînée sanglante et pas la moindre trace d'un corps. Il ne retrouva pas non plus le sac rouge jeté par la femme. Pourtant, il l'avait bien vue, il n'avait aucun doute à ce sujet. Il n'avait pas rêvé.

Il se trouvait à présent plus près de la ville que de chez lui. Il n'y avait pas de poste de police à Glossom, le plus proche se trouvait à Moreham, à environ huit kilomètres. M. Berger se rendit d'un pas vif à la cabine téléphonique de la vieille gare et appela l'agent de garde pour lui raconter la scène dont il avait été témoin. Puis, comme on le lui avait ordonné, il alla s'asseoir sur le banc devant la gare pour attendre l'arrivée de la voiture de patrouille.

# 3

Les policiers procédèrent aux mêmes vérifications que M. Berger, mais avec plus d'hommes et avec un coût bien plus important en termes de rendement horaire et d'heures supplémentaires. Ils passèrent au peigne fin les fourrés et les abords de la voie ferrée, et enquêtèrent à Glossom pour voir si une femme de la communauté avait disparu. Le conducteur de la locomotive fut contacté et son train immobilisé pendant une heure en gare de Plymouth, le temps d'examiner les wagons et la motrice à la recherche d'éventuels restes humains.

Enfin, M. Berger, qui était resté assis sur son échalier pendant tout ce temps, dut subir un second interrogatoire mené par l'inspecteur de Moreham, un dénommé Carswell. Cette fois, l'attitude du policier envers M. Berger se révéla nettement plus froide. Une fine bruine s'était mise à tomber peu après le début des recherches et Carswell, comme ses hommes, était trempé et fatigué. M. Berger était trempé lui aussi et il s'aperçut qu'il était pris d'un frisson léger mais permanent. Sûrement le choc, songea-t-il. Il n'avait jamais vu mourir quelqu'un auparavant. Il en était extrêmement affecté.

L'inspecteur Carswell se tenait devant lui, chapeau fiché sur le crâne, les mains profondément enfoncées dans les poches de son manteau. Ses hommes remballaient leur matériel et ramenaient dans leur van les deux chiens qui avaient participé à la battue. Les habitants de Glossom, venus en curieux, commençaient aussi à s'égailler, non sans jeter un dernier coup d'œil intrigué à M. Berger.

— Reprenons, vous voulez bien ? lança Carswell.

Et M. Berger lui raconta de nouveau son histoire.

Les détails restaient les mêmes. Il était certain de ce qu'il avait vu. Quand il eut terminé, l'enquêteur lui annonça :

— Vous savez, le conducteur du train n'a rien vu et n'a ressenti aucun impact. Comme vous pouvez l'imaginer, il était plutôt traumatisé quand on lui a appris qu'un témoin avait vu une femme se jeter sous ses roues. Il s'est joint à mes hommes pour inspecter le convoi. Il se trouve que le malheureux a déjà vécu une expérience comparable. Avant d'être promu conducteur, il était pompier à bord d'un train qui, un jour, a percuté un pauvre gars près de Coleford Junction. À ce qu'il dit, il n'en restait plus que de la bouillie. Impossible de se tromper sur ce qui venait de se passer. D'après lui, s'il avait écrasé cette femme sans s'en apercevoir, nous aurions forcément retrouvé des traces de l'accident.

Carswell alluma une cigarette. Il en proposa une à M. Berger, qui déclina l'offre. Il préférait sa pipe, même si elle s'était éteinte depuis un moment.

— Vous vivez seul, monsieur ? demanda l'inspecteur.

— Oui.

— Si j'ai bien compris, vous vous êtes installé à Glossom il y a peu de temps ?

— En effet. Ma mère est morte, et j'ai hérité de son cottage.

— Et vous dites que vous êtes écrivain ?

— J'essaie. Pour être franc, je commence à me demander si j'ai le moindre talent.

— Une activité solitaire, hein, l'écriture ? Enfin, j'imagine.

— Plutôt, oui.

— Vous n'êtes pas marié ?

— Non.

— Une petite amie ?

— Non, répondit-il, avant d'ajouter : Pas pour le moment.

Il n'avait pas envie que l'inspecteur ait l'impression que sa vie de célibataire cachait quelque chose de douteux ou de louche.

— Ah.

Carswell tira longuement sur sa cigarette.

— Elle vous manque ?

— Qui donc ?

— Votre mère.

M. Berger trouvait la question incongrue, mais il y répondit tout de même.

— Bien sûr. Je venais la voir aussi souvent que possible et on se parlait au téléphone une fois par semaine.

Carswell hocha la tête, comme si cette information en disait long.

— Ça doit être bizarre, de débarquer dans une nouvelle ville pour s'installer dans la maison où votre mère est décédée. Elle est bien morte chez elle, n'est-ce pas ?

M. Berger se fit la réflexion que Carswell semblait très bien renseigné sur sa mère.

— C'est exact. Pardonnez-moi, inspecteur, mais quel est le rapport avec la mort de cette jeune femme ?

Carswell retira la cigarette de sa bouche et en examina l'extrémité incandescente, comme si la réponse se trouvait quelque part dans les cendres.

— Je commence à me demander si vous ne vous êtes pas trompé sur ce que vous avez vu.

— Moi, me tromper ? Comment peut-on se tromper quand on a assisté à un suicide ?

— On n'a pas trouvé de corps, monsieur. Pas de sang, pas de vêtements, rien. Pas même ce sac rouge que vous avez mentionné. Bref, aucune trace d'un quelconque incident fâcheux sur cette voie ferrée. Alors…

Carswell tira une dernière bouffée de sa cigarette puis la jeta et l'écrasa par terre d'un coup de talon nerveux.

— … on va dire que vous vous êtes trompé et on va en rester là, d'accord ? Je vous suggère de trouver d'autres façons d'occuper vos soirées, maintenant que nous sommes en hiver. Inscrivez-vous au club de bridge, initiez-vous au chant choral… Qui sait ? Vous pourriez même rencontrer une charmante dame pour vous accompagner dans vos promenades. Après tout, vous sortez à peine d'une période traumatisante, ça vous ferait sûrement du bien de ne pas passer trop de temps tout seul. Comme ça, vous ne commettrez plus ce genre d'erreur. Je me fais bien comprendre, monsieur ?

Le sous-entendu était évident. Se tromper n'était pas un crime ; faire perdre son temps à la police, si. M. Berger descendit de son échelle.

— Je sais ce que j'ai vu, inspecteur.

Il ne trouva rien de mieux à dire pour empêcher le doute de percer dans sa voix, et c'est l'esprit embrumé qu'il reprit le chemin de son petit cottage.

# 4

Vous ne serez pas surpris si je vous dis que, cette nuit-là, M. Berger eut du mal à fermer l'œil. Il se repassait en boucle la scène du suicide de la jeune femme. Même s'il n'avait ni vu ni entendu ce qui s'était passé au moment du choc, dans le silence de sa chambre il voyait et il entendait tout. En rentrant, il avait avalé un grand verre du brandy de feu sa mère pour se calmer, mais il n'était pas habitué à l'alcool et les effets n'avaient pas tardé à se faire sentir. Dans son lit, en proie au délire, il pensait tant à la mort de la femme qu'il commença à croire que ce n'était pas la première fois qu'il était témoin de cette scène. Un sentiment déroutant de déjà-vu le gagnait, et il était incapable de s'en défaire. Parfois, quand il était malade ou avait de la fièvre, une mélodie ou une chanson venait s'incruster dans son esprit, elle s'y accrochait si vigoureusement qu'elle empêchait M. Berger de trouver le sommeil et qu'il ne pouvait l'exorciser qu'une fois guéri. Avec la vision de la mort de cette femme, il vivait une expérience similaire. Cette impression de répétition le convainquit que la scène lui avait été familière bien avant qu'il y ait assisté en chair et en os.

Enfin, l'épuisement le submergea et il put prendre un peu de repos. Mais lorsqu'il se réveilla au matin, cette sensation lancinante de familiarité le poursuivit. Il enfila son manteau et retourna sur les lieux où s'était déroulé l'accident qui l'avait tant ébranlé. Il marcha le long du sentier herbeux à la recherche d'un indice que les policiers auraient pu manquer, d'un signe prouvant qu'il n'était pas victime de son imagination débordante

– un lambeau de tissu noir, le talon d'une bottine, le sac rouge. En vain.

C'était ce sac qui le titillait le plus. Tout partait de là. Maintenant que les vapeurs de l'alcool s'étaient dissipées dans son cerveau – même si sa tête bourdonnait encore imperceptiblement –, il avait la certitude que le suicide de la jeune femme lui rappelait une scène de roman. Et pas seulement *une* scène : peut-être *la* scène de suicide ferroviaire la plus célèbre de toute la littérature. Renonçant à persévérer dans ses recherches physiques, il se lança dans une exploration plus littéraire.

Il avait vidé ses cartons de livres depuis longtemps mais, l'amour de sa mère pour la lecture n'égalant pas le sien, il n'avait pas assez d'étagères pour les accueillir tous. Les murs de la maison n'offraient pour l'essentiel qu'une vaste étendue vierge, ornée çà et là de médiocres reproductions de marines. Cela dit, M. Berger avait nettement plus d'espace pour stocker ses volumes que dans son précédent logis. Le cottage avait une surface au sol plus grande que son ancien appartement, et tout ce dont un vrai bibliophile a besoin pour ranger ses livres est une surface horizontale. Il extirpa son exemplaire d'*Anna Karénine* d'une pile sur le parquet de la salle à manger, pris en sandwich entre *Guerre et Paix* et *Maître et Serviteur*, ce dernier volume publié dans la belle édition d'Everyman's Library de 1946, qu'il avait presque oubliée et qui, pour un peu, lui aurait donné envie de mettre de côté *Karénine* pour passer une heure en sa compagnie. Mais le bon sens l'emporta. M. Berger prit tout de même la peine de poser *Maître et Serviteur* sur la table pour l'examiner à un moment plus opportun. Il rejoignait ainsi une dizaine d'autres ouvrages élus qui attendaient depuis plusieurs jours voire plusieurs semaines.

M. Berger s'installa dans son fauteuil et ouvrit *Anna Karénine* (Limited Editions Club, Cambridge, 1951). Il avait déniché cet exemplaire ayant appartenu au peintre Barnett Freedman dans un vide-grenier, pour une somme si modique qu'il avait, un peu plus tard, fait un don à une organisation caritative pour soulager sa conscience. Il le feuilleta jusqu'au chapitre 31, qui s'ouvrait par les mots : « Un coup de cloche retentit... » Il débuta sa lecture rapidement mais avec minutie, montant avec Anna dans le wagon où l'avait accompagnée Pierre, son valet en livrée et guêtres, passant du conducteur impertinent à la femme d'une épouvantable laideur puis au petit *moujik*[1] sale, jusqu'à arriver enfin au passage qui l'intéressait :

*Son petit sac rouge, qu'elle eut quelque peine à détacher de son bras, lui fit manquer le moment de se jeter sous le premier wagon : force lui fut d'attendre le second. Un sentiment semblable à celui qu'elle éprouvait jadis avant de faire un plongeon dans la rivière s'empara d'elle, et elle fit le signe de la croix. Ce geste familier réveilla dans son âme une foule de souvenirs d'enfance et de jeunesse ; les minutes heureuses de sa vie scintillèrent un instant à travers les ténèbres qui l'enveloppaient. Cependant elle ne quittait pas des yeux le wagon, et lorsque le milieu entre les deux roues apparut, elle rejeta son sac, rentra sa tête dans les épaules et, les mains en avant, se jeta sur les genoux sous le wagon, comme prête à se relever. Elle*

1. Paysan russe d'origine modeste d'avant la révolution. *(N.d.E.)*

*eut le temps d'avoir peur. « Où suis-je ? Que fais-je ? Pourquoi ? » pensa-t-elle, faisant effort pour se rejeter en arrière. Mais une masse énorme, inflexible, la frappa sur la tête, et l'entraîna par le dos. « Seigneur, pardonnez-moi ! » murmura-t-elle, sentant l'inutilité de la lutte.*

*Un petit homme, marmottant dans sa barbe, tapotait le fer au-dessus d'elle. Et la lumière qui pour l'infortunée avait éclairé le livre de la vie, avec ses tourments, ses trahisons et ses douleurs, brilla soudain d'un plus vif éclat, illumina les pages demeurées jusqu'alors dans l'ombre, puis crépita, vacilla et s'éteignit pour toujours*[1].

M. Berger relut le passage deux fois, puis se cala dans son fauteuil et ferma les yeux. C'était là, en toutes lettres, jusqu'au détail du petit sac rouge, ce sac que la femme près de la voie ferrée avait jeté avant d'être percutée par l'express, tout comme Anna avant de se suicider. Les derniers gestes de la femme avaient également reproduit à l'identique ceux de l'héroïne de Tolstoï : tête rentrée dans les épaules, bras tendus, comme si la mort à venir devait prendre la forme non pas d'une mécanique d'acier montée sur roues, mais d'une crucifixion. D'ailleurs, M. Berger avait utilisé les mêmes mots que ceux du roman quand il s'était remémoré l'incident.

— Mon Dieu, l'inspecteur a sûrement raison ! annonça-t-il à son auditoire de livres. J'ai passé trop de temps seul avec mes romans. Il n'y a pas d'autre

1. *Anna Karénine*, Léon Tolstoï, Folio Classique, 1994, traduction d'Henri Mongault.

explication possible, pour que je sois persuadé d'avoir assisté à la scène paroxystique d'*Anna Karénine* sur la ligne Exeter-Plymouth…

Il posa l'ouvrage sur le bras du fauteuil et se rendit dans la cuisine. L'envie de se resservir un verre de brandy le traversa mais, le résultat de leur précédent tête-à-tête ayant été fort peu concluant, il opta pour la théière habituelle. Quand elle fut remplie, il s'assit à la table et but tasse après tasse jusqu'à ce qu'il n'en reste plus une goutte. Pour une fois, il ne prit pas de livre ou n'essaya pas de se détendre avec les mots croisés du *Times*, encore intacts à cette heure avancée du matin. Il se laissa aller à regarder les nuages, à écouter le chant des oiseaux, et se demanda s'il n'était pas, au fond, en train de sombrer doucement dans la folie.

Ce jour-là, M. Berger ne lut pas d'autre livre. L'examen répété du chapitre 31 d'*Anna Karénine* resta son seul contact avec le monde de la littérature. Il ne se rappelait pas avoir jamais passé une journée en ayant aussi peu lu. Les livres étaient sa vie. Depuis qu'enfant il avait constaté qu'il pouvait finir un roman tout seul sans avoir besoin que sa mère lui fasse la lecture, ils avaient occupé chaque instant de son temps libre. Il se souvint de sa découverte hésitante des aventures de Biggles, l'aviateur inventé par William Earl Johns, et de ses difficultés à déchiffrer les mots plus longs, qu'il divisait en syllabes afin de transformer un seul mot compliqué en deux mots plus faciles à comprendre. Depuis, les livres avaient été ses compagnons quotidiens. Certes, il avait sans doute sacrifié des amitiés bien réelles à ces simulacres : certains jours, il avait évité ses camarades après l'école ou n'avait pas répondu quand ils venaient frapper à sa porte en l'absence de ses parents. Faire un détour pour rentrer chez lui ou se tenir éloigné des fenêtres lui assurait qu'aucun match de foot, aucune exploration champêtre n'allait l'empêcher de terminer l'histoire qui le captivait.

D'une certaine façon, les livres étaient aussi responsables de sa timidité fatale envers la fille de la comptabilité. Elle semblait peu portée sur la lecture. Il l'avait parfois vue avec une romance historique de Georgette Heyer ou un roman de gare, mais il avait le sentiment que c'était loin d'être une passion pour elle. Elle insistait souvent pour qu'il l'emmène au théâtre, au ballet ou dans les magasins, car elle avait envie qu'ils « fassent quelque chose ensemble ». Après tout, c'était bien ainsi que se comportaient les couples, n'est-ce pas ? Mais la lecture était une entreprise solitaire. On pouvait toujours la pratiquer dans la même pièce que l'autre, ou assis côte à côte dans le lit, le soir venu, mais cela impliquait une sorte d'accord tacite, une affinité d'esprit entre les deux membres du couple. Cela aurait été désastreux pour M. Berger de se retrouver coincé avec le genre de personne qui parcourt deux pages d'un roman puis, pour attirer l'attention, commence à fredonner, à tapoter des doigts, voire – Dieu l'en préserve ! – à triturer le bouton de fréquence de la radio. Sans prévenir, elle se mettrait ensuite à « faire des remarques » sur son texte, et c'en serait à jamais fini des lectures paisibles…

Pourtant, assis seul dans la cuisine de sa défunte mère, M. Berger s'aperçut qu'il n'avait jamais vraiment pris la peine de demander à la fille de la comptabilité si elle aimait les livres, ou même les ballets. Tout au fond de lui, il avait été réticent à l'idée de bouleverser son existence bien rangée, dans laquelle il avait rarement à se prononcer sur des sujets plus difficiles que le choix de sa prochaine lecture. Il avait toujours vécu à distance du monde qui l'entourait, et il en payait maintenant le prix : la folie le gagnait.

## 5

Dans les jours qui suivirent, M. Berger se plongea surtout dans des journaux et des magazines d'une portée édifiante. Il s'était presque convaincu que la scène à laquelle il avait assisté sur la voie ferrée empruntée par les locomotives du London and South Western Railway relevait d'une anomalie psychologique, comme une réaction différée au chagrin qu'il avait éprouvé à la mort de sa mère. Il remarqua que, chaque fois qu'il sortait en ville, il s'attirait des regards surpris, mal dissimulés ou franchement sans gêne, mais il fallait s'y attendre. Il espérait que le souvenir des recherches infructueuses de la police finirait par s'effacer de l'esprit des habitants. Il n'avait pas pour ambition de jouer le rôle du fou du village.

Mais, au fil des jours, un phénomène étrange se produisit. D'ordinaire, quand on vit des expériences comme celle de M. Berger, le souvenir qu'on en garde se dissipe à mesure que l'événement en question s'éloigne dans le temps. Conformément à cette règle comportementale, M. Berger aurait dû être de plus en plus persuadé que sa rencontre avec la jeune femme qui lui rappelait Anna Karénine était le fruit d'un trouble psychologique. Or, il était de plus en plus persuadé du contraire : il avait bien vu cette femme, elle était tout à fait réelle – du moins dans une acception assez large de la notion de réalité.

Il retourna vers les livres, timidement au début, puis avec une passion renouvelée. Il retourna aussi sur le sentier qui longeait la voie ferrée, et recommença à regarder passer les trains assis sur son échalier. Chaque soir, à l'approche de l'Exeter-Plymouth, il posait son roman et scrutait le chemin vers le talus, au sud. Il faisait plus sombre et la piste était à peine visible, mais les yeux de M. Berger étaient encore perçants et, avec l'habitude, il parvenait à distinguer des variations dans la densité des fourrés.

Mais le chemin resta désert jusqu'au mois de février, quand la femme réapparut.

## 6

Il faisait froid ce soir-là, mais l'air était vivifiant, sans aucune trace d'humidité, et M. Berger s'amusait du petit nuage formé par sa respiration pendant sa promenade vespérale. Un groupe de folk revivaliste devait donner un concert au Crapaud Tacheté et M. Berger, qui appréciait ce genre de musique, avait prévu d'y rester une heure ou deux après avoir regardé passer le train. Jouer les sentinelles près de l'échalier était devenu un rituel pour lui. Même s'il se répétait que cela n'avait plus aucun rapport avec la femme au sac rouge, il savait en secret qu'il n'en était rien. Cette vision le hantait.

Il s'installa sur le portail et alluma sa pipe. Quelque part en direction de l'est, il entendit le train à l'approche. L'express était en avance. C'était du jamais vu. Si M. Berger avait encore été d'humeur à écrire des lettres, il aurait bien pu se fendre d'une missive adressée au *Telegraph* pour relater cet événement, à la façon de ces ornithologues annonçant à la population le premier coucou du printemps.

Il rédigeait déjà ce billet dans sa tête quand un autre bruit sur sa droite attira son attention. Quelqu'un descendait le chemin d'un pas pressé. M. Berger sauta de son perchoir et se mit à avancer en direction de l'agitation. Le ciel était dégagé, la lune couvrait le sous-bois de sa lueur argentée mais, même sans son aide, M. Berger aurait reconnu la femme qui se précipitait vers le train, un sac rouge suspendu à son bras.

Il en laissa tomber sa pipe, mais parvint à la récupérer. C'était une bonne pipe, tout de même.

S'il n'est pas inexact de dire que cette inconnue était devenue l'obsession de M. Berger, celui-ci ne s'était pas vraiment attendu à la revoir un jour. Après tout, les gens qui se jettent sous les trains en font rarement une habitude. C'est le genre de geste que l'on accomplit une seule fois ou pas du tout. Dans le premier cas de figure, toute répétition de l'incident est rendue impossible par l'action de la puissante machine, et si, par miracle, le sujet y survit, le souvenir de la douleur éprouvée lors de la première tentative doit suffire à décourager toute récidive. Et pourtant, sans l'ombre d'un doute, M. Berger reconnaissait bien la jeune femme qu'il avait vue la première fois, cette femme au sac rouge qui courait à sa propre perte.

C'est sûrement un fantôme, pensa-t-il. Il n'y avait pas d'autre explication possible. Il devait s'agir de l'esprit d'une malheureuse morte à cet endroit il y a bien longtemps – il voyait bien que ses vêtements n'étaient pas de ce siècle – et condamnée à répéter ses derniers gestes encore et encore jusqu'à ce que…

Jusqu'à ce que quoi ? M. Berger ne savait pas trop. Il avait lu son lot de romans de M. R. James et de W. W. Jacobs, d'Oliver Onions et de William Hope Hodgson, mais n'était jamais tombé sur une histoire comparable. Il savait vaguement qu'exhumer un cadavre oublié pour l'enterrer dans un endroit plus approprié pouvait parfois se révéler utile, même si James préconisait de rapporter d'anciens artefacts à leur emplacement originel afin de calmer les esprits qui y étaient associés. Mais M. Berger ne savait absolument pas où la jeune femme devrait être inhumée et, durant ses promenades, il n'avait pas cueilli la moindre fleur et encore moins ramassé de vieux sifflet ou de manuscrit. Il se dit qu'il valait mieux reporter ces questions à plus tard. Une affaire bien plus urgente l'appelait.

De toute évidence, l'avance du train avait pris de court la femme – fantomatique ou non – et les branches semblaient comploter pour contrarier son rendez-vous avec la mort. Elles s'agrippaient à sa robe et, à un moment, elle trébucha et tomba à genoux. Malgré tous ces obstacles, M. Berger était bien conscient qu'elle pouvait encore arriver à temps sur les rails pour prendre le train de plein fouet.

Il se mit à courir et à agiter les bras en poussant des cris, des hurlements. Jamais de sa vie il n'avait couru aussi vite, de sorte qu'il parvint à l'orée du chemin bien avant la femme. Surprise, elle s'arrêta dès qu'elle le vit. Sa volonté farouche d'en finir l'avait sans doute empêchée d'entendre ses appels, mais elle se trouvait désormais confrontée à la réalité physique de M. Berger, tout comme M. Berger à celle de l'inconnue. Elle était plus jeune que lui et sa peau avait une pâleur inhabituelle, peut-être accentuée par le clair de lune. Sa chevelure était du noir le plus profond qu'il eût jamais vu. On aurait dit qu'il absorbait la lumière.

Pour tenter d'esquiver M. Berger, la femme s'élança sur sa droite, puis sur sa gauche, mais les buissons étaient trop denses. Il sentit le sol vibrer sous ses pieds. Le fracas du train devenait assourdissant et le sifflet de la locomotive le transperça soudain – le conducteur avait sans doute aperçu M. Berger au bord de la voie. Ce dernier leva la main droite et la remua comme pour dire que tout allait bien. Il était fermement résolu à ne pas laisser passer la désespérée et lui-même n'avait pas l'intention de se jeter sur les rails.

De rage, la femme crispa les poings tandis que l'express passait devant elle. M. Berger tourna la tête et vit des passagers lui lancer un regard curieux depuis les fenêtres. Lorsqu'il se retourna, elle avait disparu. C'est seulement quand le vacarme du train s'éloigna qu'il entendit du bruit dans les broussailles : elle avait fait demi-tour et gravissait la colline. Il essaya de la suivre, se heurtant aux branches qui, un peu plus tôt, avaient également ralenti l'inconnue. Il sentit sa veste se déchirer, laissa tomber sa pipe et se fit même une légère entorse à la cheville en heurtant une racine, mais il ne renonça pas. Quand il atteignit la route, il eut juste le temps de voir la femme s'engouffrer dans une ruelle parallèle à la rue principale de Glossom. Elle était bordée d'un côté par les jardins en enfilade des cottages, et de l'autre par la façade arrière de l'ancienne brasserie de la ville. Le bâtiment désaffecté tombait en ruine, mais un parfum ténu de vieux houblon flottait encore dans l'air.

La ruelle se terminait en fourche. À gauche, la grand-rue ; à droite, une zone plongée dans l'obscurité. La grand-rue était bien éclairée et M. Berger ne vit aucun signe de la femme. Il décida donc de prendre à droite. Bientôt, il se retrouva parmi les vestiges du passé industriel de Glossom : de vieux entrepôts, dont certains encore utilisés, mais la plupart à l'abandon ; un mur annonçant la présence d'une tonnellerie et d'une fabrique de bougies, mais l'état du bâtiment laissait deviner qu'un certain temps s'était écoulé depuis que le dernier tonneau ou la dernière bougie en étaient sortis ; enfin, un édifice en briques rouges aux fenêtres barricadées sur deux étages et au perron envahi par les mauvaises herbes. Au-delà, l'allée s'achevait en cul-de-sac. En approchant, M. Berger aurait pu jurer qu'il avait entendu une porte se refermer doucement.

Arrivé devant la bâtisse, il leva les yeux sur la façade. Aucune lumière. Les fenêtres du rez-de-chaussée étaient tellement incrustées de crasse, dehors comme dedans, qu'il était impossible de distinguer quoi que ce soit à l'intérieur. Au-dessus de la porte, une inscription était gravée dans la brique. La lune ayant apparemment décidé de le priver de son aide, M. Berger dut plisser les yeux pour déchiffrer ces quelques mots : « BIBLIOTHÈQUE PRIVÉE CAXTON – PRÊT & DÉPÔT DE LIVRES. »

Il fronça les sourcils. Lorsqu'il s'était installé à Glossom, il s'était renseigné pour savoir où se trouvait la bibliothèque municipale et on lui avait répondu qu'il n'y en avait pas. La plus proche – comme tout ce dont Glossom était dépourvu, d'ailleurs – se trouvait à Moreham. Il y avait bien un kiosque à journaux qui proposait quelques livres, mais c'était surtout des romans policiers ou sentimentaux et il y avait une limite à ce que M. Berger avait envie de lire dans l'une ou l'autre de ces catégories. Bien sûr, il était fort probable que la bibliothèque privée Caxton ne soit plus en activité depuis longtemps mais, si tel était le cas, pourquoi l'herbe poussant sur le perron était-elle piétinée ? Quelqu'un devait encore y entrer et en sortir quotidiennement, y compris – si M. Berger ne se trompait pas – une femme ou une entité fantasmagorique d'apparence féminine qui faisait une fixation sur Anna Karénine.

Il tira de sa poche une boîte d'allumettes et en gratta une. À droite de la porte, sous un carreau vitré, une plaque jaunie indiquait : « Pour tout renseignement, sonnez. » M. Berger utilisa trois allumettes pour essayer de trouver la sonnette : il n'y en avait pas. Pas plus qu'il n'y avait de boîte aux lettres ou de fente dans la porte pour le courrier.

M. Berger contourna le bâtiment par la droite, car le mur de l'impasse bloquait le passage sur la gauche. Il y trouva une allée plus étroite, mais elle aussi s'achevait en cul-de-sac et il n'y avait pas de fenêtre ni de porte de ce côté-là. Derrière le mur s'étendait un terrain vague.

M. Berger retourna sur le perron. Il frappa du poing à la porte dans l'espoir (plus que dans l'attente) d'une réponse. Le silence qui suivit ne le surprit pas. Il inspecta l'unique serrure : elle ne paraissait pas rouillée. Il inséra le doigt dans le trou pour l'en ressortir légèrement huileux. Tout cela était étrange, pour ne pas dire inquiétant.

Il n'y avait plus rien à faire pour le moment, se dit M. Berger. La soirée commençait à être glaciale et il n'avait pas encore dîné. Glossom avait beau être une ville calme et sûre, il ne se voyait pas traîner devant l'entrée d'une bibliothèque obscure en espérant y croiser une femme spectrale à laquelle il pourrait demander pourquoi diable elle se jetait régulièrement sous les trains. En outre, ses mains étaient couvertes d'éraflures assez profondes qui auraient bien besoin d'un peu d'antiseptique.

Ainsi, après avoir jeté un dernier regard à la bibliothèque Caxton, M. Berger rentra chez lui plus troublé que jamais, et le Crapaud Tacheté fut privé ce soir-là de son client habituel.

## 7

M. Berger retourna à la bibliothèque le lendemain dès dix heures, un horaire qui lui semblait raisonnable. Si elle était encore en activité, il avait toutes les chances d'y trouver quelqu'un à cette heure. Mais elle l'accueillit avec le même silence austère que la veille au soir.

N'ayant rien de mieux à faire, M. Berger entreprit de mener sa petite enquête. En vain. Le vendeur de journaux, l'épicier du coin et même les premiers clients du Crapaud Tacheté affichèrent, pour seule réponse à ses questions sur la bibliothèque privée Caxton, le même air interdit. Certes, les gens connaissaient son existence, mais personne ne semblait se souvenir de l'époque où il était possible d'y emprunter des livres. Personne non plus ne savait à qui appartenait le bâtiment ni s'il abritait encore le moindre volume. On suggéra à M. Berger d'aller se renseigner à l'hôtel de ville de Moreham, où étaient conservées les archives de toutes les petites localités de la région.

M. Berger prit donc sa voiture et se rendit à Moreham. En route, il se fit la réflexion que les habitants de Glossom avaient manifesté un remarquable manque d'intérêt pour la bibliothèque Caxton. Ceux qu'il avait interrogés l'avaient complètement oubliée jusqu'à ce qu'il leur en parle, et la mention du bâtiment avait réveillé en eux un souvenir fugace qui s'était évanoui presque aussitôt – mais cela pouvait se comprendre si la bibliothèque était fermée depuis plusieurs années. Ce qui l'intriguait, en revanche, c'est que la plupart des autres personnes n'avaient jamais soupçonné son existence et se fichaient pas mal d'en savoir plus. Glossom était une communauté très unie, M. Berger ne le savait que trop : au cours de ses interrogatoires, il avait eu droit à diverses allusions à des hallucinations et des trains en retard. Il semblait n'y avoir que deux types d'affaires à Glossom : celles qui concernaient tout le monde, et celles qui n'attendaient qu'une chose, que le bouche-à-oreille fasse son œuvre. Les habitants les plus âgés étaient capables de retracer en détail l'histoire de la ville jusqu'au XVI$^{e}$ siècle et de se rappeler des anecdotes sur tous ses édifices, vieux ou récents. Tous, sauf la bibliothèque Caxton.

Les archives de l'hôtel de ville de Moreham allaient se révéler aussi peu concluantes. Le bâtiment de la bibliothèque appartenait à la Fondation Caxton, dont l'adresse était une boîte postale à Londres. La Fondation payait l'intégralité des factures, notamment la taxe foncière et l'électricité. Et c'est à peu près tout ce que put découvrir M. Berger. Les questions qu'il posa à la bibliothécaire de Moreham ne lui valurent qu'une série de regards vides et les heures qu'il passa à dépouiller tous les numéros du *Moreham & Glossom Advertiser*, l'hebdomadaire local, depuis le début du siècle ne lui permirent pas de trouver la moindre référence à la bibliothèque Caxton.

La nuit tombait quand il regagna son cottage. Il se prépara une omelette puis essaya de lire, mais il était perturbé par l'existence et la non-existence simultanées de la bibliothèque. Elle était là. Elle occupait une parcelle de terrain à Glossom. C'était une bâtisse immense. Alors comment avait-elle pu passer inaperçue pendant si longtemps dans une si petite communauté ?

Le lendemain, ses recherches ne progressèrent pas davantage. Les coups de fil aux librairies et aux bibliothèques, y compris à la prestigieuse London Library et à la Cranston Library de Reigate, la plus ancienne bibliothèque de prêt du pays, confirmèrent que personne ne savait rien sur la Caxton. En dernier recours, M. Berger put converser avec la responsable britannique de l'Association des bibliothèques spécialisées, un organisme dont il n'avait jusqu'alors jamais entendu parler. Elle lui promit qu'elle chercherait dans les archives de l'association, mais reconnut qu'elle ignorait tout de la bibliothèque Caxton. Du reste, ajouta-t-elle, elle aurait été surprise que quiconque ait la moindre information à son sujet, tant son expertise en la matière était encyclopédique (opinion que M. Berger, après avoir eu droit à une heure interminable d'anecdotes sur les bibliothèques d'Angleterre, se serait bien gardé de mettre en doute).

Il envisagea la possibilité de s'être trompé sur l'endroit où s'était réfugiée la femme. Il y avait, dans ce secteur de la ville, d'autres bâtisses où elle aurait pu entrer pour lui échapper, mais la Caxton restait tout de même la meilleure cachette pour elle. Quoi de plus approprié en effet qu'une vieille bibliothèque pour une femme qui se plaît à rejouer à l'infini les derniers moments de la vie d'Anna Karénine ?

Ce soir-là, M. Berger prit sa décision avant d'aller au lit : il s'improviserait détective privé et resterait en embuscade devant le bâtiment aussi longtemps qu'il le faudrait pour en percer les secrets.

## 8

Comme M. Berger le découvrit très vite, être un détective en planque n'était pas une mince affaire. Dans les romans, les types s'en tiraient très bien : assis dans leur voiture ou dans un restaurant, ils pouvaient prendre des notes sur ce qui les entourait avec assez de confort, surtout s'ils étaient à Los Angeles ou sous un autre climat chaud et ensoleillé. Il en allait bien autrement quand il s'agissait de rester à l'affût dans les bâtiments décrépits d'une petite ville anglaise par un jour de février froid et humide. Il priait pour ne croiser personne de sa connaissance ou, pire, un sale curieux qui n'aurait pas hésité à appeler la police pour dénoncer un rôdeur. M. Berger imaginait déjà l'inspecteur Carswell, une cigarette entre les lèvres, déclarant qu'il avait bel et bien mis la main sur un cinglé.

Par chance, M. Berger trouva une cachette dans la vieille fabrique de tonneaux et de bougies. Par une portion effondrée d'un mur, il avait une vue dégagée sur l'extrémité de l'allée, tout en restant bien abrité. Il avait apporté une couverture, un coussin, une flasque de thé, quelques sandwichs, du chocolat et deux romans : *Le Naufragé du Titanic* de John Dickson Carr, histoire de se mettre dans l'ambiance, et *L'Ami commun* de Charles Dickens, le seul livre de cet auteur qu'il n'avait pas encore lu. *Le Naufragé du Titanic* se révéla assez bon, quoique un peu fantastique. En même temps, se raisonna M. Berger, quand on est témoin de la double tentative de suicide d'une femme – la première réussie, la seconde inachevée –, on n'a aucune raison de se laisser décontenancer par une histoire de sorcellerie et d'automate.

La journée s'écoula sans incident notable. Aucun mouvement dans l'allée, si ce n'est le passage occasionnel d'un rat. M. Berger termina l'ouvrage de Dickson Carr et commença le Dickens. C'était son dernier roman achevé, une œuvre de la maturité donc, plutôt ardue en comparaison d'*Oliver Twist* et des *Papiers posthumes du Pickwick Club*, et qui requérait toute la patience et toute l'attention du lecteur. Quand la lumière fut trop faible, M. Berger posa le livre – utiliser une lampe torche aurait été trop risqué – et attendit encore une heure dans l'espoir que quelque chose se passe dans la bibliothèque à la nuit tombante. Mais aucune lumière n'apparut aux fenêtres du vieil édifice et M. Berger décida de mettre un terme à sa planque. Il redescendit au Crapaud Tacheté pour se requinquer avec un repas chaud et un verre de vin.

Sa surveillance reprit dès le lendemain. Cette fois, il avait emporté un P.G. Wodehouse pour alterner avec le Dickens. À nouveau, la journée s'écoula sans excitation particulière, hormis l'apparition d'un petit terrier. L'animal se mit à japper en apercevant M. Berger, qui tenta en vain de le repousser, puis son maître le siffla sèchement et le terrier disparut. Il faisait un peu plus doux que la veille, ce qui était toujours bon à prendre : M. Berger s'était réveillé tout ankylosé et avait pris la décision d'enfiler deux pardessus si la météo ne s'arrangeait pas.

L'obscurité commençait à tomber, et avec elle M. Berger se mit à douter de la sagesse de ses actes. Il ne pouvait pas traîner indéfiniment aux abords de cette allée. C'était inconvenant. Il s'adossa dans un recoin et se laissa aller à somnoler. Il rêva de la façade éclairée de la bibliothèque, d'un train qui s'engouffrait dans l'allée, transportant des dames à chevelure noire munies de petits sacs rouge et bien résolues à mettre fin à leurs jours. Il rêva aussi de bruits de pas sur des graviers, de l'herbe. À son réveil, toutefois, les pas étaient encore audibles. Quelqu'un arrivait. D'un mouvement prudent, M. Berger se redressa et jeta un coup d'œil vers la bibliothèque. Sur le perron, un homme avec une sorte de sac de voyage était en train de faire cliqueter des clés.

Aussitôt, M. Berger bondit hors du trou dans le mur et atterrit dans l'allée. L'homme, plutôt âgé, avait déjà introduit la clé dans la serrure. Plus petit que la moyenne, portant un long pardessus gris et un chapeau mou orné d'une plume blanche, il arborait une remarquable moustache argentée taillée en guidon de vélo. L'air inquiet, il dévisagea M. Berger avant d'ouvrir précipitamment la porte.

— Attendez ! s'exclama M. Berger. Il faut que je vous parle !

L'élégant vieillard n'était manifestement pas d'humeur à bavarder. La porte était à présent grande ouverte et il était déjà à l'intérieur, quand il s'aperçut qu'il avait laissé son sac de voyage par terre. Il se pencha pour l'attraper, mais M. Berger arriva au même instant et un bras de fer inattendu s'engagea entre les deux hommes, chacun tirant l'objet par une bandoulière.

— Rendez-moi ça ! dit le vieil homme.

— Non ! répondit M. Berger. Je veux vous parler.

— Prenez d'abord rendez-vous ! Par téléphone !

— Il n'y a pas de numéro ! Vous n'êtes pas dans l'annuaire !

— Alors envoyez une lettre.

— Vous n'avez pas de boîte…

— Écoutez, revenez demain et sonnez à la porte.

— Mais il n'y a pas de sonnette ! cria M. Berger.

Sous l'effet de la frustration, sa voix grimpa d'une octave. D'un dernier coup sec, il remporta le duel. L'homme se retrouva avec la poignée dans la main.

— Oh, la barbe !

D'un air mélancolique, il regarda le sac que M. Berger serrait contre sa poitrine.

— Bon, je suppose que vous feriez mieux d'entrer. Mais pas longtemps. Je suis très occupé.

Il recula et fit signe à M. Berger de le suivre. Curieusement, maintenant qu'une occasion se présentait enfin à lui, ce dernier éprouvait une pointe d'appréhension. L'intérieur de la bibliothèque Caxton paraissait bien obscur, qui sait ce qui pouvait l'y attendre ? Peut-être se jetait-il dans la gueule du loup avec, pour seule arme, le sac de voyage qu'il gardait en otage ? Mais son enquête l'avait mené trop loin : il avait besoin d'une réponse, peu importe laquelle, pour retrouver sa sérénité. Toujours cramponné au bagage comme s'il s'agissait d'un nourrisson emmailloté, M. Berger pénétra dans la bibliothèque.

## 9

Les lumières s'allumèrent. Elles étaient faibles et conféraient au décor une teinte jaunâtre, mais elles révélaient des kilomètres de rayonnages qui se perdaient au loin. L'air était chargé de cette odeur de moisi si particulière, caractéristique des lieux où les livres se bonifient comme des grands crus. À gauche de M. Berger se trouvait un comptoir en chêne, derrière lequel s'alignaient des casiers remplis de paperasses qui, à en juger par la fine couche de poussière dont elles étaient recouvertes, n'avaient pas été touchées depuis plusieurs années. Passé le comptoir, M. Berger remarqua une porte ouverte sur un petit salon équipé d'une télévision, donnant lui-même sur une autre pièce où l'on devinait le rebord d'un lit.

Le vieux monsieur retira son chapeau, son pardessus et son écharpe, qu'il accrocha à une patère près de la porte. Il était vêtu d'un costume foncé d'un autre âge, d'une chemise blanche et d'une cravate grise très large avec des rayures blanches. Le tout dénotait une sorte de coquetterie légèrement fanée. Comme il attendait patiemment que M. Berger commence, ce dernier s'exécuta :

— Écoutez, je refuse de gober ça. Pas question.

— Gober quoi ?

— Cette histoire de femme qui se jette sous un train puis qui réapparaît et recommence. Je ne marche pas. C'est bien clair ?

L'élégant vieillard fronça les sourcils. Il tritura la pointe de sa moustache et lâcha un profond soupir.

— Vous pouvez me rendre mon sac, s'il vous plaît ?

M. Berger lui tendit le sac de voyage. L'homme passa de l'autre côté du comptoir et alla le déposer dans le salon avant de revenir. Entre-temps, M. Berger, comme tous les bibliophiles, avait commencé à examiner le contenu des rayonnages. Les étagères étaient organisées par ordre alphabétique et le hasard avait conduit M. Berger à la lettre D. Il tomba sur une collection incomplète de l'œuvre de Dickens, apparemment limitée à ses œuvres les plus célèbres. *L'Ami commun* brillait par son absence, contrairement à *Oliver Twist*, *David Copperfield*, *Un conte de deux villes*, *Les Papiers posthumes du Pickwick Club* et quelques autres. Toutes les éditions paraissaient très anciennes. M. Berger sortit *Oliver Twist* et l'inspecta attentivement : reliure en toile brune à lettrage doré, marque de l'éditeur sur le dos. La page-titre attribuait l'œuvre à Boz et non à Charles Dickens, ce qui indiquait l'ancienneté du volume, confirmée par les détails de la publication : Richard Bentley, Londres, 1838. M. Berger tenait entre les mains l'édition originale du roman – et son premier tirage.

— Faites attention, je vous prie, intervint le vieil homme, qui tournait nerveusement autour de l'intrus.

Mais M. Berger avait déjà remis *Oliver Twist* à sa place et s'intéressait maintenant au *Conte de deux villes*, peut-être son roman préféré de Dickens. Reliure originale en toile rouge, Chapman & Hall, 1859. Encore une édition originale.

La plus grande surprise restait à venir, dans le volume intitulé *Les Papiers posthumes du Pickwick*

*Club*. Sa taille était inhabituellement grande et il contenait non pas un ouvrage publié, mais un manuscrit. M. Berger savait que la plupart des manuscrits de Dickens constituaient la clé de voûte de la Forster Collection du Victoria & Albert Museum, car il avait pu les admirer lors d'une exposition. La New York Public Library possédait aussi des fragments des *Papiers posthumes du Pickwick Club* mais, à la connaissance de M. Berger, il n'existait nulle part de version complète du manuscrit.

Sauf, visiblement, dans la bibliothèque privée Caxton de Glossom, Angleterre.

— Est-ce que c'est… Je veux dire, est-il possible que ce soit…

Le vieil homme retira doucement le volume des mains de M. Berger et le remit à sa place sur l'étagère.

— Tout à fait, répondit-il.

Il posa sur M. Berger un regard un peu plus curieux, comme si l'intérêt manifeste de son visiteur pour les livres l'incitait à revoir son jugement sur sa personne.

— Il est plutôt en bonne compagnie, ajouta-t-il.

Il désigna les rayonnages d'un geste ample. Les étagères s'enfonçaient dans la pénombre ; les lumières pâles n'atteignaient pas les coins les plus reculés de la bibliothèque. Il y avait également des portes sur la gauche et sur la droite, encastrées dans les murs principaux. M. Berger ne les avait pourtant pas remarquées la première fois qu'il avait examiné le bâtiment de l'extérieur. Peut-être avaient-elles été condamnées, mais il ne se souvenait pas non plus de ce détail.

— Tous vos livres sont des éditions originales ? demanda-t-il.

— Des éditions originales ou des copies manuscrites. Les premières correspondent parfaitement à notre mission. Les secondes sont juste des bonus.

— Si vous n'y voyez pas d'inconvénient, j'aimerais beaucoup regarder ça de plus près. Je ne toucherai plus à rien, je voudrais juste regarder ce que vous avez.

— Plus tard, peut-être, répondit le gentleman. Mais vous ne m'avez toujours pas dit ce qui vous amène ici.

M. Berger avala sa salive. Il n'avait plus parlé de ses rencontres depuis sa funeste conversation avec l'inspecteur Carswell, le premier soir.

— Eh bien… J'ai été témoin du suicide d'une femme qui s'est jetée sous un train et, quelque temps après, je l'ai vue essayer de se suicider à nouveau, mais j'ai réussi à l'en empêcher. J'ai cru qu'elle était venue se réfugier ici. Pour parler franchement, j'en suis presque certain.

— Voilà qui n'est pas habituel, concéda le vieux monsieur.

— C'est ce que je me suis dit.

— Et quelle serait l'identité de cette femme ? Vous avez une idée ?

— Pas exactement.

— Une hypothèse, peut-être ?

— Ça risque de vous sembler bizarre.

— Sans aucun doute.

— Vous allez penser que je suis fou.

— Mon cher ami, nous venons à peine de nous rencontrer. Je ne me permettrais pas d'émettre un tel jugement avant que nous ayons vraiment fait connaissance.

Ce qui était tout à fait légitime, songea M. Berger. Il en avait déjà beaucoup dit : autant aller jusqu'au bout.

— J'ai eu l'intuition qu'il pouvait s'agir d'Anna Karénine.

Puis, assurant ses arrières in extremis :

— Ou alors d'un fantôme. Mais je dois dire qu'elle m'a paru remarquablement réelle pour un esprit.

— Ce n'était pas un fantôme, répondit le vieillard.

— Non, je ne l'ai jamais vraiment cru. Elle était vraiment trop… solide. Maintenant, vous allez aussi me dire que ce n'est pas non plus Anna Karénine, n'est-ce pas ?

Le gentleman tira de nouveau sur sa moustache. Son visage trahissait un vif débat intérieur.

Enfin, il lâcha :

— Non. En toute conscience, je ne peux pas nier qu'il s'agisse bien d'Anna Karénine.

M. Berger se pencha vers lui et, baissant nettement la voix :

— C'est une folle ? Je veux dire… une femme qui se prend pour Anna Karénine ?

— Non. C'est vous qui la prenez pour Anna Karénine. Elle, elle *sait* qu'elle est Anna Karénine.

La réponse stupéfia M. Berger.

— Quoi ? Vous prétendez que c'est la véritable Anna Karénine ? Mais c'est un personnage d'un roman de Tolstoï ! Elle n'est pas réelle.

— Vous venez juste de me dire le contraire.

— Non. Je vous ai dit que la femme que j'avais vue me *paraissait* réelle.

— Et vous avez pensé qu'il s'agissait peut-être d'Anna Karénine.

— Certes. Mais, voyez-vous, on peut se le dire à soi-même ou l'évoquer comme une possibilité, tout en espérant qu'une explication plus rationnelle finira par se dessiner.

— Mais il n'y a pas d'explication plus rationnelle, si ?

— Si, cela se pourrait… C'est juste que rien ne me vient à l'esprit pour l'instant.

M. Berger commençait à se sentir pris de vertige.

— Voulez-vous une tasse de thé ? proposa le vieil homme.

— Oui. Je pense que j'en ai besoin.

## 10

Assis dans le salon du vieil homme, ils buvaient leur thé dans des tasses en porcelaine tout en dégustant un cake aux fruits servi dans un moule à gâteau. Un feu dansait dans la cheminée et une lampe à huile se consumait dans un coin. Aux murs de la pièce étaient accrochées des peintures et des aquarelles très belles et très anciennes. Le style de certaines était familier à M. Berger. Il n'en aurait pas mis sa tête à couper, mais il était presque sûr d'avoir reconnu, dans le lot, au moins un Turner, un Constable et deux Romney – un portrait et un paysage.

Le vieil homme s'était présenté. Il s'appelait M. Gedeon et exerçait la profession de bibliothécaire de la Caxton depuis plus de quarante ans. Son métier, expliqua-t-il à M. Berger, consistait « à préserver et à enrichir la collection, à restaurer les volumes qui en ont besoin et, bien sûr, à prendre soin des personnages ».

Sur la fin de la phrase, M. Berger avala son thé de travers.

— Des personnages ?

— Des personnages, répéta M. Gedeon.

— Quels personnages ?

— Les personnages des romans.

— Vous voulez dire qu'ils sont *vivants* ?

M. Berger commençait à se poser des questions non seulement sur sa propre santé mentale, mais aussi sur celle de M. Gedeon. Il avait l'impression de déambuler dans un cauchemar de bibliophile. Bientôt, espérait-il, il se réveillerait chez lui avec un bon mal de crâne pour découvrir qu'il avait inhalé les vapeurs de colle de ses propres ouvrages.

— Vous en avez vu un de vos propres yeux ! répondit M. Gedeon.

— Eh bien… j'ai seulement vu quelqu'un. Vous savez, j'ai déjà croisé des types déguisés en Napoléon à des fêtes et je ne suis pas rentré chez moi en me disant que j'avais vu le vrai Napoléon.

— Napoléon ? Il n'est pas chez nous.

— Non ?

— Non. Nous n'avons que les personnages fictifs. Encore qu'avec Shakespeare ce soit parfois un peu compliqué. Ça nous a déjà causé quelques soucis, d'ailleurs. Nos règles ne sont pas gravées dans le marbre. Si c'était le cas, cette petite entreprise tournerait sans aucun problème. Mais, que voulez-vous, la littérature n'a que faire des règles, n'est-ce pas ? Comme ce serait ennuyeux s'il y en avait…

M. Berger plongea le nez dans son thé, comme si la disposition des feuilles allait lui révéler quelque chose. Comme elles restaient indéchiffrables, il reposa la tasse, croisa les mains et se résigna à écouter ce qui allait venir.

— Très bien, dit-il. Parlez-moi des personnages…

Le point de départ, expliqua M. Gedeon, c'était le public. Arrivait un moment où certains personnages étaient devenus tellement familiers aux lecteurs – et même à ceux qui ne lisaient pas – que leur existence devenait indépendante de leur vie sur la page.

— Prenez Oliver Twist, par exemple. Il y a plus de gens qui le connaissent que de gens qui ont lu le livre auquel il a donné son nom. Même chose pour Roméo et Juliette, Robinson Crusoé ou Don Quichotte. Mentionnez leur nom à un homme ou à une femme ayant reçu une éducation basique et, qu'ils aient ou non lu le moindre mot provenant des textes en question, ils seront capables de vous dire que Roméo et Juliette étaient des amants maudits, que Robinson Crusoé est resté bloqué sur une île et que Don Quichotte a eu maille à partir avec des moulins à vent. De la même façon, ils sauront que Macbeth était un homme un peu trop présomptueux, qu'Ebenezer Scrooge n'était pas un mauvais bougre, finalement, et que d'Artagnan, Athos, Porthos et Aramis étaient des mousquetaires. Certes, le nombre de personnages qui atteignent ce degré de popularité reste limité. Ils arrivent ici tout naturellement. Mais vous seriez surpris de voir combien de personnes peuvent vous parler de Tristram Shandy, de Tom Jones ou de Jay Gatsby. Pour être tout à fait honnête, j'ignore à quel moment se produit ce basculement. Tout ce que je sais c'est qu'à cet instant tel ou tel personnage devenu suffisamment célèbre pour exister dans la vraie vie va se matérialiser dans la bibliothèque privée Caxton, ou bien dans les parages. Cela s'est toujours passé ainsi, et ce depuis que M. Caxton a fondé le premier dépôt de livres en 1492. L'histoire raconte que l'idée lui est venue lorsque quelques-uns des pèlerins de Chaucer ont frappé à sa porte en 1477.

— Seulement quelques-uns ? Pas tous ?

— Personne ne se rappelle la liste de tous les pèlerins des *Contes de Canterbury*. Caxton a ouvert sa porte au Régisseur, au Meunier, au Chevalier, à la Bourgeoise de Bath et à la Deuxième Nonne. Une fois convaincu qu'il ne s'agissait ni de comédiens ni de fous, il a compris qu'il devait trouver un endroit où les loger. Il ne voulait pas être accusé de sorcellerie ou de je ne sais quelles balivernes, et il avait des ennemis. Là où sont les livres, il y aura toujours autant de gens pour les détester que pour les aimer. Caxton a donc trouvé une maison à la campagne pour héberger ces pèlerins, et le bâtiment a aussi servi de bibliothèque pour une partie de sa collection. Il a même trouvé un moyen de la financer après sa mort, et ce moyen est encore en vigueur de nos jours. Pour résumer : la Fondation prélève une part sur ce que devraient dépenser les éditeurs et une part sur ce qu'ils devraient encaisser.

— Je ne suis pas sûr de bien comprendre…

— C'est simple, vous allez voir. Le mécanisme repose sur le demi-penny ou les fractions de centimes, de livres ou de toute autre devise. Si un écrivain doit toucher, disons, 9 livres, 10 shillings et 6,5 pence de royalties, le demi-penny n'est pas comptabilisé et nous est reversé. De la même façon, si une société doit à un éditeur 17 livres, 8 shillings et 7,5 pence, on arrondit à 8 pence. Et ça fonctionne à tous les échelons de l'industrie, jusqu'au moindre ouvrage vendu par un particulier. Parfois, il s'agit seulement de sommes infimes mais, récoltées dans le monde entier et additionnées les unes aux autres, elles suffisent largement à financer la Fondation, à entretenir la bibliothèque et à subvenir aux besoins des personnages qui y vivent. Aujourd'hui, cela fait tellement partie de l'économie du livre que personne ne le remarque plus.

M. Berger était troublé. En tant que préposé au Registre des comptes clôturés, il n'aurait pas perdu de temps à ces chicaneries comptables. Mais il fallait bien reconnaître que ça tenait la route.

— Et de quelle Fondation parlez-vous, au juste ?

— Oh, c'est juste un nom qu'on utilise par commodité. Ça fait des années qu'il n'y a plus de véritable Fondation, en tout cas pas de Fondation supervisée par un comité directeur. On peut dire que la Fondation, c'est ici. C'est moi. Quand je passerai la main, le prochain bibliothécaire sera à son tour la Fondation. Ça ne demande pas beaucoup de travail. Tout juste si je dois signer un chèque, de temps en temps…

Si la question des mécanismes de financement de la bibliothèque était tout à fait fascinante, M. Berger s'avouait plus intéressé par celle des personnages.

— Pour en revenir aux personnages, ils vivent ici ?

— Absolument. Comme je vous l'ai expliqué, ils n'apparaissent à la porte de la bibliothèque qu'à un moment précis. Certains, à l'évidence, semblent un peu perdus mais, en quelques jours, ils comprennent les tenants et aboutissants de la situation et peuvent commencer à s'installer. À chacune de leur arrivée correspond celle d'une édition originale de l'œuvre dont ils proviennent, enveloppée et ficelée dans du papier kraft. On la range sur son étagère et on en prend soin. C'est l'histoire de leur vie, il faut la préserver. Elle est inscrite dans chacune de ces pages.

— Et les personnages de séries romanesques, qu'est-ce qu'ils deviennent ? Sherlock Holmes, par exemple ? J'imagine qu'il vit ici…

— Bien sûr. Pour ne pas le dépayser, on lui a attribué l'appartement porte 221B. Le Dr Watson habite juste à côté. Dans leur cas, je crois que la bibliothèque a reçu l'intégrale de leurs œuvres canoniques en édition originale.

— C'est-à-dire uniquement la série signée Conan Doyle ?

— Oui. On ne s'occupe pas de ce qui a été publié après la mort de Conan Doyle, en 1930. Il en va de même pour tous les autres personnages récurrents. Pour nous – et pour eux –, une fois disparu le créateur originel, leur histoire s'arrête. Les livres d'autres auteurs reprenant ces personnages ne sont pas pris en compte, sans quoi ce serait ingérable. Inutile de préciser que ces personnages ne viennent pas nous voir tant que leur créateur n'est pas mort. En attendant, ils sont toujours susceptibles d'évoluer.

— Tout cela me semble extrêmement difficile à assimiler, reconnut M. Berger.

M. Gedeon se pencha et tapota le bras de M. Berger d'un geste consolateur.

— Mon cher ami, rassurez-vous, vous n'êtes pas le seul dans ce cas ! J'ai éprouvé exactement cette sensation la première fois que je suis entré ici.

— Comment êtes-vous arrivé à la Caxton ?

— J'ai rencontré Hamlet à l'arrêt du bus 48B. Le pauvre vieux… Il était là depuis un bon bout de temps. Il avait laissé passer au moins huit bus. Il fallait s'y attendre, je suppose : c'est dans sa nature.

— Qu'est-ce que vous avez fait ?

— J'ai essayé de discuter avec lui. Compte tenu de sa tendance à monologuer, mieux vaut s'armer de patience. À vous en parler, comme ça, j'ai bien conscience que cela semble absurde : j'aurais dû appeler la police et expliquer qu'une personne dérangée se prenant pour Hamlet était coincée à l'arrêt du 48B. Mais, voyez-vous, j'ai toujours adoré Shakespeare et j'étais fasciné par cet homme assis sous l'abribus. Quand il a terminé sa tirade, j'étais convaincu. Je l'ai ramené ici pour le confier aux bons soins du bibliothécaire de l'époque. Le vieux Headley, mon prédécesseur. Ensuite, j'ai bu un thé avec lui, comme nous faisons en ce moment même, et c'est ainsi que tout a commencé. Quand il a pris sa retraite, je l'ai remplacé. C'est aussi simple que ça.

Pour M. Berger, ça n'était pas simple du tout. Cette histoire atteignait même un degré de complexité cosmique.

— Est-ce que je pourrais…

Il s'interrompit aussitôt. L'énormité de ce qu'il s'apprêtait à demander le paralysait. Il hésita.

— … les voir ? compléta M. Gedeon. Mais je vous en prie ! Prenez votre manteau, tout de même : je trouve qu'il fait parfois un peu frisquet, là-bas.

M. Berger obtempéra. Il enfila son manteau et suivit M. Gedeon le long des rayonnages, sans cesser de parcourir des yeux les titres des volumes. Il aurait voulu les toucher, s'en saisir, les caresser comme des chats, mais il parvint à contrôler ses pulsions. Après tout, si M. Gedeon avait dit vrai, sa prochaine rencontre avec le monde des livres s'annonçait encore plus extraordinaire.

## 11

En fin de compte, l'expérience se révéla légèrement plus fastidieuse que M. Berger aurait pu l'imaginer. Chaque personnage avait à sa disposition plusieurs pièces assez petites mais propres, aménagées en fonction de son époque et de son tempérament. M. Gedeon expliqua que les espaces de vie n'étaient pas organisés par auteurs ou par périodes historiques, de sorte qu'on ne trouvait pas d'ailes réservées aux personnages de Dickens ou de Shakespeare.

— On a essayé, au début, mais ça ne marchait pas. Pire, ça provoquait des problèmes terribles et, parfois, des disputes violentes. En général, les personnages ont un assez bon instinct pour ces affaires-là et j'ai toujours eu tendance à les laisser choisir eux-mêmes leur propre espace.

Ils passèrent devant l'appartement 221B où Sherlock Holmes se tenait prostré sous l'effet de la drogue, tandis que dans une suite voisine Tom Jones faisait des choses innommables avec Fanny Hill. Ils croisèrent un Heathcliff ruminant de noires pensées, un Fagin au cou marqué par la brûlure de la corde, mais la plupart des autres se contentaient de faire la sieste, comme les animaux d'un zoo.

— C'est leur activité principale, dit M. Gedeon. J'en ai vu certains dormir pendant des années, voire des décennies. Ils n'ont pas faim au sens où nous l'entendons, mais ils aiment bien manger de temps en temps pour rompre la monotonie. La force de l'habitude, je suppose. On essaie juste de leur interdire le vin. Ça les met d'humeur bagarreuse.

— Est-ce qu'ils sont conscients d'être des personnages imaginaires ?

— Oh, oui. Certains le prennent mieux que d'autres, mais ils apprennent à accepter le fait que leur vie a été écrite par quelqu'un d'autre et que leurs souvenirs sont le fruit d'une invention littéraire. Même si, comme je vous l'ai déjà dit, c'est un peu plus délicat avec les personnages historiques.

— Je croyais que seuls les personnages de fiction arrivaient jusqu'à vous ?

— C'est le cas, en règle générale, mais il est vrai que certains personnages historiques sont plus réels à nos yeux sous leur forme fictionnelle. Prenez Richard III : le public le perçoit surtout comme le produit de la pièce de Shakespeare et de la propagande des Tudor. Donc, en un sens, ce Richard III est un personnage de fiction. Notre Richard III sait qu'il n'est pas vraiment *le* Richard III, mais *un* Richard III. D'un autre côté, du point de vue du public, c'est bien lui *le* Richard III, et il est plus réel dans l'esprit des gens que tout autre produit d'un révisionnisme ultérieur. Mais ça, c'est l'exception qui confirme la règle. Très rares sont les personnages historiques capables d'assurer cette transition. Ce qui n'est pas plus mal, soit dit entre nous. Sinon cet endroit serait plein à craquer.

M. Berger avait eu envie d'aborder la question de l'espace : le moment semblait bien choisi.

— J'ai remarqué que ce bâtiment paraît beaucoup plus grand à l'intérieur que de l'extérieur.

— Ah, c'est amusant, répondit M. Gedeon. L'apparence extérieure de la bibliothèque n'a pas beaucoup d'importance : tout se passe comme si, en nous rejoignant, les personnages apportaient avec eux leur propre espace. Je me suis souvent interrogé à ce sujet, et je crois que j'ai trouvé une sorte d'explication. Ce phénomène est la conséquence naturelle de la capacité d'une librairie ou d'une bibliothèque à contenir des mondes entiers, des univers, sous la couverture de chaque livre. Dès lors, on peut dire que chaque librairie, chaque bibliothèque occupe un espace pratiquement infini. La bibliothèque Caxton pousse cette logique à l'extrême.

Ils passèrent devant deux pièces décorées dans un style à la fois chargé et macabre. Dans l'une d'elles, un homme au visage couleur de cendre lisait un ouvrage, caressant les pages de ses mains aux ongles inhabituellement longs. En se tournant vers les visiteurs, il étira des lèvres qui révélèrent une paire de canines saillantes.

— Le Comte, annonça M. Gedeon d'un air préoccupé. Si j'étais vous, je ne m'attarderais pas.

— Vous voulez dire… Le comte de Bram Stoker ?

M. Berger en resta bouche bée. Les yeux du Comte étaient cernés de rouge et il dégageait un magnétisme incontestable. M. Berger sentit ses pieds irrésistiblement attirés vers la pièce où le Comte avait posé son livre et se préparait à l'accueillir.

M. Gedeon l'agrippa par le bras et le ramena de force dans le couloir.

— Je vous ai dit d'avancer ! Mieux vaut ne pas passer trop de temps en compagnie du Comte. C'est un être imprévisible. Il prétend avoir tiré un trait sur ces absurdes histoires de vampirisme, mais je lui accorde une confiance inversement proportionnelle à la longueur de ses dents.

— Il ne peut pas sortir, n'est-ce pas ? s'inquiéta M. Berger, qui commençait déjà à reconsidérer sa passion pour les promenades du soir.

— Non. Il fait partie des cas spéciaux. Ceux dont on range les livres derrière des barreaux, ce qui semble avoir pour effet de verrouiller aussi les appartements de leurs personnages.

— À l'inverse, d'autres peuvent se promener à l'extérieur. Vous avez rencontré Hamlet, j'ai croisé Anna Karénine.

— En effet. Mais ça reste vraiment exceptionnel. La majorité de nos personnages vit dans une espèce de stase. Je les soupçonne de fermer les yeux pour revivre tous les épisodes de leur existence littéraire, encore et encore. Ce qui ne nous empêche pas d'organiser des tournois de bridge d'un niveau très honorable, et le spectacle de Noël est toujours fort divertissant.

— Comment font-ils pour sortir, ceux qu'on retrouve en train d'errer dehors ?

M. Gedeon haussa les épaules.

— Je l'ignore. Je m'assure que la bibliothèque est toujours bien fermée, et je m'absente rarement. Je viens juste de partir quelques jours à Bootle pour aller rendre visite à mon frère malade mais, depuis que j'exerce le métier de bibliothécaire, c'est-à-dire depuis bien des années, je n'ai pas dû prendre au total plus de un mois de congé. Pour quoi faire ? J'ai des livres à lire et des personnages à qui parler. J'ai une quantité infinie de mondes à explorer à l'intérieur de ces murs.

Enfin, ils s'arrêtèrent devant une porte close, à laquelle M. Gedeon frappa timidement.

— *Oui*[1] ? répondit une voix féminine.

— *Madame, vous avez un visiteur.*

— *Bien. Faites-le entrer, je vous prie.*

---

1. En français dans le texte.

M. Gedeon ouvrit la porte et M. Berger se trouva face à la femme qu'il avait vue se jeter sous les roues du train, cette femme dont il avait par la suite sauvé la vie – en quelque sorte. Elle était vêtue d'une robe noire toute simple, peut-être celle qui avait captivé Kitty dans le roman. Ses cheveux bouclés étaient lâchés et un collier de perles soulignait son port altier. Aussitôt, elle parut surprise de le voir et il comprit qu'elle se souvenait de son visage.

Le français de M. Berger était assez rouillé, mais il parvint à extirper quelques phrases de sa mémoire.

— *Madame, mon nom est Berger. Je suis enchanté de faire votre connaissance.*

Anna marqua une brève pause.

— *Je vous en prie, tout le plaisir est pour moi, monsieur Berger. Asseyez-vous, s'il vous plaît.*

Il prit un siège et une conversation très courtoise s'ensuivit. Il expliqua, en pesant chaque mot, qu'il avait été témoin de sa première « rencontre » avec le train et que cette scène l'avait hanté. La nouvelle sembla bouleverser Anna, qui se répandit en excuses pour lui avoir causé tant de soucis. D'un geste de la main, il lui fit comprendre que ce n'était rien et qu'il s'était davantage inquiété pour elle que pour lui. Évidemment, lorsqu'il avait assisté à sa nouvelle tentative – encore que « tentative » ne soit pas le bon mot dès lors que son geste, la fois précédente, avait été couronné de succès –, il s'était senti obligé d'intervenir.

Passé les premières hésitations, la discussion adopta un rythme plus naturel. À un moment, M. Gedeon fit son apparition avec du thé et du cake, mais ils le remarquèrent à peine. M. Berger constatait avec plaisir que son français lui revenait facilement, mais Anna, à force d'avoir passé autant de temps aux abords de la bibliothèque, se débrouillait très bien en anglais. Leur conversation se prolongea tard dans la soirée, jusqu'à ce que M. Berger prenne conscience de l'heure et s'excuse d'avoir retenu si longtemps la jeune femme. Elle lui assura qu'elle avait apprécié sa compagnie et que, de toute façon, elle dormait très peu. Il baisa sa main, la pria de le laisser revenir le lendemain et elle y consentit de bon cœur.

M. Berger retrouva son chemin dans la bibliothèque sans trop de problèmes, sauf quand Fagin essaya de lui soutirer son portefeuille – un geste dont le vieux réprouvé se disculpa en le mettant sur le compte de l'habitude, rien de plus. Arrivé dans les quartiers de M. Gedeon, M. Berger trouva le bibliothécaire assoupi dans son fauteuil. Il le réveilla doucement et M. Gedeon le raccompagna jusqu'à la porte.

— Si ça ne vous dérange pas, lui demanda M. Berger sur le perron, j'aimerais beaucoup revenir demain pour discuter avec vous et avec Mme Karénine. Mais je ne veux surtout pas vous donner l'impression de m'imposer…

— Vous ne me donnez pas du tout cette impression. Frappez à l'entrée. Je serai là.

Une fois la porte refermée, M. Berger, empli d'une confusion et d'une exaltation qu'il n'avait jusqu'alors jamais éprouvées, s'enfonça dans l'obscurité et regagna son cottage où l'attendait un profond sommeil sans rêves.

## 12

Le lendemain matin, après avoir fait sa toilette et pris son petit déjeuner, M. Berger retourna à la bibliothèque Caxton. Il apportait à M. Gedeon des viennoiseries tout juste sorties du four du boulanger pour garnir son garde-manger, ainsi qu'un recueil de poésies russes traduites en anglais, pour lequel il avait une affection toute particulière, mais qu'il désirait offrir à Anna. Une fois certain que personne ne l'observait, il prit la ruelle menant à la bibliothèque et frappa au carreau de la porte. Un bref instant, il craignit que M. Gedeon n'ait passé la nuit à vider le lieu de son contenu – livres, personnages et ainsi de suite – de peur que M. Berger ne révèle la véritable fonction de la bibliothèque Caxton, ce qui n'aurait pas manqué de causer des problèmes. Mais le vieil homme ouvrit la porte dès le premier coup et parut ravi de le voir revenir.

— Puis-je vous proposer une tasse de thé ?

M. Berger accepta, même s'il avait déjà petit-déjeuné, et malgré son impatience de revoir Anna. Quelques questions le taraudaient au sujet de la jeune femme. Il s'en ouvrit à M. Gedeon.

— Pourquoi se comporte-t-elle ainsi ? lui demanda-t-il tandis que le bibliothécaire partageait un scone aux pommes.

— C'est-à-dire ? Ah, oui ! Pourquoi elle se jette sous les trains ?

Il préleva une miette tombée sur son gilet et la posa sur son assiette.

— Pour commencer, je précise que ce n'est pas son comportement habituel. Elle vit ici depuis de nombreuses années et, en tout, elle n'a pas dû le faire plus d'une dizaine de fois. Certes, ces incidents ont eu tendance à se répéter dernièrement et j'en ai parlé avec elle pour trouver un moyen de l'aider, essayer de comprendre d'où lui vient cette pulsion de revivre ses derniers instants dans le livre. Mais elle-même semble l'ignorer. Parmi nos résidents, d'autres personnages ont pour habitude de revivre leur destin – c'est l'obsession d'à peu près tous ceux de Thomas Hardy – mais elle est la seule à rejouer la scène de sa disparition. Si je peux partager avec vous mes réflexions sur cette énigme, je dirais ceci : en tant que rôle-titre du roman, sa vie tragique et son destin terrible sont peut-être gravés d'une façon plus profonde, plus retentissante, dans la mémoire du lecteur et dans la sienne. À cause de la qualité de l'écriture. À cause du livre. Les livres ont ce pouvoir. Vous devez l'avoir compris, à présent. C'est pour cette raison que l'on garde toutes ces éditions originales avec autant de soin. Ces volumes renferment le destin de tous ces grands personnages, et par conséquent ceux-ci y sont très fortement liés.

Il changea de position sur sa chaise, plissa les lèvres.

— Je vais vous raconter quelque chose, monsieur Berger. Quelque chose dont je n'ai jamais parlé à personne. Voilà bien des années de cela, nous avons eu une fuite dans le toit. Pas une grosse fuite, mais cela ne change rien, n'est-ce pas ? Un petit filet d'eau qui s'écoule goutte à goutte peut faire beaucoup de dégâts. Ce n'est qu'en rentrant du cinéma de Moreham que j'ai vu le résultat. Avant de partir, j'avais mis de côté nos manuscrits d'*Alice au pays des merveilles* et de *Moby Dick*.

— De *Moby Dick* ? Je ne savais pas qu'il en existait encore des manuscrits…

— Celui-là est particulier, je l'avoue. C'est un mélange un peu confus entre l'édition originale américaine et l'édition originale anglaise. La version américaine publiée par Harper & Brothers a été établie d'après le manuscrit, alors que la version anglaise publiée par Bentley provient des épreuves du tirage américain. Or, on compte pas moins de six cents différences de formulation entre les deux éditions. Mais en 1851, tandis que Melville travaillait sur l'édition anglaise d'après les épreuves qu'il avait payées de sa poche avant qu'un éditeur américain lui fasse signer un contrat, il continuait d'écrire certaines sections de la fin du roman et en profitait pour en réécrire d'autres, déjà mises en page pour Harper. Et maintenant dites-moi : quelle version devrait figurer dans l'inventaire de la bibliothèque Caxton ? L'américaine, d'après le manuscrit original, ou l'anglaise, fondée non pas sur le manuscrit, mais sur sa réécriture ultérieure ? La Fondation a décidé d'acquérir l'édition anglaise et, pour faire bonne mesure, le manuscrit. Quand le capitaine Achab a frappé à notre porte, il apportait avec lui les deux éditions.

— Et le manuscrit d'*Alice au pays des merveilles* ? Je le croyais conservé au British Museum ?

— Il y a eu, en quelque sorte, un petit tour de passe-passe… Vous vous rappelez peut-être que le révérend Dodgson a offert le manuscrit original de quatre-vingt-dix pages à Alice Liddell. Elle a été contrainte de le mettre en vente pour payer les droits de succession de son mari, mort en 1928. La maison Sotheby's s'en est chargée, avec un prix de réserve de quatre mille livres. Naturellement, un Américain a déboursé près de quatre fois cette somme pour emporter l'enchère. C'est à ce moment que la Fondation est intervenue : une copie du manuscrit a été substituée à l'original et envoyée aux États-Unis.

— Celui qui se trouve aujourd'hui au British Museum serait donc un faux ?

— Pas un faux. Une copie réalisée ultérieurement par Dodgson lui-même, à la demande de la Fondation. À cette époque, celle-ci savait anticiper. Je me suis efforcé de maintenir cette tradition. J'exerce une veille permanente pour m'assurer qu'aucun livre ou aucun personnage ne risque de nous échapper… La Fondation tenait absolument à récupérer l'original d'*Alice* signé de la main de Dodgson. Il contient tellement de personnages mythiques… Et toutes ces illustrations ! C'est un manuscrit extrêmement puissant. Mais je m'égare… Les deux manuscrits avaient besoin d'une légère réfection – juste un nettoyage soigneux avec un petit film de polyester pour retirer la poussière et autres impuretés. Quand je suis entré dans la bibliothèque, j'en aurais pleuré : l'eau qui coulait du plafond était tombée sur les manuscrits. Quelques gouttes, rien de plus, mais suffisamment pour transférer un peu d'encre de *Moby Dick* sur une page du manuscrit d'*Alice*.

— Que s'est-il passé ensuite ? demanda M. Berger.

Le ton de M. Gedeon se fit solennel.

— Pendant vingt-quatre heures, dans tous les exemplaires existants d'*Alice au pays des merveilles*, le Chapelier fou a pris le thé en compagnie d'une baleine.

— Pardon ? Je ne me souviens pas de cette scène…

— Personne ne s'en souvient à part moi. J'ai travaillé d'arrache-pied pour nettoyer le passage en question et effacer petit à petit toute trace de l'encre de Melville. *Alice au pays des merveilles* est retourné à son état antérieur mais, durant toute cette journée, chaque exemplaire du roman et chaque commentaire critique du texte de Melville a accueilli dans ses pages une baleine blanche en train de prendre le thé.

— Mon Dieu ! Ainsi, on peut modifier les livres ?

— Seulement ceux qui figurent dans nos collections. Ce sont eux qui, ensuite, contaminent tous les autres. Voyez-vous, monsieur Berger, la bibliothèque Caxton n'est pas seulement une bibliothèque : la rareté de ses livres et leurs liens avec les personnages en font la bibliothèque des origines par excellence, l'*ur*-bibliothèque. C'est pourquoi nous prenons autant soin de nos pensionnaires. C'est obligatoire. Aucun livre n'est vraiment figé. Chaque lecteur le lit à sa façon, et chaque ouvrage produit une impression différente sur ses lecteurs. Ici, les livres sont spéciaux. Ils sont la source de toutes les copies à venir. Je vous assure, il ne se passe pas un jour sans que cet endroit me réserve son lot de surprises. C'est la vérité !

Mais M. Berger n'écoutait plus M. Gedeon. Il repensait à Anna et à l'atrocité de ses derniers moments, quand le train approchait. Il repensait à sa peur, à sa souffrance, et à la malédiction qui l'obligeait à revivre son destin à cause de la puissance du livre qui portait son nom.

Mais le contenu des livres n'était pas figé. Il pouvait faire l'objet d'interprétations différentes, mais aussi de modifications.

Le cours du destin pouvait être changé.

## 13

M. Berger ne passa pas tout de suite à l'acte. Il ne s'était jamais considéré comme quelqu'un de manipulateur et il voulait croire que, s'il s'efforçait de gagner peu à peu la confiance de M. Gedeon, c'était autant pour profiter de l'agréable compagnie du charmant vieillard et assouvir sa fascination pour les collections de la bibliothèque Caxton que par désir de sauver Anna Karénine de prochaines collisions fatales avec des locomotives.

Du reste, cela n'était pas tout à fait faux. M. Berger appréciait sincèrement les heures partagées avec M. Gedeon, car le vieil homme était une manne inépuisable d'informations sur la bibliothèque et l'histoire de ses prédécesseurs. De la même façon, aucun bibliophile n'aurait pu rester indifférent à l'inventaire de la bibliothèque. Chaque journée passée parmi ses piles mettait au jour de nouveaux trésors, certains achetés uniquement pour leur rareté, sans lien avec un personnage particulier : manuscrits annotés remontant à la naissance du mot imprimé, œuvres poétiques de Donne, Marvell et Spenser ; notes de la main de Dickens – M. Berger en était quasiment certain – concernant les chapitres inachevés de son dernier roman, *Le Mystère d'Edwin Drood* ; et deux exemplaires, pas moins, du *Premier Folio* des œuvres de Shakespeare. L'un de ces exemplaires avait appartenu à Edward Knight en personne, souffleur de la troupe des King's Men et relecteur présumé des manuscrits sources. Les marges étaient noircies de corrections, car des erreurs et des variantes s'étaient glissées dans cette édition, le *Folio* étant encore en cours de relecture au moment de l'impression.

Le dossier non répertorié où M. Berger avait trouvé les notes de Dickens contenait aussi une version alternative des derniers chapitres de *Gatsby le Magnifique* dans laquelle, lors de l'accident de voiture qui coûte la vie à Myrtle, c'est Gatsby et non Daisy qui est au volant. En chemin pour rendre visite à Anna Karénine, M. Berger avait jeté un rapide coup d'œil aux appartements de Gatsby. Par un des miracles de la bibliothèque, ils consistaient exclusivement en un *pool house* et une piscine – laquelle n'incitait guère à la baignade en raison de la présence d'un matelas dégonflé et ensanglanté.

En voyant Gatsby à la fois charmant et tourmenté, et en découvrant l'autre fin de ce livre auquel il avait donné son nom – comme Anna –, M. Berger se demanda ce qui se serait produit si Fitzgerald avait choisi de publier la version détenue par la bibliothèque Caxton. Le fait que ce ne soit pas Daisy qui conduise pendant cette nuit fatale aurait-il changé le destin final de Gatsby ? Sans doute pas, raisonna-t-il : il y aurait toujours eu un matelas crevé et taché de sang dans la piscine, mais la mort de Gatsby aurait été moins tragique, moins noble.

Le fait qu'il puisse réfléchir en ces termes aux fins alternatives confirma la conviction de M. Berger : le destin d'Anna pouvait être modifié. C'est ainsi qu'il se mit à passer de plus en plus de temps dans la section de la bibliothèque consacrée aux livres de Tolstoï, afin de se familiariser avec l'histoire d'*Anna Karénine*. Ses recherches révélèrent que ce roman décrit par Dostoïevski et Nabokov comme une « perfection » présentait tout de même des faiblesses à l'époque de sa parution. Il avait d'abord été publié sous forme de feuilleton à épisodes dans le *Messager russe* à partir de 1873 mais, l'éditeur de la revue s'étant plaint à Tolstoï de la scène finale, c'est seulement sous forme de livre que la version intégrale de l'histoire avait été rendue publique, en 1878. La bibliothèque Caxton possédait à la fois la version en feuilleton et l'édition originale russe. Comme M. Berger n'avait qu'une connaissance limitée de la langue de Tolstoï – c'est un euphémisme – et qu'il n'avait pas envie de se risquer à des retouches sur le texte russe, il décréta que la première édition en anglais (Thomas Y. Crowell & Co., New York, 1886) ferait probablement l'affaire.

Les semaines et les mois passèrent sans qu'il se mette au travail. Non seulement redoutait-il de se lancer dans une entreprise qui le verrait trifouiller l'un des chefs-d'œuvre de la littérature mondiale, mais la présence constante de M. Gedeon dans la bibliothèque ne lui facilitait pas la tâche. Le bibliothécaire n'était pas encore assez en confiance pour lui remettre un double de la clé, et il gardait toujours un œil sur son visiteur. Pendant ce temps, M. Berger remarqua la nervosité croissante d'Anna qui, au beau milieu de conversations sur les livres et la musique ou pendant une de leurs parties de whist ou de poker, devenait soudain distante et murmurait le nom de ses enfants ou de son amant. En outre, elle prenait depuis quelque temps un intérêt qu'il jugeait morbide à la lecture de certains horaires de trains.

Enfin, le sort lui offrit l'occasion qu'il cherchait. Le frère de M. Gedeon, qui vivait à Bootle, retomba malade, et si gravement que ses jours semblaient comptés. Obligé de partir sur-le-champ s'il voulait le revoir avant son trépas, M. Gedeon confia à M. Berger, non sans une infime hésitation, les soins de la bibliothèque privée Caxton – prêt & dépôt de livres. Il lui remit les clés et le numéro de sa belle-sœur à Bootle en cas d'urgence, puis partit hâtivement pour attraper le dernier train du soir en direction du nord.

Pour la première fois, M. Berger se retrouva seul à l'intérieur de la bibliothèque. Il ouvrit la valise qu'il avait préparée lorsque M. Gedeon l'avait convoqué et en sortit une bouteille de brandy ainsi que son stylo préféré. Il se versa une généreuse rasade d'alcool – plus généreuse sans doute que la prudence l'eût conseillé, admettrait-il plus tard – et alla sortir de son rayonnage l'édition Crowell d'*Anna Karénine*. Il posa le volume sur le bureau de M. Gedeon et le feuilleta jusqu'à la section qui l'intéressait. Il avala une gorgée de brandy, suivie d'une autre, puis d'une autre encore. Il était, après tout, sur le point de modifier l'un des plus grands romans jamais écrits : un remontant lui semblait de rigueur.

Il regarda son verre, presque vide. L'ayant rempli à nouveau, il but une autre rasade et, ragaillardi, ôta le capuchon de son stylo. Après avoir adressé une prière silencieuse au dieu de la Littérature, il biffa de trois rayures un paragraphe complet.

C'était fait.

Il se resservit un verre. Tout s'était déroulé plus facilement qu'il ne l'avait cru. Une fois l'encre sèche, il rangea l'édition Crowell à sa place. À présent, il se sentait plus qu'un peu pompette. Il retournait vers le bureau quand son œil fut attiré par un titre : *Tess d'Urberville* de Thomas Hardy, dans l'édition originale Osgood, McIlvaine & Co., Londres, 1891.

M. Berger avait toujours détesté la fin de *Tess d'Urberville*.

Oh, allez, se dit-il, quand il y en a pour un, il y en a pour deux.

Il prit le roman sur l'étagère, le coinça sous son bras et, bientôt, se plongea joyeusement dans la réécriture des chapitres 58 et 59. Et cela dura ainsi toute la nuit. Quand le sommeil s'empara enfin de lui, la bouteille de brandy était vide et des piles de livres encombraient le bureau.

À vrai dire, M. Berger s'était laissé quelque peu emporter.

## 14

Dans l'histoire de la bibliothèque Caxton, la courte période qui suivit les « améliorations » apportées par M. Berger aux grands chefs-d'œuvre du roman et du théâtre est connue sous le nom de « Période du Chaos », et offre un bon exemple des raisons pour lesquelles il vaut mieux éviter ce genre d'expérimentation.

Le premier signe auquel M. Gedeon comprit que quelque chose ne tournait pas rond fut une affiche sur le fronton de la Liverpool Playhouse. Il l'aperçut alors qu'il s'apprêtait à prendre le train pour Glossom, laissant derrière lui un frère miraculeusement guéri qui menaçait déjà de traîner ses médecins en justice. Le théâtre jouait *La Comédie de Macbeth*. M. Gedeon relut deux fois le titre, et partit aussitôt en quête d'une librairie. Il y trouva un exemplaire de *La Comédie de Macbeth*, que le préfacier décrivait comme « l'une des pièces les plus troublantes de la maturité artistique de

Shakespeare, mêlant curieusement la violence et un humour décalé frôlant le comique troupier ».

— Seigneur ! gémit M. Gedeon à haute voix. Qu'a-t-il fait ? Et qu'a-t-il fait *d'autre* ?

Il réfléchit longuement, tentant de se souvenir des romans ou des pièces à propos desquels M. Berger avait émis de sérieuses réserves. Il crut se rappeler l'avoir entendu se plaindre du dénouement lacrymal du *Conte de deux villes*. Un rapide examen du livre en question révéla que, dans la scène finale, Sydney Carton était sauvé de la guillotine par l'intervention du Mouron Rouge aux commandes d'un avion de chasse. Une note de bas de page précisait que cet épisode inspirerait à la baronne Orczy, quelques décennies plus tard, une célèbre série de romans.

— Mon Dieu, souffla M. Gedeon.

Puis vint le tour de Thomas Hardy.

L'épilogue de *Tess d'Urberville* voyait Tess s'évader de prison avec l'aide d'une équipe d'experts en démolition emmenée par Angel Clare. Dans *Le Maire de Casterbridge*, Michael Henchard s'installait dans une chaumière couverte de roses, non loin de sa belle-fille tout juste mariée, et se lançait dans l'élevage des chardonnerets. En conclusion de *Jude l'obscur*, Jude Fawley échappait au piège tendu par Arabella et, au lieu de mourir après sa visite désespérée à Sue sous une pluie glaçante, il repartait avec elle et tous deux coulaient des jours heureux à Eastbourne.

— C'est horrible, lâcha M. Gedeon, tout en reconnaissant qu'il préférait nettement les fins des romans de Hardy revues et corrigées par M. Berger.

Enfin, il se pencha sur *Anna Karénine*. Il eut besoin d'un peu plus de temps pour identifier la modification car celle-ci était plus subtile que les autres : ce n'était pas une réécriture maladroite, mais une simple suppression. Cela restait tout aussi indéfendable, mais il comprenait les raisons qui avaient poussé M. Berger à effectuer cette retouche. Si M. Gedeon avait éprouvé des sentiments comparables envers l'un de ses personnages, peut-être aurait-il lui aussi trouvé le courage d'intervenir de cette façon. Ils étaient si nombreux à souffrir des décisions prises par des auteurs impitoyables – à commencer par ce satané Hardy ! Mais la priorité de M. Gedeon était, depuis toujours, les livres. Si légitimes aient-elles pu sembler à M. Berger, ses interventions devaient être annulées.

M. Gedeon reposa l'exemplaire d'*Anna Karénine* sur le rayonnage et partit en direction de la gare.

## 15

M. Berger se réveilla avec une effroyable gueule de bois. Il mit du temps à se rappeler où il se trouvait, sans parler de ce qu'il avait bien pu faire. Sa bouche était sèche, une affreuse migraine lui martelait les tempes et, après avoir dormi affalé sur le bureau de M. Gedeon, une raideur douloureuse lui tétanisait la nuque et le dos. Il se prépara un thé avec des toasts – dont il parvint à garder la majeure partie dans son estomac – puis avisa, horrifié, la pile d'éditions originales qu'il avait violentées dans la nuit. Il avait la vague impression qu'elles ne représentaient pas l'intégralité de ses efforts car, parmi ses souvenirs embrumés, il se voyait en remettre d'autres sur leurs étagères en chantonnant gaiement. Pour autant, il était incapable de se rappeler les titres des ouvrages en question. Il se sentait tellement malade et tellement accablé qu'il ne voyait aucune raison de rester éveillé. Il alla se blottir, recroquevillé, sur le canapé, en espérant que, dès qu'il rouvrirait les yeux, le monde de la littérature se serait comme par miracle autocorrigé et que l'intensité de son mal de crâne aurait diminué. La seule modification qu'il ne regretta pas immédiatement concernait la fin d'*Anna Karénine*. Dans ce cas précis, son stylo avait vraiment travaillé avec amour.

Il se réveilla l'esprit toujours embrumé. M. Gedeon se dressait devant lui. Son visage exprimait un mélange de colère et de déception, sans une once de compassion.

— Il faut qu'on ait une petite discussion, monsieur Berger. Mais, avant de commencer, je vous suggère d'aller vous rafraîchir.

M. Berger gagna la salle d'eau. Après s'être aspergé d'eau froide le visage et le torse, il se lava les dents, se peigna et tenta de se rendre aussi présentable que possible. Il se sentait un peu comme un condamné à mort désireux de faire bonne impression devant le bourreau. Il retourna dans le salon, où flottait une forte odeur de café. Le thé, dans son cas, risquait d'être insuffisant pour la tâche qui l'attendait. Il s'assit en face de M. Gedeon, occupé à inspecter les livres réécrits. Désormais, ses sentiments tempérés avaient laissé place à une fureur sans nom.

— C'est du vandalisme ! s'écria-t-il. Vous êtes conscient de ce que vous avez fait ? Vous avez non seulement corrompu le monde de la littérature en changeant les histoires des personnages dont nous nous occupons, mais aussi massacré les collections de la bibliothèque Caxton ! Comment peut-on se considérer comme un amoureux des livres et agir de la sorte ?

M. Berger n'osait croiser le regard du bibliothécaire.

— Je l'ai fait pour Anna, se défendit-il. Je ne supportais pas de la voir souffrir à ce point.

— Et les autres ? Jude, Tess, Sydney Carton ? Et – grands dieux ! – ce pauvre Macbeth ?

— Ils me faisaient de la peine. Si leurs créateurs avaient su que, dans le futur, leurs personnages allaient prendre forme dans le monde physique, chargés du poids des souvenirs et des expériences qu'ils leur avaient infligés, n'auraient-ils pas réfléchi à deux fois avant d'imaginer leur fin ? Dans le cas contraire, ce ne serait ni plus ni moins que du sadisme !

— Mais ça n'est pas comme ça que la littérature fonctionne ! Ça n'est même pas comme ça que le *monde* fonctionne. Les livres sont écrits une bonne fois pour toutes. Ce n'est ni à vous ni à moi de commencer à les retravailler. En modifiant leur dénouement, c'est leur place au sein du panthéon littéraire, et, au-delà, du monde, que vous mettez en péril ! Si nous allions faire un tour dans les appartements de la bibliothèque maintenant, je ne serais pas étonné qu'une dizaine ou plus soient vacants, sans aucune trace de l'existence de leurs anciens occupants !

M. Berger n'avait pas pensé à cela. Il ne s'était jamais senti aussi pitoyable.

— Je suis désolé. Tellement, tellement désolé… Il n'y a rien que l'on puisse faire ?

M. Gedeon se leva et alla ouvrir une grande armoire dans un coin de la pièce. Il en sortit un coffret contenant son nécessaire à restauration : adhésifs, bobines de ficelle, scotch, poids de relieur, rouleaux de bougran, aiguilles, pinceaux et poinçons. Il posa le coffret sur son bureau, y ajouta plusieurs petits flacons remplis de différents liquides puis se retroussa les manches, alluma les lumières et fit signe à M. Berger de s'installer à côté de lui.

— Acide muriatique, acide citrique, acide oxalique, acide tartrique, énuméra le bibliothécaire en tapotant un à un les flacons.

Il mélangea précautionneusement les trois derniers acides dans un bol et ordonna à M. Berger d'appliquer la solution sur l'encre des passages réécrits dans *Tess d'Urberville*.

— Elle efface les traces d'encre manuelles et préserve l'encre de l'imprimeur. Faites très attention, prenez votre temps. Badigeonnez, attendez quelques minutes puis essuyez et laissez sécher. Répétez l'opération jusqu'à disparition complète de votre encre. Et maintenant, au travail ! Nous avons beaucoup à faire.

Ils en eurent pour toute la nuit et une partie du matin. L'épuisement les obligea à s'accorder un petit somme mais, dès le début de l'après-midi, ils se remirent à la tâche. Tard dans la soirée, l'essentiel des dégâts avait été réparé. M. Berger avait même réussi à se rappeler tous les titres des livres rangés sur les étagères – tous, sauf un : *Hamlet*. Il s'était employé à abréger la tragédie de Shakespeare, mais n'était pas allé plus loin que les scènes IV et V de l'acte I, desquelles il avait retiré deux ou trois monologues du prince. En conséquence de quoi, la scène IV commençait avec l'apparition, à minuit, du spectre du père de Hamlet, suivie de quelques dialogues rapides après lesquels, dès le milieu de la scène V, on arrivait déjà au matin. Lorsque, des décennies plus tard, les coupes effectuées par M. Berger furent découvertes par la bibliothécaire qui allait lui succéder, elle décida de ne pas y toucher car elle aussi trouvait *Hamlet* suffisamment long comme ça.

Dans la soirée, M. Gedeon et M. Berger rendirent visite aux personnages dans leurs appartements. Ils étaient tous là, en bon état. Macbeth semblait cependant de fort meilleure humeur qu'autrefois – et le resterait par la suite.

Le seul livre à ne pas avoir été réparé était *Anna Karénine*.

— Il le faut vraiment ? demanda M. Berger. Si vous me répondez « oui », j'accepte votre décision, mais je ne peux pas m'empêcher de trouver Anna différente des autres personnages. Aucun ne se sent poussé à agir comme elle. Aucun n'est désespéré au point de chercher à oublier son sort encore et encore. Ce que j'ai fait n'altère pas fondamentalement le pic dramatique du roman, il ajoute juste un peu d'ambiguïté. *Juste un peu*… Elle n'a peut-être pas besoin de plus.

M. Gedeon examina le livre. Certes, il était le bibliothécaire et le gardien du contenu de la bibliothèque privée Caxton – prêt & dépôt de livres, mais il était aussi responsable de leurs personnages. Il avait des devoirs envers eux et envers les livres. Les uns avaient-ils la priorité sur les autres ? Il repensa aux paroles de M. Berger : si Tolstoï avait su que, par la force de son talent littéraire, son héroïne serait condamnée à se définir éternellement par son suicide, n'aurait-il pas eu envie d'adoucir sa prose afin de lui accorder une certaine sérénité ?

N'était-il pas exact, aussi, que la fin de son roman était de toute façon ratée ? Au lieu d'offrir au lecteur une réflexion sur la mort d'Anna, Tolstoï avait préféré s'appesantir sur le retour de Lévine à la religion, le soutien de Kosnichev aux Serbes et l'engagement de Vronski pour défendre la cause slave. Il avait même confié à l'affreuse mère de Vronski le soin de l'ultime allusion à la mort d'Anna : « Elle est morte comme une mauvaise femme, une femme sans religion. » Anna ne méritait-elle pas une meilleure épitaphe ?

M. Berger avait simplement rayé trois lignes à la fin du chapitre 31 :

*Le petit moujik interrompit ses marmonnages et tomba à genoux devant le corps brisé. Il murmura une prière pour l'âme de la jeune femme mais, si sa mort avait été accidentelle, elle n'avait plus besoin de prière car elle était auprès de Son Créateur. S'il en allait différemment, alors aucune prière ne pouvait plus la sauver. Mais il continua de prier.*

Il lut le paragraphe précédent :

*Et la lumière qui pour l'infortunée avait éclairé le livre de la vie, avec ses tourments, ses trahisons et ses douleurs, brilla soudain d'un plus vif éclat, illumina les pages demeurées jusqu'alors dans l'ombre, puis crépita, vacilla et s'éteignit pour toujours.*

C'est vrai, se dit M. Gedeon : le chapitre 31 pourrait aussi bien s'arrêter ici, et Anna trouverait la paix.

Il referma le volume, entérinant ainsi la correction de M. Berger.

— Restons-en là, voulez-vous ? Je vous laisse le remettre à sa place.

M. Berger prit le livre avec solennité et alla le reposer doucement, amoureusement, sur son étagère.

Il eut envie de passer voir Anna une dernière fois, mais demander la permission à M. Gedeon aurait été déplacé. Il avait fait tout ce qui était en son pouvoir pour elle, et il espérait simplement que cela suffirait. Il retourna dans le salon et posa la clé de la bibliothèque Caxton sur la table.

— Au revoir, dit-il. Et merci.

M. Gedeon hocha la tête sans répondre. Et M. Berger quitta la bibliothèque sans un regard en arrière.

## 16

Dans les semaines qui suivirent, M. Berger repensa souvent à la bibliothèque Caxton, à M. Gedeon et, plus que tout, à Anna. Mais il ne retourna plus dans la ruelle, évitant même consciencieusement de s'aventurer dans cette partie de la ville. Il reprit ses lectures et ses promenades le long de la voie ferrée. Chaque soir, il guettait le dernier train, et celui-ci passait sans aucun incident. Anna, se dit-il, devait avoir été libérée de son tourment.

Un soir, tandis que l'été approchait, on frappa à sa porte. Il alla ouvrir et tomba nez à nez avec M. Gedeon. Il se tenait sur le seuil avec deux valises, et un taxi l'attendait près du portail du jardinet. M. Berger ne put cacher sa surprise et l'invita à entrer, mais M. Gedeon déclina la proposition.

— Je pars. Je suis fatigué et je n'ai plus l'énergie de mes jeunes années. L'heure de la retraite a sonné pour moi, il est temps que je confie les clés de la bibliothèque Caxton à mon successeur. J'en ai eu l'intuition dès le premier soir, quand vous avez suivi Anna. La bibliothèque trouve toujours son nouveau bibliothécaire et l'attire jusqu'à sa porte. J'ai pensé que j'avais pu me tromper quand vous avez modifié les livres et je me suis résigné à attendre un autre visiteur mais, petit à petit, j'ai fini par comprendre que c'était bien vous. Votre seule erreur a été d'aimer un peu trop un personnage, ce qui vous a conduit à commettre de mauvais actes pour de bonnes raisons. Il est fort possible que nous ayons tous les deux tiré la leçon de cet incident. Je sais que la bibliothèque Caxton et ses personnages seront entre de bonnes mains avec vous, jusqu'à ce qu'un nouveau bibliothécaire se présente. Je vous ai laissé une lettre contenant toutes les informations nécessaires, ainsi qu'un numéro de téléphone pour me joindre en cas de besoin. Mais je suis sûr que vous vous débrouillerez très bien.

Il tendit à M. Berger un grand trousseau de clés. Après un bref moment d'hésitation, M. Berger l'accepta et M. Gedeon laissa couler une larme en confiant à leur nouveau gardien la bibliothèque et ses personnages.

— Ils vont me manquer terriblement, vous savez.

— N'hésitez pas à passer nous voir, chaque fois que vous le souhaiterez, lui suggéra M. Berger.

— Peut-être, oui…

Mais M. Gedeon ne revint jamais.

Ils se serrèrent la main. M. Gedeon partit, et ce fut la dernière fois qu'ils se virent et qu'ils se parlèrent.

## 17

La bibliothèque privée Caxton ne se trouve plus à Glossom. Au début de ce siècle, des promoteurs immobiliers ont mis la main sur la ville, et le terrain autour de la bibliothèque a été racheté pour accueillir des maisons et un centre commercial. Ce vieux bâtiment étrange tout au bout de la ruelle a commencé à susciter des questions et, un soir, un long convoi de camions anonymes, conduits par des chauffeurs anonymes, est venu se garer juste devant l'entrée. En une nuit seulement, l'intégralité du contenu de la bibliothèque privée Caxton – livres, personnages et tout le reste – s'est évanouie pour réapparaître dans un nouvel édifice situé dans un petit village en bord de mer, loin, très loin des villes et des voies ferrées. Le bibliothécaire, devenu très vieux et plus qu'un peu voûté, aime se promener le soir sur la plage en compagnie d'un petit terrier et, par temps clément, d'une belle femme au visage pâle et aux longs cheveux noirs.

L'été se fondait dans l'automne quand, un soir, des coups résonnèrent à la porte de la bibliothèque privée Caxton. Le bibliothécaire ouvrit ; devant lui se tenait une jeune femme avec, à la main, un exemplaire de *La Foire aux vanités*.

— Pardonnez-moi, dit-elle. Je sais que cela va vous paraître un peu bizarre, mais je suis absolument certaine d'avoir croisé tout à l'heure sur la plage un homme qui ramassait des coquillages et qui ressemblait à Robinson Crusoé. Je viens de le voir entrer dans cette…

Elle déchiffra l'inscription sur la petite plaque de cuivre à sa droite.

— … *bibliothèque* ?

M. Berger ouvrit la porte en grand.

— Je vous en prie, entrez. Vous allez trouver cela tout aussi bizarre, mais je crois bien que je vous attendais…

# Le Sang de l'agneau

Elle regarda son mari, qui venait de poser une tasse de thé sur leur belle table de salle à manger, celle qu'elle avait mis une heure à astiquer pour lui donner un lustre éclatant, et voilà qu'il n'avait même pas pris la peine d'attraper un sous-verre au passage, c'était à désespérer. Parfois, elle se demandait s'il ne ramollissait pas du cerveau.

— Bon Dieu, qu'est-ce que tu fais ? s'exclama-t-elle.

— Quoi ? Je bois un thé. On ne peut même plus boire une tasse de thé chez soi sans demander la permission ?!

Elle se précipita vers la table, s'empara de l'objet du litige et alla le mettre sur le manteau de la cheminée.

— Je ne viens pas juste de la cirer, cette table ? Tu vas y laisser une marque.

Elle alla récupérer son chiffon sous l'évier et recommença à frotter tandis que son mari attendait, les mains dans les poches de son pantalon. La planche à repasser restée au milieu de la pièce, devant le téléviseur, lui rappelait désagréablement le support sur lequel les croque-morts de Clancy posaient les cercueils pour les veillées funèbres. Elle l'avait forcé à acheter une chemise, alors que n'importe laquelle de ses vieilles aurait parfaitement fait l'affaire, elle avait ensuite absolument tenu à la repasser pour en effacer les plis, bien qu'il lui eût promis de garder sa veste et son cardigan, auquel cas le Seigneur Lui-même n'aurait su dire si cette chemise avait des plis ou pas.

Du coup, il n'était plus sûr d'avoir envie de boire son thé, maintenant. Il aurait un goût d'encaustique. Toute la maison sentait la cire, le savon et l'eau de Javel. Jamais elle n'avait été aussi propre, et sa femme était pourtant pointilleuse sur la tenue de leur intérieur. Il craignait presque de marcher sur le sol, même s'il était en pantoufles. En fait, il avait l'impression de mettre le désordre par sa seule présence.

— Elle est magnifique, assura-t-il, parlant de la table.

— Non, elle n'est pas magnifique. Y a rien de magnifique, ici. Rien, répliqua-t-elle en fondant en larmes.

Il sortit les mains de ses poches et lui tapota maladroitement le dos, comme si elle avait avalé un morceau de pain de travers. Il n'était pas doué pour ce genre de choses. Il aimait tendrement sa femme, mais câliner, presser les mains, ce n'était pas dans son caractère, et il ne savait jamais quoi faire quand elle sanglotait. Cela arrivait rarement à son épouse, un peu trop souvent quand même à son goût.

— Là, c'est tout, dit-il. Ça va aller. Pas la peine de te mettre dans des états pareils.

Elle savait qu'il avait raison – et tort, en même temps. Parce qu'elle ne pleurait pas à cause de la table. C'était pour tout le reste. Franchement, elle ne savait pas quoi penser. Ils seraient là demain et elle n'avait jamais reçu chez elle des gens aussi importants, elle n'avait même jamais imaginé que cela arriverait. C'était déjà crispant quand le père Delaney venait les voir, alors, les autres… Seigneur ! C'était comme si le pape en personne leur rendait visite…

Elle dénicha un mouchoir en papier dans une poche de son tablier, s'essuya les yeux et le nez.

— Mais regarde cette maison ! se récria-t-elle. J'ai honte de laisser quelqu'un la voir dans cet état.

Cette fois, il se hérissa. Il avait travaillé dur pour ce foyer, et il devrait continuer à le faire pendant quelques années encore. Ce n'était pas un palais, mais c'était à eux, et il n'était pas question d'en avoir honte, surtout après que sa femme s'était éreintée à la rendre impeccable pour leurs visiteurs, sa femme mais aussi sa fille, trimant jusqu'à s'en écorcher les mains.

Penser à sa fille, là-haut, lui fit l'effet d'un coup de poing dans le ventre.

— Dis pas ça, répondit-il. Ils n'auront jamais mis les pieds dans un intérieur aussi propre, ni autant aimée.

Elle se leva et lui pressa le bras droit, sentit ses muscles, sa chaleur. Dieu, ce qu'elle l'aimait, et qu'il était bête, lui, de l'aimer !

— Tu as raison, convint-elle. C'est juste que…

Mais elle ne trouvait pas les mots, et lui non plus.

— Je sais, murmura-t-il simplement.

Elle garda cependant la main sur son bras, puisant de la force en lui tout comme il en puisait en elle, même s'il ne lui en aurait jamais fait l'aveu et qu'elle en serait tombée à la renverse de stupéfaction dans le cas contraire.

— Et s'ils nous disent qu'il y a quelque chose qui ne va pas chez elle ? demanda-t-elle. Et s'ils l'emmènent ?

— Pourquoi ils feraient ça ? Il n'y a rien qui cloche chez elle. Elle est différente, c'est tout. Spéciale. Ce qu'elle a, quoi que ça puisse être, c'est un don de Dieu.

— Si c'en est un, j'aurais préféré qu'Il l'accorde à quelqu'un d'autre. J'aurais préféré qu'Il ne s'occupe pas d'elle et la laisse être une fille normale. Ils peuvent peut-être l'en débarrasser, les prêtres. Avec une prière, peut-être, je ne sais pas, renvoyer ça d'où ça vient…

— Là, tu parles d'exorcisme, et ce n'est pas de ça qu'elle a besoin.

— Tu es sûr ?

Il enserra les bras frêles de sa femme de ses grosses mains, assez puissantes pour lui faire mal s'il pressait un peu.

— Ne dis pas ça, lui ordonna-t-il. Tu m'entends ?

Elle hocha la tête en silence et les larmes recommencèrent à couler.

Nom de Dieu, une vraie fontaine, pensa-t-il, et voilà qu'ils avaient tous deux invoqué en vain le nom du Seigneur, elle à voix haute, lui dans sa tête, alors que les types du Vatican étaient en route pour venir chez eux. Enfin, ils ne pouvaient pas le savoir. Ils ne disposaient pas d'un radar leur signalant que quelqu'un avait enfreint un commandement, encore que s'agissant du père Delaney il n'aurait pu le jurer, lui qui avait cet œil froid de crocodile quand il le voulait, et qui connaissait toutes les voix qui lui parlaient dans l'obscurité du confessionnal. Une bonne raison d'ailleurs pour éviter d'y aller, sauf à Noël, quand il convenait de se décharger de ses péchés, même s'il était sage de napper les plus graves d'un glaçage – « De cette faute et de tous mes autres péchés je me repens sincèrement » – pour n'offrir au père Delaney que l'aveu de deux ou trois mensonges, de quelques jurons et pensées lascives, afin de rester dans l'esprit de la chose et que le prêtre se sente utile et content de l'être.

Il jeta un coup d'œil à l'horloge de la cheminée : un peu plus de vingt et une heures. Leur fille était allée se coucher tôt après leur avoir dit qu'elle voulait faire une bonne nuit pour se préparer à la journée qui les attendait. Elle ne semblait pas inquiète, mais elle avait peu parlé pendant le dîner et n'avait pas mangé grand-chose. Il lui avait demandé si ça allait, elle avait répondu oui, mais il avait décelé de la tristesse en elle. Enfin, elle était souvent triste depuis que son don s'était manifesté. Même s'il ne l'aurait jamais reconnu, il se disait que sa femme avait peut-être raison et qu'il aurait mieux valu que le Seigneur accorde ce bienfait à une autre, car certains cadeaux ne valent pas mieux qu'une malédiction.

Il s'était mis à pleuvoir, une averse qui martelait le toit de la maison, avec un bruit de pièces de monnaie tombant dans un gobelet de métal. Il était content de ne pas être dehors. C'était un temps à ne mettre dehors ni homme ni bête.

— Ton thé va refroidir, fit-elle observer.

— Ah, je sais pas pourquoi je l'ai fait.

— J'y pensais, justement. Tu ne prends pas de thé si tard, d'habitude.

— C'était histoire de m'occuper les mains.

Elle lui passa les bras autour de la taille et respira son odeur, la joue pressée contre la poitrine de son mari qui mesurait une bonne tête de plus qu'elle.

Malgré tout ce qui leur arrivait, elle sentit une chaleur se répandre en elle. Comme ce serait bon de se perdre sous son poids, songea-t-elle, et d'oublier un moment leurs ennuis sous ses coups de reins.

— Moi, je sais à quoi tu pourrais les occuper, dit-elle, aussitôt ravie de l'expression choquée de son mari.

— Bon Dieu, avec les prêtres sur le pas de notre porte !

— Ne dis pas « Bon Dieu », le gronda-t-elle.

— Tu l'as fait y a pas cinq minutes.

— Non !

— Si, persista-t-il en lui souriant. Tu es une femme épouvantable.

Ils entendirent frapper à la porte.

Les trois hommes qui se tenaient sur le seuil étaient trempés d'avoir remonté l'allée sous la pluie, leurs cheveux – du moins pour ceux qui en avaient encore, puisque l'un d'eux était complètement chauve et qu'un des deux autres ne se glorifierait plus très longtemps sur ce chapitre – plaqués sur le crâne, leurs manteaux plus sombres aux épaules et dans le dos. Deux d'entre eux portaient le col romain. Le troisième, pourvu d'une épaisse barbe rousse, portait un vieux pull sur une chemise noire au col déboutonné. Il avait une chevelure de montagnard, avec un visage et un corps assortis. *Buriné*. Un homme dur, à sa façon.

— Monsieur Lacey ? s'enquit le barbu.

Lacey acquiesça de la tête. Il était brièvement frappé de mutisme et tout ce qui lui venait à l'esprit, c'était qu'il avait acheté une chemise neuve pour rien.

Il finit par retrouver sa langue :

— Oui. Et vous êtes…

Il n'acheva pas sa phrase. Bien sûr que c'étaient eux. Ce ne pouvait être qu'eux.

— Je suis le père Manus. Et voici mes collègues, le père Faraldo et le père Oscuro.

Les deux autres prêtres saluèrent de la tête à la mention de leurs noms. Faraldo était le plus âgé du trio, Oscuro le plus jeune, avec, à l'arrière du crâne, une calvitie qu'une sous-tasse n'aurait pas recouverte. Il ne souriait pas et mettait Lacey mal à l'aise. Il avait les yeux d'un homme qui faisait rarement confiance et accordait foi moins souvent encore. Le chemin menant à la prêtrise avait dû être difficile pour lui.

— Nous ne vous attendions pas avant demain matin, fit remarquer Lacey. C'est ce que le père Delaney nous avait dit.

Mme Lacey se débarrassa en toute hâte de son tablier avant de rejoindre son mari en se tordant les mains. Il sentit la fébrilité qui agitait sa femme, pire, qui exsudait d'elle. Il y avait un mot pour ce comportement, il le savait. Il l'avait lu quelque part. *Obséquiosité*, peut-être ? Oui, c'était ça. Il aurait voulu pouvoir la prendre à part pour lui dire de se calmer, que ces visiteurs n'étaient que des hommes.

— Nous pourrions peut-être nous expliquer à l'intérieur ? proposa le père Manus.

L'eau ruisselait de la gouttière et lui mouillait l'épaule. Lacey pensa qu'il faudrait qu'il se procure une échelle et qu'il aille jeter un œil là-haut une fois que la pluie aurait cessé et qu'il ferait jour.

Prenant la direction des opérations, sa femme le poussa doucement de la hanche sur le côté, ce qui le contraignit à ouvrir la porte en grand.

— Bien sûr, répondit-elle. Vous êtes les bienvenus, quelle que soit l'heure. Entrez, je vous en prie. Je peux vous offrir une tasse de thé, ou quelque chose à manger ? Vous devez être épuisés, après ce long voyage.

Ils entrèrent tous les trois après avoir pris soin de s'essuyer les pieds sur le paillasson. Lacey scruta la rue obscure sans pouvoir repérer leur voiture et présuma qu'elle devait se trouver dehors quelque part. L'un d'entre eux avait-il conduit ? Il se dit que le diocèse avait plutôt envoyé quelqu'un les prendre puisqu'ils étaient si importants. Ils étaient probablement arrivés à Dublin par avion et avaient ensuite roulé jusqu'ici, mais le trajet était long et on pouvait facilement s'égarer si on ne connaissait pas la route. Il valait mieux leur poser la question, au cas où il y aurait quelqu'un dehors dans le froid qui aurait bien besoin d'une tasse de thé pour se réchauffer, et peut-être aussi d'un sandwich ou d'un biscuit.

— C'est l'un de vous qui a conduit ? demanda-t-il.

— Non, un chauffeur est venu nous chercher à l'aéroport, répondit le père Manus.

— Et il n'a pas eu de mal à vous trouver ?

— Apparemment pas.

Le prêtre avait un accent difficile à identifier. Une pointe d'irlandais – Cork, ou le sud du Kerry –, mais il avait perdu toute aspérité et était devenu plus neutre qu'autre chose.

— Je m'en réjouis, dit Lacey. Il a besoin de quelque chose, votre chauffeur ?

— Je ne pense pas. Je le crois tout à fait capable de s'occuper de lui.

Lacey jeta un dernier regard à la nuit en tâchant à nouveau de repérer leur voiture puis referma la porte. Sa femme tenta de diriger les ecclésiastiques vers la bonne pièce, mais le père Manus déclara qu'il se sentait toujours plus à l'aise dans une cuisine.

— Nous vivions autour de la table de la cuisine quand j'étais enfant, expliqua-t-il. Je ne savais jamais où m'asseoir, quand nous avions de la visite dans la salle de séjour.

Lacey les laissa quelques instants pour aller ranger la planche à repasser au cas où ils décideraient plus tard de se rendre dans le séjour, et quand il revint sa femme avait déjà mis la bouilloire à chauffer, disposé des assiettes sur la table, et était en train de couper le cake qu'elle avait préparé plus tôt dans la journée. Les prêtres défirent leurs manteaux, que Lacey mit à sécher dans le placard chauffant. Ils débitèrent des propos anodins sur le voyage depuis Rome, Manus assurant l'essentiel de la conversation, les deux autres gardant le silence, excepté lorsque Faraldo remercia Mme Lacey pour le thé et accepta le sucre et le lait proposés. Il avait un accent prononcé et souriait tout le temps. Il dévora avec un plaisir évident sa tranche de cake, qu'il avait auparavant généreusement beurrée.

Oscuro, lui, communiquait surtout par gestes, hochements de tête et petits mouvements de la main droite. Il grignotait son cake par politesse et on voyait bien qu'il ne le trouvait pas à son goût. Lacey se faisait déjà une idée de la façon dont le trio opérait : Manus, le type cordial et charmant, intelligent aussi ; Faraldo, peu disert, affable, dépositaire du savoir ; et Oscuro, le sceptique, froid et sans passion, le plus proche en esprit de saint Thomas l'incrédule, tendant le bras pour explorer la plaie au flanc du Sauveur, sans se soucier de la douleur qu'il pourrait causer.

— Il faut peut-être que je téléphone au père Delaney pour le prévenir que vous êtes bien arrivés, suggéra Lacey en se levant.

Manus leva une main pour l'arrêter.

— Je préférerais que vous ne le fassiez pas tout de suite.

— Il en sera très contrarié.

C'était le fief du père Delaney, qui prendrait assurément mal d'être laissé en dehors de tout ce qui concernait la visite de représentants du Vatican. Le père Delaney n'avait aucune indulgence pour les imbéciles. Il n'avait d'indulgence pour personne.

— Je lui expliquerai mes raisons en temps voulu, poursuivit Manus, tout comme je vais vous les expliquer. Rasseyez-vous donc avec nous, monsieur Lacey.

Lacey obtempéra. Sa femme remplit de thé la tasse qu'elle avait posée devant lui pour remplacer celle qui refroidissait sur la cheminée. À ce rythme-là, il y aurait des tasses de thé dans toute la maison avant qu'ils en aient terminé.

— Votre fille ? s'enquit Manus.

— Elle est montée se coucher, mais je suis sûre qu'elle doit être réveillée, maintenant, dit Mme Lacey. Vous voulez que je la fasse venir ?

Elle était étonnée qu'Angela ne soit pas descendue, elle avait dû entendre l'agitation causée par l'arrivée des prêtres. Peut-être les écoutait-elle d'en haut. La maison était mal insonorisée et Angela avait sans doute entendu bien des choses en grandissant, intentionnellement ou par hasard. C'était pour cette raison que ses parents avaient appris à faire l'amour en silence.

— Non, répondit Oscuro. Nous déciderons peut-être de la voir plus tard, juste une minute ou deux.

Lacey fut surpris que le jeune prêtre soit intervenu. Il avait une voix douce, pas désagréable, mais un accent aussi fort que celui de Faraldo. Lacey ne voyait pas de quelle nationalité il pouvait être. Oscuro, c'était un nom italien, ou espagnol ?

— Nous sommes venus plus tôt par expérience, expliqua Manus.

— Je ne comprends pas, dit Lacey.

Le prêtre but une gorgée de son thé, en fit tomber des gouttelettes dans sa barbe, et bien qu'il ne pût les avoir vues, il les essuya de sa main droite. Là encore, l'expérience, pensa Lacey, qui ne s'était pas laissé pousser la barbe pour ne pas passer son temps à se demander si quelque chose s'était pris dans ses poils.

— Vous devez comprendre qu'il nous faut aborder de tels cas avec une extrême prudence, reprit Manus. Nous devons être ouverts aux miracles, à la main de Dieu à l'œuvre, et en même temps nous méfier des supercheries. Je ne veux pas mettre en doute votre honnêteté, ni celle de votre fille, mais nous avons eu à déplorer certains… *incidents*.

— Quelle sorte d'incidents ? demanda Mme Lacey avant que son mari ait pu poser la question.

— Regrettables, répondit Oscuro. Très mauvais.

Mal à l'aise, Manus gigota sur son siège. Il aurait à l'évidence préféré qu'Oscuro ne plonge pas directement au fond des choses, mais les mots avaient été lâchés. Regrettables. Très mauvais.

— Allez-y, les encouragea Lacey. Ce sera mieux pour nous si vous êtes francs dès le départ.

Manus eut une petite grimace exprimant sa compréhension.

— L'année dernière, nous nous sommes rendus à Padoue…

— En Italie, précisa Oscuro.

— Je sais où se trouve Padoue, dit Lacey.

Bordel de merde. Il avait eu un ton plus irrité qu'il ne l'aurait voulu, mais pas question que ces trois-là le prennent pour un ignorant. Il n'acceptait pas de se faire traiter avec condescendance dans sa propre maison.

— Toutes mes excuses, dit Oscuro, sans paraître vraiment sincère.

Manus lui lança un regard appuyé, comme pour lui signifier : « Seigneur Dieu, tu ne pourrais pas montrer un peu de bon sens ? »

— Nous sommes allés à Padoue, reprit-il, parce qu'il y avait là-bas un enfant, une petite fille, qui présentait les stigmates.

— Les plaies de Notre-Seigneur cloué sur la Croix, dit Mme Lacey.

Pour éviter toute confusion et indiquer qu'elle non plus n'était pas une idiote, car elle savait elle aussi où se trouvait Padoue, à cause de saint Antoine de Padoue. Elle aurait pu leur faire un long discours sur saint Antoine parce qu'elle avait écrit plusieurs dissertations sur ce sujet au lycée, et aussi parce qu'elle n'arrêtait pas de perdre des choses et de lui promettre un shilling s'il les retrouvait pour elle. Saint Antoine devait passer son temps à regarder sous les matelas et les tapis.

— En effet, acquiesça Manus. Elle avait des plaies ouvertes aux mains et aux pieds. Elles saignaient le dimanche et les jours saints, ainsi que chaque fois qu'elle recevait la communion. Elles étaient aussi censées exhaler un parfum agréable – « l'odeur de sainteté », comme on dit quelquefois. Nous en avons été informés et nous sommes allés enquêter.

— Nous avions des doutes dès le départ, cependant, dit Oscuro. À cause de la nature des plaies.

— Comment ça ? demanda Lacey, intrigué.

— Les blessures apparaissaient sur les paumes de l'enfant, sur le dessus et la plante des pieds, répondit Manus, exactement comme sur la plupart des représentations de la crucifixion. Mais les Romains crucifiaient en enfonçant les clous dans les poignets, parce que les paumes n'auraient pas supporté le poids du corps. De même, les jambes ne pendaient probablement pas comme nous le voyons sur les crucifix. On les remontait et on les plaçait de côté, comme ça…

Manus mima maladroitement la position en remontant les genoux et en les inclinant sur la droite.

— … avec les clous enfoncés plus près de la cheville.

— Alors pourquoi elle saignait des mains ? voulut savoir Lacey.

— Parce que les connaissances de ses parents sur la crucifixion provenaient de ce qu'ils avaient vu à l'église et dans la bible illustrée qu'ils avaient chez eux, alors ils ont tailladé leur fille à ces endroits-là.

— Ils l'ont *tailladée* ? s'indigna Mme Lacey. Son père et sa mère ?

— Avec une lame, précisa Oscuro, puis ils ont élargi les blessures avec un tournevis. C'était la mère qui s'en chargeait.

— La fille était sourde et muette, ajouta Manus. Elle ne pouvait pas parler de ce qu'elle subissait, et elle vivait dans la crainte de sa mère. Son père était un faible. Il fermait les yeux sur ce qui se passait.

— Et l'odeur des plaies ? demanda Lacey.

— Du parfum bon marché qu'on versait dessus, répondit Manus. La douleur devait être atroce.

— Mais pourquoi faire une chose pareille ? s'interrogea Mme Lacey à voix haute.

— Ils étaient pauvres et les gens leur offraient de la nourriture et de l'argent dans l'espoir que la fille intercéderait pour eux dans leurs problèmes de santé, de sentiments, au travail. Mais surtout, la mère désirait être quelqu'un d'important, quelqu'un qu'on remarquait, et les stigmates de son enfant lui conféraient une position influente dans la ville.

Lacey et son épouse échangèrent un regard. Tous deux en avaient peu souvent été réduits à lever la main sur Angela, précisément à cause de ce qu'elle était, et ils le regrettaient toujours après l'avoir fait. Ils ne pouvaient pas même concevoir qu'on pût torturer sa propre chair, son propre sang.

— Nous sommes arrivés à Padoue un jour avant la date prévue, poursuivit Oscuro, et nous avons empêché les parents de communiquer avec leur fille de façon à pouvoir lui parler sans qu'ils interviennent. Le père Faraldo a examiné les blessures et constaté qu'elles étaient infectées. Dans le cas de vrais stigmates, les plaies sont aseptiques. Il a aussi remarqué des traces d'introduction d'un corps étranger dans la chair de l'enfant. Enfin, nous avons fait venir de Vigonza une femme connaissant la langue des signes et par son intermédiaire nous sommes parvenus à établir la vérité et à dénoncer l'imposture. Injonction a été faite à la mère de ne plus jamais infliger la moindre blessure à son enfant sous peine d'être arrêtée et emprisonnée.

— La pauvre petite, se lamenta Mme Lacey. Vous ne pensez pas, j'espère, qu'on ferait une chose pareille à notre fille…

— Je n'y ai pas songé une seule seconde, assura le père Manus.

Lacey se demanda dans quelle mesure c'était vrai et si Manus n'avait pas prononcé exactement les mêmes mots devant les parents de la fillette de Padoue, tout en les regardant dans les yeux et en pensant : Je sais parfaitement de quoi vous êtes capables. Le père d'Angela observa Oscuro et conclut qu'il y avait là un homme qui voyait le pire en chacun. Le problème avec les types de cette espèce, c'était qu'ils incitaient la vilenie à se manifester, comme si sa répugnance pour les mauvais penchants ne faisait que les attiser chez autrui.

— Votre fille, d'après ce que nous avons entendu, n'a montré aucun stigmate, dit Manus. Ce sont les statues qui saignent à son passage, c'est bien cela ?

Ils adoptaient maintenant une approche plus directe. Mme Lacey se tourna vers son mari pour l'autoriser à parler pour eux deux. Ce qu'il fit en n'omettant aucun détail, en racontant comment, lorsque Angela avait douze ans, la statue de la Sainte Vierge de l'église Sainte-Bernadette s'était mise à pleurer quand leur enfant était passée devant elle pour aller communier. On avait d'abord cru à une farce, puis la statue avait été examinée sans qu'on décèle la moindre trace d'une intervention quelconque. On ne comprenait même pas ce qui pouvait causer ce phénomène et ce fut seulement après que le père Delaney eut décidé de s'asseoir près de la statue – en laissant son vicaire se charger seul de la communion – et de surveiller tous ceux qui passaient devant qu'il établit le lien avec Angela.

Et puis, le jour de la confirmation de l'enfant, le christ en croix suspendu au-dessus de l'autel saigna de ses plaies et du sang mêlé d'eau jaillit du trou dans son flanc, détrempant le mur. La tache y était encore, on n'avait pas réussi à l'effacer. Le père Delaney ne s'était d'ailleurs pas vraiment échiné à la faire disparaître : malgré son caractère rugueux, il avait la foi, et les doutes qu'il avait pu nourrir à l'origine concernant Angela s'étaient depuis longtemps dissipés. C'était pour cette raison que les trois émissaires du Vatican étaient à présent assis dans leur cuisine.

Ce fut après le saignement du christ que des gens avaient commencé à venir voir Angela, à lui demander sa bénédiction et à l'implorer de prier pour eux. Lacey et sa femme s'étaient efforcés de les en dissuader, mais Angela avait dit à ses parents de laisser les gens venir, en parlant avec tant d'autorité et de conviction qu'ils avaient été incapables de refuser.

Au début, les miracles – si c'étaient bien des miracles – avaient paru mineurs : des maux de tête soulagés, un enfant maladif dont l'état s'était amélioré. Et puis Irene Kelly avait amené sa cadette, Kathleen, à qui on avait diagnostiqué un cancer. Les yeux enfoncés dans la tête, elle n'avait plus un seul cheveu et dégageait une odeur de viande qui aurait commencé à pourrir au soleil. Angela avait touché Kathleen en plaçant l'index de sa main droite sur la langue de l'enfant et, immédiatement après, avait annoncé qu'elle ne se sentait pas bien et qu'elle ne pourrait voir personne d'autre ce jour-là. Elle était allée se coucher et au milieu de la nuit ses parents l'avaient entendue vomir dans les toilettes. Quand ils étaient allés voir ce qui se passait, ils l'avaient découverte gisant par terre, le carrelage autour de sa tête couvert de bile, de sang et de morceaux de chair noircie, pourrie et puante.

Son père l'avait ramenée dans son lit en la portant et avait appelé le Dr French, mais quand le médecin était arrivé Angela dormait profondément, sa peau était sèche et fraîche au toucher. Il l'avait examinée sans rien déceler d'anormal. Les parents lui avait montré ce qu'ils avaient trouvé sur le carrelage des toilettes, il en avait prélevé un échantillon qu'il avait envoyé à Dublin pour analyse, mais avant même que les résultats soient connus tout le monde dans le village savait ce que c'était : le cancer de Kathleen Kelly, qu'Angela Lacey avait extirpé du corps de l'enfant et régurgité ensuite sur le carrelage. L'état de la petite Kelly s'était amélioré le jour même, et les médecins ne trouvaient désormais plus trace de la maladie qui avait rongé ses organes. L'enfant demeurait faible, mais ses cheveux avaient recommencé à pousser et l'odeur pestilentielle avait disparu.

Il y avait eu par la suite d'autres guérisons, mais aucune aussi spectaculaire que celle de Kathleen. Les gens avaient continué à assiéger la porte des Lacey pour solliciter l'aide d'Angela. Certains l'attendaient même à la sortie de l'école ou s'attroupaient devant l'église après la messe du dimanche, et elle ne refusait jamais de les toucher ou de prier pour eux. Ces dernières semaines, le père Delaney avait clairement signifié qu'il fallait laisser Angela tranquille quelque temps et des rumeurs avaient circulé sur la venue de prêtres du Vatican qui parleraient à l'adolescente et tenteraient de découvrir la nature de son don. Le père

Delaney l'avait interrogée, bien sûr, mais elle n'avait pu fournir aucune explication. Elle n'avait pas eu de visions, elle n'avait pas vu la nuit d'images tremblotantes de la Vierge Marie. Pas de voix qui se seraient adressées à elle dans l'obscurité, ni d'anges venus la perturber.

C'était du moins ce qu'elle affirmait.

Les prêtres étaient maintenant là, buvant du thé, mangeant du cake, et chacun d'eux considérait à sa manière ce qu'il venait d'entendre. Faraldo tirait sur son menton hérissé de quelques poils de barbe semblables à du lierre rampant sur une vieille pierre, mais son sourire demeurait en place et son regard restait placide. Oscuro, en revanche, paraissait troublé et Manus lui-même avait perdu de sa jovialité.

— Votre fille a-t-elle fait l'objet de menaces ? demanda ce dernier.

— Hein ? Pourquoi on la menacerait ? dit Lacey.

— Les gens peuvent avoir des réactions étranges quand ils sont confrontés à quelque chose qu'ils ne comprennent pas. Le fanatisme prend de multiples formes.

— Pas dans notre village, assura Lacey. Personne ici ne ferait le moindre mal à Angela. Je pense même que certains seraient prêts à donner leur vie pour la protéger, surtout après ce qu'elle a fait pour Kathleen Kelly.

— Si ce que vous nous dites est vrai, sa renommée est déjà en train de s'étendre, souligna Oscuro. Elle attirera des gens d'ailleurs : des désespérés, des gens totalement perdus. Certains pourraient lui faire du mal sans le vouloir, et d'autres viendront avec cette seule intention en tête.

— Oh, mon Dieu, gémit la femme de Lacey.

Manifestement, elle n'avait jamais envisagé cette possibilité. Elle porta la main droite à sa bouche, son mari prit la gauche et la caressa avec douceur.

— Zacatecas, lâcha Oscuro, comme si prononcer ce nom le faisait souffrir.

— Oui, Zacatecas, dit Manus.

— C'est quoi ? demanda Lacey.

— Une ville du Mexique. Un enfant, José Antonio, venu d'une de ses banlieues..., voulut développer Oscuro.

— Cela suffit, lâcha Manus.

— Non, laissez-le parler. Nous avons le droit de connaître ces choses, si elles risquent d'affecter Angela.

Du regard, Oscuro demanda l'autorisation de poursuivre, que Manus lui accorda d'un geste las de la main.

— José Antonio passait pour posséder des dons similaires à ceux qu'on attribue maintenant à votre fille, reprit Oscuro. Il guérissait les malades, faisait jaillir de l'eau des pierres d'un désert aride. Il présentait aussi les stigmates, mais seulement aux poignets. L'évêque local sollicita l'aide du Vatican afin de corroborer ce qu'on décrivait déjà comme des miracles, mais pour se rendre à Zacatecas le voyage est long et pénible, et il fallut attendre près d'un an avant que des émissaires de la curie puissent être envoyés. Lorsqu'ils arrivèrent, José avait disparu et personne ne savait où il se trouvait. C'était un enfant unique, qui vivait seul avec son père. Leur maison était inoccupée, mais la plupart de leurs affaires étaient toujours là. La police locale ne fut d'aucun secours et le prêtre de la paroisse s'avoua complètement dérouté par cette disparition.

« La veille du jour où les enquêteurs devaient retourner à Rome, quelqu'un frappa à la porte de la petite auberge où ils logeaient. Un vieux paysan – un miséreux, un exclu. Il était couvert de poussière et fatigué. Il expliqua qu'il avait longuement marché avant de les trouver et prétendit savoir ce qu'étaient devenus le garçon et son père. Le lendemain, juste après l'aube, les enquêteurs se firent transporter dans le désert par leur chauffeur avec le paysan pour guide. Celui-ci les conduisit d'abord à un cairn de pierres sous lequel il prétendait avoir découvert les restes du père de l'enfant. Le chauffeur creusa et, en effet, des ossements furent mis au jour, mais impossible de dire depuis combien de temps ils étaient là ni à qui ils appartenaient.

« Le paysan leur fit ensuite gravir une pente rocheuse menant à une grotte. Ils durent s'accroupir pour y entrer et, si l'homme ne leur avait pas conseillé d'emporter des lampes électriques, ils n'auraient rien pu voir car la lumière du jour ne pénétrait pas au-delà de un mètre de l'entrée.

« Et c'est là qu'ils trouvèrent José Antonio. Momifié et placé dans une alcôve entourée de fétiches : statuettes, sculptures, bijoux, et même de l'alcool et des cigarettes. Le paysan leur montra la fracture qu'un coup violent avait causée au crâne du garçon.

— On l'avait assassiné ? demanda Lacey.

— Oui.

— Mais qui ferait ça à un enfant ?

— Les siens, répondit Manus. C'est du moins notre hypothèse. Ses dons leur paraissaient peut-être si effrayants qu'ils ont décidé de le tuer, ou si grands qu'il fallait le renvoyer auprès de Dieu. Quoi qu'il en soit, il était mort et c'est ainsi que s'achève l'histoire.

Vous comprenez peut-être maintenant pourquoi nous sommes arrivés de nuit, en secret, et pourquoi il faut prendre des précautions pour Angela. Nous vivons une époque troublée, où même les innocents ne sont pas à l'abri des menaces.

Manus se pencha par-dessus la table pour agripper Lacey et sa femme par l'épaule et faire peser lourdement ses grandes mains sur chacun d'eux.

— Je suis désolé, dit-il. Cette conversation a pris un tour sombre. Néanmoins, tout peut très bien se passer et vous devez prier pour qu'il en soit ainsi. Il est temps pour nous de prendre congé et de vous laisser aller vous coucher. Demain nous apportera peut-être la lumière. Mais avant de partir, le père Faraldo et moi aimerions parler à Angela.

— Elle est dans sa chambre, dit Mme Lacey. Je pense qu'elle est réveillée et, pour être franche avec vous, je suis étonnée qu'elle ne se soit pas encore montrée. Je vais la faire descendre.

— Je préférerais que nous montions la voir, dit Manus. Ce serait bien si nous pouvions faire sa connaissance dans un environnement bien à elle. Des détails de ce genre, nous en avons pris conscience, sont importants.

Mme Lacey se leva.

— Je vais d'abord m'assurer qu'elle est en tenue décente et la prévenir que vous allez monter.

Manus la remercia et elle sortit. Les quatre hommes restèrent autour de la table et n'échangèrent pas un mot avant le retour de Mme Lacey.

— Angela est réveillée, annonça-t-elle. Vous pouvez monter la voir.

Si Manus et ses compagnons s'attendaient à découvrir une adolescente sortant de l'ordinaire, ils durent être déçus. Angela Lacey était grande pour ses treize ans, presque jolie, mais n'avait rien d'exceptionnel. Sa chambre ne révélait rien sur ses dons hormis une statuette lumineuse de la Vierge Marie posée sur l'appui de fenêtre. La pièce, exiguë, était meublée d'un lit d'une personne, d'une table de chevet, d'une armoire avec commode assortie et d'un petit bureau placé sous la fenêtre. Les murs, peints de couleurs vives dans diverses nuances de jaune et de bleu, étaient décorés de posters de pop stars et de groupes que seul Manus pouvait nommer, car les deux autres ne s'intéressaient pas à ce genre de musique. ABBA était bien représenté et il reconnut un inspecteur de série télévisée – David Soul, en l'occurrence.

Assise sur son lit, Angela portait un peignoir sur sa chemise de nuit. Elle considéra avec curiosité les deux prêtres qui entraient dans sa chambre avec ses parents, mais garda le silence.

Le père Manus se présenta puis demanda aux Lacey la permission de s'entretenir seul avec leur fille pendant quelques minutes. Il leur assura que ce ne serait pas long et qu'il laisserait la porte ouverte, au cas où ils auraient des inquiétudes. C'étaient des temps plus innocents et les Lacey n'hésitèrent pas à autoriser la présence de deux ecclésiastiques dans la chambre de leur fille, d'autant que le moins rassurant des trois, Oscuro, n'y serait pas. Il était demeuré dans la cuisine, et les Lacey descendirent le rejoindre.

Le père Faraldo prit place sur la petite chaise du bureau d'Angela tandis que Manus restait debout.

— Je savais que vous viendriez, dit-elle.

C'étaient les premiers mots qu'elle prononçait depuis qu'ils étaient entrés dans la pièce.

— Ce n'était pas un secret, fit observer Manus.

— Non, je savais que vous viendriez *ce soir*. Je le sentais.

Manus coula un regard à Faraldo, qui se contenta de hocher la tête et de sourire, comme s'il s'était attendu à ça, lui aussi. Il égrenait son chapelet du pouce et de l'index tel un homme écossant des petits pois.

— Tes parents nous ont beaucoup parlé de toi, reprit Manus. Tu sembles être une jeune fille très spéciale. Tu ne trompes pas les gens, n'est-ce pas ? Tu ne joues pas des tours ?

— J'ai mangé le cancer de Kathleen Kelly, répondit Angela. Il avait un goût de foie avarié. J'ai aspiré les ulcères à l'estomac de Tommy Spance, je les ai transformés en pépins que j'ai crachés dans les toilettes. Il n'y a pas de trucs.

— Les enfants comme toi sont rares. Très rares.

Angela posa sur le prêtre un regard plus averti que ne l'est d'ordinaire celui d'une adolescente.

— Ça ne changera rien, vous savez, les prévint-elle.

— Qu'est-ce qui ne changera rien ?

— Ce que vous allez faire. Vous pensez pouvoir l'arrêter, mais vous ne pouvez pas.

— Tu n'es qu'une enfant, Angela. Tu n'as aucune idée de ce que nous pouvons faire ou non. Tu n'as pas peur ?

— Non, répondit-elle, tandis que Faraldo se levait de sa chaise, les grains de son chapelet luisant tels des yeux sombres à la lumière de la lampe. Je n'ai pas peur.

Manus et Faraldo descendirent et retournèrent dans la cuisine. Le premier semblait plus sombre, le second avait perdu son sourire. Pendant la demi-heure qui suivit, ils exposèrent en détail aux Lacey le cours probable de leurs investigations. Cette visite serait sans doute la première d'une longue série. Des médecins examineraient les personnes prétendant avoir été guéries par Angela. On constituerait des panels d'ecclésiastiques et de théologiens. Il serait peut-être même nécessaire qu'Angela se rende à Rome, dit Manus, et lorsque Mme Lacey objecta qu'ils n'en avaient pas les moyens il retrouva un peu de sa jovialité pour assurer en souriant que le Vatican prendrait tous les frais à sa charge et qu'on s'occuperait bien d'eux.

— Vous pensez qu'on pourrait rencontrer le pape ? demanda-t-elle.

— Nous nous arrangerons pour que vous preniez part à une audience générale, répondit Manus, et nous verrons ensuite.

Mme Lacey rayonnait.

Il était un peu plus de vingt-trois heures quand les prêtres partirent enfin. La pluie s'était un peu calmée. Une voiture les attendait au bout de l'allée, une Mercedes noire, avec un homme en costume derrière le volant. Lacey leur proposa deux parapluies pour les tenir au sec jusqu'à ce qu'ils arrivent au véhicule, mais Manus déclina poliment.

— Elle n'est qu'à quelques mètres, nous ne sommes pas en sucre. À demain matin, donc, et merci encore pour votre hospitalité.

Les Lacey les regardèrent regagner la voiture et s'éloigner. Mme Lacey monta voir Angela, la trouva déjà endormie, récita une petite prière muette pour son enfant et alla se coucher avec son mari.

L'aube vint, apportant un ciel bleu clair, bien que la matinée fût fraîche et l'air humide. Lacey se leva le premier, se lava et se rasa. Il passa sa chemise neuve, noua une cravate et enfila un cardigan pour se protéger du froid. Il mit de l'eau à chauffer quand il entendit sa femme bouger en haut. Comme il s'était levé plus tard que d'habitude, il était déjà huit heures quand il commença à préparer la table pour le petit déjeuner. Il avait acheté du bacon et il se dit qu'il pourrait le faire frire avec des œufs. Normalement, ils réservaient ça au samedi, mais la journée s'annonçait longue, éprouvante, et Angela apprécierait cette petite gâterie. Lacey s'apprêtait à mettre le bacon dans la poêle lorsqu'on frappa à la porte. Il ôta la poêle du brûleur et alla voir. Il espérait que ce n'était pas déjà les trois prêtres, peut-être accompagnés cette fois du père Delaney. Il n'avait pas assez de bacon et d'œufs pour autant de monde et il était impatient de prendre son petit déjeuner.

Quand il ouvrit la porte, la forme courtaude et dodue du père Delaney leva les yeux vers lui, du perron. Derrière lui se tenaient deux inconnus portant costume noir, col romain et mallette de cuir à la main.

— Francis, dit le père Delaney, j'espère que nous ne sommes pas trop matinaux. Je vous présente le père Evans et le père Grimaldi. Ce sont les prêtres du Vatican.

En haut, la femme de Lacey se mit à crier.

## Un rêve d'hiver

Enfant, je fréquentais une école jouxtant un cimetière. Mon pupitre était au dernier rang, le plus près des tombes. J'ai passé des années avec cette sombre présence dans mon dos. Je me souviens que lorsque l'automne touchait à sa fin et que l'hiver prenait de la vigueur je sentais le vent s'infiltrer par l'encadrement de la fenêtre et j'assimilais sa froideur au souffle des morts sur ma nuque.

Un après-midi morne de janvier, alors que le jour déclinait à quatre heures, j'ai regardé par-dessus mon épaule et j'ai découvert un homme qui me renvoyait mon regard. Personne d'autre ne l'avait remarqué. Sa peau avait le gris de cendre d'un feu depuis longtemps éteint, ses yeux étaient aussi noirs que l'encre de mon encrier. Ses gencives rétractées sur le haut de ses dents lui donnaient un aspect étique, affamé. Son visage était un masque d'envie.

Je n'avais pas peur. Cela peut paraître étrange, mais c'est la vérité. Je savais qu'il était mort, et les morts n'ont pas d'autre emprise sur nous que celle que nous leur concédons. Ses doigts ont touché la vitre sans toutefois y laisser de traces, puis il a disparu.

Les années ont passé, mais je ne l'ai jamais oublié. Je suis tombé amoureux et je me suis marié. Je suis devenu père. J'ai enterré mes parents. J'ai vieilli, et le visage de l'homme à la fenêtre de l'école m'est devenu familier, il me semblait l'apercevoir dans toutes les vitres. Finalement, je me suis endormi et, à mon réveil, je n'étais plus le même qu'avant.

Il y a une école près d'un cimetière. En hiver, à la faveur du jour déclinant, je m'approche de la fenêtre et je pose les doigts sur le carreau.

Et, quelquefois, un enfant me rend mon regard.

# LAMIA

Le pire de ce qui était arrivé ensuite, c'était qu'elle continuait à le voir : quand elle marchait dans la rue, quand elle allait acheter un journal ou du lait, quand elle trouvait le courage de quitter plus longtemps la maison – pour lire dans un café, voir un film, ou simplement se promener dans le parc avant le coucher du soleil, parce qu'elle n'aimait plus être dehors après la tombée de la nuit. Elle commençait à penser qu'elle devenait peut-être folle. Bien sûr, il ne pouvait pas se trouver dans tous ces endroits, à moins qu'il ne consacre tout son temps à la traquer, mais dans ses moments plus calmes elle se disait qu'elle vivait dans une petite ville et que c'était juste la malchance qui faisait que la personne que vous détestiez le plus au monde, l'homme que vous souhaitiez le moins rencontrer, était quelqu'un dont le chemin semblait destiné à croiser sans cesse le vôtre.

Le procès avait failli la briser et l'avait laissée aussi meurtrie et humiliée que l'agression elle-même. Oh, les policiers avaient été aimables, et la procureure avait longuement discuté avec elle, assurant qu'elle voulait voir ce type derrière les barreaux autant que Carolyn elle-même (ce qui n'aurait pu être vrai que s'il avait aussi violé la magistrate), qu'elle ferait tout ce qui serait en son pouvoir pour qu'il s'y retrouve à l'issue du procès, mais bon, vous savez bien que…

Et Carolyn savait, parce que, après le viol – après qu'il eut regardé sa robe, ses collants filés, sa culotte déchirée, puis allumé une cigarette et demandé s'ils pouvaient se revoir, bon Dieu ! –, elle avait eu la plus mauvaise réaction possible : elle était rentrée chez elle et avait pris une douche, car elle voulait avant tout se débarrasser de toute trace de lui, se récurer, intérieur comme extérieur. Elle était encore un peu ivre, pas au point toutefois de ne pas se rendre compte de ce qui s'était passé. Elle n'avait pas cessé de lui dire « Non, non », elle avait résisté de son mieux, mais, plus grand et plus fort qu'elle, il s'était conduit comme si ce n'était qu'un jeu, souriant, murmurant qu'il aimait bien les filles un peu bagarreuses.

C'était très étrange, du moins pour elle, mais manifestement il estimait n'avoir rien fait de mal, ou peut-être s'en était-il simplement convaincu afin de soulager sa conscience. Elle ne le pensait pas, cependant. Elle l'avait vu dans ses yeux pendant tout le procès et l'avait entendu dans ses déclarations : il considérait sincèrement qu'on était injuste envers lui. Il avait maintes fois répété le mot *consentante*, présentant au jury une version des faits qui semblait crédible puisqu'il l'avait imprégnée de sa propre conviction. Finalement, c'était sa parole contre celle de Carolyn et les jurés avaient choisi de le croire. C'était ainsi qu'elle avait vu les choses, bien que la procureure eût tenté de la persuader du contraire – expliquant d'une voix douce que c'était une question de doute raisonnable et qu'il n'y avait pas eu assez de preuves pour une condamnation – tandis que sa cliente sanglotait dans une antichambre après le verdict.

Carolyn dérivait à travers les débris de sa vie, ballottée sur des mers grises, en proie à des vagues de colère et de dépression. Elle avait pris un congé pour convenance personnelle, certaine qu'elle était que son emploi l'attendrait quand elle se jugerait prête à revenir, mais au bureau on s'impatientait et on la pressait en douceur de reprendre le travail ou d'accepter un licenciement. Cette dernière éventualité marquerait la fin pour elle, pensait Carolyn, parce qu'elle espérait encore pouvoir renouer avec son ancienne existence. Des séances hebdomadaires de psychothérapie l'aidaient à maintenir une façade – de plus en plus fictive – pendant un jour ou deux et puis elle recommençait à dériver. Ses parents étaient morts, aucun soutien à attendre de ce côté-là, et son unique sœur vivait en Australie. Elles se parlaient régulièrement sur Skype, mais ce n'était pas pareil qu'une vraie conversation, et l'isolement de Carolyn croissait.

Lui, en revanche, n'était absolument pas affecté par cette histoire. Le tribunal l'avait blanchi, même si le procès laisserait une légère tache, et il avait gardé son emploi ; Carolyn avait même entendu dire qu'il avait maintenant une nouvelle copine. Elle se demandait si cette fille était au courant, pour l'affaire. Probablement pas, et s'il avait été contraint d'en parler il s'était sûrement présenté comme la victime – un innocent accusé à tort d'un crime horrible par une déséquilibrée –, parce que c'était le genre de salaud qu'il était. Carolyn songeait parfois à appeler la copine pour lui révéler la vérité. Elle connaissait son nom, elle savait où elle travaillait.

Dieu, ce qu'elle le haïssait ! Elle le haïssait de toutes ses forces.

Le mot arriva le 1er novembre. Sur un rectangle de papier coûteux, dans une enveloppe assortie aux bords rêches, le genre de papier à lettres plus cher qu'un livre. On y avait écrit à la main :

*Je peux vous aider*

Dessous, de la même écriture nette, une adresse dans la partie sud de la ville. Pas de numéro de téléphone, pas d'e-mail, rien que l'adresse.

Carolyn fixa un moment le mot avant de le déchirer et de le jeter à la poubelle. Elle avait eu plus que son content de courriers bizarres depuis le procès. Quoique son identité demeurât en principe secrète, elle avait parfois l'impression que tous les chiens dans les rues avaient aboyé son nom. Elle avait reçu des citations imprimées de la Bible, la plupart faisant allusion à l'immoralité des rapports sexuels avant le mariage et laissant entendre qu'elle n'avait eu que ce qu'elle méritait. Ces courriers-là étaient moins pénibles que ceux qui affirmaient *explicitement* qu'elle n'avait eu que ce qu'elle méritait, en ajoutant des termes comme *pute* et *salope*, au cas où le message n'aurait pas été suffisamment clair. Quelques missives de soutien trouvaient aussi le chemin de sa boîte aux lettres, provenant souvent de femmes qui avaient subi la même épreuve, proposant de la rencontrer pour boire un café et parler, si cela pouvait l'aider, mais Carolyn les mettait à la poubelle comme les autres. Elle ne pensait plus au carton luxueux, pas même quand elle versa dessus plus tard dans la soirée la moitié de son repas avant de prendre un somnifère et de plonger dans l'oubli.

Une semaine plus tard, un autre mot, identique au premier, arriva avec le courrier. Celui-là aussi finit à la poubelle, après cependant un plus long moment d'hésitation.

Lorsque le troisième lui parvint, elle ne le déchira pas.

La maison faisait partie d'une rangée de bâtisses construites à la fin du XIX^e^ siècle, toutes bien entretenues, avec des voitures neuves ou récentes garées devant. Elles ne possédaient pas de jardins de devant, seulement d'étroites terrasses en pierre que la plupart des occupants égayaient par des bacs à fleurs ou des arbres ornementaux, exception faite du numéro 65, devant lequel Carolyn se tenait, examinant des fenêtres aux carreaux propres et aux rideaux tirés, et une porte rouge dont la peinture commençait à s'écailler.

Elle poussa la grille, franchit la courte allée, sonna. Elle n'entendit aucun bruit à l'intérieur et se demanda si la sonnette était cassée, mais quelques secondes plus tard la porte s'ouvrit sur une femme grande et malingre, aux cheveux prématurément blanchis. Son visage semblait fait de peau sans chair, tendue si étroitement sur la forme du crâne que Carolyn distinguait la blancheur de l'os en dessous, comme si les pommettes aiguës pouvaient à tout moment la crever sans pour autant générer la moindre goutte de sang. Ses yeux gris-bleu saillaient de leurs orbites telles des bulles pâles sur le point d'éclater. Elle se déplaçait lentement et paraissait porter le poids de sa mort prochaine comme elle l'eût fait d'un chat noir crachant sur son épaule.

Carolyn ne savait quoi dire. Elle montra le carton et entreprit de se présenter, mais la femme recula simplement d'un pas et, d'un geste de la main gauche, l'invita à entrer. Le couloir était sombre, éclairé par une lampe dont l'épais abat-jour jaune absorbait plus de lumière qu'il n'en dispensait Les murs étaient recouverts de ce papier tontisse qu'on trouve dans les vieux bars et le tapis à motifs était si épais qu'il avalait les semelles des chaussures de Carolyn. Quelque part une horloge tictaquait, mais hormis ce bruit la maison était silencieuse.

Carolyn fit quelques pas, la porte se referma derrière elle.

Alors seulement, elle sentit l'odeur.

Ce fut plus tard, après être rentrée chez elle, avoir mis ses vêtements au linge sale et s'être douchée pour se débarrasser de la puanteur collant à sa peau et à ses cheveux, qu'elle parvint à identifier l'odeur. Elle se rappela une visite au zoo en compagnie de ses parents et les relents nauséabonds du pavillon des reptiles, avec ses lézards et ses serpents, et les alligators immobiles comme des pierres dans leurs bassins. C'était cette odeur qui imprégnait le numéro 65, mais elle n'avait pas eu le temps d'y réfléchir quand elle s'y trouvait, car la femme émaciée l'avait conduite dans une pièce à l'arrière de la maison. Un grand lit réglable comme on en trouve dans les hôpitaux y occupait une bonne partie de l'espace. À côté, dans un fauteuil roulant, une femme plus jeune était assise, les jambes cachées sous une couverture écossaise. Il faisait très chaud dans la pièce et Carolyn commença à transpirer.

La femme n'était pas belle, mais avait des traits saisissants, encadrés par de longs cheveux bruns, veinés d'argent d'un côté. Ses yeux étaient verts, sa peau presque aussi blanche que celle de sa compagne, avec toutefois des taches de rouge sur chaque joue. Seule sa bouche déparait – trop grande, avec des lèvres si minces qu'on les voyait à peine.

— Bonjour, Carolyn, dit-elle. Je m'appelle Amelia. La dame qui se tient derrière vous est mon infirmière, Mlle Bronston. Nous espérions que vous viendriez. Je vous en prie, ôtez votre manteau et mettez-vous à l'aise. Désolée pour la chaleur, je suis très sensible au froid. Voulez-vous boire un thé, ou autre chose ?

Carolyn accepta de l'eau glacée, qui, pensait-elle, l'aiderait peut-être à supporter la température. La pièce était vraiment étouffante. Mlle Bronston remplit le verre à une carafe posée dans un coin. Carolyn but une gorgée et se sentit un peu mieux. Elle mit les mains en coupe pour que ses poignets soient en contact avec le verre car elle avait lu quelque part que cela contribuait à rafraîchir le corps.

— Je ne sais pas trop pourquoi je suis ici, dit-elle.

— Vous êtes ici parce que vous avez reçu mon mot.

— Oui, mais j'ignore ce qu'il veut dire.

— Il veut dire exactement ce qui est écrit. Je peux vous aider.

— À quoi ?

— À résoudre votre problème. Avec David Reese. Asseyez-vous donc.

Mlle Bronston poussa une chaise derrière Carolyn. Une fois la visiteuse assise, l'infirmière fit demi-tour et quitta la pièce en refermant la porte derrière elle.

— D'où le connaissez-vous ? demanda Carolyn.

— J'ai suivi l'affaire dans les médias.

D'une main nonchalante, la femme montra les journaux empilés par terre à sa droite. À côté d'elle, sur une petite table, était posé un dossier réunissant des coupures de presse. Carolyn reconnut celle du haut, qui traitait de l'acquittement de son violeur. Des semaines s'étaient écoulées entre le procès et le moment où elle avait été capable de lire cet article.

— Je suis attentivement un grand nombre de ces affaires, dit Amelia.

D'une voix si basse que Carolyn dut se pencher pour saisir tous les mots. C'était comme écouter un message contenu dans le sifflement d'une fuite de gaz.

— Je n'ai eu aucun mal à trouver le nom de cet homme, et le vôtre, enchaîna Amelia. Je suis sûre de ne pas avoir été la première à vous contacter à ce sujet. Les gens ont de la ressource, en particulier lorsqu'ils sont animés du désir de tourmenter autrui.

Remarquant l'expression surprise de Carolyn, elle ajouta :

— Ne vous inquiétez pas, je n'ai pas lu votre courrier. Il se trouve que ces événements présentent des similarités et je ne suis pas la seule à m'intéresser à des cas comme le vôtre. Il y a des hommes – des femmes aussi, j'ai le regret de le dire – qui prennent grand plaisir à se moquer des victimes de crimes sexuels. Si je le pouvais, je les effacerais de la surface de la terre, jusqu'au dernier.

La voix avait changé de ton et Carolyn y perçut de la rage. Elle se demanda si cette femme n'avait pas connu autrefois les mêmes souffrances qu'elle. Mais Carolyn s'en fichait. C'était une erreur d'être venue. Amelia souhaitait juste une compagnie, quelqu'un avec qui partager sa peine, et Carolyn voulait garder sa douleur pour elle-même. Elle n'avait aucune envie de la mêler à celle d'une autre.

— Dans votre mot, vous affirmez que vous pouvez m'aider. Comment ? En parlant ? J'ai déjà une psy. Elle ne m'aide pas beaucoup, mais je n'ai pas besoin d'en prendre une autre, payée ou non.

Carolyn se leva, posa son verre à présent vide près de la carafe.

— Merci pour l'eau, dit-elle. Je pense que je dois partir, maintenant.

— Asseyez-vous, dit Amelia.

Son regard fixait Carolyn et c'était presque comme si elle s'était levée de son fauteuil et retenait physiquement sa visiteuse.

Carolyn se rassit.

— Jusqu'à quel point êtes-vous en colère ? demanda Amelia.

— Contre Reese ?

— Qui d'autre ?

— Très en colère.

— Ça ne suffit pas. Il m'en faut plus. Jusqu'à quel point haïssez-vous David Reese ?

— Plus que je n'ai jamais haï qui que ce soit. Je le hais à mon réveil, je le hais quand je me couche. Il m'a tout pris, alors que pour lui la vie continue. Il est heureux. Il a un bon boulot. Une copine. Pour lui, ce qu'il m'a fait n'a jamais eu lieu. Il m'a violée et il n'a pas été puni.

— Vous voulez qu'il le soit ?

— J'y tiens plus que tout au monde.

— Nous pouvons le faire. Vous n'avez qu'à nous le demander.

— Mais le punir comment ?

— Peu importe. Vous le haïssez et vous voulez le voir souffrir. Nous pouvons arranger ça.

— Vous parlez de lui faire du mal ou… ?

Carolyn n'alla pas au bout de sa question. Elle avait eu suffisamment affaire à la police et aux magistrats pour apprendre la prudence.

— Disons que nous ne faisons pas dans les demi-mesures et qu'il ne fera plus jamais à une autre femme ce qu'il vous a infligé, répondit Amelia.

Parlait-elle sérieusement ? Maintenant que la nature du châtiment était précisée, Carolyn faisait machine arrière.

— Je ne sais pas, murmura-t-elle.

— C'est normal. Mais notre offre n'est pas modifiable. Le monde ne manque pas d'individus comme Reese ni de femmes qui ont souffert à cause d'eux. Si vous n'acceptez pas notre proposition, quelqu'un d'autre le fera.

La tête de Carolyn se mit à tourner. La chaleur semblait avoir monté dans la pièce, et cette odeur…

— Il faut vraiment que j'y aille, dit-elle, en ayant l'impression de quémander la permission.

— Eh bien, partez. Personne ne vous en empêche.

Carolyn se leva à nouveau, vacilla, mais réussit à garder l'équilibre. La porte s'ouvrit derrière elle et Mlle Bronston entra pour la raccompagner. Carolyn se demanda si elle les avait écoutées, l'oreille collée au trou de la serrure.

— Des quantités de choses vous traverseront l'esprit dans les jours qui viennent, prédit Amelia. Notamment une forte envie de parler à un avocat, ou même à la police. Je vous le déconseille. Si vous déclinez notre offre, nous vous prions seulement de laisser une autre en profiter, et nous n'aimerions pas être contraintes de nous protéger. De toute façon, qui vous croirait ? On n'a pas cru que vous aviez été violée, n'est-ce pas ? Alors, pourquoi ajouterait-on foi à ce que vous pourriez dire désormais ?

Amelia sourit et ses lèvres s'amincirent encore.

— Partez, Carolyn, et réfléchissez à ce dont nous avons discuté.

Elle tourna le visage vers la lumière passant par la fenêtre située derrière elle, se laissa baigner dans sa chaleur. Une langue pâle sortit de sa bouche et lécha ses lèvres craquelées.

Carolyn rentra chez elle. Plus elle s'éloignait d'Amelia, de Mlle Bronston et du numéro 65, plus toute cette histoire lui paraissait absurde et, après qu'elle se fut douchée et servi un verre de vin, cette rencontre avait pris l'aspect d'un rêve. Elle essaya de regarder la télévision, fut incapable de se concentrer sur l'écran. Finalement, elle renonça et alla se coucher. Elle emporta un verre d'eau pour prendre son somnifère, et la froideur du verre contre sa peau la ramena dans la chambre étouffante d'Amelia. Carolyn contempla la petite capsule blanche nichée au creux de sa main et, pour la première fois depuis des mois, décida de se passer de cette aide.

Cette nuit-là, elle rêva que David Reese la violait de nouveau. Elle se réveilla. Le somnifère était dans sa main et elle le portait à sa bouche quand elle se rendit compte de ce qu'elle faisait. Elle le reposa sur sa table de chevet, mais ne se rendormit pas. Elle avait trop peur de ce qui l'attendait peut-être dans ses rêves.

La journée du lendemain se passa dans un horrible brouillard de fatigue et de nervosité. Carolyn ne sortit pas de chez elle, elle ne se lava même pas, ne s'habilla pas, et le souvenir de David Reese, de la douleur causée par ce qu'il lui avait fait, revint plus fort que jamais. Le soir, étendue dans son lit, serrant dans sa main le flacon de somnifères, elle savait qu'elle n'en prendrait pas ou qu'elle les prendrait tous. Elle sommeillait par moments, mais pas très longtemps, et son corps la ramenait brusquement à l'état de veille dès qu'elle commençait à rêver.

Le lendemain matin, elle se doucha, se vêtit, prit un café et des toasts puis retourna au 65. Mlle Bronston lui ouvrit avant même qu'elle eût sonné et Amelia l'attendait dans son fauteuil, arborant les mêmes habits, la même couverture sur les jambes et le même sourire aux lèvres.

— Oui, dit Carolyn. Faites-le.

Cela devait se dérouler ainsi : Carolyn prendrait contact avec Reese – à elle de décider de la façon de procéder, le mieux étant de l'appeler d'une cabine téléphonique et surtout d'éviter d'envoyer un e-mail parce que cela laisserait des traces, suggéra Amelia – et reconnaîtrait qu'elle avait eu tort d'engager des poursuites contre lui. Aussitôt, Carolyn regimba :

— Reconnaître *quoi* ?! Je ne peux pas. Je ne peux pas lui donner cette satisfaction.

— Vous devrez faire bien pire avant que tout soit fini, la prévint Amelia. Non seulement vous vous excuserez de l'avoir traîné devant un tribunal, mais vous avouerez que vous avez pris du plaisir à ce qu'il vous a fait, et que c'est votre honte d'en avoir ressenti qui vous a incitée à porter ces accusations contre lui. Vous lui demanderez de revenir chez vous. Vous lui demanderez de recommencer.

— Pas question.

Son estomac se soulevait rien que d'y penser et elle crut qu'elle allait vomir. Parler à Reese serait déjà éprouvant, et elle n'était pas sûre de réussir à faire sortir tous ces mots de sa bouche. Quant à l'inviter chez elle, à le laisser souiller par sa présence le seul endroit où elle se sentait en sécurité…

Non, ce n'était pas vrai. Elle ne s'y sentait pas en sécurité. Seuls les somnifères empêchaient Reese d'envahir ses rêves et de lui faire à nouveau mal.

Carolyn s'affala sur la chaise. Elle s'était raconté des histoires. Elle avait espéré que Reese pouvait être puni sans qu'elle s'implique directement, sans qu'elle ait autre chose à faire qu'à lire plus tard le compte rendu qu'en donneraient les journaux, mais c'était la réaction naturelle des lâches : que quelqu'un d'autre se charge du sale boulot. Je ne veux ni voir ni entendre quoi que ce soit qui puisse me perturber. Je ne veux pas sentir l'odeur du sang.

Cette pensée la conduisit à remarquer que la puanteur de la pièce était moins forte, mais c'était peut-être parce qu'elle s'y était habituée. Même la chaleur la dérangeait moins. Elle se demanda de quoi souffrait

Amelia. D'un cancer, probablement. Tout le monde avait le cancer, maintenant.

— Comment savez-vous même qu'il acceptera de me rencontrer ? objecta Carolyn. Il s'enfuira dès qu'il me verra approcher.

— Il acceptera parce qu'il est arrogant et qu'il se fait des illusions. Parce que vous ne ferez que confirmer ce qu'il pense déjà : il a été accusé à tort, vous avez menti au tribunal, et vous mourez d'envie de goûter de nouveau à sa personne.

Carolyn trouva d'abord inconcevable que Reese pût voir le viol en ces termes, puis elle se rappela l'expression de son visage dans la salle d'audience, la façon dont il avait décrit ce qu'il appelait leur « rencontre ». S'il pensait vraiment être la victime dans cette affaire, il méritait tout ce qui allait lui arriver.

— Il a une petite amie, fit-elle valoir.

Même à ses propres oreilles, l'argument semblait creux, ce n'était qu'une lamentable dernière excuse.

— Depuis quand cela empêche un homme de prendre son plaisir ailleurs ? répliqua Amelia.

La discussion touchait à sa fin. Elle demanda à Carolyn de faire faire un double des clés de son immeuble et de son appartement, ajouta que Mlle Bronston la contacterait.

— Rentrez tranquillement chez vous, conseilla-t-elle à Carolyn quand celle-ci se leva pour partir. Nous nous occupons du reste.

Ce fut plus facile que Carolyn ne l'avait pensé, plus dur néanmoins qu'Amelia ne l'avait suggéré. Elle avait appelé Reese d'une cabine proche des toilettes d'un centre commercial et il avait fallu qu'elle ait recours à toutes ses capacités de persuasion pour l'empêcher de raccrocher dans les dix secondes qui avaient suivi. D'une manière ou d'une autre, elle parvint à prononcer les mots nécessaires sans bafouiller ni s'étouffer. Elle s'était entraînée pendant des jours et elle s'estima presque convaincante. Il accepta de la rencontrer le lendemain dans un café minable dans lequel il n'aurait jamais mis les pieds en temps ordinaire, mais où le risque d'être vu par quelqu'un de sa connaissance était quasiment nul. Cela convenait parfaitement à Carolyn.

Elle arriva en avance et commanda un café crème probablement infect. Aucune importance. Après en avoir bu une gorgée, elle sut qu'elle ne le finirait pas et, de toute façon, sa main tremblait tellement quand elle avait saisi la tasse qu'une bonne partie du breuvage avait fini dans la soucoupe.

Carolyn tressaillit sur sa chaise lorsqu'elle vit Reese apparaître et quelque chose claqua douloureusement dans son dos. Il portait un costume bleu légèrement trop ajusté pour lui, mais il s'habillait toujours un peu jeune pour son âge. Il avait une beauté classique et banale de mannequin de catalogue bas de gamme. En le détaillant, elle ne comprenait pas ce qui avait bien pu l'attirer en lui. Il n'était même pas son genre, bon Dieu ! Elle rendit le vin responsable, mais ne se trouva pas d'autre excuse. Le reste, c'était entièrement sa faute.

Reese commanda un thé et s'assit en face d'elle.

— Je suis content de te revoir, déclara-t-il. Et en de meilleures circonstances que la dernière fois.

Il lui adressa un sourire radieux, celui de leur première rencontre, dont elle avait conservé le souvenir, celui dont il imaginait sans doute qu'il lui donnait un air mignon d'adolescent. Carolyn eut envie de lui jeter son café à la figure, de casser la soucoupe en deux et lui crever les yeux avec les bords tranchants. Sous la table, elle enfonça les ongles de sa main gauche dans sa cuisse.

— Oui, dit-elle.

Elle déglutit et trouva les mots appropriés :

— Je suis vraiment désolée de ce qui est arrivé – toute cette histoire…

Après quoi ce fut simple. Ils bavardèrent, elle réussit à se composer deux ou trois fac-similés de sourires et il accepta de la revoir pour prendre un verre le vendredi suivant. Carolyn devina qu'il se représentait déjà dans sa tête comment la soirée se déroulerait et à quoi elle mènerait peut-être. L'espace d'un instant, elle vit une expression de mépris s'inscrire sur le visage de Reese. Elle aurait aimé croire que c'était du mépris pour lui-même, mais elle savait à quoi s'en tenir.

Il fit tout un numéro de grand seigneur en insistant pour payer la consommation de Carolyn, puis, quand ils sortirent du café, il lui déposa un bécot sur la joue. Ce fut à cette seconde qu'elle faillit perdre son sang-froid, mais elle garda assez de maîtrise sur elle-même pour détourner la tête afin qu'il ne puisse voir à quel point elle le haïssait. Dès qu'il eut disparu, elle utilisa une lingette pour se nettoyer la joue et télescopa quelqu'un en tournant le coin de la rue. Carolyn leva les yeux, découvrit Mlle Bronston. La vieille femme ne dit rien, haussa simplement un sourcil interrogateur.

— Vendredi, annonça Carolyn.

Mlle Bronston tendit la main, Carolyn y laissa tomber les doubles de ses clés avant de poursuivre son chemin.

Carolyn et Reese arrivèrent presque en même temps dans un bar au décor asiatique situé loin de ceux qu'ils fréquentaient d'ordinaire. Ils commandèrent des amuse-gueules, il essaya de la soûler, mais elle fit longuement durer un unique verre de vin. Lorsqu'il lui demanda pourquoi elle ne buvait pas davantage, elle expliqua qu'elle préférait garder les idées claires.

— Je veux en profiter, dit-elle en lui effleurant la main. Tout à l'heure. Je ne veux rien perdre de ce qui va se passer.

Reese prit la main de Carolyn dans la sienne et décrivit des cercles paresseux sur sa paume avec le bout de son index. Il se pencha en avant et l'embrassa, toucha ses lèvres de la pointe de la langue, et elle ouvrit la bouche juste assez pour la laisser entrer, juste assez pour ne pas éveiller ses soupçons, juste assez pour le ferrer.

Dans le taxi qu'ils prirent pour aller chez elle, il tenta de glisser une main entre ses cuisses. Elle l'écarta d'une tape un peu plus énergique qu'elle ne l'aurait souhaité, puis elle lui sourit pour atténuer sa réaction. Reese se montra plus insistant une fois qu'ils furent dans l'appartement et qu'ils eurent enlevé leurs manteaux. Elle s'abandonna à ses baisers, laissa ses mains s'égarer sur elle un moment avant de le repousser.

— Il faut que j'aille aux toilettes, dit-elle.

Elle le prit par la main et le conduisit dans sa chambre, lui défit sa cravate, déboutonna sa chemise et l'embrassa sur la poitrine.

— Finis de te déshabiller, murmura-t-elle. Je reviens tout de suite.

En s'éloignant, elle passa une main derrière elle et le laissa la voir commencer à dégrafer sa jupe. Puis, se conformant aux instructions que lui avait données Amelia, elle entra dans la salle de bains, mit le verrou, s'assit sur la lunette des W-C et attendit.

Reese se dévêtit en conservant son caleçon, qu'il enlèverait seulement quand Carolyn reviendrait de la salle de bains pour qu'elle puisse assister au grandiose dévoilement. Il savait ce qu'il allait lui faire. Il allait la baiser par tous les trous et lui cracher ensuite au visage pour ce qu'elle lui avait infligé. Et si elle essayait encore de le contacter, il la dénoncerait à la police pour harcèlement.

Il s'assit sur le lit et s'observa dans le miroir de la coiffeuse, rentra son ventre, le relâcha. Finalement, il se fichait de l'opinion qu'elle aurait de lui. Il ne cherchait pas à l'impressionner. Il voulait qu'elle se sente avilie. C'était la première fois de sa vie qu'il souhaitait être plus gras et plus laid qu'il ne l'était. Vivement qu'elle revienne. Au moins, elle avait un grand lit, c'était bien. Il remarqua une alèse en plastique entre le matelas et le drap. Curieux, pensa-t-il. Il espérait qu'elle n'avait pas un problème urinaire.

Il y eut un bruit derrière lui. Il n'avait pas entendu la porte de la salle de bains s'ouvrir, mais il était perdu dans la rumination de ce qu'il allait bientôt faire à cette fille. Reese jeta un coup d'œil par-dessus son épaule : la porte était toujours fermée. À nouveau ce bruit. Provenant du sol. Est-ce qu'elle avait un chat ? Il détestait les chats. Et qu'est-ce que c'était que cette odeur ?

Il avait changé de position et s'était mis à quatre pattes pour pouvoir se pencher par-dessus le matelas quand le visage d'une femme apparut de l'autre côté du lit. Elle avait des cheveux bruns, un visage très pâle et une bouche presque sans lèvres. Bon Dieu, pensa Reese, elle a dû se cacher sous le lit. Une colocataire ? Une sorte de plan à trois un peu spécial ? Il n'était pas contre, mais il aurait préféré qu'on lui demande son avis.

Les mains de la femme agrippèrent le matelas et elle se hissa sur le lit. Elle avait le haut du corps dénudé, de petits seins d'où pendouillait une peau sèche.

— Put…

Lorsqu'il vit le renflement des fesses, le reste de la phrase mourut dans sa gorge.

La femme n'avait pas de jambes. Là où elles auraient dû être, la peau s'assombrissait, se transformait en écailles noire et rougeâtre au creux des reins, et les cuisses s'amincissaient sous la raie des fesses pour former un seul membre soudé, dur, de la dimension d'un bras d'homme. L'aiguillon recourbé qui le terminait parachevait la ressemblance avec une queue de scorpion.

— S'il… vous plaît, bredouilla Reese, sans être sûr de ce qu'il l'implorait de faire, hormis lui laisser la vie. S'il vous plaît…

L'aiguillon s'abattit, le frappa en haut de la poitrine, à l'endroit même où Carolyn l'avait embrassé, quelques minutes plus tôt. Il sentit instantanément le venin se répandre dans son organisme tel un feu intérieur. Son corps frissonna, sa bouche s'ouvrit si largement qu'il entendit sa mâchoire se disloquer. Il leva les yeux vers le dard et le vit s'ouvrir, la carapace se fendant pour révéler un organe rose pointu recouvert de petits poils luisants.

La femme saisit Reese brutalement par le torse et il sentit l'odeur de son haleine. Elle le força à s'allonger sur le dos, arqua son corps selon un angle impossible pour amener l'aiguillon au-dessus de la bouche de Reese. Elle eut un gémissement de douleur ou de plaisir et il entendit les vertèbres de la femme craquer quand la pointe s'enfonça dans sa bouche et commença à se frayer lentement un chemin vers sa gorge.

Carolyn entendit les derniers mots de Reese, suivis d'un bruit de lutte sur le lit. Elle avait envie de voir. On le lui avait interdit, mais après ce que ce type lui avait fait elle voulait savoir.

Elle ouvrit la porte, regarda avec stupeur la créature composite installée sur le lit. Amelia était accroupie au-dessus du violeur et la partie inférieure de son corps se perdait entre les mâchoires de Reese. Du sang tachait le visage de Reese, là où la bouche avait été déchirée lorsque les segments du métasome s'y étaient introduits. Amelia riva les yeux à ceux de Carolyn, et son corps trembla quand elle tenta de pénétrer plus profondément encore dans l'homme agonisant.

Avant que Carolyn pût réagir, une silhouette apparut à droite. Mlle Bronston pressa un tampon contre la bouche de la jeune femme, et l'image monstrueuse s'effaça de l'esprit de Carolyn au moment même où la vie désertait les yeux de Reese.

Elle se réveilla dans son lit. Le corps de Reese avait disparu. Amelia et Mlle Bronston aussi. Elle aurait pu croire à un rêve, s'il n'avait subsisté dans la chambre une faible odeur de reptile et si les draps n'avaient pas été changés.

Elle tira la couverture par-dessus sa tête et essaya de dormir.

Des mois s'écoulèrent avant que Carolyn retourne au numéro 65. Elle s'attendait à demi à ce que la maison soit inoccupée, mais Mlle Bronston vint lui ouvrir et Amelia était toujours assise dans son fauteuil roulant, dans la même chambre surchauffée, le bas du corps sous une couverture.

— Je suis venue vous remercier.

— Pas de regrets ?

— Aucun.

— Bien. Mais je me demandais…

— Oui ? Quelque chose que je pourrais faire pour vous en échange ?

Amelia dirigea son regard vers l'endroit où Mlle Bronston se tenait et écoutait leur conversation.

— Pas maintenant, dit Amelia, mais plus tard j'aurai peut-être une proposition à vous faire.

Amelia donna un dernier coup de ciseaux et tendit l'article à Carolyn.

C'était l'hiver. Mlle Bronston était morte depuis trois mois. Carolyn était demeurée auprès d'elle en ses derniers instants et la vieille femme lui avait expliqué tout ce qu'elle avait besoin de savoir.

— Celui-là, dit Amelia.

Carolyn lut l'article avant de tirer de sa poche un petit carnet. Elle connaissait l'affaire. Elle tourna les pages jusqu'à trouver le nom et l'adresse qu'elle cherchait, s'assit ensuite devant le bureau ancien installé dans un coin de la pièce, prit dans le tiroir une carte blanche coûteuse et une enveloppe assortie. D'une écriture nette, soignée, elle écrivit :

*Je peux vous aider*

# Le Roi Creux

Il était une fois, dans un lointain royaume insulaire, un roi et une reine d'une grande renommée, admirés autant pour l'amour qu'ils avaient l'un pour l'autre que pour la sagesse et la clémence de leur règne. Le roi était beau, la reine magnifique, et seule l'absence d'enfant assombrissait la perfection de leur vie commune. Ils compensaient en se perdant dans leur passion, qui les consumait, corps et âme.

Après de nombreuses années de paix, des rumeurs leur parvinrent d'une menace au nord : une brume s'était répandue sur leurs terres, engloutissant des fermes, des villages, des villes entières. Rien de ce qu'elle touchait ne survivait, rien de ce qu'elle avait recouvert n'avait jamais reparu. Les gens fuyaient à son approche, et le flot devint torrent, tous pressés de se réfugier dans la forteresse au bord de la mer, pour découvrir finalement qu'il n'y avait plus aucun endroit où s'abriter et qu'ils allaient devoir faire volte-face et affronter ce qui les pourchassait. Ils parlèrent au roi de bêtes étranges entrevues dans la brume, de créatures dotées de mâchoires au milieu du ventre, de femmes au corps de serpent, d'hommes à deux têtes chevauchant des dragons incapables de voler.

Le roi écouta et prit peur. Il expédia des éclaireurs dans les confins septentrionaux de son royaume pour qu'ils le préviennent de l'approche de la menace, mais aucun ne revint, et un jour, du haut des remparts de son château au bord de la mer, il vit les premières vrilles grises envahir la forêt, et en quelques heures son royaume devint invisible. Certains prirent la mer pour essayer de gagner d'autres rivages, mais la brume recouvrait l'eau et personne n'en réchappa, tous moururent sans qu'on les voie périr.

Toutefois, la brume ne s'abattit pas sur le château, et la plaine s'étendant entre ses murailles et la forêt demeurait parfaitement distincte. Ce répit n'apporta aucun réconfort car le brouillard blanc retentissait de cris et de rugissements étranges, des gémissements de ceux qui n'avaient pu fuir à temps pour se réfugier derrière les murs du château. Le roi les entendait appeler à l'aide et leurs cris se faisaient plus aigus en même temps que leurs souffrances croissaient, jusqu'à ce que, un par un, ils soient réduits au silence par la miséricorde de la mort.

Ne pouvant plus le supporter, il manda ses chevaliers et sa piétaille, arma tous ceux qui, dans l'enceinte du château, étaient en capacité de se battre et se prépara à livrer bataille. La reine ne tenta pas de l'en empêcher et l'aurait même accompagné s'il le lui avait permis, mais il la chargea de s'occuper de tous ceux qui resteraient derrière et de régner en son absence. Elle l'embrassa une seule fois et dit :

— Je n'aurai point de repos que vous ne soyez revenu, je ne pleurerai pas que vous ne soyez revenu, car je ne verserai pas de larmes de tristesse pour vous.

Du haut des murailles, la reine regarda le roi mener son armée dans la brume, qui l'avala tout entière.

Dans les jours qui suivirent, on entendit des bruits de combats lointains, appels de trompettes et entrechoquements d'armes, puis le silence se fit, qui se prolongea durant un mois et un jour, jusqu'à ce qu'enfin la brume commence à reculer. Un cavalier sortit seul de la forêt à nouveau visible, et la reine regarda son roi approcher. Les portes du château s'ouvrirent pour lui, on l'accueillit chaleureusement, on l'acclama, bien qu'il fût hagard et blême. Il n'était plus que l'ombre de l'homme qu'il avait été, affalé sur un cheval émacié à la chair tailladée et brûlée, qui roulait des yeux fous de terreur. Dès qu'on eut aidé le monarque à descendre de selle, la pauvre bête tomba morte sur le sol.

La reine conduisit le roi à ses appartements, défit ce qu'il restait de son armure ensanglantée. Elle lava ses blessures, et tandis qu'il se tenait devant elle, nu et vulnérable, elle versa une seule larme. Il la saisit d'un baiser sur sa joue, l'avala, et un peu de l'éclat d'avant reparut dans ses yeux. À partir de ce jour, il reprit des forces et redevint plus semblable à ce qu'il était auparavant, mais il ne parlait pas, comme si le silence d'après la bataille l'avait contaminé et rendu muet. Il gouvernait comme naguère, mais par signes ou mots écrits, et il couchait chaque soir dans le lit de la reine.

Or, la brume n'avait pas disparu, elle s'était simplement retirée aux frontières du royaume, et la reine la sentait comme une froideur dans ses os, elle l'apercevait comme une tache trouble dans un coin de son champ de vision.

Un an après son retour, le roi apparut dans la cour du château, monté sur son plus fringant cheval de bataille et revêtu de son armure. Lorsque la reine s'enquit de sa destination, il indiqua le nord, et elle sut qu'il retournait dans la brume. Mais quand elle lui demanda pourquoi, il secoua la tête et elle ne put que répéter :

— Je n'aurai point de repos que vous ne soyez revenu, je ne pleurerai point que vous ne soyez revenu, car je ne verserai pas de larmes de tristesse pour vous.

Cette fois, le souverain revint le lendemain, là encore amaigri et sombre, chevauchant une monture rendue folle par ce qu'elle avait enduré. La reine versa une seule larme, le roi la but d'un baiser et recouvra la santé.

Et cela continua ainsi pendant neuf ans : chaque année un départ, chaque année un retour, chaque année une larme. Le royaume redevint prospère, des marchands affluaient de terres sises au-delà de la brume en contournant la forêt où elle avait pris position et d'où aucun bruit jamais n'émanait. Aucun oiseau ne la survolait non plus, aucun cerf ne sortait de sa grisaille, et quiconque était assez fou pour se risquer à l'explorer n'en revenait jamais.

Mais la dixième année, la reine ne put contenir sa curiosité plus longtemps et elle chargea un de ses courtisans les plus preux et dignes de confiance de suivre le roi et de braver la brume. Pour le protéger, elle lui remit le talisman le plus puissant qu'elle possédait : une fiole du sang de l'unique enfant qu'elle avait mené à terme, une fille mort-née dans ses entrailles.

Le courtisan prit donc le sillage du roi, qui ne regardait pas derrière lui, et ils finirent par arriver à la forêt. Le sang du courtisan se glaça quand il vit la brume qui enveloppait les arbres, mais il aimait sa reine et n'aurait pas survécu à la honte s'il était retourné lui annoncer qu'il avait renoncé devant le premier obstacle. Le mur gris s'ouvrit pour le roi et se referma derrière lui.

Le courtisan ouvrit la fiole de sang de l'enfant mort, en fit tomber une goutte sur son front, une autre sur celui de son cheval, comme la reine le lui avait prescrit, et ils devinrent aussitôt invisibles. Tandis qu'un filet de sang coulait sur la peau de l'homme et sur le pelage de la bête, ils pénétrèrent dans la brume.

Tous les arbres de la forêt étaient morts, leurs branches dénudées, leurs troncs grisâtres, si bien qu'ils semblaient presque aussi peu substantiels que le brouillard. Le courtisan n'y voyait pas à plus de quelques pas, mais il parvint à suivre le chemin tracé par le roi. Il passa devant des ossements humains empilés en tas si hauts qu'on eût dit des congères. Il vit les restes d'un géant à deux têtes cloué par une lance au tronc éclaté d'un grand chêne, il vit l'enveloppe desséchée d'une créature à torse de femme et jambes d'araignée, une hache enfoncée dans le dos.

Il aperçut des visages sur des troncs d'arbres et crut à des jeux d'ombres sur l'écorce jusqu'à ce que, se rapprochant, il découvre les têtes ratatinées d'hommes qu'il avait connus – chevaliers, écuyers, soldats –, arrachées à leurs cadavres et clouées au bois.

Mais il ne vit ni n'entendit aucun signe de vie.

Il arriva enfin au bord d'une clairière au centre de laquelle se tenait le monarque. La brume y était moins dense et le courtisan crut voir des formes apparaître puis se dissoudre, tandis qu'il entendait murmurer, de partout autour de lui : « Salut au Roi Creux ! »

Le souverain descendit de sa monture et marcha vers le corps d'un homme pendu à la branche épaisse d'un sycomore. Il était entièrement écorché, la chair apparente, en état de décomposition, les côtes visibles par les trous percés dans sa poitrine. Seul son casque à plumet donnait un indice de son identité, car il portait les armes royales.

Sous le regard du courtisan, le roi – celui de la clairière – défit son armure et ses vêtements, et jusqu'à sa peau, qui se fendit en deux et tomba sur le sol comme celle d'un serpent dans sa mue. Ce qui se tenait dans la clairière n'était plus le roi, mais un être pitoyable au corps déjeté, au crâne difforme, dont le nez évoquait davantage le bec d'un oiseau charognard que l'organe d'un homme.

Et bien que le courtisan n'eût jamais posé le regard sur cette créature, il connaissait son nom, car toutes les contrées avaient entendu parler de l'Homme Tors. D'aucuns prétendaient qu'il était le fruit de l'union d'un antique dieu brutal et d'une femme, et qu'il avait déchiré le ventre de sa mère en naissant, la tuant du même coup. D'autres affirmaient qu'il n'avait pas cette origine et qu'il était né avec la matière noire de l'univers. Il a toujours existé, murmuraient-ils, et il existera toujours. Au bout du compte, tout ce qu'il y avait de sûr concernant l'Homme Tors, c'était le mal qu'il voulait aux êtres vivants et la joie qu'il éprouvait à les tourmenter.

Près de celui-ci, son cheval se mit à broncher et à hennir, terrifié par cette métamorphose, car toutes les créatures craignent les prédateurs, et l'Homme Tors était le plus féroce de tous. La bête, attachée à un arbre, ne pouvait s'échapper et sa terreur ne faisait que croître, mais l'Homme Tors n'y prêtait pas attention. Les yeux noirs du monstre luisaient de toute la cruauté de ce monde quand il s'inclina devant le pendu.

— Votre Majesté, dit-il. Il semblerait que vous soyez presque bon à manger.

Là-dessus, il arracha un lambeau de chair au corps en putréfaction et le fourra dans sa bouche.

— Ah, si seulement tu avais aussi bon goût que tu en as l'air ! soupira-t-il. Et si ta reine versait plus qu'une seule larme !

Et tout en mâchonnant, il récita :

*Une larme pour une année,*
*Une bouchée pour un manteau,*
*De la chair pour une muraille,*
*Et du sang pour des douves,*
*Tout cela pour posséder une jolie reine,*
*Tout cela pour restaurer un Roi Creux.*

Lorsqu'il eut avalé le dernier morceau de viande, un nouveau corps commença à se former sur le sien : du sang et de l'os, du muscle et de la graisse, de la peau pour tout recouvrir, afin qu'il ressemble de nouveau à l'ancien roi. Alors, épuisé par ses efforts, l'Homme Tors s'écroula sur le sol et sombra dans un profond sommeil.

N'ayant nul besoin d'en voir ni d'en entendre davantage, le courtisan fit faire demi-tour à son cheval et galopa vers le château.

La reine était endormie lorsque les portes s'ouvrirent pour le courtisan, mais elle avait laissé pour instructions de la réveiller dès qu'il arriverait. Il entra seul dans ses appartements et lui rapporta tout ce dont il avait été témoin. Quand il eut terminé, la reine lui demanda de l'attendre dans une antichambre et de ne souffler mot à personne. Elle alla à la fenêtre et s'y tint en silence, sans bouger, jusqu'à ce que la silhouette d'un cavalier apparaisse au loin. Elle fit alors venir le courtisan et, au moment où il s'agenouillait devant elle, elle tira une dague de sa manche et la lui enfonça dans l'oreille droite, le tuant sur le coup. Puis elle déchira sa robe et appela ses gardes à l'aide en criant qu'il s'était jeté sur elle.

Pendant ce temps, le Roi Creux se rapprochait.

Je tiens ceci pour sûr : il y a ceux qui préfèrent choisir un faux espoir plutôt qu'un vrai chagrin, embrasser une contrefaçon d'amour plutôt que l'authenticité de la solitude. La reine en faisait peut-être partie, mais qui sait à quelle folie un grand chagrin peut nous pousser ? Qui connaît les mille façons dont un cœur peut se briser ?

Lorsque le Roi Creux fut à nouveau auprès d'elle, la reine le prit par la main et l'entraîna vers son lit.

Et tandis qu'il l'enlaçait, elle pleura, pleura, pleura…

# Les enfants du docteur Lyall

Même parmi les gravats et la poussière, il y avait de l'argent à se faire. Les bombardiers allemands avaient réduit des rues entières à des tas de briques et de souvenirs éparpillés, et Felder ne voyait pas comment on pourrait revenir y vivre avant longtemps, en tout cas pas à moins d'envisager d'affronter les rats. Certaines zones étaient encore si dangereuses que ceux qui y avaient habité n'avaient même pas été autorisés à fouiller les ruines en quête de biens récupérables. Ils ne pouvaient que se tenir derrière les cordons de police, pleurant ce qu'ils avaient perdu, et prier pour pouvoir encore retrouver quelque chose lorsque les bâtiments auraient enfin été déclarés sûrs, que les murs et les planchers auraient été abattus ou se seraient écroulés d'eux-mêmes.

« Un trésor enfoui », disait Felder : de l'argent, des bijoux, des frusques – tout ce qui pouvait être troqué ou vendu –, mais il fallait faire attention. Les cognes ne voyaient pas les pillards d'un bon œil et, au cas où Felder et sa bande auraient besoin d'une piqûre de rappel, il leur suffirait de passer faire une petite visite à la prison de Pentonville, la Ville, où Tam le Jeunot tirait cinq ans, cinq années qui s'annonçaient particulièrement pénibles parce que les bourres lui avaient si salement pété la jambe qu'il la traînerait derrière lui comme une bûche tordue jusqu'à la fin de ses jours.

La plupart du temps, cependant, les poulagas n'étaient plus capables de grand-chose, affaiblis qu'ils étaient par les exigences de la guerre, et Felder et ses hommes parvenaient presque toujours à les semer. Tam n'avait pas eu de chance, voilà tout. Ça aurait même pu être pire pour lui : la rumeur courait que Blackie Harper, du quartier de Seven Dials, avait été descendu par un soldat alors qu'il fauchait des costumes dans un atelier de tailleur pour hommes bombardé, mais on dissimulait les détails de cette affaire pour ne pas saper le moral de la population : c'était déjà suffisamment moche que les Allemands massacrent des Londoniens sans que nos propres gars leur donnent en plus un coup de main… On disait aussi que Billy Hill, qui se bâtissait une réputation de haute figure de la pègre de Londres, cherchait à savoir le nom du soldat qui avait tiré la balle mortelle, car Blackie Harper avait été un des associés de Billy et il était difficile de trouver du personnel compétent en temps de guerre.

Billy Hill et son engeance opéraient néanmoins à un autre niveau que Felder, même si ce dernier aspirait à de tels sommets. Felder, Greaves et Knight – on aurait dit un cabinet d'avocats, alors qu'ils n'étaient que du menu fretin, cherchant dans la vase de quoi se nourrir tout en évitant de se faire manger par de plus gros poissons. Tous les trois, ainsi que l'infortuné Tam, ils avaient en un sens été libérés par les Allemands au début de la guerre, quand les autorités avaient relâché tous les détenus à qui il restait moins de trois mois à purger, ainsi que tous les jeunes des maisons de correction ayant au moins six mois de placard derrière eux. Knight, Greaves et Tam appartenaient à cette dernière catégorie. Felder, plus âgé, en était déjà à sa troisième condamnation pour recel quand il avait été élargi, en 1939. Il avait échappé à la conscription parce qu'à l'âge de neuf ans il avait eu l'œil gauche crevé par un caillou lancé avec une fronde et qu'il avait fait croire à une déficience exagérée de son œil valide.

Tam le Jeunot était lui déficient mental, et Knight, qui avait quitté l'Irlande du Nord pour chercher du travail à Londres trois semaines seulement avant de se faire envoyer en maison de correction pour voie de fait, ne relevait donc pas en principe de la conscription, et il n'avait d'ailleurs pas pris la peine de se présenter aux autorités compétentes pour clarifier son statut. Enfin, Greaves avait les pieds absolument plats. Tous les quatre, y compris Tam, auraient dû effectuer un service civique selon les termes de leur exemption, mais ils faisaient de leur mieux pour demeurer sous le radar de Sa Majesté, car ils n'avaient pas envie de grandir en récoltant des pommes de terre, ni en nettoyant les saletés des malades et des moribonds dans un des hôpitaux surpeuplés de la ville. Une belle bande de pieds nickelés, pensait parfois Felder : un borgne, un idiot, un gars aux pieds plats, et un protestant de Belfast à l'accent si prononcé qu'il aurait aussi bien pu parler swahili tant il avait du mal à se faire comprendre de tout le monde en dehors de ses proches acolytes. Il semblait bien que Billy Hill, juché là-haut sur son trône, n'avait que peu de soucis à se faire pour le moment.

Et désormais, ils n'étaient plus que trois. C'était une chance, d'une certaine façon, que Tam le Jeunot ne fût plus parmi eux. Certes, il faisait toujours ce que Felder lui disait et il était costaud, il savait faire le coup de poing, mais dans les ambitions de Felder il n'y avait pas de place pour un débile comme Tam. Billy Hill n'avait pas de tarés sous ses ordres parce que ce ne sont pas les tarés qui vous font devenir riche. Au début de la guerre, la bande de Hill avait utilisé une voiture bélier pour enfoncer la vitrine du Carrington de Regent Street et rafler six mille livres sterling de bijoux, une somme qui laissait encore Felder rêveur. Hill trafiquait de tout, de la soie au boyau de saucisse, et l'on murmurait que la guerre l'avait déjà fait millionnaire. Par comparaison, Felder avait réalisé son plus gros coup en 1941, quand Knight et lui avaient eu la chance de se trouver à quelques rues seulement du Café de Paris, dans Coventry Street, lorsque le dancing du sous-sol, prétendument indestructible, avait été ravagé par deux bombes allemandes qui s'étaient frayé un chemin par un conduit d'aération, faisant plus de trente victimes. Felder et Knight avaient détroussé les morts et les mourants de leurs bagues, montres et portefeuilles en faisant semblant d'aider à évacuer les blessés. Ils s'étaient fait plusieurs centaines de billets ce soir-là, mais n'avaient plus jamais atteint un aussi bon score depuis.

Felder et Knight se tenaient maintenant sur un terrain vague qui avait été naguère une rangée de constructions de briques rouges et contemplaient une maison caressée par le clair de lune. Elle se dressait telle une canine ébréchée dans la bouche édentée de la rue. Il n'y avait rien de logique à ce qu'elle seule ait survécu, mais Felder avait appris depuis longtemps que, telles les voies de Dieu, la nature des bombes est en dernière analyse impénétrable. Certaines tombaient et n'explosaient pas. D'autres détruisaient une habitation ou un magasin en épargnant tout ce qui l'entourait ou, comme dans le cas des malheureux clients du Café de Paris, frappaient avec une précision troublante le seul point vulnérable d'un bâtiment.

Et puis il y avait les bombes qui rasaient toute une rue et ne laissaient, comme dans le cas présent, qu'une seule maison debout, tel un monument à ce qui avait été. Un peu plus grande que celles qui avaient été réduites en ruines, elle n'avait cependant rien d'exceptionnel : une résidence de la classe moyenne dans une rue par ailleurs ouvrière, peut-être. Mais Felder l'avait repérée après que son œil exercé eut remarqué la qualité des rideaux aux fenêtres et qu'un bref regard par une fenêtre du rez-de-chaussée lui eut révélé des tableaux accrochés aux murs, de beaux tapis sur un parquet et, plus alléchant encore, un buffet vitré bourré d'argenterie. Une enquête discrète avait établi qu'elle était habitée par une veuve, Mme Lyall, qui vivait seule depuis que son mari était parti pour l'autre monde dans les derniers jours de la dernière guerre.

En règle générale, Felder évitait de cambrioler des maisons occupées : c'était trop dangereux, et on courait le risque d'une confrontation si l'un des résidents se réveillait. Il lui arrivait d'avoir recours à la violence, mais comme tout homme intelligent il préférait s'en dispenser quand il le pouvait. Toutefois, les temps étaient durs, et le devenaient de plus en plus de jour en jour. Malgré ses ambitions, Felder avait dû se résigner à la nécessité de prêter allégeance s'il voulait améliorer sa position sociale, et la bande de Billy Hill semblait présenter les meilleures opportunités d'enrichissement et de promotion. Hill réclamerait néanmoins une offrande, un gage du potentiel de Felder et de son respect pour le magnat du crime. C'était la raison pour laquelle Felder, après réflexion, avait résolu de laisser Greaves en dehors du boulot de ce soir-là – en fait, de le virer définitivement. Greaves était faible et d'un trop bon naturel pour les types comme Billy Hill. Il avait aussi des principes, au point qu'il avait refusé une part du butin du Café de Paris, que Felder lui avait offerte en signe de bonne volonté, bien que Greaves n'eût pas été présent le soir en question. Cambrioler les maisons des morts était une chose ; détrousser des cadavres en était une autre, apparemment. Felder n'avait pas de temps à perdre avec des accès de sensiblerie, et Billy Hill non plus, probablement.

Felder portait une matraque dans la poche intérieure de sa veste, Knight un couteau et un coup-de-poing américain de sa fabrication, en bois serti de vis et de boulons, qu'il préférait aux modèles traditionnels qu'on pouvait se procurer facilement dans la rue. C'était un artisan, dans son genre. Ces armes n'étaient destinées qu'à intimider. Aucun des deux hommes ne prévoyait que la veuve, très âgée, leur poserait beaucoup de problèmes, mais les vieux peuvent être têtus et il fallait parfois les menacer de violences pour leur délier la langue.

Felder se tourna vers Knight.

— Prêt ?

— Ouais, répondit l'Irlandais.

Et les deux hommes s'abattirent sur la maison.

Plus tard, tandis qu'il agoniserait – ou plutôt qu'un de ses moi agoniserait –, Felder se demanderait si la maison et ses occupants ne l'avaient pas attendu, s'ils ne l'avaient pas de tout temps attendu, parce que les lois de la probabilité, écheveau complexe de causes et d'effets, laissaient penser que son chemin et le leur finiraient par se croiser. Il n'incluait pas Knight dans le processus. Knight avait fait ce qu'on lui avait dit de faire, et la décision de Felder de prendre pour cible cette maison en particulier marquait le moment où les dés avaient été jetés. Knight aurait pu prendre sa propre décision à l'une des cent, des mille bifurcations rencontrées en chemin entre sa discussion avec Felder concernant la maison et le moment où ils y avaient pénétré. Après tout, pensait Felder tandis qu'il perdait son sang par des blessures invisibles, n'était-ce pas le point de vue de la vieille femme ? Pas un seul être, mais plusieurs. Pas un nombre infini, mais assez proche de l'infinité pour que cela ne fasse pas de différence pour un homme comme Felder, surtout à cette frontière cruciale entre toutes, la limite entre vivre et mourir, entre existence et néant.

Il aurait d'ailleurs pu puiser une mince consolation dans le fait de savoir que ce n'était la fin que pour un seul Felder, si cela n'avait du même coup signé la fin du seul Felder qu'il avait connu et connaîtrait jamais.

Cela viendrait plus tard. Pour le moment il n'y avait que la maison, ses fenêtres masquées, comme les yeux d'un faucon, par les rideaux de black-out omniprésents. Au lieu d'entrer par-devant, ils avaient escaladé le mur encore intact qui ceignait le jardin de derrière et constaté, sans en être vraiment surpris, que la porte n'était pas fermée à clé. Une fois à l'intérieur, ils virent que la petite cuisine bien rangée, avec sa table en pin et ses deux chaises, était éclairée par une bougie placée dans une lampe en verre et que d'autres bougies éclairaient le couloir. Sous l'escalier, une porte fermée à clé conduisait, supposèrent-ils, à une cave. Ils n'entendaient aucun bruit hormis le tic-tac d'une horloge invisible.

Ce fut Knight qui remarqua le premier les lignes sur les murs du couloir, qu'il prit d'abord pour d'étranges motifs floraux de papier peint et ensuite, toujours à tort, quand il fut plus près, pour une résille de fentes dans le plâtre, un peu comme les craquelures d'un tableau. Knight avait peu parlé du milieu culturel dont il était issu à Felder et aux autres. De leur côté, ils prenaient rarement la peine d'enquêter sur les histoires personnelles d'autrui si elles ne les concernaient pas, surtout si l'autre en question ne donnait aucun signe que cette intrusion lui plairait beaucoup. Felder avait toutefois fini par se rendre compte que Knight avait des notions en art et en littérature et qu'il était plus cultivé que son accent ne pouvait le laisser croire. En fait, Knight avait grandi dans une maison pleine de tableaux, au sein d'une famille où l'on parlait d'enduit, de vernis et de liant au blanc d'œuf. Eût-il été informé, avant de mourir, des intuitions de Felder qu'il aurait peut-être mieux apprécié l'histoire que ces lignes racontaient.

Les deux hommes se rapprochèrent du mur et Felder tendit le bras pour suivre de l'index ce qui se révéla être des lignes tracées à l'encre sur les cloisons par ailleurs sans décoration de la maison, un dessin complexe ressemblant beaucoup à de fines branches de bruyère rampante, comme si la maison avait été envahie par une végétation proliférante, des plantes dont les feuilles se seraient envolées au souffle glacé de l'hiver, si tant est qu'elles eussent possédé un feuillage au départ. L'effet avait été rendu plus saisissant encore par l'ajout de points rouges à des endroits apparemment pris au hasard, comme d'ultimes fruits s'accrochant encore à un arbuste mort. À côté de chaque rond rouge, on avait inscrit des initiales : *E. J.*, *R. P.*, *L. C.*, sans jamais répéter la même combinaison de lettres.

Et bien qu'il fût impossible de trouver une logique à l'ensemble du dessin, Felder et Knight eurent l'impression que son auteur avait commencé par une simple ligne qui bifurquait après trois ou quatre centimètres, une branche continuant à se diviser plus loin tandis que l'autre se terminait par un tiret horizontal sur une verticale, comme une impasse. Mais des exceptions à ce qui semblait être la norme apparaissaient parfois sous la forme d'une série de tirets qui, quelquefois, finissait par revenir à la ligne principale. De même, on avait accolé à plusieurs lignes des chiffres que Felder interpréta comme des dates ou, dans les cas les plus complexes, des heures, des minutes et des secondes. Les dessins recouvraient entièrement les murs et se prolongeaient même par endroits sur le plafond. Un escabeau proche de la porte de devant permettait de s'élever à cette hauteur. Le réseau de lignes s'étendait au mur jouxtant l'escalier et devait gagner l'étage, supposa Felder. La cuisine, par contre, était dépourvue de ces ornements, sans doute, pensèrent-ils, parce que les murs étaient en grande partie occupés par des placards, un évier, une cuisinière à quatre brûleurs, mais quand Knight, par simple curiosité, ouvrit un des placards il découvrit un autre réseau de branches, dessinées et parfois même gravées dans le panneau intérieur.

Une fois encore, maintenant qu'il attendait la mort – *une* mort –, Felder perçut rétrospectivement un autre moment crucial, un point où des vies auraient pu être sauvées, où les deux hommes auraient pu faire demi-tour et sortir de la maison, car, s'ils n'avaient pas encore échangé un mot, leur inquiétude se reflétait clairement sur leur visage. Mais Felder avait pensé à Billy Hill, aux richesses que la guerre offrait à ceux qui étaient assez impitoyables pour saisir l'occasion quand elle survenait. Hill n'aurait pas hésité devant ces tracés révélateurs d'une folie manifeste. Il y aurait vu au contraire la marque de la vulnérabilité de leur auteur et d'un coup facile.

Après la cuisine, il y avait une salle à manger, vide et poussiéreuse, dont les deux portes fermées conduisaient à la pièce de devant. Comme dans le couloir, les murs étaient couverts de lignes.

Ce fut alors seulement que Felder sentit une présence dans la pièce de devant, celle où il avait repéré les tableaux, les tapis, et surtout le buffet vitré contenant l'argenterie. Ce qui avait attiré son attention, c'était un infime mouvement d'une ombre sur l'ombre, un souffle à peine audible. Un fauteuil grinça et Felder devina une personne endormie réveillée par un bruit inhabituel, par exemple celui produit par deux hommes pénétrant dans une maison qui n'était pas la leur. Des pieds firent chuchoter le tapis. L'une des portes commença à s'ouvrir.

Knight réagit le premier et passa devant Felder avant même que celui-ci ait eu le temps d'analyser la situation. Knight poussa violemment la porte. Il y eut un cri – une voix de femme, vieille et plaintive – puis des craquements étouffés que Felder attribua à l'éclatement d'os fragiles, tels ceux d'un ortolan broyés derrière des lèvres closes.

En entrant dans la pièce, Felder découvrit Knight à califourchon sur une vieille femme, un genou sur sa poitrine, le poing levé pour frapper. Les yeux de la femme montraient déjà ce vide étrange propre à l'état de choc. Felder agrippa le bras de son complice avant qu'il puisse à nouveau l'abattre.

— Arrête, bon Dieu ! Tu vas la tuer ! s'écria-t-il.

Un instant, il sentit la traction vers le bas du bras droit de Knight, l'envie de faire mal, puis la tension du jeune Irlandais se relâcha. Il se leva lentement, se passa une main sur le visage. Cela lui arrivait rarement de céder à la colère. Il était, par nature, quelqu'un de calme et semblait stupéfait de sa propre rage.

— Je..., commença-t-il, baissant les yeux vers la vieille femme et secouant la tête. Je..., répéta-t-il, aucun autre mot ne lui venant à l'esprit.

Felder s'agenouilla et prit doucement la femme par le menton, tournant sa tête vers lui. Elle avait le nez cassé, ça au moins c'était clair, et son œil gauche commençait à se fermer. Knight lui avait peut-être aussi brisé la pommette et même l'orbite gauche. Elle avait la bouche en sang, la lèvre supérieure fendue, mais, tout comme Knight, elle redevenait en partie elle-même après cet accès de violence. Son œil droit retrouva son éclat et elle tenta de se redresser. Felder l'aida à se mettre debout, Knight aussi, quoiqu'elle ne pesât guère plus que ses vêtements, et ils la portèrent quasiment jusqu'au fauteuil dans lequel elle s'était assoupie.

— Va lui chercher de l'eau, ordonna Felder. Et ramène un linge.

Knight sortit de la pièce. Felder releva une mèche grise tombée sur le visage de la femme et la passa derrière son oreille droite.

— Désolé, marmonna-t-il. Ça aurait pas dû arriver.

Elle ne répondit pas et se contenta de le regarder de son œil valide avec une sorte de désappointement.

Knight revint, une serviette mouillée dans une main, une tasse dans l'autre. De la poche droite de sa veste dépassait le goulot d'une flasque de brandy. Felder tendit la main vers le torchon, mais Knight demeura sur le pas de la porte, les yeux fixés sur le mur encadrant la fenêtre. Felder suivit le regard de son acolyte : encore des lignes, des bifurcations, des baies à l'encre rouge. Trois des murs de la pièce étaient occupés par des étagères et des meubles, seul celui de la fenêtre avait offert assez d'espace pour continuer la singulière décoration.

— T'occupe pas de ça, grommela Felder. Donne-moi la serviette.

Tiré de sa stupeur, Knight apporta le linge mouillé et la tasse. Felder nettoya en partie le sang. Il avait pensé qu'une légère pression du torchon empêcherait le pourtour de l'œil touché de trop gonfler, mais quand il effleura cette zone la femme poussa un jappement de douleur et il sut que sa première supposition était juste : Knight lui avait brisé l'orbite. Felder força la femme à boire un peu d'eau, vida le reste de la tasse sur le tapis et demanda à Knight d'y verser du brandy. L'Irlandais ouvrit la flasque, s'octroya d'abord une longue gorgée avant de verser deux doigts d'alcool dans la tasse. Felder fit à nouveau boire la femme, essuya avec la serviette le filet de brandy coulant sur son menton.

— Ça vous fera du bien, assura-t-il.

Il referma la main de la femme autour de la tasse. Elle avait le souffle court, comme si respirer lui faisait mal. Felder revit le genou gauche de Knight enfoncé dans la frêle poitrine plate. Il tint simplement sa main au-dessus de l'endroit concerné pour ne pas toucher les seins.

— C'est là que vous avez mal ?

Elle hocha la tête, détourna les yeux.

— Vous devriez… vous en aller, dit-elle en deux expirations sifflantes.

— Quoi ?

— Vous devriez… partir. Ils n'aimeront pas ça.

— Qui ?

— Tu m'avais dit qu'elle vivait toute seule ! tempêta Knight.

Une lame apparut dans sa main, luisante comme un reflet de lune.

— Ferme-la, ordonna Felder en restant concentré sur la femme. Qui ? répéta-t-il.

Elle ne répondit pas et son œil droit se détacha de Felder pour se porter sur les étagères de livres au-dessus de la cheminée. Felder se leva, se tourna vers Knight.

— Si quelqu'un d'autre vivait ici, il aurait déjà réagi, avec tout le boucan que t'as fait. Enfin, ratisse quand même la maison. On est dedans jusqu'au cou, maintenant, autant en tirer tout ce qu'on peut. Argent, bijoux, tu connais la musique.

— Pourquoi tu lui demandes pas où elle planque tout ?

— T'as vu la maison ? C'est pas Buckingham Palace. Il peut pas y avoir plus de deux, trois pièces en haut.

— Je sais, mais…

— Tu veux peut-être encore la cogner, voir si tu peux la dézinguer ce coup-ci ?

Knight eut la décence d'avoir l'air honteux.

— Qu'est-ce que tu vas faire, toi ?

Felder passa les mains sous sa veste et dénoua les ficelles qui maintenaient un sac en place. Du menton, il indiqua l'argenterie.

— Je m'occupe de ça. Allez, bouge-toi.

Knight parut sur le point d'ajouter quelque chose, mais il savait qu'il valait mieux ne pas discuter, surtout avec la vieille qui saignait devant lui. Felder lui remonterait les bretelles plus tard, une fois qu'ils auraient filé et seraient en sécurité. Knight quitta la pièce et Felder entendit ses pas lourds dans l'escalier. Lorsqu'il se tourna à nouveau vers la vieille femme, elle souriait.

— Merci, dit-elle.

— De quoi ?

Elle toussa et un nuage de sang rouge fusa entre ses lèvres.

— De m'avoir tuée.

Sous le regard de la vieille dame, Felder entassait l'argenterie dans son sac. C'était de la bonne qualité. Il avait vaguement craint que ce ne soit du plaqué, bien que son œil d'expert lui eût dit le contraire lorsqu'il avait jeté un premier bref regard dans la maison. Le poids était énorme, mais son sac solide, en toile épaisse, ne l'avait jamais trahi. Son seul souci à présent, c'était de mettre ce butin en lieu sûr sans se faire arrêter par la police, car comment expliquer un tel chargement ?

Felder avait choisi de ne pas tenir compte des mots que la femme venait de prononcer. Elle avait reçu plusieurs coups au visage, allez savoir quelle pagaille cela avait semée dans ses pensées. Après avoir vidé le buffet, il inspecta rapidement les étagères, fouilla les tiroirs, ne trouva que quelques florins et demi-couronnes enveloppés dans un mouchoir, ainsi qu'une montre de gousset en or portant gravées trois initiales et une date, *1912*. Il la glissa dans une poche de sa veste et non dans le sac, pour qu'elle ne soit pas endommagée par l'argenterie. Du bruit en haut signalait que Knight continuait à retourner armoires et commodes.

Felder alluma une cigarette et observa les lieux. Pendant son examen de la pièce, il avait été intrigué par les livres rangés sur les étagères. Il n'avait reconnu aucun titre – mais il n'était pas un grand lecteur – et la plupart paraissaient être des ouvrages scientifiques.

— C'est des bouquins de votre mari ? demanda-t-il à la femme. Ou d'un fils, peut-être ?

L'œil droit resté vif se fixa sur lui.

— Ce sont les miens.

Felder haussa un sourcil. Dans son monde, les femmes ne lisaient pas de bouquins scientifiques. Elles ne lisaient quasiment rien, même. Tout comme il avait entendu parler de tribus perdues d'Afrique ou de monstres dans les lochs écossais, il avait entendu parler de scientifiques femmes, mais il n'en avait jamais rencontré en vrai, et il doutait de leur existence.

— Vous êtes une scientifique, alors ?

— Je l'ai été.

— Dans quelle branche ?

— La physique, quoique j'aie aussi des qualifications en chimie.

— Comment il faut vous appeler ? Professeur Lyall ?

— Docteur Lyall.

— Docteur Lyall, physicienne. Et tout ça, dit Felder en montrant les lignes tracées sur le mur, c'est de la physique ?

Lyall toussa de nouveau, mais sans trop cracher de sang cette fois. Elle semblait respirer plus facilement. Cela aurait pu être le signe que son état s'améliorait, mais Felder était sceptique. Il pensait que c'était plutôt le corps qui se relâchait avant la mort. Il espérait que Knight aurait vite fini. Une fois qu'ils seraient sortis de la maison, ils trouveraient une cabine téléphonique et il appellerait pour qu'on envoie une ambulance. Il n'était peut-être pas trop tard pour sauver cette femme.

— De la physique quantique, précisa-t-elle.

— C'est quoi ?

— L'étude de l'univers au plus petit niveau.

— Ah.

Il tira une bouffée de sa cigarette et s'approcha du mur.

— Mais qu'est-ce que ça veut dire, toutes ces lignes ?

Lyall sourit presque.

— Vous voulez que je vous donne un cours de physique ?

— Peut-être, ou alors je cherche juste à vous faire parler, parce que tant que vous parlez vous êtes consciente, et vivante. On vous enverra de l'aide, je vous le promets. On a bientôt fini.

— C'est trop tard.

— Non, parlez-moi. Expliquez-moi vos machins de physique… quantique, là.

Elle but une gorgée de brandy avant de se lancer :

— Il existe une théorie selon laquelle il y a un nombre infini d'existences possibles et, chaque fois que nous prenons une décision, l'une de ces existences possibles se concrétise. Mais parallèlement d'autres existences possibles, ou probables, peuvent subsister. C'est plus complexe que ça, je simplifie.

— Parce que vous me croyez bête ? dit-il sans la moindre rancœur.

— Non, parce que je ne suis pas certaine de comprendre tout à fait moi-même ce que cela implique.

Felder tenta de suivre des yeux une ligne du mur.

— Alors, chacune de ces bifurcations représente une décision ?

— Exactement.

— C'est votre vie..., comprit-il avec une pointe d'étonnement dans la voix. Toutes ces lignes, tous ces embranchements, ces culs-de-sac, c'est les décisions que vous avez prises. Vous en avez dressé la carte.

— Oui.

— Pourquoi ?

— Pour comprendre.

— Comprendre quoi ?

— Où je me suis trompée.

Elle prit une aussi longue inspiration qu'elle put, comme pour se préparer à un long exposé.

— Parce que certaines décisions, certains actes, ont des conséquences plus dommageables que d'autres. Et je pense que, si elles se répètent assez souvent, la structure même de la réalité en est altérée. Je donne à ce phénomène le nom de « confluence ». Si j'avais vécu assez longtemps, j'aurais peut-être publié un article là-dessus.

— Confluence, répéta Felder, la sonorité du mot lui plaisant, même s'il ne le comprenait pas. Mais je vois pas quels vilains trucs une vieille dame comme vous aurait pu faire ?

— Je ne les considère pas comme de « vilains trucs ». D'autres peut-être, pas moi. Il n'empêche qu'ils ont eu parfois des répercussions que je n'avais pas prévues. La confluence se produit aux extrêmes, et il n'y a rien de plus extrême que la possibilité d'altérer par ses actes la nature de l'existence. Je n'ai rien fait de mal. Mais tous les chemins bifurquent, et certains mènent aux ténèbres. Et il y a des choses tapies dans les ténèbres.

— Les points rouges, c'est censé être quoi ?

Ne recevant pas de réponse, Felder se retourna et vit que le docteur Lyall avait fermé les yeux.

— Hé, dit-il. Hé.

La respiration de la vieille femme se fit de plus en plus faible, avant de cesser totalement. La tasse de brandy tomba de sa main et rebondit sur les dalles de la cheminée.

Et Felder se rendit compte qu'il n'entendait plus Knight marcher en haut.

La maison avait quatre pièces à l'étage : des toilettes – un vrai luxe, les W-C à l'intérieur, aux yeux de Knight – et deux chambres, plus une troisième pièce si exiguë qu'il ne voyait pas trop pourquoi on l'avait construite, parce qu'elle était trop petite pour accueillir un lit et qu'elle ressemblait plus à une cabine téléphonique qu'à un espace habitable. On y avait entassé les rebuts de la maison : valises défoncées, vieux journaux, un cadre de vélo de femme, des livres. Il y avait aussi des livres dans les deux chambres, et même au petit coin, mais contrairement à ceux de la salle de séjour, en bas, ils formaient de hautes colonnes vacillantes, sans doute afin de libérer plus de place sur les murs pour ces satanées lignes.

Knight se demandait encore pourquoi il avait agressé cette vieille, non qu'il fût incapable de frapper une dame, ou même à l'occasion une fille qui n'avait rien d'une dame, mais c'était la férocité de ses coups qui l'étonnait. Pendant quelques secondes, il avait été submergé non seulement par une colère dévastatrice, mais aussi par un profond sentiment de peur. Ce n'étaient pas les lignes sur les murs qui avaient pu l'inciter à une telle violence. Elles étaient bizarres, troublantes, mais rien de plus. Knight se demanda s'il ne couvait pas quelque chose. Pourtant, il se sentait bien avant que Felder et lui entrent dans cette maison. Elle était pleine de miasmes, comme si l'air lui-même y était pourri, même si elle ne sentait pas plus mauvais que toutes les baraques qu'il connaissait dans lesquelles une vieille bonne femme vivait – ou mourait à petit feu, selon le point de vue.

Sa fouille des pièces du haut n'avait cependant pas été improductive. Dans la plus grande chambre, il avait découvert un assortiment de bijoux, pour la plupart en or, un pendentif serti de rubis et de diamants, un coffret en métal qui se révéla contenir, une fois qu'il l'eut forcé avec son couteau, un peu plus de cent livres en billets et un petit rouleau de souverains en or. Knight avait immédiatement prélevé deux des pièces d'or pour les planquer sous la doublure de sa veste. Il connaissait le projet de Felder de refiler à Billy Hill une grande partie du butin de cette nuit et, s'il l'approuvait dans l'ensemble, cela ne les obligeait pas à abandonner pour autant tout bon sens. Il se pouvait fort bien que Hill les déleste de leur offrande et les renvoie dans la rue, peut-être même avec une bonne dégelée pour les ramener à la réalité s'ils avaient cru pouvoir acheter sa faveur. À tout le moins, les souverains atténueraient la souffrance du rejet, aussi bien physique que mentale, et assureraient un peu de sécurité à Knight s'il décidait de laisser ensuite tomber Felder. Et si Billy Hill les acceptait dans sa bande, tant mieux : les souverains serviraient de base à de plus grandes richesses à venir.

Knight répartissait ses prises dans ses différentes poches quand il entendit des bruits de pas hors de la chambre. Felder, pensa-t-il d'abord, mais les pas étaient trop légers, et Felder ne se serait jamais approché de lui sans prévenir dans une maison où ils faisaient un coup. Knight tourna la tête assez vite pour voir disparaître ce qui semblait être le pied et la jambe nus d'un bambin, comme si l'enfant l'avait observé et craignait maintenant de se faire prendre. Un petit garçon, pensa Knight, bien qu'il l'eût à peine entrevu. Mais où avait-il pu se planquer ? Il n'y avait aucun endroit où se cacher dans les pièces du bas et Knight avait inspecté avec soin tout l'étage. L'enfant se serait-il dissimulé dans le fatras de la toute petite pièce ? C'était possible mais peu probable, pas à moins qu'il n'ait résolu de s'ensevelir sous les livres, les sacs et les valises.

La solution lui vint tout à coup : la cave. Ils avaient vérifié la porte, elle était fermée à clé, mais Knight ne se rappelait pas avoir vu une clé. Le garçon les avait peut-être repérés quand ils avaient pénétré dans la maison et, pris de frayeur, il s'était glissé derrière la porte de la cave et l'avait fermée à clé derrière lui. Oui, c'était ça. Il ne pouvait pas y avoir d'autre explication. L'enfant était passé derrière Felder sans se faire voir et était monté à l'étage. Knight s'étonnait quand même qu'il ne se soit pas plutôt enfui de la maison pour aller chercher de l'aide, mais qui peut savoir comment raisonne un enfant apeuré ?

Déjà lancé à sa poursuite, Knight fit quelques pas sur le palier et se figea.

Ce n'était plus la même maison. Le palier était sombre, les murs totalement nus à l'exception de quelques lambeaux de papier peint décoloré qui s'accrochaient obstinément au plâtre, tels les lis d'un salon funéraire lui faisant signe dans l'obscurité. Knight ne voyait plus aucune ligne tracée à l'encre, plus de points rouges flanqués d'initiales. Le sol était toujours éclairé par des chandelles, mais tout faisait désormais partie d'une construction beaucoup plus vaste et il compta au moins huit portes dans un couloir plus long menant à une volée de marches. L'une de ces portes, à mi-chemin sur la droite, se refermait lentement sous ses yeux.

— Felder ? appela-t-il. Felder, tu m'entends ?

Il n'y eut pas de réponse.

Knight tira à nouveau son couteau d'une de ses poches. C'était une arme de fabrication japonaise, l'un de ses biens les plus chers, l'une des rares affaires qu'il avait emportées en quittant le pays de son enfance pour l'Angleterre. Il veillait à ce qu'il soit toujours bien affûté, au point qu'en toucher la lame sans précaution pouvait causer une blessure nécessitant d'être suturée. Forcer le petit coffre de la vieille n'avait même pas laissé une éraflure sur l'acier. Avoir son couteau en main le rassurait, alors même que son esprit peinait à saisir comment il avait pu entrer dans une pièce et en ressortir pour se retrouver dans une maison si différente.

— Felder ?!

Cette fois son cri provoqua une réponse. Elle vint sous la forme d'un rire enfantin, suivi d'un « Chut… ». Pas seulement un enfant, donc. Au moins deux.

Knight remonta silencieusement le couloir en vérifiant les portes au passage. Elles semblaient toutes fermées à clé, sauf une sur la droite, légèrement entrouverte. En s'en approchant, il entendit des pas précipités, comme si des enfants battaient en retraite vers le fond de la pièce. Ce bruit résonna curieusement avant de s'estomper, ce qui laissait penser que la pièce, de l'autre côté de la porte, était profonde et son plafond très haut.

Il se tint un moment immobile, puis tendit le bras gauche et poussa la porte. Elle s'ouvrit sans un bruit. Devant lui s'étirait un mur percé d'une série de larges fenêtres, par lesquelles on ne pouvait rien voir à cause des rideaux de black-out. Sous les fenêtres, on avait disposé une rangée de lits d'enfant, tous apparemment inoccupés. Knight s'avança dans la salle et vit d'autres petits lits contre le mur opposé. Une seule lampe sur une table de nuit près de la porte diffusait une lumière chiche. Knight compta douze lits de chaque côté et, quand ses yeux se furent accoutumés à la pénombre, d'autres encore à peine visibles dans l'obscurité. Il n'arrivait pas à se faire une idée des dimensions de la salle, ni de la hauteur de son plafond, plus importante encore que sur le palier.

Les fenêtres retinrent à nouveau son attention. Oui, il y avait bien des rideaux noirs, mais ils se trouvaient *à l'extérieur*. Il s'approcha de l'une d'elles, tenant toujours son couteau fermement de la main droite. Il aperçut son reflet dans une vitre, fantôme abandonné de lui-même. Il posa les doigts sur le carreau, qui lui parut désagréablement froid, alors qu'il faisait plutôt bon dans la salle. Et ce qu'il sentit, tandis que son reflet lui renvoyait son regard et que l'extrémité de ses doigts s'engourdissait, c'était que l'obscurité au-delà de la vitre n'était pas due aux rideaux, ni à la nuit, mais à une sorte de néant, comme si l'on avait retiré toutes les étoiles du ciel pour les cacher ailleurs et que la maison flottait dans le vide. Knight fut envahi par un terrible sentiment de solitude, un désespoir auquel seul l'oubli pouvait mettre fin. Hypnotisé par le vide, il comprenait qu'un homme puisse rester figé et permettre au néant de le drainer lentement, méthodiquement, pour ne laisser de lui qu'une carapace qui finirait par tomber sur le sol et s'effriter, tel le cadavre desséché d'une mouche vidée par une araignée.

Knight entendit un bruit loin au-dessus de sa tête : un faible trottinement. Il se mit à trembler. Il craignait que la vaste salle ne se soit emparée de cette image d'une araignée et de sa proie et ne l'ait rendue réelle. Lentement, il leva le visage vers le plafond. La lampe, près de la porte, se mit à répandre une lumière plus forte, jusqu'à ce qu'elle soit reflétée par une multitude d'yeux noirs semblables à des éclats d'obsidienne sertis dans le plâtre. Knight décela aussi du mouvement, des formes nues et pâles qui se mêlaient, accrochées au plafond par des membres gras, tronqués. Elles descendaient maintenant le long des murs, tels des insectes, le regard rivé à Knight.

C'étaient des bébés, des centaines de bébés qui n'avaient pas plus de quelques mois, qui étaient à la fois vivants et sans vie, le corps marbré par un début de décomposition. Knight les regardait s'approcher, descendre les murs. Derrière lui, une petite main invisible toucha doucement sa nuque. Il sentit une piqûre, un baiser d'araignée. Son couteau s'échappa de sa main et Knight suivit, tombant à genoux sous l'effet du venin. Il bascula sur le flanc droit, les yeux grands ouverts, incapable de bouger, de parler, ni même de battre des paupières. Les bébés furent sur lui, posant leurs mains sur son nez, sa bouche, ses yeux, explorant, tâtant, de plus en plus nombreux, jusqu'à ce qu'il disparaisse sous leurs corps et meure, immobile, cerné de créatures qui se délectèrent de sa chaleur déclinante puis pleurèrent quand il n'y en eut plus.

Felder alla à la porte de la salle de séjour et appela Knight. Faute de réponse, il s'avança dans le vestibule. L'escalier menant à l'étage était toujours là, mais se perdait maintenant dans le noir, sans rien au-delà. Là où se trouvait avant la porte d'entrée, il y avait un mur auquel était accroché un miroir en pied. La cuisine aussi avait disparu et un autre miroir avait pris sa place, de sorte que Felder se retrouvait pris dans une infinité de versions reflétées de lui-même. Il se retourna pour vérifier le corps de la vieille dame, mais elle avait changé elle aussi – et cependant, l'idée le frappa, elle était restée la même, car son visage ne portait plus de traces de coups et elle semblait dormir. Elle bougeait dans ses rêves, le fauteuil grinçait, sa bouche émettait un léger ronflement, mais elle ne se réveillait pas et aucun Knight ne surgissait pour la marteler de ses poings. Ce fut seulement quand la porte commença à se refermer devant Felder que la femme ouvrit les yeux, mais il n'aurait su dire si elle le voyait ou si elle ne faisait que rêver de lui, avant qu'il ne puisse lui-même plus la voir. Il entendit une clé tourner dans la serrure au moment où, dans les miroirs, tous les reflets s'effacèrent, et le mur devant lui commença à se lézarder. Il regarda les fissures avancer, bifurquer, s'arrêter, et vit dans l'encre sèche sur le plâtre le dessin de sa vie tracé pour lui.

Et tandis qu'une porte se fermait, une autre s'ouvrait. Felder entendit celle de la cave gémir, des pas légers descendre les marches. Felder ne pesta pas. Il ne lutta pas, ne cria pas, suivit simplement le bruit.

Knight était dans la cave. Affalé dans un fauteuil, la tête renversée, ses yeux morts dans leurs orbites, fixant le plafond sans le voir. Le long des murs s'alignaient des bocaux, dont aucun n'était vide.

*Ils n'aimeront pas ça.*

Sur un établi, Felder vit une mallette et, à côté, un jeu d'instruments chirurgicaux, propres et brillants. Des potions dans des fioles sans étiquette, des poudres et des pilules. Il se tourna à nouveau vers les bocaux et observa leur contenu flottant dans le formol. Il avait entendu parler de femmes comme le docteur Lyall. De jeunes filles non mariées dont il fallait sauver la réputation, d'épouses qui ne pouvaient expliquer la venue d'un nouvel enfant alors que leur mari combattait à l'étranger, de mères au corps si usé qu'un bébé de plus les aurait tuées – toutes venaient solliciter le docteur Lyall, ou d'autres femmes de son espèce, qui faisaient ce que les médecins refusaient de faire. Felder n'avait jamais considéré le prix qu'il y avait peut-être à payer, le fardeau à porter. Lyall les avait toutes marquées par des points rouges sur son mur, les visites de ces femmes.

*Merci.*

Confluence. Existence et néant, déchirant le tissu de la réalité, lézardant les murs entre les univers.

*De m'avoir tuée.*

Il y avait un miroir de plus dans la cave et Felder s'y découvrit reflété dedans : le Felder de l'instant présent, fixé par les décisions et les actes qui l'avaient conduit dans cette maison. Les murs s'écartèrent de lui, ne laissant derrière que des ombres, et de ces ombres sortirent des enfants, certains à peine plus que des nouveau-nés, d'autres un peu plus âgés, plus attentifs. Leur rage était glacée, car il n'est pas de rage comparable à celle des enfants. Felder la ressentait comme une multitude de crochets chirurgicaux et de scalpels lacérant sa chair. Son reflet commença à saigner et il supposa que lui-même devait saigner, bien qu'il ne pût distinguer la moindre blessure. Il les sentait, cependant, profondément en lui.

Il mourait lentement, ou l'un de ses moi mourait, la seule version de lui qu'il connaîtrait jamais. Dans la logique de son agonie, il comprenait que dans un autre univers – dans de nombreux univers – les enfants du docteur Lyall continueraient à tourmenter cette version d'elle, mais que dans ce monde-ci au moins ses souffrances se terminaient, tout comme celles de Felder devaient à coup sûr connaître une fin charitable.

Tandis que la vie le quittait, une ligne tracée à l'encre progressait inexorablement sur le mur sale puis s'estompait et disparaissait.

## L'*Atlas fracturé*

### – Cinq fragments –

### *I. La crainte et l'effroi des rois*

Couvret attendait au Het Teken van de Eik, L'Enseigne du Chêne, le bateau qui le mènerait enfin en Angleterre. Cela faisait des semaines qu'il logeait à l'auberge et il commençait à s'inquiéter. Des rumeurs de représailles catholiques parvenaient aux oreilles des réfugiés huguenots et Couvret ne se sentait pas en sécurité à Amsterdam. Il ne se détendrait qu'après avoir mis la mer du Nord entre le continent et lui.

Sa femme et son enfant étaient morts, emportés par la peste rouge. Il avait appris la nouvelle presque le jour même où Henri IV avait levé le siège de Paris et battu en retraite devant la progression de l'armée espagnole catholique venue à la rescousse et commandée par le duc de Parme. Couvret avait fui avec les autres, sans un regard en arrière. On racontait que le siège avait causé la mort d'un quart de la population de la ville. Les catholiques feraient payer quelqu'un pour ça, mais ce ne serait pas Henri. On murmurait déjà qu'il songeait à se convertir et que des ouvertures en direction de Rome avaient été faites en son nom.

Or, la situation d'Henri s'était compliquée à cause de la mort de Sixte V peu avant la levée du siège, et du fait que son successeur, Urbain VII, n'avait pas vécu plus de douze jours après son élection. Henri s'était sans doute réjoui de la disparition de Sixte V, estimait Couvret : l'ancien Felice Peretti, farouche adversaire de la Réforme, avait béni le plan, finalement voué à l'échec, de Philippe II d'envahir l'Angleterre. Depuis la mort d'Urbain VII, les cardinaux avaient élu Niccolo Sfondrati à la papauté sous le nom de Grégoire XIV, mais ledit Grégoire était de santé fragile. Les éminences espagnoles avaient arrangé son élection pour renforcer leur position contre la France, limitant encore la liberté de manœuvre d'Henri IV. Si Henri n'était pas devenu catholique avant Noël, Couvret voulait bien se faire juif.

Dieu, quelle ville froide, cette Amsterdam ! Presque aussi froide que les Hollandais eux-mêmes. Couvret n'aimait pas les calvinistes, mais il comptait l'ennemi de son ennemi au rang de ses amis, et c'était uniquement en raison du conflit opposant les Espagnols et les Hollandais qu'il avait fui aussi loin. Amsterdam n'en était pas moins une ville dangereuse : la répression des calvinistes sur le catholicisme n'avait fait qu'inspirer un zèle virulent aux partisans de la Contre-Réforme aux Pays-Bas. Des séminaires rouvraient, des missionnaires catholiques reprenaient pied dans des quartiers protestants. Comme il avait été l'un des conseillers juridiques d'Henri IV, Couvret était activement recherché. Si l'un des fanatiques papistes tapis dans l'ombre découvrait sa véritable identité, c'en serait fait de lui.

Le capitaine du navire anglais lui avait garanti une traversée en toute sécurité au nom de leur fraternité protestante, même si ces liens se révélèrent moins forts que les exigences du négoce et que Couvret dut payer une petite fortune pour sa couchette. Cela lui était égal. Plus rien ne le retenait sur le continent et il trouverait du travail à Londres. Il avait en sa possession des lettres de recommandation pour deux avocats des Inns of Court[1], dont on lui avait assuré qu'ils lui réserveraient un accueil chaleureux.

Pour le moment, il était contraint d'attendre au Chêne que le bateau soit prêt à appareiller. Couvret passait la majeure partie de son temps dans sa chambre et parlait le moins possible quand il n'était plus aux alentours de l'auberge, de peur que son accent ne le fasse remarquer. Il mangeait et buvait en solitaire, lisait sa Bible de Genève et pensait à sa femme et à sa fille défuntes.

Toutefois, même pour quelqu'un dans sa situation, le besoin de compagnie – ne fût-ce que pour un peu de chaleur humaine – se révélait parfois irrésistible, et c'est ainsi qu'il se retrouva un soir dans un coin du Chêne, à l'écart du feu et des clients qui se pressaient autour. Il avait dîné d'un *hutspot*[2] pour le quatrième soir d'affilée parce que c'était à la fois bourratif et bon marché. Il avait devant lui un verre de genièvre, avec à côté du sucre et une cuillère, et écoutait discrètement

1. Ce terme désigne à la fois les associations de juristes et le quartier de Londres où elles se trouvent.

2. Plat traditionnel à base de purée de pommes de terre.

les conversations des clients. Il connaissait mal le hollandais, mais le Chêne attirait des hommes venant de nombreux pays, pour la plupart des gens aisés liés au commerce maritime. Les simples matelots se restauraient ailleurs.

S'il veut survivre, un homme traqué apprend à devancer l'approche de ceux qui le poursuivent, mais il peut aussi développer un instinct pour repérer ceux qui font eux-mêmes l'objet d'une chasse. Aussi son attention fut-elle éveillée par un personnage, assis à sa droite, qui restait dans la pénombre et ne prononçait pas plus de mots qu'il n'était nécessaire pour se faire servir. Couvret nota simplement sa présence et décida de se contenter de sa propre compagnie. Ce fut donc avec quelque surprise qu'il fut distrait de ses pensées lorsque l'inconnu posa sur sa table une bouteille de genièvre pleine.

— Puis-je vous offrir à boire ?

Couvret leva les yeux vers l'auteur de la question. C'était un homme d'une maigreur et d'une pâleur extrêmes, aux cheveux si fins qu'on discernait la blancheur de son crâne. Ses habits étaient de bonne coupe, mais trop grands pour lui. Ou ils appartenaient à quelqu'un d'autre, ou le rôle de proie que Couvret lui avait attribué l'avait marqué autant physiquement que mentalement, car Couvret ne doutait plus que cet homme craignît pour sa vie. Il avait les yeux d'un lapin qui voit sur lui l'ombre du faucon, et l'alcool qu'il avait bu n'avait pas fait cesser le tremblement de ses mains.

— Non, merci, répondit Couvret. J'allais me retirer pour la nuit.

S'il était en mal de compagnie, ce n'était pas de celle d'un fugitif, parce qu'elle pouvait attirer sur eux deux les mêmes poursuivants.

— Vous êtes Couvret, dit l'homme.

L'ancien conseiller juridique parvint à cacher sa stupeur. Même le capitaine anglais ne le connaissait pas sous ce nom.

— Vous vous trompez. Je m'appelle Porcher.

Il se leva pour partir, mais l'homme posa une main sur son épaule. Quoique affaibli de corps et d'esprit, il avait encore de la force. Couvret aurait pu l'affronter et prendre le dessus, bien sûr, mais cela aurait sans doute attiré les regards sur eux.

— Vous n'êtes pas un porcher, vous n'êtes pas d'humble extraction. N'ayez pas peur de moi, je ne révélerai pas votre secret. Mon nom est Van Agteren et je sollicite seulement un peu de votre temps. En échange, je vous offre la moitié de cette bouteille et une histoire.

— Je vous répète que vous faites erreur.

— Peut-être. Bon, soyez Porcher et je resterai Van Agteren. Je maintiens mon offre. Nous avons tous deux besoin d'un peu de conversation et de compagnie. Votre chambre vous attendra encore dans une heure et n'en sera pas plus vide parce que vous aurez tardé à y monter.

Après une pause, l'homme ajouta :

— Ce serait un acte de fraternité chrétienne et, après avoir entendu mon histoire, vous comprendrez la valeur d'un tel service. Alors, puis-je m'asseoir ?

Couvret examina le Hollandais. Sa connaissance du droit l'avait convaincu de sa capacité à juger du caractère d'un homme en quelques minutes, et il ne décelait en Van Agteren aucune malveillance ni hostilité, rien qu'une peur profonde gardée sous contrôle au prix d'un immense effort de volonté. Oui, un rapace tournait au-dessus de cet homme, mais Couvret vivait sous une même menace et il se sentait terriblement seul, las de sa propre compagnie.

— Asseyez-vous, dit-il enfin, et j'écouterai votre histoire.

Van Agteren était natif de Tilburg, une ville du sud du pays. Sa famille logeait à l'ombre de l'église Saint-Joseph – ou Heuvelse, comme l'appelaient les habitants de cette ville –, et cela expliquait les origines de son nom, car Van Agteren signifiait « de derrière » dans sa langue et désignait quelqu'un né au voisinage d'un grand édifice. Enfant intelligent, il avait entamé dès son jeune âge une formation de secrétaire auprès du célèbre érudit hollandais Cornelis Schuyler, homme particulièrement versé en arithmétique, géométrie et astrologie.

Il était étrange de trouver quelqu'un de l'envergure de Schuyler dans une petite ville comme Tilburg, qui s'était développée autour d'un « lieu de pâture » commun pour les moutons et comptait de nombreux tisserands. Schuyler résidait dans une maisonnette proche de l'église Saint-Denis – Heikese, pour les Hollandais – et quittait rarement ses environs. Il disait à Van Agteren que tout ce dont il avait besoin pour son travail se trouvait « là » en montrant les livres qui occupaient toutes les étagères, et « ici » en se tapotant le front. Bien sûr, ce n'était pas entièrement vrai puisque le savant recevait un flot de visiteurs apportant des documents et des cartes, des instruments scientifiques dont Van Agteren ignorait à quoi ils pouvaient servir, comme d'ailleurs tout le monde hormis une poignée d'hommes brillants dont son maître faisait partie.

Schuyler était veuf et n'avait qu'une fille, Eliene. Tenant de son père, elle était pour lui une assistante encore plus capable même que Van Agteren, mais son sexe exigeait d'elle d'être discrète sur ses dons et de se retirer quand des hommes âgés rendaient visite à son père. De tendres liens se nouèrent entre Eliene et le secrétaire et la question d'un mariage fut abordée, mais seulement en privé. Si Schuyler se montrait fort possessif avec sa fille, il avait aussi beaucoup d'affection pour Van Agteren, et il semblait aux jeunes amoureux que leur union satisferait aux besoins de tous, car le savant continuerait ainsi à jouir de la présence de sa fille puisque Van Agteren ne souhaitait pas cesser de travailler pour Schuyler.

Un soir de l'hiver 1589, on frappa à la porte de Schuyler et ce fut Van Agteren qu'on envoya ouvrir. Un maçon se tenait sur le seuil, un paquet sous le bras, et il demanda si le maître était à la maison : il avait trouvé quelque chose qui pouvait l'intéresser. Bien qu'il fût tard, Van Agteren le fit entrer et le mena à Schuyler, qui procédait à la dissection du corps d'un singe. Il avait acheté son cadavre à un marin qui avait longtemps eu la petite bête pour compagnie et qui avait pleuré en empochant la pièce de Schuyler.

L'homme expliqua qu'il participait à des travaux au voisinage de l'église Heuvelse. Une maison proche s'était écroulée et l'on projetait d'en bâtir une autre, plus vaste, sur son emplacement. Le maçon avait été chargé de creuser les fondations et c'est ainsi qu'il était tombé sur l'objet qu'il présentait maintenant au savant.

C'était un livre, d'un type peu courant et cher, relié d'une peau que ni Schuyler ni Van Agteren ne connaissaient, marquée de balafres et de veinures. D'un rouge profond, elle rappelait désagréablement au jeune assistant un morceau de viande fraîche. Schuyler tenta de l'ouvrir pour en examiner le contenu et le maçon s'esclaffa.

— Je vous souhaite d'avoir plus de chance que moi, *mijnheer*.

Impossible d'ouvrir ce livre. C'était comme si les pages avaient été enduites de glu puis collées ensemble. À l'aide d'une mince lame, Schuyler tenta avec précaution de les séparer – rien à faire. L'ouvrage refusait de lui dévoiler ses secrets.

— C'est peut-être un faux livre, avança Van Agteren.

— Que veux-tu dire ? lui demanda Schuyler.

— J'ai vu à Utrecht un exemplaire du *Tetrabiblos*[1] qui était à première vue semblable à n'importe quel autre, mais qui se révéla être une imitation. C'était plus un coffret qu'un livre. Le savant qui le possédait s'en servait pour dissimuler son or aux voleurs qui ne s'intéresseraient pas du tout à sa bibliothèque.

Schuyler passa son pouce sur la tranche.

— J'ai quand même l'impression que c'est du papier.

Il tapota la couverture en divers endroits en guettant un bruit différent qui signalerait un intérieur creux, mais ne remarqua rien d'anormal.

— Je crois que c'est un vrai livre, conclut-il. Quant à savoir comment on en a hermétiquement collé les pages, je ne saurais le dire.

La maison effondrée appartenait à un certain Dekker, un parfait ignorant. Partant, il était hautement improbable que le livre lui ait appartenu. Le maçon le

1. Ouvrage astrologique rédigé en 140 par Ptolémée.

confirma d'ailleurs en précisant qu'il avait découvert le volume seulement après avoir concassé une mince couche de pierre située bien en dessous du niveau sur lequel Dekker avait à l'origine construit sa demeure.

— Étrange aussi, *mijnheer*, poursuivit-il, qu'à un moment il n'y avait pas de livre, et que l'instant d'après il était là. Je ne l'ai pas exhumé. Je me suis juste retourné et je l'ai vu là. Comme vous pouvez le constater, il n'est ni taché ni abîmé.

C'était vrai. Le volume était immaculé, ce qui était extraordinaire pour un objet censé être resté longtemps enfoui. Schuyler s'interrogea à voix haute sur la possibilité que l'ouvrage ait été jeté là par un passant, ou soit tombé d'une fenêtre, mais le maçon lui assura que le terrain n'était entouré d'aucune construction qui aurait pu valider la dernière hypothèse, et qu'il n'y avait absolument personne alentour lorsqu'il l'avait trouvé, ce qui excluait la première. Et cependant la troisième solution – que le livre ait été enterré – paraissait incroyable puisque le maçon avait brisé une couche de pierre ancienne avant de le voir.

Une dernière possibilité se présentait : l'homme avait volé l'objet et essayait de se faire un peu d'argent en s'adressant au seul habitant de Tilburg qui pût en apprécier la valeur. Mais Van Agteren connaissait le maçon et n'avait aucune raison de douter de son honnêteté. À voix basse, il transmit cette opinion à son maître, car il avait appris à deviner le cours que prenaient les pensées du vieux savant.

Finalement, Schuyler consentit à donner au maçon une pièce pour sa peine et lui en promit d'autres si le livre, une fois ouvert, se révélait d'une valeur peu commune. Au grand étonnement de Van Agteren, l'homme n'essaya pas de marchander ni de protester contre la faible somme que lui octroyait Schuyler. Il l'empocha et sortit du bureau. Van Agteren le raccompagna jusqu'à la porte et, lui posant une main sur le bras, fit observer :

— Tu aurais obtenu beaucoup plus pour ce livre si tu l'avais proposé à Eindhoven ou à Utrecht.

— Je sais, répondit le maçon. À la vérité, j'avais envisagé de me rendre à Eindhoven, mais je suis maintenant content de ne pas l'avoir fait. Je tenais juste à me débarrasser du livre et, si j'avais été riche, c'est peut-être moi qui aurais payé votre maître pour qu'il le prenne.

— Pourquoi dis-tu cela ?

— Vous ne l'avez pas encore touché, ni tenu dans vos mains. C'est comme une chose vivante. On sent ses pulsations, son odeur de sang. Je l'ai trouvé aujourd'hui même et je n'ai pas voulu qu'il passe une seule nuit sous mon toit. Il se peut même que la pièce de votre maître finisse dans le coffre de l'église Heuvelse, car je crains que ce que je pourrais acheter à boire ou à manger avec ne nous empoisonne, ma famille et moi. Et…

— Oui, qu'y a-t-il ?

Le maçon scrutait la nuit, comme s'il s'attendait à voir quelqu'un en surgir.

— Avant de partir de chez moi pour venir ici, j'ai cru apercevoir une forme dans le brouillard – un homme, de plus haute taille que quiconque, et aux contours indistincts. Il observait ma maison et je suis certain qu'il m'a suivi jusqu'ici. Il m'a semblé entendre ses pas par-dessus les miens, mais chaque fois que je me retournais il n'y avait personne derrière moi, et je ne vois pas trace de lui non plus en cet instant. Je me suis peut-être trompé.

Sur ces mots, l'homme s'en fut et Van Agteren ne le revit jamais vivant. Un mur s'écroula sur lui le lendemain, et il avait succombé quand ses compagnons parvinrent à l'extraire des gravats.

Van Agteren retourna dans le bureau de Schuyler et le trouva en train d'examiner le volume, cherchant dans la reliure un mécanisme caché qui le ferait s'ouvrir.

— Extraordinaire ! s'extasia l'érudit en caressant l'ouvrage. Prends-le, Marteen. Il est chaud sous la main, comme de la chair vivante.

Van Agteren n'avait aucune envie de le toucher après ce que le maçon lui en avait dit. Il rapporta ces propos à son maître, qui se contenta de rire et de remarquer que souvent le brouillard jouait de ces tours, aux autres aussi bien qu'à lui. Van Agteren sortit et referma la porte derrière lui. Dans le couloir, il vit approcher Eliene, un bougeoir à la main.

— Qui donc nous a rendu visite aussi tard ? voulut-elle savoir.

— Un maçon. Il a trouvé un livre, il l'a apporté pour que ton père l'examine.

— Un livre ? Quelle sorte de livre ?

— Je ne sais pas.

— Mais tu l'as vu ?

— Oui, et je ne saurais dire pourquoi, mais je le regrette déjà.

Eliene le regarda fixement.

— Quelquefois, je te trouve vraiment bizarre, dit-elle.

— Donc, si tu m'aimes, tu es vraiment bizarre, toi aussi.

— Oui, sûrement.

Elle écarta les lèvres et il l'embrassa.

— Mon père…, commença-t-elle.

— Est absorbé dans l'examen de ce livre.

— Je vais bientôt avoir mes menstrues, mais tu peux quand même te glisser dans mon lit.

Ce qu'il fit.

Van Agteren ne passa pas toute la nuit avec Eliene. Deux vieilles servantes s'occupaient de l'entretien de la maison et il ne souhaitait pas leur donner plus de matière à ragots qu'elles n'en avaient déjà. Il avait en outre beaucoup de respect pour Schuyler – pas au point toutefois de dédaigner de coucher avec sa fille. Il ignorait jusqu'à quel point le vieil homme soupçonnait ses relations avec Eliene et ne voulait pas lui donner de raison de réagir.

La porte du bureau était ouverte quand Van Agteren s'y présenta. Il frappa avant d'entrer, n'obtint pas de réponse. La pièce était vide et la petite alcôve où Schuyler dormait d'habitude inoccupée. Le savant n'était pas non plus dans la cuisine, ni où que ce fût dans la maison, mais la porte d'entrée n'était pas fermée à clé, ce qui signifiait qu'il avait pu sortir très tôt ou très tard. Les servantes, qui préparaient déjà le petit déjeuner, n'avaient pas vu leur maître, elles non plus. C'était étrange.

Eliene se leva et elle n'en savait pas davantage sur l'endroit où pouvait se trouver son père. Elle ne s'inquiétait pas pour autant. Il était d'humeur capricieuse, même si cela l'incitait rarement à courir les rues à des heures indues. Van Agteren, lui, se faisait du souci. Après avoir avalé quelque nourriture à la hâte, il se mit à la recherche de son maître. Bien que Tilburg fût une petite ville, il ne trouva pas trace de Schuyler.

À l'Enseigne du Chêne, Van Agteren servit à Couvret un autre verre de genièvre.

— J'avoue que vous m'intriguez, dit le Français, bien que je ne comprenne toujours pas pourquoi vous avez choisi de partager cette histoire avec moi.

— Oh, ce n'est pas fini. Et la suite est bien plus déplaisante…

Van Agteren s'excusa pour aller uriner, laissant Couvret seul. Celui-ci avait bu plus qu'il ne l'aurait voulu et l'auberge lui semblait étouffante. Éprouvant le besoin de prendre l'air, il alla jusqu'à la porte et sortit. Un jeune garçon déneigeait l'allée pour les clients, mais des flocons avaient recommencé à tomber. Un peu plus loin, Couvret distingua une silhouette massive vêtue de noir marchant en direction de la Nieuwe Kerk. Elle ressemblait davantage à une ombre qu'à un homme, peut-être à cause de l'obscurité et de la neige.

— Tu connais cet homme ? demanda Couvret.

— Quel homme ? dit le garçon.

— Celui qui est passé juste avant que je sorte.

— Vous vous trompez, *mijnheer*. Personne n'est passé depuis que j'ai commencé à déblayer. Voyez vous-même, il n'y a pas de traces de pas sur le sol.

Le garçon avait raison. La neige récemment tombée avait recouvert les anciennes traces et il n'y en avait pas de nouvelles. Malgré le froid, Couvret alla jusqu'à l'endroit où il avait aperçu la silhouette, mais même là rien n'indiquait le passage d'une autre personne. Il retourna dans la salle, où Van Agteren l'attendait, assis à leur table.

— Où êtes-vous allé ? demanda le Hollandais.

— Prendre l'air.

— Vous êtes plus courageux que moi. Je ne suis même pas vraiment sorti, j'ai pissé sur le perron menant à la cour. Pardonnez-moi, vous paraissez troublé.

— J'ai cru voir quelqu'un dehors, mais je m'étais trompé.

Van Agteren regarda Couvret avec insistance.

— Quelqu'un ? Que voulez-vous dire exactement ?

— Une silhouette en noir. Un homme, je dirais, mais quand je suis allé où il s'était tenu peu avant je n'ai découvert aucun signe de son passage.

Van Agteren se tourna vers la porte, comme si la silhouette, convoquée par leur conversation, allait apparaître. Toute la détermination dont le Hollandais avait fait preuve jusque-là disparut en un instant et il sembla sur le point de pleurer.

— Alors, je n'ai plus beaucoup de temps pour finir mon histoire, murmura-t-il en se ressaisissant quelque peu. Écoutez…

Schuyler n'était pas rentré lorsque Van Agteren revint à la maison. Eliene commençait à craindre pour son père et avait envoyé une des servantes demander à la milice locale d'entamer des recherches.

Assise dans le bureau paternel, elle se penchait sur le livre, ouvert devant elle. Van Agteren ne put contenir sa surprise :

— Mais comment l'as-tu ouvert ?

— Ouvert ?! Je l'ai trouvé comme ça quand je suis venue voir si mon père n'avait pas laissé une indication sur l'endroit où il pourrait être allé. C'est curieux, on ne peut lire que cette page, les autres semblent toutes collées.

Van Agteren se pencha par-dessus l'épaule d'Eliene pour observer la page. Elle semblait être en vélin, et seul le recto en avait été utilisé, la rugosité du verso révélant son origine animale.

Il crut reconnaître une carte du ciel, mais aucune de ces constellations ne lui était familière, et les annotations qui les jouxtaient étaient écrites à l'aide d'un alphabet inconnu. Le dessin était l'œuvre d'une main experte : Van Agteren ne se rappelait pas avoir jamais vu illustration aussi parfaite.

— C'est magnifique, dit-il.

— Aucun ciel de nuit ne ressemble à ça, objecta Eliene. C'est pure invention.

Sans pouvoir percer le sens des annotations, Van Agteren supposait qu'il s'agissait de formules mathématiques, car elles étaient assorties de figures que la géométrie euclidienne lui avait rendues familières. Pourquoi quelqu'un aurait-il pris cette peine si ce n'était que pure imagination ?

— Attends ! s'exclama Eliene. On dirait qu'une autre page s'est libérée de la substance utilisée pour figer le tout…

Elle dut s'y prendre à deux mains pour tourner un bloc de pages tant celles-ci étaient lourdes.

— Qu'est-ce que c'est ? Cela ne se peut !

Ils avaient sous les yeux un dessin complexe représentant le bureau de Schuyler et tout ce qui s'y trouvait – ses instruments, ses livres, les étagères et les meubles –, mais le mot *dessin* ne rendait pas justice à ce qu'ils contemplaient. C'était plutôt une copie parfaite de la pièce, comme si la page n'était pas un vélin mais un miroir. L'habileté avec laquelle on avait reproduit les lieux dépassait celle du plus grand artiste qui eût jamais existé. Il était impossible de saisir comment il avait pu faire, ni combien de temps il y avait passé.

Van Agteren mouilla un de ses doigts et le pressa contre la page. Il le replia vers lui, vit que l'extrémité portait une trace d'encre ou de peinture. Examinant à nouveau le dessin, il remarqua que la pièce était représentée sous un angle inhabituel. Presque comme si…

Il se retourna et s'accroupit derrière le bureau.

— Qu'est-ce que tu fais ? voulut savoir Eliene.

— Je ne peux en jurer, mais l'auteur de ce dessin n'a pu le faire qu'en utilisant un miroir pour avoir sous les yeux un reflet correspondant à ce qu'on voit dans le livre. Mais pourquoi ?

— Quand dis-tu qu'on a apporté ce livre à mon père ?

— Hier soir.

— Et où l'avait-on trouvé ?

— Enfoui sous les fondations de l'ancienne maison d'un nommé Dekker, du moins selon l'homme qui nous l'a apporté.

— Il faut le retrouver et le ramener ici. Il doit pouvoir nous en dire plus.

— Je t'assure que non. C'est un homme simple mais honnête. Il voulait seulement se débarrasser de ce livre.

— Ce matin, es-tu passé devant le terrain de Dekker lorsque tu cherchais mon père ?

— Oui. J'ai demandé où était cet homme et on m'a répondu qu'on ne l'avait pas vu.

— Essaieras-tu encore ?

— Bien sûr.

Elle prit la main de Van Agteren dans la sienne et lui embrassa les jointures, l'une après l'autre.

— Merci.

— Nous retrouverons ton père, promit-il. Je n'aurai de cesse qu'il soit de nouveau parmi nous.

Il commençait à faire sombre et, quand Van Agteren arriva au terrain, les ouvriers étaient partis. Il trouva Dekker et sa famille chez le père de celui-ci, qui l'hébergeait pendant les travaux. Dekker n'avait pas vu Schuyler depuis plusieurs jours. Il n'avait pas non plus entendu parler d'un livre. Il montra toutefois un vif intérêt pour la valeur qu'il pouvait avoir et fut aussi prompt à en réclamer la propriété qu'à maudire le maçon – lequel venait malheureusement, l'après-midi même, de trouver la mort dans un éboulement sur le chantier – qui l'avait apporté au savant. Il revint à Van Agteren de lui rappeler que tout objet trouvé dans le sol appartenait en dernier ressort aux seigneurs de Tilburg et qu'il valait mieux pour tout le monde que Dekker ne fasse pas d'histoires avant qu'on en sache davantage sur le livre. Dekker donna son accord avec réticence.

Au moment où Van Agteren s'apprêtait à partir, Dekker lui demanda :

— Dites-moi, qui était cet homme qui vous accompagnait ?

— Je suis venu seul.

— J'aurais pourtant juré avoir vu un homme marcher sur vos pas. Grand, tout de noir vêtu. On aurait dit un prêtre.

Van Agteren assura de nouveau qu'il était venu seul et laissa Dekker ruminer ce mystère sans lui. Cela lui avait toutefois remis en mémoire ce que l'infortuné maçon lui avait raconté la veille, et sur le chemin du retour il passa autant de temps à regarder derrière lui que devant.

Eliene l'accueillit sur le seuil de la maison. Seule la lumière d'une bougie donnait un peu de vie à son visage, transformé en un masque de porcelaine.

— Personne n'a vu ton père, lui annonça-t-il.

— Viens, répondit-elle simplement avant de l'entraîner vers le bureau.

Le livre était ouvert sur une autre page, montrant un dessin anatomique détaillé du visage de Schuyler, partagé en deux et représenté d'une manière qui aurait suscité l'envie d'André Vésale[1] lui-même. Le côté droit le montrait tel qu'il était normalement, exception faite de sa bouche, grande ouverte, comme s'il criait. Le côté gauche n'avait plus de peau et des insectes inconnus grouillaient dans la chair à vif, la gueule curieusement flanquée de quatre griffes, des pinces de perce-oreille dépassant de l'abdomen. L'un d'eux s'extirpait de l'orbite vide de l'œil gauche.

— Quelqu'un joue un jeu cruel, dit Eliene.

Van Agteren crut déceler dans sa voix une pointe de soupçon dirigée contre lui.

— Pas moi ! se récria-t-il. Je ne suis même pas venu dans cette pièce.

La jeune fille se radoucit aussitôt et dit en s'accrochant à lui :

— Pardonne-moi. Je ne sais pas ce qui m'a inspiré une telle pensée. Je ne comprends pas ce qui se passe. Après ton départ, je suis allée dans le bureau et le

1. Anatomiste réputé de la Renaissance.

livre était ouvert à cette page. Les servantes affirment ne rien savoir, et je les crois. De toute façon, elles ne mettent jamais les pieds dans cette pièce, pas même pour faire le ménage. Elles se gardent bien de perturber les travaux de mon père.

Van Agteren referma le livre pour ne plus voir cet effroyable portrait de son maître. Un instant, quand sa main toucha la couverture, il la sentit palpiter.

— C'est le livre, accusa-t-il. On aurait dû le laisser dans la terre.

— Que proposes-tu d'en faire ? De le remettre là-bas ?

— Non. Je vais le brûler.

Un feu rougeoyait déjà dans la cheminée de la cuisine quand Van Agteren et Eliene y entrèrent. Ils renvoyèrent les servantes et Van Agteren ajouta des bûches aux flammes jusqu'à ce qu'on ne puisse plus s'en approcher sans avoir de picotements sur la peau. Il jeta le livre dans le feu, mais la puanteur qui s'en dégagea immédiatement fut si épouvantable qu'ils durent s'éloigner. Même hors de la pièce, l'odeur était insupportable, on eût dit celle d'une carcasse putréfiée mise à rôtir. Elle envahit la maison et Eliene se sentit mal. Janzen, leur voisin, frappa à la porte pour se plaindre de cette pestilence. Finalement, toute la rue fut empuantie et Van Agteren n'eut d'autre choix que d'arracher le volume aux flammes. Fait étonnant, il n'était que légèrement endommagé sur un côté. La couverture présentait des cloques, comme une peau brûlée.

Van Agteren plaça le livre dans un sac, ajouta des briques dessus, alla jusqu'au canal et le jeta dans l'eau. Puis il le regarda couler avant de retourner chez Schuyler.

L'odeur s'accrochait à la maison malgré la sauge que les servantes faisaient brûler pour l'en débarrasser. Van Agteren demeura auprès d'Eliene, et leur seule visite fut celle d'un membre de la milice venu obtenir confirmation que Schuyler n'était pas rentré. Il les informa que des recherches seraient organisées dès les premières lueurs du jour.

Cette nuit-là, Van Agteren ne coucha pas avec Eliene. Elle souhaitait être seule. Elle sentait la noix de muscade, dont, il le savait, elle faisait usage lors de ses menstrues.

Resté dans sa chambre, Van Agteren travailla à la lueur d'une chandelle, transcrivant des notes de l'écriture brouillonne de Schuyler, et ne s'arrêta que lorsqu'il commença à avoir mal aux yeux. Il trempa sa plume dans l'eau d'un verre pour la nettoyer et regarda l'encre se répandre dans le liquide, qui, de clair, devint sombre.

Étendu sur son lit étroit, il pensa au livre.

Il faisait encore nuit quand il s'éveilla. Un bruit l'avait tiré de son sommeil. Il vit la porte de sa chambre se refermer, assez lentement cependant pour qu'il pût distinguer une forme qui s'en éloignait.

— Eliene ?

Il n'y eut pas de réponse.

Van Agteren se leva et alla dans le couloir, regarda à gauche et vit Eliene entrer dans le bureau de son père. Il la suivit. Une lampe était allumée dans la pièce, sa lumière passait sous la porte.

Il posa la main sur la poignée, la trouva chaude. Il poussa, le battant s'ouvrit.

Eliene se tenait nue dans le bureau, le dos tourné à la porte. Il fallut un moment à Van Agteren pour se rendre compte que les pieds de la jeune fille ne touchaient pas le sol et qu'elle était suspendue en l'air. Dans la pénombre, derrière elle, il vit une masse plus sombre, semblable à une statue de verre noir dans laquelle, sous une infinité d'angles, brillait la lumière d'une multitude d'étoiles. Et si la créature était physiquement présente, elle semblait en même temps creuse, car il y avait en son sein un mouvement embryonnaire, et une grappe d'yeux, lesquels renvoyaient son regard à Van Agteren.

Sur le lutrin de Schuyler se trouvait le livre, celui-là même qu'il avait vu sombrer dans les eaux noires du canal.

Le corps d'Eliene entama une rotation dans l'air. Elle se tournait – ou on la tournait – vers lui. Elle n'avait plus d'yeux et son visage était craquelé autour des orbites vides tel celui d'une poupée qu'on aurait martelé dans un accès de rage. Puis ce fut comme si une lame invisible lui tailladait la chair car son corps se mit à saigner : son ventre, ses seins, ses cuisses. Van Agteren vit se former sur sa peau des dessins qui ressemblaient aux côtes d'un continent ignoré, aux cartes de constellations inconnues.

Et pendant tout ce temps, la créature de verre, l'homme d'obsidienne, se tenait immobile derrière elle.

— Maarten, dit Eliene. Le livre contient des mondes.

Elle étendit les bras, écarta les jambes. Un bruit de verre qui se brise se fit entendre derrière elle.

La créature explosa, projetant des éclats d'obscurité dans le corps d'Eliene puis se figeant en elle, de sorte qu'elle fut un instant à la fois chair et matière minérale, le corps pétrifié à l'instant où son âme la quittait.

Puis le mouvement reprit et Van Agteren protégea instinctivement sa figure de ses mains pour que les fragments ne l'atteignent pas, mais il ne se produisit rien de tel.

Quand il ouvrit les yeux, il n'y avait plus que du sang.

La bouteille de genièvre était vide, Van Agteren avait presque fini son histoire.

— Vous me croyez ? demanda-t-il.

Et Couvret s'entendit répondre « oui » avant même que le mot se forme dans sa tête.

— Qu'avez-vous fait ensuite ?

— Je me suis enfui. Je savais qu'on m'accuserait de meurtre ou de sorcellerie après ce qui était arrivé à Eliene. Encore aujourd'hui, ils sont sur mes talons, mais ils ne me prendront jamais.

— Pourquoi ? Vous allez quitter ce pays ?

— Non, je ne pourrai pas. Un autre vient. Où qu'Eliene puisse être, j'y serai aussi avant que la nuit s'achève. Je le sens.

— Cette silhouette que j'ai aperçue dehors…

— Oui.

— Quel est cet être, d'après vous ?

— Vous avez servi Henri IV, n'est-ce pas ?

— En effet.

— Vous le craigniez ?

— Parfois.

— Pourtant il n'est pas un grand roi, dit Van Agteren. Il le sera peut-être un jour, mais il ne l'est pas actuellement. Il a dû lever le siège de Paris pour ne pas être anéanti par une force supérieure. Tout roi, s'il regarde, verra quelqu'un d'autre qui le menace, un roi en titre ou en puissance. Seul Dieu ne craint pas les rois, ou du moins je l'ai cru. Longtemps. Mais Dieu craint-Il le diable ? A-t-Il peur du Roi d'En Dessous ? Je me le demande. Parce que, s'Il le pouvait, Dieu n'effacerait-Il pas l'existence de la créature qui a tué Eliene ? N'aurait-Il pas détruit le livre, ou empêché qu'on le trouve ? Dieu est-Il cruel, insouciant ? Ou y a-t-il des êtres qui menacent même Son règne ?

— C'est de l'hérésie, objecta Couvret.

— Et vous êtes expert en la matière, huguenot, rétorqua Van Agteren.

— Peut-être. Qu'est devenu le livre ?

— Il a disparu.

— Où est-il ?

— Vous avez vu ce qui m'attend. Vous tenez vraiment à le savoir ?

Couvret ne répondit pas, c'était inutile.

Van Agteren se leva.

— Où irez-vous, maintenant ? demanda le Français.

— Je vais marcher et respirer l'air frais tant que je le peux encore. Merci de m'avoir écouté.

— Je ne comprends toujours pas pourquoi vous avez voulu me conter votre histoire.

— Je crois que si. Je vous ai choisi parce que vous portez l'odeur des hommes traqués, tout comme moi. Et peut-être aussi parce que vous êtes malchanceux, ajouta Van Agteren.

Couvret le regarda partir. Un tourbillon de flocons s'engouffra à sa place dans la salle et fondit sur le sol.

Couvret n'entendit plus jamais parler de Van Agteren.

Tôt le lendemain matin, il fut avisé que son bateau partirait pour l'Angleterre à midi. Il remit dans sa malle le peu d'affaires qu'il en avait sorties et paya l'aubergiste pour qu'il la fasse porter en charrette. Après un copieux petit déjeuner, Couvret se rendit au quai d'embarquement une heure avant l'appareillage. Le bateau était un crayer, un trois-mâts marchand conçu non pour aller vite, mais pour transporter un maximum de cargaison dans sa cale. La couchette de Couvret se réduisait à une simple planche et un oreiller contre la coque, et était séparée du reste de la cale par un pan de toile à sac suspendu à des clous. Il était l'unique passager. Du pont du bâtiment, il regarda s'éloigner le continent, où il ne retournerait jamais.

La traversée fut longue et lente. À pleine charge, le crayer ne couvrait que deux milles à l'heure, et la distance entre Amsterdam et Londres était proche de trois cents milles. Couvret passa la majeure partie du temps à lire et à dormir. La nourriture était médiocre, mais elle remplissait l'estomac. En revanche, il supportait bien les voyages, ce qui lui avait toujours été d'une grande aide.

Le dernier jour, alors que la nuit tombait, il s'éveilla d'un demi-sommeil pour constater que la toile à sac de la couchette inoccupée en face de la sienne s'était déroulée et en cachait l'intérieur. Auparavant, de l'endroit où il était étendu, Couvret pouvait voir un oreiller dur et une planche étroite. Maintenant, il ne le pouvait plus, et il crut détecter des signes de mouvement derrière la toile.

Il se redressa, se tint un instant au bord de sa couchette jusqu'à ce qu'il fût certain de pouvoir se tenir en équilibre sur ses jambes malgré le roulis. Quand il s'approcha de l'autre couchette, une fumée noire s'éleva derrière la toile. Non, pas une fumée : de l'huile, ou de l'encre qui se répandait, recouvrait la cloison, la coque, tout le reste, noir sur noir…

Couvret se réveilla une seconde fois, émergeant si brusquement de son cauchemar qu'il se cogna la tête contre la cloison. Lorsqu'il cessa de voir des étoiles, il se tint assis au bord de sa couchette et regarda celle d'en face.

La toile de sac était en lambeaux, comme déchirée par de la mitraille.

Ou des éclats de verre.

Couvret trouva le livre au fond de sa malle, enveloppé dans une chemise qui ne lui appartenait pas. Il était, comme Van Agteren l'avait souligné, chaud au toucher. À travers la mousseline blanche, on eût dit un morceau de viande sur un billot de boucher.

Quand le Hollandais l'avait-il mis là ? s'interrogea-t-il. Avant même qu'ils se rencontrent, pendant que Couvret mangeait seul à l'auberge ? Lorsqu'il était sorti pour uriner ? Peu importe, pensa-t-il. Se débarrasser de l'ouvrage n'avait pas sauvé Van Agteren, parce que, après que Couvret l'eut déballé, le volume ne s'ouvrit qu'à une seule page, qui montrait le Hollandais, la bouche grande ouverte, des flammes s'échappant de sa gorge. Où qu'il pût être à présent, Van Agteren brûlait.

Détruire le livre ne servirait à rien. Le Hollandais avait en vain essayé le feu et l'eau. Mais Couvret disposait d'un atout que Van Agteren ne possédait pas.

Il avait la foi.

Il prit sa bible et la plaça sur le livre, entoura les deux volumes de la chemise de mousseline et noua le paquet avec de la ficelle traînant dans la cale. Il inspecta ensuite la cargaison du bateau jusqu'à ce qu'il déniche un coffre hollandais en chêne, renforcé à sa base par une deuxième latte de bois. Il monta sur le pont et chaparda quelques outils dans la caisse du charpentier sans se faire voir. Puis il redescendit, se mit au travail. Quand il eut terminé, la bible et le livre étaient dissimulés sous un double fond du coffre. Ce n'était pas parfait, mais cela résisterait à une brève inspection.

Couvret quitta la cale et passa le reste du voyage sur le pont avec le capitaine. Il était trempé et transi lorsque le crayer s'engagea dans l'estuaire de la Tamise, mais il n'en avait cure. Lorsqu'il débarqua, ses lettres de recommandation en main, aucune ombre ne descendit du navire pour le suivre.

Et Londres l'engloutit.

## *II. Le djinn*

Maggs – pas de prénom, du moins aucun que quiconque se rappelât ou prît la peine d'utiliser. Maggs, imprégné d'une odeur de fripes mal séchées et de vieux papier, toujours un paquet de livres sous la main. Maggs, toujours prêt à acheter, et plus encore à vendre.

On disait qu'il n'aimait pas les livres, pas réellement, mais ce n'était pas vrai. Simplement, il s'y attachait peu : ils étaient utiles pour le savoir qu'ils renfermaient ou l'argent qu'ils pouvaient lui rapporter. Si certains présentaient un intérêt sur le plan esthétique, la plupart en étaient dépourvus. Il avait dans son appartement une petite bibliothèque contenant des volumes particulièrement rares ou passionnants, mais même ceux-là il lui arrivait de les céder s'il pouvait en obtenir un bon prix. La plupart des livres qui passaient par sa demeure n'y restaient que peu de temps car ils étaient en route vers d'autres mains. Ceux pour lesquels on ne pouvait trouver d'acheteur ne lui étaient d'aucune utilité et il s'en débarrassait au poids ou, en dernier ressort, les déposait sur le perron d'une bibliothèque publique de prêt. Quels que fussent ses autres défauts, Maggs ne pouvait se résoudre à détruire un livre.

Il gardait un œil sur les rubriques nécrologiques, et la rumeur voulait que seules les mouches parvenaient avant lui près du cadavre d'un bibliophile. Il fréquentait les salles de vente aux enchères et fondait sur les parents de collectionneurs trop hébétés de chagrin pour prêter attention à la dispersion de biens comme des livres, ou n'ayant aucune idée de leur valeur. Il marchandait habilement le prix d'ouvrages quelconques pour détourner l'attention de ceux qui l'intéressaient vraiment et estimait que la journée avait été mauvaise s'il avait été contraint de débourser plus que la moitié de la valeur réelle d'un livre. Pages et couvertures consumaient chaque instant de ses journées et hantaient ses rêves nocturnes.

Maggs se spécialisait dans ce qu'on appelle souvent par euphémisme « l'ésotérisme », terme pouvant recouvrir à peu près tout ce qui allait de l'érotisme noir aux sciences occultes. Étant lui-même asexué, il était indifférent au premier ; comme il était aussi un athée convaincu, les secondes ne l'effrayaient pas. À ses yeux, les amateurs de ces deux sortes d'ouvrages souffraient d'une même dépravation et il s'efforçait de passer le moins de temps possible en leur compagnie. Forcé de faire entre eux une distinction, Maggs aurait peut-être jugé que les collectionneurs de pornographie étaient moins enclins à chipoter sur le prix et, quoiqu'ils eussent de toute évidence l'esprit perverti, se révélaient moins sinistres que les amateurs d'occultisme, dont les liens avec les valeurs de base de l'humanité étaient pour le moins distendus.

Il y avait des exceptions, naturellement, car les rangs de ces férus d'occultisme comptaient des individus pour qui l'argent ne constituait pas un problème tant qu'ils obtenaient ce qu'ils désiraient. Malheureusement pour Maggs, ils recherchaient souvent des ouvrages d'une extrême rareté, pour la plupart des publications à compte d'auteur, voire des copies manuscrites d'exemplaires uniques. De plus, nombre des livres figurant sur leurs listes de souhaits avaient été condamnés à l'autodafé par divers ecclésiastiques au fil des siècles et n'existaient plus qu'à l'état de rumeur fumante. Toutefois, Maggs avait à l'occasion un coup de chance, même si c'était toujours la conséquence de sa persévérance et de sa ténacité. Ces dernières années, il avait par deux fois trouvé des pépites occultes dans des collections par ailleurs ordinaires, la famille du défunt – et parfois le défunt lui-même – ignorant totalement le caractère unique du vieil ouvrage en triste état. D'autres fois, il avait été informé par son réseau de dénicheurs de livres et d'informateurs de l'existence de collections remarquables dans la succession de messieurs bien – car c'étaient presque exclusivement des messieurs bien – si discrets sur leurs penchants qu'ils avaient totalement échappé à l'attention de Maggs. Il tenait lui-même méticuleusement à jour la liste de ses propres clients afin de pouvoir, à l'instant de leur mort, racheter à bas prix les livres qu'il leur avait vendus de leur vivant.

La collection d'un de ces défunts clients – Sandton, de Highbury, passionné d'ouvrages illustrés d'Extrême-Orient, pour la plupart des XVIIe et XVIIIe siècles, des sujets floraux, avec parfois une touche érotique – se trouvait pour l'heure dans des caisses sur le plancher du modeste appartement de Maggs. Certains de ces livres, il les lui avait vendus et il les accueillait comme de vieux débiteurs revenus vers lui avec en poche un chèque bancaire. D'autres lui étaient moins familiers, mais il avait pu faire une estimation de leur valeur grâce à sa connaissance d'ouvrages similaires. Malheureusement, le fils de Sandton n'était pas un imbécile, et Maggs avait dû débourser plus qu'il ne l'aurait souhaité pour les meilleures pièces de la collection, même s'il était certain de tirer au final un profit non négligeable de l'ensemble de l'opération.

Maggs examinait chaque volume avec soin, notant les éraflures, vérifiant les reliures et les coins des pages, secouant la tête quand il découvrait des macules rousses récentes. Sandton avait été plus soigneux que la plupart des collectionneurs, mais plusieurs volumes portaient des traces de mauvais traitements. Maggs était enclin à en tenir le fils pour responsable.

Son travail l'absorba jusque tard dans la nuit et ce fut seulement en remettant les ouvrages en place qu'il repéra, dans un coin d'une caisse, un petit volume enveloppé dans un linge. Il ne se rappelait pas l'avoir eu en main pendant les négociations avec le fils Sandton, et il n'avait à coup sûr rien déboursé pour ce livre. Les caisses étaient vides quand il les avait apportées à Highbury pour transporter la collection et il avait lui-même tout emballé. Il ne voyait pas comment cet intrus avait réussi à se frayer un chemin jusqu'à lui, à moins que le fils Sandton ne l'eût ajouté alors que Maggs regardait ailleurs, mais Maggs ne voyait pas non plus comment il aurait pu le faire, car l'héritier s'était tenu à distance pendant toute l'opération, qu'il semblait considérer comme une fastidieuse obligation qui ne lui rapporterait pas grand-chose, et il n'avait en outre rien fait pour cacher le dégoût que lui inspirait le bouquiniste.

Maggs tira l'objet de son linge. Il avait une reliure de cuir marron – relativement en bon état bien qu'elle fût à l'évidence fort ancienne – et un fermoir peu courant, avec en guise de serrure deux anneaux d'argent, plats et concentriques, chacun marqué de petits symboles et pouvant être tourné indépendamment. À l'aide d'une loupe prise dans un tiroir de son bureau, Maggs étudia le fermoir et les inscriptions des anneaux. Puis il alla prendre sur une de ses étagères un volume d'une encyclopédie, trouva la référence qu'il cherchait et retourna à son bureau avec le livre. Oui, les symboles étaient des chiffres arabo-indiens, selon toute vraisemblance persans ou ourdous – il pouvait le dire en s'appuyant spécifiquement sur le dessin des chiffres 4, 5 et 6. Ce qu'il avait sous les yeux était une très ancienne serrure à combinaison, d'un type qu'il n'avait jamais vu. Il passa quelques minutes à manipuler les anneaux sans trouver la solution puis mit le livre de côté. Il y reviendrait le lendemain. C'était curieux, cependant. Il se demanda s'il devait le rendre au fils Sandton et décida que la nuit lui porterait conseil. Le marchandage ardu avec l'héritier lui restait sur le cœur. S'il avait eu la foi, Maggs aurait peut-être considéré ce mince volume comme un cadeau de Dieu, une façon de compenser en partie le profit perdu. Il emporta le livre dans sa chambre, le posa sur sa table de chevet. Ce fut la dernière chose qu'il vit avant d'éteindre la lumière et de fermer les yeux.

Cette nuit-là, Maggs rêva qu'il s'escrimait sur la serrure. Ses doigts bougeaient dans son sommeil, faisaient tourner les anneaux.

Lorsqu'il y eut un déclic, il fut si léger qu'il ne perturba pas son repos.

Il se réveilla tard le lendemain, troublé, d'humeur morose, et accorda à peine un regard au livre relié en cuir posé sur sa table de chevet car il avait de l'argent à gagner. Il se rendit à la fenêtre, inspecta le ciel, n'y vit aucun nuage de pluie. Il s'habilla à la hâte, avala une bouchée de tartine beurrée pour se sustenter quelque peu, plaça deux caisses des meilleurs livres de Sandton sur son diable et sortit.

Maggs faisait principalement affaire avec les librairies qui jalonnaient Charing Cross Road et suivait une procédure bien établie. Il répartissait sa marchandise en déterminant quels ouvrages convenaient le mieux à tel libraire puis, une fois par semaine, il rendait à chacun une visite : celui-ci lundi, ces deux-là mardi, cet autre mercredi. Il préférait ne pas essayer de vendre en fin de semaine, quand ses concurrents avaient déjà vidé les coffres des libraires et qu'il était plus difficile d'obtenir un bon prix. En même temps, Maggs ne rechignait pas à payer un verre un vendredi en fin de journée afin d'établir le contact avec un acheteur, en particulier s'il pensait avoir une bonne prise avec laquelle l'appâter.

La plupart des libraires ne se montraient toutefois guère sociables, car ils voyaient en Maggs et les gens de son espèce une nécessité regrettable du métier, des individus qu'il valait mieux éviter de fréquenter en public. Certains – ceux qui se considéraient comme des « gentlemen libraires » – refusaient même de les recevoir dans leur boutique plus longtemps qu'il n'était indispensable pour soumettre un paquet de livres à leur examen, et s'ils trouvaient un volume qui les intéressait ils réglaient avec réticence, comme s'ils faisaient une faveur à Maggs en consentant à le lui prendre. Maggs préférait traiter avec ceux qui, à son instar, ne craignaient pas la poussière et n'hésitaient pas à la renifler pour dénicher des trésors avec l'ardeur d'une truie cherchant des truffes dans une forêt française.

Atkinson en faisait partie. Il possédait l'une des plus petites librairies de Charing Cross Road, et personne n'aurait pu l'accuser de ne pas tirer le meilleur parti de sa boutique. Il l'avait aménagée lui-même en installant des étagères dans tout espace susceptible d'accueillir des livres. Atkinson semblait n'avoir qu'une seule chemise, ou de multiples exemplaires du même article : une de ces chemises rayées rouge et blanc qui, par leurs couleurs et tissu, rappelaient à Maggs un transat. Comme Atkinson fermait boutique une semaine en août chaque année pour s'en aller prendre le soleil à Brighton, Maggs n'aurait pas été surpris d'apprendre que quelque part dans cette ville un ou plusieurs sièges de ce type avaient été réduits à l'état de petit bois pour satisfaire aux besoins vestimentaires du libraire.

Atkinson ne permettait pas qu'on fume dans sa librairie parce qu'il prétendait que la fumée abîmait les livres. Il ne prenait jamais son thé ailleurs que dans son petit bureau, derrière le comptoir, de peur que le breuvage répandu par maladresse ne détériore un volume. Il le buvait même directement au goulot de sa thermos, dont il remettait toujours le bouchon entre chaque gorgée. Il existait, disait-on, une Mme Atkinson, mais personne ne l'avait vue depuis des années, pas même M. Atkinson, si ça se trouvait, dont la librairie était la première de la rue à ouvrir chaque matin et la dernière à fermer le soir venu. Même après la fermeture, on pouvait le voir dans sa boutique, examinant des bouquins à la lueur d'une lampe, ou simplement assis dans son bureau exigu et sirotant un thé.

Les ouvrages qui intéressaient particulièrement Atkinson incluaient les livres d'Extrême-Orient de la collection Sandton. Ses connaissances sur le sujet dépassaient celles de Maggs et sa liste d'acheteurs potentiels de ce genre d'articles était bien plus longue que la sienne. Maggs voulait écouler son présent stock rapidement parce qu'il avait en vue une vente aux enchères à Bath, le mois suivant, et il faisait plus confiance à Atkinson qu'à tout autre libraire de Londres. Même en comptant le pourcentage que celui-ci prélèverait, Maggs réaliserait un bénéfice rondelet sur la collection Sandton, et il disposerait de l'argent plus vite que s'il essayait de vendre les pièces lui-même.

Quand Maggs se présenta à la boutique, Atkinson était occupé – il était sur le point de se débarrasser de toute une étagère d'ouvrages sur la navigation pour deux fois le prix qu'ils valaient et dix fois celui qu'il avait payé en les achetant – et Maggs se garda bien de le détourner d'une telle aubaine, d'autant qu'il s'apprêtait à lui demander son aide. De plus, si Atkinson faisait un joli profit avec ces bouquins sur la navigation, il serait peut-être enclin à se contenter d'une part plus petite sur la collection Sandton. Aussi Maggs déposa-t-il simplement les caisses en informant Atkinson qu'il repasserait le lendemain pour discuter de leur contenu. Cela fait, allégé de son fardeau, il fit rouler son diable jusqu'au Corner House, sur le Strand, où il s'offrit un copieux petit déjeuner tardif en anticipant sur une prochaine rentrée de fonds.

Maggs passa le reste de la journée à chercher des livres et mit la main, chez Marks & Co., sur une première édition très bon marché des *Water Babies*, qu'il s'empressa d'aller revendre à un jeune employé de Sotheran[1] avec un bénéfice exorbitant (Marks et Cohen, les deux propriétaires du premier établissement, avaient été formés dans le second et ils auraient été très énervés d'apprendre cette bévue). Les poches plus remplies qu'en début de matinée, avec en perspective une autre rentrée d'argent, ce fut d'une humeur joyeuse que Maggs regagna son appartement.

Il avait totalement oublié le petit livre quand il le découvrit, posé sur sa table de nuit. Il remarqua aussitôt que le fermoir était ouvert. Maggs se souvint vaguement d'avoir rêvé de ce bouquin, mais sans détails précis. Le livre était fermé quand il s'était mis au lit, et il était sûr que personne n'avait pénétré dans son

1. Marks and Co. et Sotheran sont deux très anciennes librairies de Londres. *Water Babies* est un livre pour enfants de Charles Kingsley (1819-1875), en français *Tom au pays des ondines*.

logement depuis qu'il l'avait quitté. Il supposa que dans ses efforts désordonnés de la veille il était tombé par hasard sur la bonne combinaison, et que le mécanisme, enrayé par les années, avait tardé à fonctionner. Ou alors qu'il ne servait plus à rien depuis longtemps et que le simple fait de le manipuler l'avait fait s'ouvrir.

Maggs examina les dommages infligés par le temps, les parties exposées des plats et de la reliure. Il se dit que la tranchefile avait été faite en même temps qu'on avait cousu le livre, et qu'on avait utilisé du fil au lieu de catgut. À vue de nez, il était prêt à dater la pièce du XVe siècle, ou même plus tôt, ce qui en faisait une perle rare. Comme la fois précédente, il ne vit pas trace d'illustration sur la couverture, ni d'indication sur son contenu.

Il alla prendre une paire de gants de coton avant d'ouvrir le livre. S'il était aussi précieux qu'il le pensait, Maggs ne voulait pas courir le risque de le tacher avec sa sueur ou la saleté de ses mains. Le papier provenait d'un mélange de fibres de lin – il pouvait l'affirmer rien qu'en le voyant – avec des bords rugueux. Les quatre premières pages étaient vierges. Les autres – une cinquantaine, environ – étaient couvertes de mots écrits dans une langue et un alphabet que Maggs ne reconnut pas. L'encre, d'un violet rougeâtre, n'avait absolument pas pâli, et l'on aurait pu croire que les mots avaient été tracés le matin même.

La première impression de Maggs fut que l'ouvrage avait été rédigé dans l'urgence, car l'écriture n'avait rien de la beauté ni de l'élégance des copies manuscrites européennes, même les plus modestes, qui étaient passées par ses mains. Il eut plûtot l'impression d'avoir sous les yeux un recueil de notes, un carnet, mais il était fort rare qu'un tel ouvrage – reliure en cuir, papier de grande qualité, travail assez soigneux pour qu'il soit relativement peu abîmé après cinq ou six siècles – ne contienne que des notes d'une écriture aussi négligée.

Maggs passa une heure à consulter dans son encyclopédie des exemples d'alphabets anciens et modernes en cherchant un modèle comparable. Ses efforts furent vains et il finit par ranger le carnet, non sans s'être auparavant interrogé sur l'éclat exceptionnel de son encre. Il l'avait touchée avec précaution d'un doigt ganté, s'attendant à demi à ce que son extrémité soit tachée, mais le coton était resté immaculé.

Maggs finit par conclure qu'Atkinson connaîtrait peut-être un amateur disposé à l'acheter, ce qui leur vaudrait à tous deux un beau petit bénéfice. D'un autre côté, il pouvait d'abord se rendre à la British Library et demander à quelqu'un de l'examiner. Oui, ce serait mieux. Après tout, il avait peut-être en sa possession le carnet d'un génie arabe, d'un Léonard de Vinci d'Orient, quoiqu'un Arabe eût sans doute écrit en arabe et que le seul lien du livre avec cette civilisation parût être son fermoir. Avait-il été ajouté plus tard ? C'était possible, mais Maggs n'était pas plus expert en serrures qu'il ne l'était en langues orientales perdues.

Il s'approcha d'une fenêtre et entendit un homme chanter dans le pub du bout de la rue, accompagné par un piano. Maggs ne connaissait pas cette chanson, contrairement aux braillards qui la reprirent en chœur. Il n'éprouva aucune envie de se joindre à eux. Il était, par nature, un être solitaire.

La nuit était chaude, étouffante, et il laissa les fenêtres ouvertes pour faire courant d'air, bien qu'il n'y eût pas un souffle de vent. Il se mit en slip et maillot de corps, alla se coucher et lut quelques pages de *The Octopus*[1]. Il avait un faible pour les livres sur les chemins de fer. Il savait que ce goût lui venait de son enfance, quand il regardait les trains rouler sur la voie passant derrière la maison de ses parents. Il aurait voulu devenir mécanicien, il n'imaginait pas plus beau métier, et tout ce qu'il avait fait d'approchant, c'était s'asseoir dans une voiture de troisième classe. Il n'était devenu qu'un célibataire d'âge indéterminé qui sentait les vêtements mouillés et le papier sec, que personne ne pleurerait quand il mourrait, à part peut-être quelques libraires qui feraient l'effort de fermer leur boutique pour assister à l'enterrement.

Le chant cessa dans le pub et Maggs entendit annoncer la dernière tournée. Il referma *The Octopus*. Demain, il verrait Atkinson et ils discuteraient d'un prix correct pour les livres de Sandton. Au moment où il glissait dans le sommeil, il entendit un bruit de pages qu'on tournait. Il l'attribua au vent parce qu'il était trop fatigué pour se rappeler qu'il n'y en avait pas.

Le lendemain matin, il se réveilla plus tard que d'ordinaire et son impression de n'être pas reposé n'était pas tout à fait injustifiée car la chaleur moite avait à peine baissé pendant la nuit, dont il avait passé la majeure partie à gigoter et à se retourner pour trouver un endroit frais dans son lit étroit. Il se rasa, se fit mal en se coupant et partit pour Charing Cross Road et son rendez-vous avec Atkinson. Ce fut seulement

1. Roman de l'écrivain américain Frank Norris publié en 1901 et décrivant la lutte de fermiers californiens contre une puissante compagnie de chemin de fer. En français, *La Pieuvre*.

quand il fut à mi-chemin qu'il repensa à son intention de se rendre à la British Library et qu'il s'aperçut qu'il avait laissé le petit carnet chez lui, mais il n'était pas d'humeur à faire demi-tour pour aller le chercher. La British Library serait toujours là le lendemain et Maggs voulait avant tout savoir ce qu'Atkinson était prêt à payer pour les volumes illustrés et combien de temps il lui faudrait pour les vendre.

Le libraire, assis sur son tabouret près de la fenêtre, gommait soigneusement le prix écrit au crayon sur l'étiquette d'une modeste série de romans de Jane Austen. À côté de lui se trouvaient les deux caisses que Maggs avait laissées la veille et dans lesquelles les livres étaient restés. Atkinson ne les avait peut-être pas encore examinés, ce qui était inhabituel chez lui puisqu'il ne perdait généralement pas de temps quand il y avait quelque argent à se faire. Or, les caisses étaient maintenant à l'endroit où le libraire reléguait les ouvrages qui, pour une raison ou une autre, ne l'intéressaient pas, et qui attendaient là que leur propriétaire déçu vienne les récupérer. Mais il n'était pas concevable qu'Atkinson ne soit pas tenté par ces livres, pensa Maggs. Ils n'auraient pu être davantage synonymes d'argent sonnant et trébuchant s'ils avaient porté sur eux la tête du roi.

— Ça va ? s'enquit Maggs. Fait drôlement chaud, dehors.

— Drôlement chaud ici d'dans aussi, répondit Atkinson.

De la sueur coulait sur son front, et sa chemise présentait déjà des taches sombres aux aisselles. Maggs était sûr que la sienne était collée à son dos sous sa veste. Il aurait dû laisser celle-ci à l'appartement, mais elle faisait partie de lui au même titre que ses yeux et ses oreilles. Il pouvait caser un tas de bouquins dans les poches de cette veste, intérieures et extérieures.

— Alors, reprit-il. T'as eu le temps de jeter un coup d'œil ?

L'air intrigué, Atkinson considéra Maggs à travers les verres épais de ses lunettes. Comme elles étaient un peu embuées, il les ôta, les essuya avec un mouchoir et les remit. Cela ne modifia pas vraiment son expression. Si changement il y avait, Atkinson semblait encore plus intrigué maintenant qu'il voyait Maggs clairement.

— Et toi, tu les as regardés avant d'faire tout c'trajet pour les amener ici ? Si tu l'as pas fait, t'aurais dû. Ça t'aurait épargné des efforts inutiles.

— Qu'esse tu veux dire ? répliqua Maggs. C'est des bons bouquins. J'en ai vendu moi-même quèques-uns au vieux Sandton, et c'était pas un imbécile, alors viens pas me raconter que t'as pas envie de les acheter. J'ai qu'à remonter Charing Cross pour rencontrer une demi-douzaine de gus prêts à me les prendre pour plus que je les ai payés, et sans me poser de questions. Je te faisais une fleur en te les proposant en premier.

— Ben, vas-y donc, remonter Charing Cross, et bonne chance. Si c'est me faire une fleur que me faire perdre mon temps, t'as réussi.

Quelque chose du désarroi sincère de Maggs finit par toucher Atkinson, dont l'attitude se radoucit.

— Sérieusement, Maggsy, tu les as examinés avant de me les apporter, ces bouquins ?!

— Mais bien sûr ! Pour qui tu me prends ?

— Alors, t'as bien dû le voir.

— Voir quoi ?

— Comment on les a tous bousillés. Ça m'a brisé le cœur quand j'ai ouvert le premier. Et pareil pour les autres. Comment quelqu'un a pu faire ça à ces beaux livres, je sais pas. Ça me peine que tu me les aies apportés dans un état pareil. On se connaît depuis longtemps, toi et moi, et j'aimerais pas croire que t'aurais pu chercher à me jouer un tour. Tu ferais pas ça, hein, Maggsy ?

Maggs n'écoutait plus. Il tendit le bras vers une des caisses, prit le premier livre de la pile, le plus précieux – un volume du XVII^e^ siècle illustré de gravures sur bois en couleurs, connu sous le nom de *The Ten Bamboo Studio Manual of Painting and Calligraphy*, de Hu Zhengyan, publié en 1633 –, et le tira de son emballage. Il le posa sur le comptoir et utilisa un coin du tissu pour l'ouvrir.

— Oh, pas la peine de prendre tant de précautions, dit Atkinson. C'est trop tard. Tu pourrais même l'ouvrir avec tes bottes.

Maggs eut un petit cri de stupeur. La première page était couverte d'un gribouillis violet rougeâtre familier. La deuxième aussi, et la troisième. Il feuilleta le livre et vit que toutes les pages – les orchidées, les pruniers en fleurs – avaient été pareillement vandalisées. Il referma le livre et en prit un autre, qu'il trouva dans le même état. Il ne s'arrêta qu'après avoir sorti chaque volume des caisses et en avoir regardé chaque page.

— C'est pas possible, gémit-il alors. Ils étaient impeccables quand je te les ai apportés. J'avais passé la moitié de la nuit à les examiner.

Il se tourna vers Atkinson et l'accusa :

— Tu les as laissés sans surveillance ! Quelqu'un s'est glissé dans ta boutique pendant que t'avais le dos tourné et a tout saccagé, parce que quand je les ai déposés ici, hier, ils étaient presque aussi bien que le jour de leur publication. Tu me dois un paquet de fric sur ce coup, Atkinson. Je te traînerai devant le juge. Tu verras si je le fais pas !

L'expression du libraire perdit toute indulgence.

— Sors de chez moi, Maggs, et n'y remets plus les pieds avant d'avoir appris la politesse, ou d'avoir retrouvé toute ta tête. Essaie pas de me rouler. Je fais ce métier depuis trop longtemps pour ça, et si quelqu'un doit le savoir, c'est toi. Allez, file. Et prends tes bouquins vérolés avec toi !

Le visage brûlant, Maggs remit les livres dans les caisses. C'était la faute d'Atkinson, il ne pouvait y avoir d'autre possibilité. Pourtant, au fond de lui, Maggs savait que le libraire traitait toujours les ouvrages qu'on lui confiait avec autant de soins que s'ils lui appartenaient et qu'il ne se passait rien dans sa boutique sans qu'il s'en aperçoive. De plus, il lui aurait fallu des heures entières pour les mettre dans cet état. Quelqu'un s'était peut-être introduit dans la librairie pendant la nuit. Quand il en refit la suggestion à Atkinson, les mots sonnèrent faux dans sa bouche et la situation ne fit qu'empirer. Finalement, Maggs se retrouva sur le trottoir, les caisses à ses pieds, sans son diable pour les rapporter chez lui. Et surtout se posait le problème non négligeable de l'argent qu'il avait dépensé pour les acheter, une partie considérable de ses fonds disponibles investis dans l'espoir de les doubler. Et Bath ? Et la vente aux enchères ?

Il eut recours à un jeune marchand de quatre-saisons à qui il donna quelques pièces pour qu'il transporte les livres jusque chez lui avec sa charrette. Maggs ne savait d'ailleurs pas trop pourquoi il ne s'en débarrassait pas, puisqu'ils n'avaient plus aucune valeur, maintenant. Ils n'étaient bons qu'à mettre au feu. Il suivit la charrette en essayant de comprendre ce qui s'était passé. De toute évidence, l'encre avec laquelle on avait endommagé les livres était la même que celle du carnet posé près de son lit, mais à sa connaissance il était le seul à l'avoir ouvert et à avoir vu ce qu'il contenait.

Non, une minute ! Et le fils Sandton ? Dès le départ, ce type ne lui avait pas plu, il ne lui avait pas plu du tout, même. S'agissait-il d'un jeu cruel auquel l'héritier se serait adonné ? Mais dans quel but ? Maggs l'avait payé pour les livres. Si Sandton avait voulu les garder et chercher à obtenir une meilleure offre, Maggs n'aurait rien pu faire pour l'en empêcher. Il n'avait pas berné Sandton. Il avait proposé une somme, elle avait été rejetée ; il en avait proposé une autre, qui avait été acceptée. Sandton ne pouvait pas se plaindre et, même s'il avait découvert plus tard que les livres valaient plus que ce que Maggs avait payé pour les avoir, cette perte n'était qu'une goutte dans l'océan comparativement à tout ce dont Sandton hériterait de son père une fois la succession réglée. Sandton aurait-il été assez dérangé pour charger quelqu'un de suivre Maggs, de découvrir ce qu'il projetait de faire avec la collection, puis de s'introduire chez Atkinson pour réduire ce projet à néant ? Cela n'avait aucun sens, mais Maggs ne voyait pas d'autre explication.

Parvenu chez lui, il convainquit le jeunot de monter les caisses jusqu'à son antre, et si le gamin espérait une autre pièce pour sa peine il allait être déçu. Maggs chercha ses clés, ouvrit la porte et du pied droit poussa l'une des caisses dans l'entrée. Il ne releva pas la tête avant que l'autre caisse eût également franchi le seuil. Ce qu'il vit alors l'envoya basculer en arrière contre la porte, qui se ferma sous son poids, et il faillit perdre l'équilibre.

Le sol était jonché de livres, tous ouverts, tous couverts de gribouillis. Plus un seul volume sur ses étagères, et aucun d'eux n'avait échappé au carnage. Il ramassa un exemplaire des *Esquisses de Boz*[1], qui gisait près de son pied gauche. Les mots imprimés étaient presque invisibles sous l'encre violette, et la dégradation de l'ouvrage avait été si féroce que les cinquante premières pages étaient percées, comme si on y avait enfoncé un clou. Maggs fit le tour de son appartement en examinant les livres abîmés puis finit par se laisser tomber sur son lit et par fondre en larmes.

Ses sanglots cessèrent presque aussitôt quand il leva les yeux vers le plafond. Il avait été tellement bouleversé par le saccage de sa bibliothèque et de son stock qu'il n'avait pas remarqué que le plâtre, au-dessus de sa tête, était lui aussi presque entièrement recouvert de gribouillis. Il ouvrit les doubles rideaux – il les gardait fermés pour protéger ses livres du soleil et vivait dans la pénombre ou à la lueur d'une lampe – et le jour éclaira le vieux papier mural sombre de sa chambre. Ce qu'il avait pris pour des ombres était d'autres gribouillis sur les motifs du papier. Il poussa sur le côté un tas de livres tombés à terre, révélant une partie du linoléum que n'habillait aucun tapis.

Des mots, encore des mots, tous écrits dans cet alphabet infernal.

1. Recueil de nouvelles de Charles Dickens.

Maggs se précipita dans sa salle de séjour et faillit perdre à nouveau l'équilibre en trébuchant sur un bouquin. Il commença à fouiller dans les tas de livres, à les jeter derrière lui en cherchant une seule chose. Il découvrit le carnet dans un coin, loin de l'endroit où il l'avait laissé la veille. Il l'ouvrit, compara les mots qui y étaient écrits avec ceux qui recouvraient maintenant son appartement et tous les ouvrages qui avaient quelque importance pour lui. Il ne pouvait y avoir d'erreur : c'était la même écriture, la même encre. Du doigt, il frotta un mot sur le mur le plus proche – parfaitement sec. Il mouilla son doigt, frotta de nouveau, mais l'encre semblait indélébile.

Dans un accès de rage, il tenta de déchirer le carnet, n'y parvint pas. Il saisit une page et tira de toutes ses forces – le fil tint et le papier était à peine chiffonné. Il alluma un feu dans la cheminée et, quand il eut bien pris, Maggs jeta l'objet dans les flammes sans la moindre hésitation. Il attendit, mais le carnet ne prenait pas feu. Avec le tisonnier, il le poussa là où les flammes étaient le plus hautes – rien n'y fit. Les pages ne brunissaient même pas. Finalement, il se servit du tisonnier pour retirer le carnet de la cheminée et resta un long moment à le regarder.

Ce n'était pas une pièce pour la British Library. C'était un objet bien plus étrange. Et Maggs connaissait la femme qui pouvait lui fournir une réponse.

La maison Dunwidge & Fille était tristement célèbre, même selon les critères des amateurs d'occultisme. Si Dunwidge père n'était qu'un vieux saligaud mal élevé, sa fille était résolument antipathique et ceux qui fréquentaient ces milieux murmuraient que c'était une sorcière, voire une démoniste. Maggs s'efforçait d'avoir affaire aux Dunwidge le moins souvent possible, mais quelquefois il ne pouvait éviter de les voir pour des raisons commerciales. Ces rencontres étaient toutefois supportables parce que Eliza Dunwidge payait bien. Elle semblait même avoir pour Maggs un certain respect réticent, bien qu'il soupçonnât que les affaires n'étaient pas pour elle un but en soi et qu'intervenait un autre élément plus important, plus étrange. Eliza était autant – voire plus – collectionneuse que marchande. Ce n'était pas rare dans ce métier, en particulier chez les gens de son espèce. Comme collectionneuse, elle était à la fois sélective et obsessionnelle, et possédait des livres franchement répugnants. Maggs en avait déniché quelques-uns pour elle et en avait été généreusement récompensé, mais quelles que fussent ces trouvailles elle exigeait toujours plus : plus sombre, plus abject, plus rare, chaque livre plus transgressif que le précédent.

Ce qu'elle recherchait avant tout, c'était un ouvrage qu'elle appelait l'*Atlas Regnorum Incognitorum,* ou l'*Atlas fracturé*, dont Maggs n'était d'ailleurs pas persuadé qu'il eût jamais existé. Pour lui, c'était un mythe, avec un prix assorti à son statut. Si ce livre existait bien et s'il mettait la main dessus, il deviendrait riche, plus riche encore que ne le serait le fils Sandton, dont l'héritage lui garantissait une vie de plaisir et d'indolence. À la différence d'Eliza, Maggs ne croyait pas à grand-chose et, pour être convaincu de l'existence d'un livre comme l'*Atlas fracturé*, il eût fallu être animé d'une foi qu'il n'avait tout bonnement pas.

D'un autre côté, Maggs n'ignorait pas que les livres ont un pouvoir, réel et indéfinissable : celui de changer des individus, des sociétés, des nations. À tout le moins, il comprenait maintenant qu'avec le carnet il était entré en possession, sans savoir comment, d'un ouvrage dont la puissance et la dangerosité dépassaient ses connaissances, alors que celles d'Eliza Dunwidge s'étendaient à des livres bizarres de toutes sortes. Maggs était incapable d'expliquer comment l'écriture de ce carnet avait envahi son appartement et tout ce qu'il possédait, mais Eliza saurait peut-être avancer quelques hypothèses. Peut-être parviendrait-il à la convaincre de l'en débarrasser. Oui, ce serait la solution idéale. Il était prêt à le lui céder pour rien tant il désirait s'en séparer.

Il enveloppa le carnet dans un torchon propre et le glissa dans une poche de sa veste. Il sentit sa tiédeur contre lui et se demanda un instant s'il restituait une partie de la chaleur du feu – non, il était froid quand il l'avait touché. Maggs ferma à clé la porte de son appartement, prit le métro pour Walham Green, puis fit à pied la courte distance jusqu'à la maison de World's End[1] occupée par Dunwidge & Fille, signalée seulement par une plaque de cuivre avec deux *D* entrelacés apposée sur la porte d'entrée.

Maggs pressa le bouton de sonnette, mais personne ne vint ouvrir. Il fut sur le point de faire un nouvel essai, estima finalement qu'il valait mieux laisser le carnet sur le seuil avec un mot. Il cherchait dans ses poches de quoi écrire quand une lumière s'alluma dans l'entrée et il distingua la silhouette d'Eliza Dunwidge à travers la partie vitrée de la porte.

— C'est Maggs, mademoiselle Dunwidge. J'aimerais beaucoup vous parler.

1. « Le bout du monde ».

— Qu'est-ce que tu m'apportes, Maggs ? demanda une voix, étouffée mais parfaitement reconnaissable.

— Un carnet, mam'zelle. Un truc bizarre.

— Dangereux, tu veux dire. Je sens son odeur. Je l'*entends*. Il murmure. Tu n'aurais pas dû venir ici avec ça.

Il eut l'impression de devenir fou. Elle le sentait ? Elle l'entendait ?

— Je comprends pas ce que vous voulez dire, mam'zelle.

— Oh, si. Tu cherches à t'en débarrasser, mais moi, je n'en veux pas.

— J'ai besoin de vos conseils. Je sais pas quoi en faire, avoua-t-il.

— Pourquoi, Maggs ? Qu'est-ce qu'il t'a fait, ce carnet ? Sois franc. Dis-moi la vérité.

— Ça a l'air dingue, mademoiselle Dunwidge, mais il est plein de gribouillis que j'arrive pas à lire, et ils ont recouvert toutes les pages de mes bouquins, et même les murs, chez moi. C'est comme une maladie, elle se répand…

— Et tu veux l'introduire ici, dans une maison pleine de livres ?! s'écria Eliza Dunwidge, la voix rendue aiguë par la panique.

— Je sais pas quoi faire d'autre. Je pensais pas mal faire en vous l'apportant, mais j'ai peur. Conseillez-moi. Comment je peux arrêter ça ?

Après un instant de silence, Eliza Dunwidge lui demanda de lui décrire le carnet, et Maggs nota dans sa voix une pointe de curiosité. Elle le veut *vraiment*, pensa-t-il. N'est-ce pas normal, compte tenu de la nature des ouvrages dont elle fait collection ? En même temps, elle en a peur, et ça me paraît normal aussi.

À travers la porte fermée, Maggs lui confia tous les détails, de la découverte du carnet parmi les livres de Sandton jusqu'à sa tentative pour le détruire, plus tôt dans la journée.

— Tu dis qu'il était enveloppé dans un linge ?

— C'est ça. Juste un vieux chiffon. Mais propre. Et vieux.

— Moi je pense que c'était plus qu'un chiffon, Maggs. As-tu remarqué si on y avait inscrit quelque chose – des mots, des symboles ?

— Pour être franc, je l'ai pas vraiment regardé de près, mais j'ai rien vu de spécial.

— Il faut que tu le retrouves et que tu regardes mieux. D'après toi, il se trouvait dans une des caisses de la collection Sandton, mais ces livres n'étaient pas endommagés quand tu les as examinés, et c'est seulement après que tu as tiré le carnet de son linge que les problèmes ont commencé ? Tu as été fort imprudent, Maggs, et j'espère pour toi que tu n'as pas perdu ce chiffon, comme tu dis.

— Pourquoi ? Expliquez-moi !

— Je dirais que c'est une sorte de bouclier, peut-être un charme, un sortilège. Quel qu'en soit le nom, il maintenait captif l'être qui vivait dans les pages de ce carnet, et il est maintenant libre.

— Quoi ? Qu'est-ce qui est libre ?

Eliza eut un rire qui fit trembler Maggs. C'était le rire de quelqu'un qui trouve les souffrances des autres infiniment amusantes.

— Je crois que tu es tombé sur un djinn, un génie, mon pauvre, déclara-t-elle. Et de la plus méchante espèce. Le génie est le carnet, le carnet est le génie. Le problème pour toi, c'est que tous les djinns ont un objectif, et tu vas devoir laisser celui-là réaliser le sien. Tu sauras ce qu'il en est quand il en aura fini avec toi. Ensuite, tu retrouves ce linge, tu en enveloppes le carnet et tu me l'apportes. Et pas de triche, Maggs : il faut que ce soit le même linge. Si tu cherches à me tromper, je te regarderai brûler. Maintenant, file. Tu n'es qu'un rat qui apporte la peste.

Maggs s'en alla. Il n'avait aucune envie de discuter plus avant avec Eliza Dunwidge et il voulait retrouver le chiffon. Il le voulait plus que tout au monde, peut-être plus encore qu'Eliza ne voulait son précieux atlas. Il était si pressé de retourner chez lui qu'il héla un taxi, une extravagance pour un homme aussi parcimonieux que lui. En chemin, il repensa à ce qu'Eliza avait dit. Un génie : était-ce possible ? Sa connaissance en la matière se limitait aux histoires de lampes et de souhaits des *Mille et Une Nuits*. Et qu'avait voulu dire Eliza en parlant d'un « objectif » ? Pour autant que Maggs pouvait en juger, si cette créature avait un but, c'était simplement d'abîmer des livres avec ses gribouillis, et il n'en restait plus un seul chez lui à dégrader. Si Eliza avait raison, le pire n'était-il pas déjà passé ?

À son retour, Maggs se mit à fouiller dans les livres éparpillés en cherchant à se rappeler où il avait bien pu mettre ce linge. Il était presque sûr de l'avoir laissé sur la table, mais il n'y était pas. Où était-il passé, ce fichu chiffon ?

Un mouvement attira son attention et il vit le linge glisser sur le sol en direction des cendres encore chaudes du feu. Il se jeta dessus et le saisit, eut l'impression qu'il se tortillait entre ses doigts, mais Maggs serra le poing et le tint solidement. Il gagna sa chambre et ferma la porte de peur de ce qui arriverait si le chiffon lui échappait et finissait dans la cheminée. La fenêtre de la chambre était fermée parce qu'il n'était pas assez idiot pour la laisser ouverte quand il sortait. Il posa le linge sur le lit, plaça le carnet dessus et l'emballa. Il lui fallait maintenant un morceau de ficelle pour finir le paquet et il se rappela qu'il en avait une pelote dans un tiroir de la cuisine et…

Une soudaine lassitude l'envahit. Il était sans force, il avait la nausée. La chambre tournait autour de lui. Et cette chaleur ! Il ne se souvenait pas d'avoir jamais eu si chaud. Et il était las, si las…

Il ôta ses vêtements, déboutonna son gilet de peau et s'étendit sur le lit. Il voulut se relever pour ouvrir la fenêtre et aérer la pièce, n'en eut pas l'énergie. Il ferma les yeux et s'endormit aussitôt.

Maggs rêva que des puces le piquaient. Ces petites pestes sautaient sur son corps, s'attaquaient à ses bras, à sa poitrine. Il tenta de les chasser, mais ses mains ne lui obéissaient plus. La douleur devint aiguë, comme si des crocs s'enfonçaient dans sa chair. Aucune puce n'infligeait de telles morsures.

Il ouvrit les yeux.

Une forme était accroupie près du lit. Elle portait une cape, violacée, humide, qui partait de son cou, lui recouvrait tout le corps et se figeait en vaguelettes sur le sol. Quand la vue de Maggs s'éclaircit, il constata que ce n'était pas une cape qu'il voyait, mais les plis d'une chair écorchée. Sur le devant de la tête, là où auraient dû se trouver des traits, il n'y avait que deux yeux sombres sans paupières et, dessous, l'ébauche d'une bouche, telle une fente faite avec une lame émoussée. Deux bras grêles, dont la chair à vif pendait sur les os dans une sorte de viscosité solide, partaient non des épaules mais du haut du torse. L'un se terminait par une griffe qui s'était posée sur la poitrine nue de Maggs ; l'autre s'amincissait en une extrémité osseuse évoquant plus une patte d'insecte qu'un doigt. Tout au bout, il y avait une pointe, et c'était cette pointe qui piquait le ventre de Maggs, lui égratignait la peau pour y tracer des formes qu'il ne pouvait voir à cause du sang, mais dont il devinait qu'elles devaient ressembler aux mots inscrits dans le carnet.

Les mouvements de la créature cessèrent un instant. Elle ôta la pointe de la peau de Maggs et, à l'instar d'un scribe trempant sa plume dans un encrier, la plongea dans une pustule de sa propre chair, d'où suintait un liquide d'un violet rougeâtre. Puis elle se remit à sa besogne : écrire, toujours écrire.

Ce fut seulement alors que Maggs trouva la force de hurler.

Il se réveilla dans l'obscurité, allongé sur un drap taché de sang. Il se leva en titubant, chercha des yeux son tortionnaire – aucune trace. Il se posta devant la glace de son armoire : la créature avait disparu, mais elle avait laissé des preuves de sa présence sur le torse de Maggs. Son visage avait été épargné. C'était déjà ça. Son propre calme le surprenait, et il se rendit compte que c'était l'unique barrière qui l'empêchait de basculer dans la folie.

Il alla dans la cuisine chercher la pelote. Le carnet était à présent sur le sol de la chambre et sa couverture était visible là où un coin du linge s'était écarté. Maggs avait dû le heurter dans son sommeil. Lorsqu'il tendit le bras pour le prendre, il éprouva la même fatigue, mais cette fois il la combattit. Il attrapa le carnet, rabattit le fermoir et fit tourner les deux anneaux d'argent. Il avait omis de le faire la veille parce qu'il avait pensé que le fermoir était moins important que le sortilège. C'était peut-être là son erreur. Il enveloppa de nouveau le carnet, le ficela si solidement qu'il aurait fallu un couteau pour défaire le paquet.

Lorsqu'il eut terminé, il remplit une cuvette d'eau et lava le sang qui avait séché sur son torse. Les mots restèrent, tatoués sur lui par la créature – le djinn, si c'en était bien un. Maggs se demanda s'il connaîtrait un jour le sens des inscriptions sur son corps. Probablement pas, pensa-t-il, et c'était sans doute mieux ainsi.

Il prit le métro pour retourner à Walham Green. Cette fois, Eliza Dunwidge lui ouvrit avant même qu'il eût sonné. Elle portait une robe de chambre cramoisie et ses pieds disparaissaient dans des pantoufles jaunes.

— Alors, tu as trouvé le linge ? demanda-t-elle.

— Oui, je l'ai trouvé.

Il lui tendit le carnet et, un instant, elle sembla douter – « Est-ce bien sage de le prendre ? » – puis sa main se referma dessus et il disparut dans les plis de sa robe de chambre.

— Je ne l'entends plus. C'est bon signe.

— Qu'est-ce que vous entendiez ? demanda Maggs. Dites-le-moi.

— Je l'ai entendu t'appeler, Maggsy. C'était toi qu'il voulait. Qu'est-ce qu'il t'a fait, finalement ?

— C'est pas important.

— Non, approuva-t-elle. Je suppose que non.

— Il reviendra ?

— Pas tant qu'il restera enfermé là-dedans, et je n'ai pas l'intention de le laisser sortir.

— Qu'est-ce que vous en ferez ?

— Je l'ajouterai à ma collection. Pour qu'il soit en sûreté, à l'abri de mains imprudentes.

— Vous êtes certaine qu'il ne reviendra pas ?

— Pourquoi le ferait-il ? répondit-elle avec un sourire. Je pense que tu n'es pas près de l'oublier, n'est-ce pas ?

Elle leva le bras et toucha le devant de la chemise de Maggs. Il baissa les yeux. Sa transpiration avait mouillé le tissu et l'on distinguait dessous les caractères d'un alphabet inconnu.

— Il a laissé sa marque sur toi, Maggsy. Il t'a peut-être même fait une faveur, parce que maintenant tu sais, hein ? Tu sais qu'il y a livre… et plus que livre.

Se penchant en avant, elle murmura à l'oreille de Maggs :

— Alors, trouve-moi *mon* livre, mon petit Maggsy. Trouve-moi l'*Atlas*…

## *III. La boue*

Il y a toutes sortes de boue, vous savez. Les gens – les citadins, surtout – n'y voient qu'une seule et même chose. Pour eux, ce n'est que de la terre mouillée qui souille leurs chaussures et leurs vêtements. Mais pour un fermier, ou un jardinier, c'est de la glèbe où poussent des choses. Des fleurs. Des arbustes. Des mauvaises herbes.

Des choses magnifiques.

Des choses effrayantes.

Les critiques avaient commencé à toucher le général. On pouvait le voir à son expression, à son allure. Elles le minaient. « Il y a un nom pour ce qu'on me fait, me disait-il. Cela s'appelle du "révisionnisme" : changer l'histoire à leur convenance, détruire l'héritage d'un homme pour leurs propres objectifs, déchiqueter une réputation par mille cruelles entailles. » Voilà pourquoi il avait décidé de coucher sur le papier ce qui s'était vraiment passé, m'annonça-t-il, son ombre tombant sur moi alors que je taillais la glycine. Il vaut mieux tailler la glycine en été. Je sais que certains n'en sont pas du tout partisans, mais la glycine est vraiment une plante qui se prête à la taille en juillet ou début août. Vous dirigez vos horizontales, vous raccourcissez les pousses latérales – pas autant qu'en hiver, toutefois, quand on ne laisse pas plus de quatre bourgeons sur la branche principale. Même chose pour les pommiers en espalier, pour former les bourgeons à fruit. Et il faut aussi tailler les noyers et les vignes à la fin de l'été, parce qu'ils saignent, et je n'aime pas voir leur sève s'écouler en février.

J'écoutais donc le général tout en travaillant. Sa femme était restée à Londres et n'avait apparemment aucune envie de rentrer avant l'automne. Il n'aurait sans doute pas dû l'épouser. Ce n'est pas à moi de le dire, mais j'ai toujours pensé qu'ils étaient mal assortis dès le départ. Le général, si je dois être franc, n'était pas un parangon de sagacité. Il avait un titre de chevalier, ce qui ne veut cependant pas dire grand-chose. La plupart des gens l'appelaient « sir William », mais pour moi c'était toujours le général, et je crois qu'au fond de son cœur il préférait qu'on l'appelle par son grade. C'était probablement pourquoi ce révisionnisme le blessait tant. Il était entré dans l'armée par la milice d'Oxford, avec des galons de sous-lieutenant. Il n'était pas passé par Sandhurst[1] ni par l'École de guerre, et il avait toujours eu l'impression que ses pairs le méprisaient pour cette raison. Il avait été fait chevalier en 1915, l'année où il avait été promu au grade de général de corps d'armée. On dit que sa guerre n'est jamais allée plus loin parce que, après 1915, il avait du sang sur les mains, mais je ne suis ni un soldat ni un expert en histoire militaire. L'enquête officielle sur Cambrai a disculpé tous les commandants de formations et rejeté toute la faute sur les officiers subalternes et les rangs inférieurs. Le général me l'a dit, tout comme il m'a dit que Barter était responsable de ce qui s'est passé à High Wood[2].

Et maintenant les « fouineurs », les « amis des Allemands », tentaient de saper le moral déjà fragile de l'Angleterre d'après-guerre en mettant en cause la compétence des officiers supérieurs pendant le conflit. Le général était farouchement contre. Il avait commencé à rédiger un mémoire afin de rétablir la vérité. Il avait même un titre. Il devait s'appeler *The Devils in the Woods*. C'était un jeu de mots, précisait le général, une référence à la bataille de Delville Wood[3], qui avait précédé l'affaire des chars à High Wood. Mais « les diables dans les bois », c'étaient les Allemands,

1. L'équivalent de l'école militaire de Saint-Cyr.

2. Nom que les Britanniques ont donné au bois des Fourcaux pendant la bataille de la Somme.

3. Le bois Delville. *The Devils in the Woods* : « les diables dans les bois ».

les Boches. C'étaient eux les vrais démons, selon le général, et seuls les Sud-Africains avaient réussi à les contenir à Delville, au prix de quatre-vingts pour cent de pertes. Ils étaient trois mille soldats et officiers au début de l'engagement, le 14 juillet 1916, il n'en restait que six cents encore debout quatre jours plus tard. Et puis il y avait eu High Wood, qui avait fait quatre mille cinq cents morts et blessés de plus, dont on rendait le général responsable, du moins on essayait.

Le général avait convaincu Haig de relever Barter de son commandement après les événements, mais les rumeurs n'avaient jamais cessé. Elles avaient même pris la forme physique d'un nommé Soter, un ancien soldat qui avait combattu à High Wood. Il s'était présenté à la maison en demandant à parler au général. Par chance, le général était absent et Soter n'était pas allé plus loin que la grille. J'y avais veillé. L'homme n'avait pas fait d'histoires, il n'avait pas même haussé le ton, il s'était simplement déclaré mécontent de ce qu'il avait entendu sur le livre que le général projetait d'écrire. Il avait perdu des camarades à High Wood, des types bien qui seraient encore en vie si le général avait bien fait son travail. J'avais répondu que ça ne m'intéressait pas et je l'avais renvoyé, mais je dois reconnaître qu'il m'avait fait pitié. On avait peine à croire que quiconque ait pu revenir d'une telle boucherie sans en garder des séquelles d'une nature ou d'une autre. Le général lui-même n'en était pas sorti indemne, comme je devais l'apprendre.

Lorsque je lui rapportai la visite de Soter, il n'en parut que plus déterminé à écrire son histoire de la guerre pour réduire au silence les détracteurs. Il le ferait pour l'Angleterre, affirmait-il, pas pour lui. Le doute, c'était l'ennemi ; le doute, et les hommes comme Soter.

Ce fut alors que la boue commença à apparaître.

La première fois que j'en entendis parler, ce fut quand le général me fit venir dans la maison. Juché sur une échelle, je taillais ces pommiers en espalier que j'ai mentionnés tout à l'heure, lorsqu'il cria mon nom. J'accourus aussitôt et je la sentis presque avant même de la voir. C'était une mauvaise odeur, très particulière. Je le répète, il y a toutes sortes de boue, certaines plus propres que d'autres. Celle-là puait comme si des animaux y avaient crevé, répandant leur sang et leurs excréments au moment de leur mort. C'était une odeur d'abattoir. La boue elle-même était grise ; une traînée de mottes humides jonchait le parquet et montait l'escalier menant aux chambres. Toutes portaient une nette empreinte de godillot. Le général, écarlate, hurlait que lady Jessie aurait fait étriper quelqu'un pour ça. Il se tourna vers moi dès que j'eus franchi la porte, m'accusa d'être entré dans la maison sans permission, de ne pas avoir ôté mes chaussures et d'avoir saccagé sa demeure. Il dit que j'irais en prison, que je ne trouverais plus jamais de travail, ou d'autres sottises de ce genre. Il fallut que la gouvernante le calme et fasse remarquer que je me trouvais dans le verger, qu'elle m'avait observé et que je ne m'étais pas approché un seul instant de la maison. Je montrai mes semelles, auxquelles n'adhérait aucune terre. Nous avions un été sec et le sol était dur. J'avais d'ailleurs souhaité de la pluie, mais nous n'en avions pas eu.

Dès que le général se fut ressaisi et eut admis que je n'étais pas en cause, la question se posa de savoir qui était responsable et, surtout, si l'individu se trouvait encore dans les parages. Le général était un chasseur et il s'était battu en Ouganda contre les Banyoro et les Nandi. Il prit dans le râtelier d'armes son vieux fusil d'Afrique et j'empoignai une bonne canne solide. Ensemble, nous inspectâmes toutes les pièces sans trouver signe d'un intrus. Les traces s'arrêtaient non loin de la chambre du général, à peu près au milieu du couloir de l'étage. Pour autant que le général pouvait en juger, on n'avait rien pris, rien touché, l'affaire était étrange. Les empreintes de pas montaient et ne redescendaient pas. Certes, on pouvait supposer que, le temps que l'individu parvienne en haut, ses bottes avaient perdu une grande partie de leur boue, mais je me serais quand même attendu à ce qu'il laisse une traînée de boue en repartant, si ses bottes avaient été si crottées au départ.

Le général appela la police et un agent vint prendre sa déclaration. L'homme ne put faire grand-chose de plus que promettre de garder un œil sur les individus louches et conseiller au général de veiller à ce que ses portes et fenêtres soient bien fermées pour le moment. J'aidai la gouvernante à nettoyer la boue, et c'était vraiment une saleté. Jamais je n'aurais mangé quoi que ce soit qui y aurait poussé, pas même après l'avoir quasiment désagrégé en le faisant longtemps bouillir.

Je proposai de dormir dehors dans un fauteuil cette nuit-là, au cas où notre visiteur essaierait de revenir, mais le général me dit de ne pas être idiot. Il aimait sa propre compagnie, cet homme. Je crois même qu'il était secrètement ravi que lady Jessie ait décidé de rester à Londres. Je continuai à travailler dans le jardin jusqu'à ce que la nuit tombe et je raccompagnai la gouvernante chez elle, au cas où.

Cette nuit-là, le général fut réveillé par des grattements frénétiques à la porte de sa chambre. Encore à moitié endormi, il alla ouvrir, et une forme marron et blanc fila entre ses jambes : le chat, Tiger, un vieil animal paresseux qui avait été à sa belle époque la terreur de tous les oiseaux et petits mammifères à la ronde, mais qui passait maintenant son temps à somnoler et essayer d'écraser les mouches. Le général ne l'avait pas vu se carapater si vite depuis des années : quelque chose l'avait assez effrayé pour qu'il abandonne son panier, au pied de l'escalier, et monte jusqu'à la chambre de son maître. Tiger grimpa sur la tête du lit et, collé à l'un des montants, cracha en direction de la porte, le poil hérissé de peur.

Le général avait emporté son fusil de chasse en allant se coucher, une excentricité que lady Jessie, eût-elle été présente, n'aurait jamais tolérée, même si toute l'armée allemande avait menacé de nous envahir en passant par la roseraie et d'annexer le potager. Il saisit son arme, lança un avertissement et n'obtint pas de réponse. L'odeur était revenue, une puanteur de boue polluée, et il perçut un bruit de mouvement dans le couloir obscur, en bas du mur. Prenant le risque de s'exposer, il alluma la lumière.

Un rat courait sur le tapis devant le meuble bas, mais ce n'était pas un rongeur ordinaire. Cette créature plus grosse que le chat avait le pelage couvert de boue, le ventre gonflé. En sentant le général approcher, elle se dressa sur ses pattes arrière et renifla l'air. Elle n'avait pas peur, pas même quand le général braqua le fusil sur elle. En fait, juste avant de presser la détente, le général eut la certitude que la bête s'apprêtait à se jeter sur lui. Il fit feu, et plus de rat. Lorsque je vis l'animal, le lendemain, je pus deviner, bien qu'il fût écrabouillé (le général avait tiré ses deux cartouches, ne laissant du rat que des poils et des fragments d'os), le monstre qu'il avait été. Sa queue suffisait pour évaluer sa taille : elle était longue comme mon avant-bras.

Ce que je me rappelle le plus de cette journée, néanmoins, c'est l'odeur infecte de la boue. Elle avait imprégné toute la maison. On ne pouvait pas prendre une inspiration sans la sentir, on ne pouvait pas manger quelque chose sans avoir le goût de cette boue dans la bouche. Le parquet et le tapis en gardaient aussi la mémoire, car en dépit de tous nos efforts les empreintes de pas y étaient encore visibles. Je craignais que même un professionnel ne parvienne pas à réparer les dégâts. Selon toute probabilité, les tapis devraient être remplacés, les parquets sablés et revernis. Cela nous délivrerait peut-être de l'odeur qui, curieusement, n'était pas plus forte si l'on se baissait pour renifler les traces. Elle stagnait dans l'air et, même en laissant toutes les portes et fenêtres grandes ouvertes, on ne parvenait pas à la chasser.

Le général se remit à travailler sur son mémoire. S'ils eurent un effet, les événements des dernières vingt-quatre heures semblèrent plutôt l'inciter à redoubler d'efforts. Je l'apercevais par la fenêtre de son bureau tandis qu'il écrivait avec une sorte d'acharnement. Il avait frotté le dessous de son nez d'un peu d'essence de clou de girofle pour combattre la puanteur.

Quant à moi, je m'occupai de ce qui restait du rat, mais je n'avais toujours pas la moindre idée de l'endroit d'où provenait la boue sur ses poils – ni d'ailleurs de l'origine de la créature elle-même, parce que je n'en avais jamais vu de cette taille, vivante ou morte. Ce fut seulement en allant la jeter parmi les arbres proches de la maison – les insectes et les oiseaux se chargeraient bien mieux que je n'aurais pu le faire d'en débarrasser le monde – qu'une pensée me frappa : elle avait peu saigné après sa destruction. Maintenant que j'y songeais, je ne me souvenais pas d'avoir vu du sang, rien que des os, du poil et une substance grise non identifiable. Lorsque j'examinai le cadavre plus attentivement, je remarquai, malgré la boue qui le recouvrait, que son pelage n'était pas uniforme. Au bout d'un moment, je fus convaincu que c'était un assemblage de morceaux de peau ne provenant pas d'un seul animal. De plus, les fragments d'os semblaient ne pas avoir le même âge – cela se voyait à leur couleur – et, quand je commençai à les disposer sur le sol, je repérai ce qui avait peut-être été une partie d'une aile d'oiseau, et un maxillaire supérieur appartenant sans doute à un mammifère plus petit : un écureuil, voire une chauve-souris, car il portait en son centre deux dents courtes flanquées de chaque côté de deux dents plus longues.

Accroupi au-dessus de l'herbe, je réfléchis au problème. C'était comme si on avait assemblé un rat avec des parties d'autres animaux morts trouvés dans la terre, le pelage formant un tout qui, vu de loin, pouvait ressembler à un énorme rongeur, mais qui ne résisterait pas à un examen de près. Comment, en ce cas, animer une telle créature ? Le général s'était sûrement trompé en pensant l'avoir vu courir puisque ce n'était qu'une chose morte fabriquée avec d'autres choses mortes. Quelqu'un avait joué à mon maître un vilain tour, peut-être l'individu qui avait laissé des empreintes de pas boueuses à travers toute sa maison.

À l'instant où mes pensées revinrent à la boue, j'établis une sorte de connexion. Je me relevai et me rendis à l'étang sis au cœur du bois. Ce n'était pas une grande étendue d'eau, même gonflée par les pluies, et son niveau était plus bas qu'il ne l'avait jamais été, me sembla-t-il. Me serais-je avancé jusqu'à son point le plus profond que l'eau ne me serait pas montée au-dessus de la taille. Cette eau était trouble et la rive était sèche. Je cherchai des yeux des traces de pas, n'en trouvai aucune. L'air grouillait de mouches, de vilaines petites brutes noires qui s'en prenaient à mes oreilles et à mes yeux.

Je décelai une odeur. Elle était plus faible que celle de la maison, mais indéniable. D'un autre côté, la puanteur de la boue laissée dans la résidence du général avait imprégné mes vêtements, ma peau et mes cheveux – du moins, j'en avais l'impression – et je ne pouvais savoir si ce que je percevais maintenant avait sa source dans l'étang ou provenait de moi. J'avoue que je me sentis inquiet. Je ne puis dire pourquoi. À cause du silence, je crois. L'impression que quelque chose, quelque part, retenait sa respiration.

Sur le chemin du retour, je rencontrai le général. Il avait emporté son fusil et je me demandai s'il avait établi le même lien que moi. Comme il ne pouvait rien arriver de bon s'il se rendait lui aussi à l'étang, je lui dis que j'étais allé y jeter un coup d'œil et que le soleil avait transformé ses berges en croûte sèche. Il se contenta de me croire sur parole et nous regagnâmes ensemble la maison. Je me sentis rassuré de l'avoir à mes côtés pour traverser le bois. Là encore, je ne saurais dire pourquoi, sauf que l'odeur diminuait à mesure que nous nous éloignions de l'étang et qu'elle redevint plus forte quand nous parvînmes au jardin. Le général retourna dans son bureau pour écrire ; je rangeai mes outils et rentrai chez moi.

Je tiens ce qui se passa ensuite du général. Je n'étais pas présent, je ne peux donc en témoigner. Je ne peux que vous répéter ce qu'il me rapporta après que je l'eus découvert près de l'étang alors que la pluie se mettait à tomber.

Il était resté dans son bureau jusque tard dans la nuit. Il s'était rendu compte que son projet d'écrire un mémoire relevait d'un excès d'optimisme, et il avait résolu de s'en tenir plutôt à un article pour le *Times* ou le *Telegraph*, afin de récapituler les événements de High Wood et de rétablir la vérité telle qu'il la voyait. Plongé dans son travail, il enduisit régulièrement sa lèvre supérieure d'essence de clou de girofle, jusqu'à ce que sa moustache en soit imprégnée. Or, cela ne suffisait plus à chasser l'odeur et il ne put qu'en conclure qu'elle était devenue plus épouvantable encore. La fenêtre qu'il avait devant lui était entrouverte, mais toutes celles des autres pièces avaient été soigneusement fermées, ainsi que les portes. Il posa son stylo, se versa un verre de whisky, se rappela cette fichue essence de clou de girofle. C'était l'une ou l'autre, pas les deux. Il décida de se nettoyer la moustache et de recourir au whisky.

Lorsqu'il sortit de son bureau, son pied glissa dans la boue. La porte d'entrée était fermée, mais des empreintes de pas en partaient, allaient jusqu'à son bureau, tournaient à gauche pour gagner la salle à manger et la cuisine, traversaient le vestibule, entraient dans le salon et en ressortaient, puis montaient vers les chambres. Les traces se croisaient, et même à la faible lumière de la lampe le général put constater qu'il n'y en avait pas une seule série mais plusieurs, que les pieds n'étaient pas de la même pointure, ni les semelles de la même forme.

Et l'odeur ! Seigneur Dieu, l'odeur !

Il suivit les traces comme dans un brouillard, sans se soucier de ce qu'il allait découvrir, cherchant uniquement une réponse au mystère de la présence des intrus. Dans le salon, il trouva des empreintes de doigts sur une photographie de sa femme. Les robinets de la salle de bains étaient salis, le lavabo taché de boue et, lui sembla-t-il, de sang. Il y avait de la boue sur le papier mural des couloirs, sur les poignées des portes. Les draps de son lit n'étaient plus blancs, comme si quelqu'un aux vêtements crottés avait été saisi d'une envie impérieuse de s'y allonger. Toutes les pièces, à l'exception du bureau, portaient des traces d'intrusion, mais les intrus avaient disparu.

La porte d'entrée était ouverte quand il retourna en bas. La lune éclairait comme en plein jour la pelouse et les traces boueuses qui s'éloignaient toutes maintenant de la maison et se perdaient parmi les arbres. Le général les suivit, s'enfonçant lui aussi dans le bois, jusqu'à ce qu'il se retrouve au bord de l'étang. Il regarda fixement l'eau, qui paraissait avaler le clair de lune, et sous ses yeux le niveau se mit à baisser, et il ne resta bientôt plus dans l'étang qu'une boue grise puante.

Alors, dans cette boue, quelque chose bougea.

Le général aperçut une forme imprécise, une silhouette faite à la fois de boue et d'autre chose. Elle s'extirpa du bourbier, le dos courbé, les mains et les genoux poussant sur le fond de l'étang. Des morceaux de vieux bois et de végétation pourrissante dissimulaient en partie sa tête, comme la capuche d'un linceul, mais le général distingua des traits blafards, des yeux troubles qui se tournèrent vers lui sans le voir.

Tout l'étang se transforma en un tourbillon lent mais constant de boue d'où émergeaient d'autres hommes, et le général eut la vision d'une multitude de corps poussés par en dessous, d'une éruption de morts, des centaines de milliers de morts, qui avaient tous un nom à murmurer, une histoire à raconter, toute une génération sacrifiée qui démentirait chacun des mots d'autojustification du général, fracasserait la coquille creuse de chacune de ses excuses.

Parce qu'il avait su. Il avait toujours su.

Le général tomba à genoux et se prépara à les rejoindre.

Ce fut là que je le trouvai, le lendemain matin, les vêtements couverts de boue grise, le corps tremblant plus du choc que de froid. Lorsque je le relevai, la pluie se mit à tomber, le lavant de sa boue, et l'étang commença à se remplir. Tandis que je le ramenais à la maison, le portant à demi, le général bredouillait et je me dis qu'il avait perdu l'esprit. Il semblait ne pas savoir ce qui était boue et ce qui ne l'était pas. Il pensait, me confia-t-il, grelottant contre moi, que ce qu'il avait vu cette nuit-là n'était peut-être pas des hommes, mais uniquement le souvenir qui restait d'eux et qui avait trouvé forme dans la substance disponible la plus proche.

Il ne raconta plus jamais cette histoire et ne la mentionna jamais à qui que ce soit, pour autant que je sache. Il n'est plus de ce monde, bien sûr. Il est mort en 1941, alors qu'une autre génération devait faire face aux canons. Quant à sa grande réfutation, je ne l'entendis plus en parler et je pense qu'il réduisit en cendres le peu qu'il avait écrit.

Sans être un savant, je sais lire et écrire, j'ai de la curiosité pour les sciences. J'ai appris que nos corps sont faits de milliards d'atomes et que tous ces atomes ont à un moment fait partie d'autres êtres humains, si bien que chacun de nous porte en lui une trace de chaque homme, de chaque femme qui a marché sur cette terre. C'est en rapport avec la loi de probabilité, si j'ai bien compris. Si c'est vrai pour nous, est-ce aussi vrai pour d'autres choses ? Comme la boue, par exemple. Dix millions de soldats sont morts pendant la Grande Guerre, et la plupart d'entre eux ont été ensevelis dans la terre et la boue. Dix millions, formés chacun de milliards et de milliards d'atomes. Si chaque être humain peut avoir en lui tous les autres, la terre elle-même n'a-t-elle pas gardé en elle quelque chose de ces morts, une sorte de souvenir d'eux qu'on ne pourra jamais effacer ?

Il y a toutes sortes de boue, vous savez.

Toutes sortes.

## *IV. Le vagabond des royaumes inconnus*

### 1

Passé par Chancery Lane, m'arrêtant seulement pour décrotter mes bottes.

De Chancery au cabinet de maître Quayle.

Il est des gens riches et puissants qui souhaitent que d'autres connaissent leur position sociale. Ils mangent dans les meilleurs restaurants et dorment dans les plus beaux hôtels ; ils se délectent d'ostentation. Même ceux qui servent les intérêts d'hommes plus importants qu'eux ne sont pas exempts de comportements prétentieux, et c'est ainsi que les médecins de Harley Street qui soignent les maux des grands habitent de vastes appartements ornés de meubles anciens comme pour proclamer : « Voyez ! Je suis aussi nanti que vous. Je peux m'abaisser à étaler ma richesse tout comme vous. » Il faut ajouter, naturellement, qu'il est moins noble d'avoir acquis vos biens avec de l'argent gagné que de simplement hériter, et les parvenus qui tentent de rivaliser seront toujours regardés avec condescendance par ceux dont la fortune est si ancienne que les efforts fournis pour la constituer, les péchés et les petites saletés ont depuis longtemps été effacés des mémoires.

Il y a ensuite ceux qui comprennent que richesse et pouvoir sont des armes et qu'il faut en user avec précaution, après mûre réflexion. Ils dédaignent l'ostentation pour eux-mêmes comme pour les autres. D'une certaine façon, ils peuvent même avoir honte de leur statut privilégié. Ils ont aussi appris que, si ceux qui s'occupent d'eux et de leurs affaires – médecins, avocats, banquiers – travaillent dans un cadre luxueux, quelqu'un, quelque part, paie un shilling de plus qu'il n'aurait dû pour leur prodiguer cette aisance. Celui qui gère la fortune d'autrui doit connaître la valeur de l'argent et se montrer aussi parcimonieux que si elle lui appartenait.

Voilà pourquoi le cabinet de Quayle se trouvait dans une cour d'une partie de Chancery qui avait peu changé depuis que ses proches voisins, les réputés Ede & Ravenscroft, tailleurs des juges et avocats, avaient installé leur boutique dans Chancery Lane alors que le XVII^e^ siècle touchait à son terme. Une arche étroite conduisait à une cour pas plus grande qu'un studio dont les pavés demeuraient glissants d'humidité même par le temps le plus sec. Les immeubles qui l'entouraient semblaient hausser le cou comme pour jeter un regard désapprobateur sur les intrus, et le verre ancien des fenêtres déformait la vue de l'intérieur et de l'extérieur.

Il y flottait une odeur de cuisine en ce matin de novembre, bien que personne n'y habitât et n'y cuisinât, à moins de compter le thé que M. Fawnsley, le secrétaire de Quayle, mettait à chauffer sur un petit poêle hors du bureau de son maître. Dans un moment de faiblesse, j'avais un jour consenti à en boire une tasse et je n'avais plus commis depuis la même erreur. Les ouvriers revêtaient les routes d'un goudron qui avait meilleur goût et était bien moins visqueux.

Une plaque de cuivre – quelque peu ternie par les ans, un peu comme l'homme dont elle annonçait les services – avait été apposée à côté d'une porte noire en chêne massif située dans la partie gauche de la cour.

Aucune des autres portes n'avait bénéficié d'efforts semblables d'identification et je n'avais jamais vu quiconque les utiliser. Elles paraissaient aussi définitivement closes que celles des caveaux des anciens : quelqu'un les eût-il profanées qu'il n'aurait pas été étonnant de découvrir derrière les formes momifiées de générations d'avocats empilées derrière telles des bûches grises, tandis que les dossiers d'affaires depuis longtemps oubliées se décomposaient lentement, formant comme de la neige sur leurs dépouilles.

Une cloche tinta au-dessus de ma tête lorsque j'ouvris la porte de Quayle, bruit incongru dans la pénombre du cabinet. L'endroit sentait le papier moisi et la vieille cire. Une lampe fixée au mur dispensait une lumière jaune et projetait des ombres tremblantes sur un escalier dont les marches inégales et branlantes conduisaient à l'étage où Quayle menait ses affaires. J'avais appris à ne plus être surpris par la rampe qui semblait fléchir sous ma main ni par ces grincements qui suggéraient un effondrement imminent. Quayle était trop prudent pour laisser une telle mésaventure arriver à ses clients, et les plus illustres citoyens de Londres avaient gravi cet escalier sans incident pendant des siècles, depuis qu'un lointain ancêtre de Quayle avait conclu une association avec un confrère, un réfugié huguenot, veuf, nommé Couvret, dont les malheurs en France avaient affaibli l'esprit et qui était ensuite tombé sous la malédiction du gin. On l'avait retrouvé un matin, détroussé et quasi éventré, dans Spitalfields, non loin de la maison d'une jolie tisserande de soie du nom de Valette, avec qui il passait pour avoir une discrète liaison. Un jour, lors d'un déjeuner d'agneau braisé, récompense d'une enquête que j'avais menée à bien pour son compte, Quayle m'avait fait comprendre que son ancêtre en avait eu assez de Couvret et avait arrangé le meurtre du malheureux afin de l'évincer de la pratique du droit. À cet égard, l'objectif avait été totalement atteint.

M. Fawnsley était assis à son bureau lorsque je parvins en haut de l'escalier. Ne pas l'y avoir trouvé aurait constitué une surprise aussi grande que le Second Avènement, car, là où s'attardait Quayle, Fawnsley demeurait aussi, du moins pendant les heures de travail, telle l'ombre pâle et maladive de son maître. Ce que cet homme faisait de son temps libre, je n'aurais su le dire. Je soupçonnais qu'à dix-sept heures tapantes Quayle tournait une clé sertie dans le cou de son secrétaire, le plongeant ainsi dans l'inconscience, puis l'allongeait avec soin dans l'alcôve située derrière son bureau, où il resterait jusqu'à huit heures, le lendemain matin, quand la nécessité de reprendre le travail requerrait de le ranimer. Fawnsley paraissait incapable de vieillir, ce qu'on aurait pu considérer comme une bonne chose si l'outrage des ans n'avait cessé pour lui non à un âge relativement jeune, mais à une cinquantaine souffreteuse, de sorte qu'il semblait perpétuellement vaciller au bord de la falaise de notre condition de mortels.

Fawnsley leva les yeux de ses écritures pour me gratifier d'un regard résigné. Le fait que ce fût son maître qui m'avait convoqué ne comptait pas pour lui. Tout le dérangeait, les hommes particulièrement, qui n'étaient que des bouffons que les dieux lui envoyaient pour l'éprouver.

— Monsieur Soter, dit-il en inclinant suffisamment la tête pour qu'un petit nuage de pellicules tombe de son cuir chevelu.

— Monsieur Fawnsley, répondis-je en posant mon chapeau sur un siège mal rembourré. Je crois qu'il m'attend.

L'expression de Fawnsley me fit comprendre qu'il y voyait un sérieux manque de jugement de la part de son maître, et il prit en conséquence tout son temps pour reposer son stylo.

— Je vais le prévenir que vous êtes là.

Il se leva de sa chaise comme s'il était tiré par le haut plutôt que poussé par le bas. Ses pieds faisaient à peine un léger bruit sur le plancher tant il était mince et maigre. Il frappa à la porte située derrière son bureau et guetta une autorisation assourdie avant de passer la tête par ladite porte avec autant de précaution que s'il essayait une guillotine. Après un échange de murmures, Fawnsley s'écarta, un peu à contrecœur, et me convia à entrer dans le saint des saints.

Le bureau de Quayle était plus exigu qu'on ne l'aurait imaginé, et plus sombre qu'il n'était avisé si son occupant tenait à préserver ce qu'il lui restait de vue. D'épais doubles rideaux rouges pendaient devant les fenêtres, maintenus sur les côtés par des cordelières bronze pour laisser un pan triangulaire de lumière traverser les carreaux et éclairer les lieux. Les murs étaient couverts d'étagères de livres, et un tapis de fabrication persane étouffait le son des pas. Il n'y avait pas un grain de poussière dans la pièce bien qu'à aucune de mes visites je n'eusse croisé une femme de ménage. Il n'y avait que Fawnsley et, malgré tous mes efforts, je n'arrivais pas à l'imaginer perché sur un escabeau, un chiffon à la main. C'était un mystère.

La table de travail de Quayle était un énorme assemblage de bois si ancien qu'il avait noirci. Des générations de Quayle s'étaient assises derrière, réfléchissant aux diverses façons de tourner la loi à l'avantage de leurs clients et, par extension, au leur, et au diable la justice ! Selon toute probabilité, le sort de l'infortuné M. Couvret avait été scellé sur ce même bureau, un Fawnsley de l'époque étant diligenté avec du numéraire pour assurer le bon déroulement de cette macabre affaire.

Le présent Quayle était d'une élégance inattendue pour un homme âgé de soixante hivers, voire davantage. (On aurait pu dire « soixante printemps » ou « soixante étés », mais cela eût été inexact car Quayle était un homme d'arbres dénudés et d'eau gelée.) Il mesurait un mètre quatre-vingts et était l'un des rares hommes de ma connaissance qui pouvaient, sans lever la tête, me regarder dans les yeux, même si je n'avais sur ce point qu'un lointain souvenir car il se mettait rarement debout. Ses cheveux étaient très bruns et sentaient un peu le cirage auquel il avait recours pour en masquer la grisaille. Ses dents étaient blanches et régulières, sa peau si pâle qu'elle en paraissait presque translucide et que, sous une meilleure lumière, on eût pu discerner son système circulatoire dans toute sa gloire. Du fait de la pénombre de son cabinet, on ne distinguait que de faibles traces de veines et d'artères, semblables à des ombres de branches sur la neige. Ses lunettes aux verres demi-lune cerclés de noir reflétaient en partie la lumière et me cachaient ses yeux.

Il y avait un autre homme assis dans le fauteuil de cuir rouge, à gauche de Quayle. Il devait avoir dans les vingt-cinq ans, estimai-je, et sa mise était celle d'un gentleman, mais je remarquai que ses chaussures, quoique bien cirées, montraient des semelles usées et que son costume était à la mode de l'année d'avant, avec un œillet à la boutonnière pour faire diversion. De l'argent, donc, mais une passe difficile : il avait de quoi payer quelqu'un pour cirer ses chaussures, pas assez pour les remplacer avant que ce ne soit absolument nécessaire. À dire vrai, il me déplut immédiatement. Il avait des yeux ternes, un menton qui ne faisait quasiment qu'un avec son cou. Ne jamais faire confiance à un individu qui, s'ajoutant à deux autres personnes, fait chuter d'un tiers le nombre de mentons.

— Soyez le bienvenu, monsieur Soter, me lança Quayle. Permettez-moi de vous présenter M. Sebastian Forbes. Son oncle, Lionel Maulding, est un de mes clients.

Forbes se leva et me serra la main. Sa poigne était plus ferme que je ne l'avais pensé, mais je devinai qu'il y avait mis un peu plus d'énergie que d'habitude.

— Ravi de faire votre connaissance, monsieur Soter, assura-t-il.

Il avait parlé à la manière de certaines personnes de son espèce, comme si, la phrase comptant trop de syllabes à son goût, il avait décidé de se dispenser de celles qu'il jugeait inutiles et de patiner aussi rapidement que possible sur tout le reste.

— Moi de même, répondis-je.

— D'après M. Quayle, vous vous êtes distingué pendant la guerre.

— Je l'ai faite, sir. Je ne peux en dire plus.

— Dans quelle unité serviez-vous ?

— Le 47e.

— Ah, les Londoners ! Des braves. Le pont d'Aubers, Festubert, Loos, la Somme…

— Avez-vous combattu, monsieur ?

— Non, malheureusement pas. Mes connaissances sont purement livresques, je le crains. Trop jeune pour m'engager.

Je songeai, en le regardant, que j'avais combattu aux côtés d'hommes qui, s'ils avaient survécu, auraient été maintenant plus jeunes que lui, mais je ne fis aucun commentaire. S'il avait trouvé un moyen d'échapper à cette boucherie, je n'avais aucune envie de le lui reprocher. Je m'en étais tiré et, si j'avais su avant ce que je m'apprêtais à affronter, je me serais défilé sans un regard en arrière. J'aurais déserté et laissé les salauds se battre à ma place.

— Vous, les gars, vous étiez à High Wood, non ? poursuivit Forbes.

— Oui, dis-je.

— Sanglant, hein ?

— Oui, répétai-je.

— Barter a été relevé de son commandement après ce qui s'est passé, n'est-ce pas ?

— Oui, monsieur, pour pertes de troupes injustifiées.

— C'était un imbécile.

— Pas autant que Pulteney.

— Allons, voyons. Sir William est un excellent officier.

— Sir William est un ignare qui a mené à la mort des hommes cent fois meilleurs que lui.

— Dites donc, protesta Forbes, Jessie Arnott était une amie de ma défunte mère…

Je me rappelai vaguement que Pulteney avait épousé une des filles Arnott. J'avais dû lire ça dans la rubrique mondaine, probablement juste avant de perdre tout appétit pour mon petit déjeuner.

Avant que la conversation ne dégénère totalement, Quayle nous interrompit d'une toux sèche.

— Veuillez vous asseoir, monsieur Soter. Et vous aussi, monsieur Forbes.

— J'exige des excuses, dit le client.

— Pour quelle raison ? demanda l'avocat.

— Cet homme a insulté un héros national, un ami de ma mère.

— M. Soter n'a fait qu'exprimer une opinion, et des gentlemen doivent accepter d'avoir des vues différentes sur de tels sujets. Je suis persuadé que M. Soter n'a pas voulu offenser madame votre mère, n'est-ce pas, monsieur Soter ?

Le ton de Quayle suggérait que je serais bien avisé de faire amende honorable. J'aurais pu refuser, bien sûr, mais j'avais besoin de ce travail, quel qu'il pût être. Je n'étais pas difficile, il n'y avait pas assez de boulot pour tout le monde. À chaque coin de rue, on tombait sur un ancien combattant avec les jambes de pantalon épinglées sur les cuisses pour mieux montrer qu'il avait perdu ses membres inférieurs, ou une sébile à la main, agitant la manche vide de son autre bras. C'était la haine envers les anciens soldats de ceux qui ne s'étaient pas battus que je n'arrivais pas à comprendre. Ils auraient voulu nous voir disparaître. Il n'y avait plus de défilés, maintenant, plus d'embrassades. Les soldats n'étaient que des mendiants, et personne n'aime les mendiants. Peut-être que notre simple présence les culpabilisait. Ils auraient peut-être préféré que nous eussions tous crevé dans la boue, nos corps enfouis loin de l'Angleterre, dans des coins isolés dont nous n'avions même pas appris à prononcer correctement le nom avant d'y mourir.

— Je vous présente mes excuses si j'ai pu offenser qui que ce soit, déclarai-je. Telle n'était pas mon intention.

Forbes signifia d'un hochement de tête qu'il les acceptait.

— Ce sont des sujets chargés d'émotion, je le sais, ajouta-t-il.

Il se rassit et je pris place dans l'autre fauteuil. Quayle, satisfait de son arbitrage, en vint à l'objet de notre réunion.

— M. Forbes s'inquiète pour son oncle. Personne ne l'a vu depuis plusieurs jours et il n'a donné aucune indication sur l'endroit où il pourrait se trouver.

— Il a peut-être pris des vacances, suggérai-je.

— Cela n'est pas dans ses habitudes, répondit le neveu. Il se sent bien dans un environnement familier et s'aventure rarement au-delà du village le plus proche.

Après un temps de réflexion, il reprit :

— En fait, je crois qu'il est allé une fois à Bognor, mais ça ne lui a pas plu.

— Ah, Bognor, psalmodia Quayle d'un ton extatique, comme si cela expliquait tout.

— Si vous êtes inquiet, pourquoi ne pas prévenir la police ? demandai-je.

Quayle haussa un sourcil, et je m'y étais attendu. Comme pour la plupart des avocats, la police constituait à ses yeux une gêne dans la poursuite adéquate d'objectifs juridiques. Il ne la jugeait utile que s'il pouvait être sûr qu'elle se plierait à ses exigences, et rien de plus. Il avait tendance à se faire du souci quand elle montrait des signes d'indépendance et s'arrangeait donc pour n'avoir recours à elle qu'en cas de nécessité absolue.

— M. Maulding tient beaucoup à protéger sa vie privée, argua-t-il. Il ne nous saurait pas gré d'avoir laissé la police s'immiscer dans ses affaires.

— Il nous en serait peut-être reconnaissant s'il a des ennuis, fis-je valoir.

— Quels ennuis ? objecta Forbes. Il ne sort quasiment jamais de chez lui.

— Alors, pourquoi suis-je ici ?

Quayle soupira à la manière d'un homme auquel le monde inflige une suite sans fin de déceptions, la seule surprise tenant dans leurs degrés variés.

— M. Forbes est l'unique parent vivant de M. Maulding, et le principal héritier de ses biens s'il lui arrivait quelque chose, expliqua Quayle. Naturellement, M. Forbes espère que ce n'est pas le cas en la circonstance et souhaite à son oncle de nombreuses autres années de bonheur et de bonne santé.

Forbes parut à deux doigts d'exprimer son désaccord sur ce point, mais il parvint à se ressaisir et émit un grognement d'approbation.

— Compte tenu de ces considérations, continua l'avocat, nous pourrions grandement contribuer à restaurer la tranquillité d'esprit de M. Forbes si nous pouvions établir aussi rapidement que possible que son oncle va bien, et ce sans recourir à une intervention de la police, si remarquable soit-elle. *Voilà* pourquoi vous êtes ici, monsieur Soter. J'ai assuré M. Forbes de votre discrétion en toutes choses et il a été informé de l'issue positive des enquêtes que vous avez menées pour d'autres clients. Nous aimerions que vous retrouviez M. Lionel Maulding et qu'il soit rendu sain et sauf à l'affection des siens. C'est un résumé assez exact de la situation, n'est-ce pas, monsieur Forbes ?

— À l'affection des siens, absolument, approuva le neveu avec enthousiasme. À moins, évidemment, qu'il ne soit mort, auquel cas je souhaiterais aussi en être informé.

— Tout à fait, fit Quayle après une pause qui en disait long. Si nous en avons terminé, monsieur Forbes, je communiquerai à M. Soter les détails nécessaires et nous reprendrons contact avec vous le moment venu, soyez-en certain.

Forbes se leva. La porte s'ouvrit à cet instant précis et Fawnsley apparut, apportant un manteau, un chapeau et des gants. Il n'aurait pas pu être plus prompt s'il avait écouté notre conversation par le trou de la serrure – ce qu'il avait peut-être fait. Il aida Forbes à passer son manteau, lui remit son chapeau et ses gants, puis attendit qu'il parte avec l'impatience contenue d'un entrepreneur de pompes funèbres devant un client potentiel qui se refuse obstinément à décéder.

— Pour les frais…, commença Forbes sur le ton d'un homme qui trouve toutes ces histoires d'argent de mauvais goût, surtout quand il n'a pas de quoi payer.

— Je ne doute pas que les fonds de M. Maulding couvriront tous les frais, déclara Quayle. Je n'imagine pas qu'il puisse rechigner à régler des dépenses faites pour son propre bien.

— Parfait, dit Forbes avec quelque soulagement.

Il s'arrêta une dernière fois sur le seuil de la porte et Fawnsley faillit le télescoper.

— Monsieur Soter ?

— Oui, monsieur Forbes ?

— Je me renseignerai sur ce que vous avez dit de Pulteney et nous pourrons reprendre notre discussion.

— J'en suis impatient, répliquai-je.

Je m'en fichais, bien sûr. J'avais vu quarante hommes disparaître, ensevelis dans un cratère d'obus. J'étais présent. Pas Forbes.

Et sir Foutu William Pulteney non plus.

Quayle me demanda si je voulais un thé. Bien qu'il eût une cave à liqueurs derrière son bureau, je ne l'avais jamais entendu proposer quoi que ce soit de plus fort que le thé de Fawnsley, probablement parce qu'il n'y avait rien de plus fort que le thé de Fawnsley.

— Non, merci.

— Cela faisait un bout de temps que je ne vous avais vu, monsieur Soter. Comment allez-vous ?

— Bien, merci de vous en inquiéter, répondis-je.

Il avait déjà recommencé à mettre de l'ordre dans sa paperasse et mon état de santé avait cessé d'avoir pour lui quelque intérêt – réel ou très relatif. Il mouilla son index droit pour tourner une page et releva la tête, comme si une idée venait de le frapper subitement, mais je savais bien qu'il n'était pas homme à être subitement frappé par une idée. Il voyait trop loin pour ça.

— Qu'avez-vous pensé de M. Forbes ?

— Il est jeune.

— Oui. Des jeunes, il y en a beaucoup, me semble-t-il.

— Moins qu'avant.

— La guerre a souvent cet effet. Vous devriez vraiment apprendre à tenir votre langue, vous savez.

— Devant ceux qui me sont supérieurs, vous voulez dire ?

— Devant n'importe qui. Pour quelqu'un qui se targue de sa retenue, vous avez la regrettable habitude de trop révéler de vous-même quand vous vous décidez à parler.

— Je m'en souviendrai. Je vous suis reconnaissant de votre remarque.

— Avez-vous toujours été aussi sarcastique ?

— Je crois que oui, mais uniquement en certaine compagnie. Comme vous l'avez souligné, cela faisait longtemps que nous ne nous étions pas rencontrés.

Ma réponse suscita presque un sourire chez Quayle, mais ses muscles faciaux étaient si peu habitués à cet exercice que le sourire se décomposa quelque part entre grimace et rictus méprisant.

— M. Forbes vit au-dessus de ses moyens. L'héritage de son oncle représente pour lui la meilleure possibilité de rétablir rapidement sa situation financière.

— Il pourrait essayer de travailler…

— Qu'est-ce qui vous fait penser qu'il ne l'a pas fait ?

— Habillé comme il l'était, je ne vois pas quel travail il pourrait faire, à part une publicité pour les œillets.

Quayle eut un de ses soupirs las.

— Sa mère lui a laissé une petite rente et je crois qu'il touche un peu d'argent provenant d'investissements. S'il était plus sage, et moins débauché, il pourrait sans doute vivre confortablement avec ce qu'il a – enfin, confortablement pour quelqu'un comme moi, et plus encore quelqu'un comme vous. Mais il a une faiblesse pour les paris, et on pourrait probablement vêtir tout un village avec les costumes de sa garde-robe. S'il devait mettre la main sur la fortune de son oncle, elle lui filerait inévitablement entre les doigts comme du sable et il se retrouverait dans une situation comparable à celle qu'il connaît aujourd'hui, avec en plus quelques poursuites en justice contre lui.

— Vous le soupçonnez de s'être débarrassé de son oncle et de couvrir ses traces en venant vous voir ?

— Vous ne mâchez pas vos mots, monsieur Soter.

— Je dis ce que d'autres pensent, en particulier entre les murs d'un cabinet de Chancery.

Quayle, qui ne pouvait tenir en main une pièce de une guinée flambant neuve sans y chercher une ternissure, ni regarder une jolie femme sans imaginer la vieille chouette qu'elle deviendrait, reconnut d'un léger hochement de tête la véracité de ce que je venais d'avancer.

— Pour répondre à votre question, non, je ne crois pas que Forbes ait fait le moindre mal à son oncle. Ce n'est pas son genre et, s'il avait chargé quelqu'un de le faire pour lui, j'en aurais eu connaissance. Reste un mystère : Lionel Maulding est quelqu'un qui vit à l'écart et déteste sortir de chez lui. Il se rend à Londres pour ses affaires une fois par an et c'est pour lui une véritable corvée. Je veille à ce qu'il dispose de fonds suffisants sur ses comptes pour satisfaire ses besoins et je gère ses investissements afin que cette situation se perpétue.

Et tu prends au passage de lourds honoraires et une coquette commission, pensai-je. Nous y voilà. Si Maulding était mort, son neveu hériterait de son argent dès que le cadavre aurait été identifié. Il le dilapiderait en vêtements coûteux et autres babioles de luxe, et les revenus de Quayle diminueraient en conséquence. L'avocat ne semblait pas du genre dépensier, mais il aimait le pactole et ne voyait pas d'un bon œil que quiconque puisse réduire le flot qui en coulait dans sa bourse.

— Que voulez-vous que je fasse ? demandai-je.

Il fit glisser un dossier en papier kraft sur son bureau.

— Trouvez-le. Toutes les informations dont vous aurez besoin sont là-dedans, y compris une photo de Maulding. Je vous verserai votre tarif habituel, plus les frais, ainsi qu'une prime si vous réglez cette affaire rapidement. Fawnsley vous avancera une semaine d'honoraires et un peu d'argent pour vos dépenses. Naturellement, vous fournirez des factures.

— Naturellement.

— Il y a une auberge à Maidensmere, le village le plus proche de la résidence de Maulding, mais je crois savoir que cette dernière compte assez de pièces pour loger un bataillon. Si vous décidez d'y dormir, la gouvernante vous préparera une chambre. Elle ne vit pas chez Maulding, elle arrive tôt le matin et repart après le dîner – du moins, elle le faisait quand il y était encore. C'est elle qui a donné l'alarme. Elle s'occupera de vous et nous épargnerons un ou deux shillings si vous ne couchez pas à l'auberge. Fouillez dans les papiers de Maulding. Cherchez toute forme de dépense inhabituelle. Examinez sa correspondance. Je vous fais confiance. Je sais que vous savez vous taire – à moins bien sûr que quelqu'un n'aborde la question des généraux incapables.

Je me levai.

— Et si je découvre qu'il lui est finalement arrivé quelque chose ? S'il est mort ?

— Alors trouvez quelqu'un capable de le ressusciter. Parce que je veux qu'on me le ramène vivant.

## 2

Maidensmere était proche de la pointe est des Norfolk Broads, une région de près de deux cents kilomètres carrés dotée d'un excellent réseau de voies navigables, de nombreuses rivières et d'au moins autant de lacs – « *broads* », dans le parler local. Le village se trouvait à égale distance des petites villes de West Somerton et Caister-on-Sea, et près d'Ormesby Broad, mais lorsque j'y parvins la soirée était déjà bien entamée et l'eau environnante se réduisait à quelques plaques d'argent au clair de lune. Comme personne n'avait jugé bon de m'accueillir à la gare, je dépensai un peu des fonds de Quayle pour m'offrir le luxe tout relatif d'une nuit à l'auberge de Maidensmere. Ainsi que Quayle l'avait supposé, une chambre m'attendait à Bromdun Hall, la résidence de Maulding, mais j'avais décidé de ne m'y présenter que le lendemain. Je dînai d'un succulent plat d'agneau rôti et m'autorisai une pinte ou deux au bar avant de monter à ma chambre, autant pour la compagnie que pour le goût de la bière. Pour un homme de ma partie, il y a beaucoup à apprendre dans un lieu nouveau en bavardant un peu, en écoutant beaucoup, et Maidensmere était assez petit pour qu'un inconnu suscite un certain intérêt chez ses habitants.

À ceux qui me demandèrent ce que j'étais venu faire à Maidensmere, je répondis plus ou moins la vérité :

j'étais là pour effectuer un travail à la demande de Lionel Maulding et je logerais à Bromdun Hall jusqu'à ce que je m'en sois acquitté. La nouvelle de la disparition de Maulding ne semblait pas s'être déjà répandue, ce qui témoignait de la loyauté de la gouvernante, Mme Gissing, et du goût de Maulding pour la solitude. Apparemment, on le voyait rarement au village et ses voisins le considéraient, au pire, comme un inoffensif excentrique. Il faut dire que je me trouvais dans le vieux royaume de l'East Anglia, qui s'est toujours considéré comme quelque peu différent du reste de l'Angleterre. On y est très tolérant pour ceux qui préfèrent vivre à l'écart ou être différents. Si Lionel Maulding souhaitait mener une existence solitaire, il y avait dans cette région beaucoup d'autres personnes qui lui ressemblaient et partageaient son point de vue, à défaut de sa richesse. Je ne repérai aucun échange de regards lourds de sous-entendus quand je prononçai son nom, et personne ne s'éclipsa dans la nuit avec un air coupable. De tels indices sont juste bons pour les histoires du détective Sexton Blake publiées dans l'*Union Jack*, et c'est pour cette raison que deux pence suffisent pour les acheter. Le monde réel, lui, est gris de complexité.

Je n'entendis, concernant Maulding, qu'une seule remarque, que je ne saisis pas et qui amusa les gens du village :

— Alors, vous êtes comptable ? dit l'aubergiste, tout en favoris, visage rougeaud et jovial, après que j'eus mentionné la raison de ma présence.

Avec un clin d'œil à son public, il insista :

— Un comptable[1], hein, les gars ?

1. En anglais *bookkeeper*, littéralement « gardien de livres ».

Tout le monde s'esclaffa et les rires redoublèrent quand on constata à mon expression que je ne comprenais pas l'allusion.

— Vous verrez, monsieur, reprit l'aubergiste. C'est pas pour dire du mal, mais vous verrez.

Il partit annoncer la fermeture du bar, et je montai me coucher.

Je dormis peu cette nuit-là, ce en quoi elle ne différait pas des autres. Je ne me rappelais pas la dernière fois où j'avais dormi à poings fermés du soir jusqu'à l'aube. Je me plaisais à penser que j'avais appris à survivre avec moins de sommeil qu'il n'en fallait aux autres, mais survivre n'est pas vivre. Ce ne fut que peu avant le lever du soleil que je réussis enfin à grappiller quelques moments de sommeil ininterrompu. Je ratai l'heure du petit déjeuner, mais la femme de l'aubergiste avait mis de côté pour moi du jambon, des œufs, et gardé au chaud une bouilloire d'eau pour me faire du thé. Elle parla pendant que je mangeais et je ne demandais pas mieux que de l'écouter. Beaucoup plus jeune que son mari, elle avait perdu un frère dans la bataille de la Somme. Elle espérait, me confia-t-elle, se rendre un jour sur sa tombe et elle voulut savoir à quoi ressemblait le paysage de là-bas.

— Il n'en restait pas grand-chose quand je suis parti, répondis-je, mais je présume que l'herbe a repoussé et qu'il y a maintenant des fleurs dans les prés. Quelques arbres ont peut-être survécu. Je ne sais pas. En tout cas, ce ne sera plus le même qu'avant. Pour personne.

— Et vous ? me demanda-t-elle avec douceur. Vous devez aussi avoir perdu quelqu'un ?

Elle avait déjà deviné la réponse. Elle n'aurait pas posé la question, sinon. Les femmes savent deviner les absences.

— Nous avons tous perdu quelqu'un, dis-je avant de me lever en m'essuyant la bouche et les mains.

Je sentis qu'elle avait envie de me poser d'autres questions, mais elle s'en abstint et déclara plutôt :

— Le chagrin et la perte, c'est vraiment étrange, hein ?

— Je ne suis pas sûr de vous comprendre…

— Je veux dire qu'on a tous souffert de cette guerre, qu'on a tous dans notre vie des béances qu'occupaient autrefois ceux qu'on aimait, mais aucun de nous ne l'éprouve de la même façon, dit-elle, le regard fixé loin de moi, loin de l'auberge. Quand on en parle – *si* on en parle – personne ne comprend vraiment, même si on parle à quelqu'un qui vit aussi avec une perte. C'est comme si on donnait des versions différentes d'un même message et que les mots importants avaient un sens un peu différent pour chacun de nous. Tout a changé, n'est-ce pas ? C'est exactement ce que vous disiez : le monde ne sera plus jamais comme avant.

— Vous voudriez qu'il le soit ?! Les graines de la guerre avaient été semées dans l'ancien monde. La seule bonne chose qui soit sortie de tout ça, c'est peut-être que ces graines ont été balayées de cette terre et qu'elles ne germeront plus jamais.

— Vous y croyez vraiment ?

— Non.

— Moi non plus. Mais il faut bien espérer, non ?

— Oui, dis-je. Je suppose que oui.

Mme Gissing arriva peu après. C'était une petite femme austère d'un âge indéterminé – probablement entre la quarantaine et la cinquantaine –, toute vêtue de noir. La femme de l'aubergiste m'avait révélé que la gouvernante avait perdu deux fils à la guerre, l'un à Verdun, l'autre à Ypres, et qu'elle vivait à présent tout à fait seule puisqu'elle était devenue veuve quand ses fils étaient encore en bas âge. L'auberge se trouvait à un kilomètre et demi environ de Bromdun Hall et, après que Mme Gissing m'eut informé qu'elle s'y rendait généralement à pied, je décidai d'en faire autant et l'accompagnai.

Il fallait traverser le village et, s'il y eut l'habituel échange de salutations, personne ne me demanda mon nom et encore moins la raison de ma venue, et je ne pus que supposer que ceux qui l'ignoraient s'en fichaient, et que ceux qui ne s'en fichaient pas l'avaient apprise par les types qui m'avaient tenu compagnie au bar la veille. Sur la place du village, un monument aux morts se dressait au milieu d'un carré de gazon. On avait déposé des fleurs à sa base. Mme Gissing gardait le visage tourné de l'autre côté, comme si elle n'eût pas supporté de le voir. J'aurais peut-être dû rester silencieux mais, comme Quayle l'avait souligné, j'avais pour déplorable défaut d'exprimer parfois ce que j'avais en tête, et la femme de l'aubergiste avait mis mes pensées en branle.

— Toutes mes condoléances, pour vos fils, dis-je.

Ses traits se crispèrent un instant, comme en réaction à une douleur physique, puis reprirent leur expression première.

— Douze garçons ont quitté ce village, neuf ne sont jamais revenus, déclara-t-elle. Et ceux qui sont rentrés avaient perdu quelque chose d'eux-mêmes, là-bas, dans la boue. Je ne comprends toujours pas le sens de tout ça.

— J'étais là-bas et je ne le comprends pas non plus.

Ma réponse la fit se radoucir – juste un peu.

— Vous étiez à Verdun ou à Ypres ?

Sa voix était empreinte d'une sorte d'espoir, comme si j'allais peut-être lui annoncer que j'avais connu ses fils, qu'ils parlaient souvent d'elle, et que leur mort avait été rapide, mais j'en étais bien incapable.

— Non. La guerre s'est terminée pour moi à High Wood.

— Je ne sais pas où c'est.

— Dans la Somme. Les Français l'appellent le bois des Fourcaux. Un nom qui viendrait du mot « fourche ». Il y avait à proximité un lieu appelé Delville Wood, que les hommes surnommaient Devil's Wood, le bois du Diable. On ne l'a pas « nettoyé » après la guerre et l'on dit que des milliers de corps sont encore enfouis sous les arbres.

— Vous avez laissé des amis là-bas ?

— J'y ai tout laissé. Enfin, c'est sans importance, je suppose. Les morts n'ont plus besoin qu'on s'occupe d'eux.

— Je ne sais pas si c'est vrai. Moi, je parle à mes fils et je sens qu'ils écoutent. Ils écoutent, les morts. Ils écoutent toujours. Que peuvent-ils faire d'autre ?

Mme Gissing n'en dit pas davantage.

Bromdun Hall était une immense bâtisse au milieu d'un terrain de près de trois hectares, et chaque pouce de l'édifice parlait d'un lent délabrement. Je sentis les courants d'air qui le parcouraient dès que je l'aperçus. Je ne pouvais imaginer qu'une femme seule pût entretenir une résidence de cette taille, même avec l'aide de son occupant, mais Mme Gissing précisa que la plupart des pièces servaient uniquement de remise. Ses fonctions consistaient à préparer trois repas par jour, à faire la lessive, et à maintenir quelques pièces propres et habitables. M. Maulding n'avait, semblait-il, quasiment pas d'autres exigences. Elle manifestait une vive affection à son égard et paraissait sincèrement inquiète du sort de son maître. Lorsque je lui demandai si elle avait envisagé à un moment quelconque d'appeler la police, elle répondit que Quayle lui avait expressément ordonné de n'en rien faire. C'était à lui qu'elle avait fait part en premier de ses craintes. Le neveu, M. Forbes, n'avait été avisé de la disparition de son oncle que plus tard, quand il était passé à Bromdun Hall, comme il avait coutume de le faire lorsqu'il avait besoin d'argent, et Mme Gissing avait bien été forcée de l'informer de la situation.

J'appris d'elle que Maulding s'était rendu à Londres plusieurs fois dans les mois qui avaient précédé sa disparition, voyages dont Quayle semblait ne pas être au courant puisqu'il ne m'en avait pas parlé. La gouvernante avait été étonnée de ce changement dans les habitudes de son maître, sans toutefois lui en faire la remarque. Un taxi venait le prendre à sa porte tôt le matin, le conduisait à la gare et le ramenait chez lui après l'arrivée du dernier train de Londres. Maulding avait fait trois fois l'aller-retour, en avertissant chaque fois la veille Mme Gissing de ses intentions.

— Se pourrait-il qu'il soit allé à Londres une fois de plus sans que vous le sachiez et qu'il ne soit pas revenu ? demandai-je.

— Non, répondit-elle d'un ton qui ne souffrait pas la contradiction. Il prenait toujours le même chauffeur, il me faisait toujours part de son emploi du temps. C'est un homme fragile, M. Maulding. Il a eu la polio enfant et en a gardé la jambe droite tordue. Il ne peut pas marcher longtemps sans avoir mal. C'est une des raisons pour lesquelles il se déplace si peu. C'est trop pénible pour lui.

— Avez-vous une idée de l'endroit où il pourrait être allé, à Londres, ou de la personne qu'il y aurait rencontrée ?

— Il ne me faisait pas ce genre de confidences.

— Avait-il des ennemis ?

— Seigneur, non ! Il n'avait pas d'amis non plus – non parce que quelque chose n'allait pas chez lui, se hâta-t-elle d'ajouter. Il avait tout ce qu'il lui fallait ici.

D'un geste, elle indiqua la maison qui se dressait maintenant devant nous.

— C'était…

Elle se corrigea aussitôt :

— C'*est* son foyer. Comme il n'avait pas envie d'en sortir pour voir le monde, il a trouvé un moyen d'amener le monde à lui.

Je trouvai la formule étrange, et je n'en compris le sens qu'en entrant.

Il y avait des livres partout : sur le sol, dans l'escalier, sur des meubles fabriqués ou non à cette fin. Il y avait des étagères dans le couloir central, dans les pièces d'en bas, dans celles d'en haut, et même dans la salle de bains et la cuisine. Tant de volumes que si l'on avait pu extraire la structure même du bâtiment, son squelette, murs et planchers, brique et mortier, la forme de la demeure aurait encore été visible pour un observateur, mais composée entièrement de livres. Je n'avais jamais rien vu de tel. Même les salles de lecture de la British Library ne soutenaient pas la comparaison. Cerné par tous ces ouvrages, on aurait juré qu'il ne se pouvait trouver au monde d'autre lieu aussi envahi par le mot imprimé que la maison de Lionel Maulding.

En parcourant Bromdun Hall, Mme Gissing sur mes talons, j'examinai les titres. Il y avait des livres sur tous les sujets, et dans toutes les langues importantes. Certains étaient si grands qu'on avait fabriqué des tables spéciales pour les poser dessus, et qu'il aurait fallu deux hommes pour les déplacer sans risque. D'autres, tout petits, logeaient dans des vitrines, avec sur l'un des côtés une loupe pendant au bout d'une chaînette pour que leurs caractères minuscules deviennent lisibles.

— Stupéfiant, dis-je finalement.

— Il en arrive d'autres chaque jour. J'ai laissé les derniers dans la bibliothèque, en attendant le retour de M. Maulding.

Pour la première fois, Mme Gissing montrait quelques signes de désarroi. Sa voix se brisa, ses yeux s'embuèrent.

— Vous le retrouverez, n'est-ce pas, monsieur ? Vous le ramènerez sain et sauf parmi ses livres ?

Je lui promis d'essayer et demandai ensuite si on avait fouillé le parc. Elle m'assura que cela avait été fait. Ted Willox, le gardien, connaissait bien la propriété. Ses fils et lui étaient les seuls habitants du village au fait de la disparition de Lionel Maulding. Ils avaient soigneusement inspecté chaque recoin du domaine sans trouver trace du maître des lieux.

Willox était absent, il rendait visite à une sœur malade, mais il rentrerait à Maidensmere le lendemain matin. Je priai Mme Gissing de me l'envoyer dès son arrivée. J'étais, je l'avoue, étonné de la loyauté de la gouvernante et du gardien envers Maulding, de leur détermination à protéger sa vie privée alors même qu'ils n'avaient pas la certitude qu'il fût encore en vie. Mme Gissing dut deviner mes pensées car, tandis qu'elle me conduisait à ma chambre, elle se décida de nouveau à parler :

— M. Maulding est un homme bon. Je tiens à ce que vous le sachiez, monsieur. Il s'est toujours montré généreux avec moi. Mes garçons, mes gentils garçons, sont enterrés ici dans le cimetière, et je vais leur parler chaque jour. Il y a toujours des fleurs fraîches pour eux, quelle que soit la saison, et leurs tombes ne sont pas envahies de mauvaises herbes. C'est M. Maulding qui a arrangé ça. Il s'est adressé aux généraux de Londres et ils ont ramené mes fils à la maison pour moi, l'un après l'autre. Tout ce que M. Maulding me demande en échange, c'est de préparer ses repas, nettoyer ses vêtements, faire son lit, et le laisser en paix avec ses livres. Il n'y a aucun mal en lui, il ne doit rien lui arriver de mal.

Je m'apprêtais à lui répondre que ce n'est pas ainsi que tourne le monde quand je me remémorai qu'elle avait enterré deux fils et qu'elle savait mieux que quiconque comment tourne vraiment le monde. Nous étions parvenus à ma chambre, ce qui m'épargna de prononcer une sottise de plus, et Mme Gissing me laissa seul pour tirer de mon petit sac les affaires que j'avais emportées et explorer ce qui m'entourait.

La salle de bains attenante à ma chambre était équipée d'une superbe baignoire à pattes de lion. Je ne me rappelais pas la dernière fois où j'avais pris un « bain » autrement que dans un baquet en fer rempli d'eau à l'aide de casseroles, et je me promis le luxe de mariner longuement dans cette baignoire le soir venu.

Aucune des autres chambres n'était fermée à clé. Comme Mme Gissing l'avait laissé entendre, la plupart servaient de remise et, les seuls objets que Lionel Maulding désirait garder, c'étaient des livres. Je commençais à me faire une idée de l'agencement de cette maison car c'était tout simplement une vaste bibliothèque : ici la géographie, là l'histoire. Trois pièces contiguës accueillaient respectivement des ouvrages de biologie, de physique et de chimie, avec dans la dernière une série d'étagères réservées aux livres abordant ces trois domaines à la fois. Il y avait de nombreuses pièces pour les romans, presque autant pour la poésie et le théâtre. Une partie importante était consacrée à de magnifiques livres d'art, dont plusieurs fort anciens et sans doute très chers. Certains étaient de nature érotique, mais ne semblaient pas avoir été plus lus que les autres.

J'arrivai enfin à la chambre de Maulding. Là encore, des livres occupaient toutes les surfaces et chaque mur était garni d'étagères du sol au plafond, exception faite du mur situé derrière le lit, où une seule étagère recevait les volumes qui retenaient visiblement l'attention de Maulding ces temps-ci. Je remarquai notamment une œuvre de Tacite, un livre sur l'apiculture, un guide expliquant comment cultiver soi-même ses légumes, et deux ouvrages bizarres : Un *Lexique de l'alchimie*, de Martin Rulandus l'Ancien, datant de 1612, et une édition en un seul volume des *Trois Livres de la philosophie occulte* de Henri-Corneille Agrippa. Dans le Rulandus, un signet en cuir marquait une page du « Supplément au Lexique de l'alchimie », où deux paragraphes avaient été soulignés. Un crayon était posé à côté du livre et je supposai que c'était Maulding qui avait tiré ces traits. Ils signalaient deux entrées du lexique, dont l'une suivait l'autre :

ANGES : *Les philosophes alchimistes donnent parfois ce nom à la matière volatile de leur Pierre. Ils disent encore que leurs corps sont spiritualisés et que nul ne parviendra à réaliser le Grand Œuvre s'il ne corporise les esprits et ne spiritualise les corps. Cette opération est la sublimation philosophique et il est certain que le fixe ne devient jamais sublimé sans l'assistance du volatile.*

ANGLE : *La chose qui a trois angles – un terme de science hermétique. Les philosophes disent que leur matière, ou Mercure philosophique, est une substance à trois angles en ce qui concerne les parties dont elle est composée, à quatre angles en ce qui concerne ses vertus, à deux en ce qui concerne sa matière, et à un seul s'agissant de sa racine. Les trois angles sont le sel, le soufre et le mercure ; les quatre angles sont les éléments ; les deux angles le fixe et le volatile, et l'angle unique est la matière lointaine, ou le chaos dont tout provient.*

Ces derniers mots – « *le chaos dont tout provient* » – avaient été soulignés plus énergiquement que le reste, et cependant je ne les comprenais pas davantage. J'achevai d'inspecter la chambre de Maulding sans rien trouver qui pût m'aider à découvrir où il était passé. Je poursuivis ensuite ma fouille de l'étage avant de redescendre enfin à la cuisine, où Mme Gissing préparait assez de nourriture pour subvenir à une famille pendant une semaine puisque je l'avais informée qu'elle n'aurait pas à venir chaque jour à Bromdun Hall tant que j'y séjournerais. Mes besoins, lui expliquai-je, étaient probablement plus modestes encore que ceux de son maître.

— Où M. Maulding passe-t-il le plus clair de son temps ? demandai-je.

— Dans son bureau, monsieur.

Ce n'était guère étonnant, j'aurais pu le deviner sans son aide. J'avais passé la tête par la porte de ce bureau en me rendant à la cuisine, et la seule chose qui le distinguait du reste de la maison, c'était qu'il contenait plus de livres que les autres pièces, encore que la différence fût difficile à percevoir.

— Où se trouvent ses comptes personnels et ceux de la maison ?

— Dans les tiroirs du bureau, j'imagine.

— Il les ferme à clé ?

— Pourquoi le ferait-il ? répliqua-t-elle, l'air surprise par la question.

— Eh bien, certains hommes sont plutôt discrets sur l'état de leurs finances.

— Mais qui faut-il être pour mettre son nez dans les affaires d'un autre ?

— Quelqu'un comme moi, dis-je.

Elle ne trouva rien à répondre à cela, en tout cas rien qu'elle fût disposée à prononcer à voix haute, et je la laissai à ses casseroles pour aller dans le bureau.

## 3

Il me fallut quelque temps pour saisir le système de classement de Maulding, en partie parce qu'il n'y en avait pas en tant que tel : ne se trouvaient là que des tas de papiers, certains plus anciens que d'autres, grossièrement séparés en factures et reçus, tous relatifs à l'année en cours. En passant la main derrière trois encyclopédies, je dénichai des classeurs détaillant ses revenus et dépenses pour les années antérieures. Il réglait la plupart du temps par chèque, quelquefois en liquide, et notait ses dépenses, petites et grandes, dans un petit livre de comptes. Ainsi, au cours de l'après-midi, soutenu par les sandwichs et le thé de Mme Gissing, je me familiarisai avec la façon dont Maulding mettait de l'ordre dans ses finances. Je découvris peu de correspondance personnelle, quelques lettres de requête de son neveu mises à part, puisque l'essentiel du courrier qu'il recevait concernait l'achat et, très rarement, la vente de livres. Apparemment, il était en relation avec des libraires de toute la Grande-Bretagne, ainsi que du continent et d'Amérique.

Ce furent ses acquisitions les plus récentes qui suscitèrent mon intérêt et m'éclairèrent sur la raison de ses voyages à Londres. Maulding avait commencé à s'adresser à deux nouveaux fournisseurs de livres dans les mois précédant sa disparition : Steaford's, libraire de Bloomsbury spécialisé dans les ouvrages scientifiques, et Dunwidge & Fille, maison dont je n'avais jamais entendu parler et qui s'occupait apparemment de livres anciens. Je comptai une trentaine de reçus de Dunwidge, tous pour l'achat en liquide d'ouvrages, dont les titres étaient mentionnés : *The Hermetic Museum*, portant sur ce que l'auteur appelait la « Pierre philosophale », première traduction anglaise en 1893 d'un livre publié à l'origine en latin en 1678 ; *De l'art de prendre les esprits dans des cristaux*, sans date, de Jean Trithème ; le *Grimorium Imperium*, copie d'un livre ayant appartenu à l'alchimiste John Dee, publiée à Rome en 1680 ; *Le Théâtre de l'astronomie terrestre*, d'Edward Kelly, Hambourg, 1676 ; et divers autres de la même veine. Je ne pouvais prétendre être expert en la matière, mais il me sembla que Maulding avait consacré beaucoup de temps, d'efforts et d'argent pour se constituer une bibliothèque de l'occulte, et que Dunwidge & Fille avait été le principal bénéficiaire de cette nouvelle passion. À la différence de Steaford's, plus connu, Dunwidge n'indiquait pas d'adresse sur ses reçus, simplement son nom.

Je fis une pause dans ma lecture. Quelque chose me titillait depuis que j'avais mis le nez dans cette liste d'ouvrages ésotériques. Lentement, je repassai dans toutes les pièces de la maison, examinant les étagères, notant les divisions et subdivisions des sujets. Cela me prit plusieurs heures et, quand j'eus terminé, le jour commençait à tomber. J'avais mal au dos, je voyais quasiment trouble, mais je m'étais forgé une certitude : Maulding n'avait pas de section dédiée à l'occultisme, en dehors des deux livres rangés au-dessus de son lit. Je n'avais pas trouvé trace des volumes qu'il avait apparemment achetés à Dunwidge & Fille. Naturellement, il était tout à fait possible qu'ils m'aient échappé, ou qu'ils aient été mal rangés, la dernière hypothèse me semblant la moins probable puisque Maulding paraissait avoir méticuleusement catalogué sa collection. Je résolus de procéder le lendemain à une autre inspection pour en avoir le cœur net. Comme Bromdun Hall n'avait pas le téléphone, je demandai à Mme Gissing d'envoyer, quand elle rentrerait chez elle, un télégramme à Londres priant Fawnsley de trouver l'adresse de Dunwidge & Fille et de me la communiquer par retour de télégramme le lendemain matin.

Il était maintenant plus de six heures. La gouvernante avait préparé une tourte à l'anguille que je mangeai accompagnée d'une bouteille de bordeaux de la cave de Maulding. Lorsque j'eus terminé, elle me fit couler un bain avant de partir. Je la remerciai de sa gentillesse et me retrouvai seul à Bromdun Hall pour la première fois.

J'allai tâter de la main la température de l'eau, elle était encore trop chaude. N'ayant aucune envie de m'ébouillanter comme un homard, je retournai dans ma chambre et finis la bouteille de vin en attendant que l'eau refroidisse. Pour me distraire, j'avais pris quelques livres sur les étagères, notamment *Bulldog Drummond*[1], de McNeile, récemment publié sous le pseudonyme de Sapper. McNeile avait combattu à Ypres et j'avais admiré les articles qu'il avait écrits pour le *Daily Mail* et *The War Illustrated*, même s'il avait un peu trop doré la pilule à mon goût. En même temps, il les avait rédigés alors que la guerre durait encore, et s'il avait révélé la véritable horreur des combats aucun de ses articles n'aurait vu la lumière du jour.

J'avais lu deux pages de son roman quand je perçus un bruit d'éclaboussement dans la salle de bains.

— Madame Gissing ? appelai-je.

Elle était peut-être revenue pour une raison quelconque et avait pensé à vérifier la température de l'eau pendant qu'elle était là. Pourtant, je n'avais pas entendu la porte d'entrée s'ouvrir et les marches de l'escalier conduisant aux chambres craquaient et gémissaient

1. Traduit en français sous le titre *Le Capitaine Drummond*.

comme des âmes en peine. Le bruit provenant de la salle de bains ne ressemblait pas non plus à celui d'une main brièvement agitée dans l'eau. Il s'interrompait et reprenait, comme celui que pourrait faire une personne se lavant dans une baignoire.

Mme Gissing avait allumé un feu dans ma chambre avant son départ. Je pris un tisonnier dans la cheminée et, l'agrippant fermement, je me dirigeai vers la salle de bains. La porte me parut un peu plus entrouverte que je ne l'avais laissée, mais c'était peut-être mes nerfs qui me jouaient des tours. Quand je m'approchai, le bruit d'éclaboussement se fit plus fort, avant de cesser brusquement, comme si quelqu'un, dans la salle de bains, m'avait entendu approcher et tendait maintenant l'oreille.

De la pointe du tisonnier, j'ouvris grand la porte. Il n'y avait personne dans la baignoire et la surface de l'eau n'était que légèrement troublée. Elle était en revanche d'un jaune écœurant de lait caillé, et recouverte d'une pellicule d'écume. Elle dégageait en outre une odeur de poisson pourri.

Je me tins au-dessus de la baignoire et, me jugeant un peu stupide, je me servis du tisonnier pour sonder l'eau. Je m'attendais à demi à sentir une chair molle céder et à voir monter à la surface un tourbillon de bulles né de l'air expulsé par ce qui se cachait sous l'eau. Il n'y eut pas de bulles et le seul obstacle que rencontra le tisonnier fut le fond de la baignoire. Et il n'y avait nulle autre cachette possible dans la pièce.

J'appelai à nouveau la gouvernante, dont le carrelage des murs répercuta le nom, je n'obtins pas de réponse. L'odeur de l'eau me fit plisser le nez. Ce que j'avais entendu était peut-être de l'eau jaillissant des robinets mal fermés et teintée par la corrosion de la tuyauterie. Pas question de me baigner là-dedans. Comme Mme Gissing m'avait assuré qu'il y avait quantité d'eau chaude à ma disposition, je plongeai sans presque réfléchir une main dans la baignoire pour ôter la bonde.

Quelque chose bougea contre mes doigts. Une chose dure et articulée rappelant la carapace d'un homard. Je ramenai ma main en arrière sans crier, la chaînette de la bonde encore dans mon poing, et je regardai la baignoire se vider. L'eau descendait, descendait, laissant sur les côtés un résidu semblable à l'écume sur une plage après que la mer s'est retirée.

Lorsqu'il ne resta plus qu'une quinzaine de centimètres d'eau, un mouvement vif agita soudain l'entour du trou d'évacuation et une forme brisa la surface. Je crus entrevoir un animal protégé par une carapace noir et rose, avec de nombreuses pattes ainsi que des pinces de perce-oreille, mais plus grandes et plus tranchantes, avant que la créature ne s'introduise dans le trou et n'y disparaisse, bien que son corps m'eût paru beaucoup trop large pour une issue aussi étroite. La tuyauterie gargouilla un moment, puis le silence se fit.

Naturellement, je ne pris pas de bain. Après avoir aussitôt remis la bonde dans son trou, je fis de même pour tous les éviers et lavabos que je pus trouver, davantage pour me procurer une fallacieuse paix de l'esprit que dans l'espoir qu'un bouchon de métal puisse empêcher une telle créature de revenir si elle le décidait.

Assis sur mon lit, je m'interrogeai : qu'est-ce que cela pouvait être ? Un crustacé des Broads, inconnu de moi mais familier aux habitants de la région ? Si j'en parlais à l'auberge de Maidensmere, le patron ferait-il à nouveau un clin d'œil à ses clients en annonçant que j'avais simplement vu un X, ou un Y, et que frit et nappé d'une sauce crémeuse, ou au court-bouillon avec un peu de vinaigre de vin blanc, c'était en fait un mets des plus savoureux ? Pour une raison ou une autre, je soupçonnais qu'il n'en ferait rien. Je sentais un picotement désagréable dans mes doigts, qui avaient touché la chose, et qui me paraissaient rougis et irrités à la lumière de la lampe.

Je finis par m'endormir. Je rêvai des chars de Pulteney qui roulaient inutilement vers High Wood, masses grondantes progressant dans l'obscurité jusqu'à ce qu'elles soient prises dans la lumière des fusées éclairantes et les explosions des obus. Puis leur forme commença à changer, les constructions métalliques laissant la place à des êtres vivants. Ils ne roulaient plus sur de lourdes chenilles, ils avançaient sur de courtes pattes articulées. Les tourelles devenaient des têtes, les canons se transformaient en longs membres étranges crachant du venin par des orifices hérissés de crocs incurvés. Les fusées devenaient des éclairs et le paysage ainsi illuminé était plus terrible encore que le no man's land entre les tranchées, même s'il me semblait presque familier. Je distinguai au loin les ruines d'un village et pris conscience que j'avais devant moi les Norfolk Broads et ce qu'il restait de Maidensmere, le clocher de sa chapelle du XVI$^{e}$ siècle encore intact parmi les décombres. Mais c'était aussi un bourg proche de High Wood, où des corps brisés gisaient dans les ruines, victimes des obus : des vieux, des femmes, des enfants. On nous avait assuré que tous les habitants avaient fui, ce n'était pas vrai.

Je me réveillai en sursaut. Il faisait encore nuit et seul le tic-tac d'une horloge rompait le silence.

Mais il n'y avait pas d'horloge dans la pièce.

Je me redressai. Le bruit provenait de l'autre côté de la porte de ma chambre, que j'avais fermée – oui, à clé, je le reconnais – avant de me mettre au lit. En tendant l'oreille, je me rendis compte que c'était plus un cliquetis qu'un tic-tac. J'allumai ma lampe et empoignai le tisonnier, que j'avais gardé à portée de main pour une telle éventualité. Je me levai et avançai à pas de loup. Le bruit monta en intensité jusqu'à ce que je parvienne à la porte. Il cessa alors soudainement et j'entendis des pas précipités. J'ouvris le battant. Devant moi, il n'y avait que le couloir désert, éclairé jusqu'à l'escalier par ma lampe. Au-delà commençait l'obscurité. Je plissai les yeux mais ne distinguai rien.

J'inspectai la porte. Le bois, autour de la serrure, était éclaté, comme si on avait essayé d'en examiner le mécanisme. Je tendis le bras, passai un doigt dessus. Une écharde se ficha dans ma chair et j'en eus le souffle coupé. J'en serrai l'extrémité visible avec mes dents pour l'extirper et je crachai par terre. Une perle de sang se forma au bout de mon doigt.

De l'obscurité me parvint un reniflement.

— Qui est là ? m'écriai-je. Qui êtes-vous ? Montrez-vous !

Pas de réponse. J'avançai dans le couloir et l'obscurité battit en retraite à chacun de mes pas, ce qui me rappelait désagréablement l'eau de mon bain s'écoulant lentement par la bonde jusqu'à ce que la créature n'eût d'autre choix que de fuir. Quatre, six, huit pas – les ténèbres devant moi cédaient la place à la lumière, les ombres derrière moi progressaient, mais lorsque je parvins à l'escalier l'obscurité fit front et cessa de reculer. Il me sembla qu'elle abritait une forme plus sombre, qui demeurait immobile. Elle était plus grande qu'un homme et légèrement voûtée. Je crus discerner l'ovale de sa tête, bien que ce fût difficile à la lueur tremblotante de la lampe, et ses contours se fondaient dans l'obscurité, de sorte qu'elle lui était à la fois intérieure et extérieure. En son sein miroitaient les reflets d'étoiles invisibles. Elle se tourna et, là où aurait dû être son visage, je crus voir une multitude d'angles tranchants, comme si une plaque de verre noir s'était figée à l'instant même où elle avait volé en éclats. Je sentis une goutte de sang tomber de mon doigt et j'entendis à nouveau le reniflement.

Je reculai et aussitôt l'obscurité repartit de l'avant, et la forme noire avança, elle aussi. Plus vite, maintenant, et ma lampe devenait vaine, l'ombre empiétait sur sa flaque de lumière, l'étouffait lentement. Bientôt elle ne serait plus qu'un faible halo et disparaîtrait tout à fait.

Je lançai le tisonnier. J'avais agi sans réfléchir, mû uniquement par l'instinct et prenant pour cible la masse d'éclats noirs. Le tisonnier tournoya dans l'air et sa lourde poignée heurta le centre de la forme noire. Je crus entendre le bruit d'un million de cristaux fracassés tous ensemble et l'obscurité ondula comme sous l'effet d'une violente secousse. Je fus projeté en arrière, ma tête heurta le sol, mais avant de perdre connaissance je vis la forme noire s'effondrer sur elle-même tandis que se déchirait brièvement le tissu de l'espace et du temps. Par ce trou, j'aperçus des constellations inconnues, un soleil noir, les restes d'un monde mort.

Et le visage de Lionel Maulding hurlant dans le vide.

## 4

Mme Gissing arriva peu après sept heures, suivie d'un homme âgé que je supposai être – à juste titre – M. Willox. Ils me trouvèrent attablé dans la bibliothèque, une tasse de thé fumant devant moi. Mme Gissing en parut contrariée, comme si, en me préparant moi-même un thé, j'avais usurpé sa place naturelle dans l'univers et surtout menacé ses moyens de subsistance, car si les hommes se mettaient à faire le thé ils se risqueraient ensuite à faire la cuisine et la lessive, et la pauvre Mme Gissing et ses consœurs se retrouveraient à mendier dans les rues. Comme pour affirmer que cela ne se produirait pas sans une âpre résistance, elle déclara qu'elle allait me préparer des œufs au bacon, alors que je venais pourtant de préciser que je n'avais pas faim.

— Vous n'avez pas bien dormi ? me demanda-t-elle.

— Non, répondis-je. Dites-moi, madame Gissing, avez-vous déjà passé la nuit dans cette maison ?

J'aurais peut-être dû formuler ma question avec un peu plus de délicatesse, car Mme Gissing crut que son honneur de veuve de bonne réputation venait d'être mis en cause. Après des excuses maladroites de ma part, elle consentit à considérer la question dans l'esprit que je lui avais donné et elle reconnut qu'elle n'avait jamais passé une seule nuit sous le toit de M. Maulding.

— S'est-il jamais plaint d'être importuné par des bruits ?

— Je ne vois pas ce que vous voulez dire, monsieur.

Je ne le savais pas trop moi-même. L'esprit joue des tours bizarres, souvent pour se protéger, et le mien avait déjà commencé à reléguer les événements de la nuit dans l'espace situé entre ce que nous voyons et ce que nous rêvons.

— Il y avait quelque chose dans mon bain hier soir, dis-je. Une sorte d'animal.

Willox intervint pour la première fois :

— Un rat ? On en a eu. Ils trouvent le moyen d'entrer dans des vieilles bâtisses comme celle-là. Je vais répandre du poison.

— Non, ce n'était pas un rat. En toute franchise, je ne sais pas au juste ce que c'était. Il s'est enfui par le trou d'écoulement quand il n'y a presque plus eu d'eau. C'était plutôt un crustacé, je crois.

— Un crustacé ?

— Une sorte de crabe, ou de homard.

Mme Gissing me regarda comme si j'étais fou, et elle avait toutes les raisons de le croire. Willox, lui, semblait indécis et se demandait peut-être si les gens de Londres n'avaient pas un sens de l'humour différent du sien et assurément plus singulier.

— Mais qui mettrait un homard dans votre bain ?! s'exclama la gouvernante. Certainement pas moi.

Comme elle semblait de nouveau prête à prendre ombrage de mes propos, je lui assurai que je ne l'accusais pas d'avoir pour habitude de mettre des homards dans la baignoire d'inconnus.

— Et plus tard, poursuivis-je, j'ai été réveillé par une présence dans la maison.

— Une… présence ? répéta Willox.

— Oui. Je ne peux pas décrire la chose mieux que ça.

— Vous voulez dire un fantôme, monsieur ?

— Je ne crois pas aux fantômes. M. Maulding y croyait, lui ?

— Je ne me rappelle pas qu'il ait évoqué le sujet devant moi, répondit le gardien.

Il se tourna vers la gouvernante, qui haussa les épaules et secoua la tête.

— Je vous pose la question parce qu'il avait récemment entrepris de se constituer une bibliothèque d'occultisme, ce qui laisse penser que quelque chose aurait pu faire naître son intérêt pour cette sorte d'écrits. Il n'a jamais parlé de bruits bizarres dans la maison ?

— Non, répondit-elle.

— Vous a-t-il paru anxieux ces derniers temps, ou fatigué, déprimé ?

— Non.

— Vous pensez que je suis fou, madame Gissing ?

Pour la première fois, elle sourit.

— Je ne saurais dire, monsieur. Mais Bromdun Hall est une vieille et vaste maison, et les vieilles et vastes maisons sont pleines de craquements et de grincements qui peuvent paraître étranges à ceux qui n'y sont pas habitués. Je vais vous le préparer, ce petit déjeuner, vous vous sentirez mieux après.

— Et vous, monsieur Willox ? Vous doutez de ma santé mentale ?

— Je ne vous connais pas assez bien pour avoir une certitude, monsieur, mais vous m'avez l'air plutôt sain d'esprit. Comme le dit Mme Gissing, il faut du temps pour s'habituer à une maison inconnue, surtout aussi ancienne que Bromdun Hall. Moi-même, je me surprends parfois à regarder par-dessus mon épaule quand j'y suis seul. C'est le prix à payer, pour de telles demeures. Elles portent en elles un lourd passé.

Je lui posai quelques questions sur Maulding et il ne put rien ajouter à ce que Mme Gissing m'avait appris.

Il s'enquit alors de son salaire et je lui répondis que je demanderais à maître Quayle de le lui verser. Cela parut le satisfaire, mais il ne se serait pas contenté de cette réponse s'il avait personnellement connu l'avocat. Quayle ne se pressait jamais de payer et les obligations financières de Maulding envers son personnel ne figuraient sans doute pas en tête de liste de ses priorités. Le fait qu'il m'eût accordé une avance prouvait seulement qu'il tenait beaucoup à ce que je retrouve Maulding sain et sauf.

Willox partit s'occuper de la propriété. Des claquements émanaient de la cuisine et l'odeur du bacon frit commença, sans que ce fût déplaisant, à envahir la bibliothèque. Entouré de ces bruits et odeurs, indicateurs de normalité, j'étais de moins en moins sûr de ce dont j'avais été témoin la veille. Rien d'anormal là-dedans : l'esprit perturbé tend à chercher l'explication la plus rationnelle d'un événement. Se comporter autrement, c'est semer des graines de folie. J'avais l'esprit dérangé, traumatisé par la guerre, mais je n'étais pas encore prêt à sombrer totalement dans l'anxiété.

Ce fut à peu près à ce moment-là que j'entendis frapper à la porte. Mme Gissing étant occupée, j'allai ouvrir moi-même et je découvris un jeune employé de la poste venu me remettre un télégramme. Faute d'avoir de la petite monnaie, je lui donnai un shilling pour sa peine et il repartit. Je me demandai si je pourrais faire passer ce shilling dans mes frais et le réclamer à Quayle. J'aurais peut-être dû réclamer une facture.

Le télégramme était de Fawnsley. Sa brièveté tenait au fait qu'il fallait payer chaque mot et que le secrétaire les avait soigneusement comptés. Pas de salutations, rien que l'expression d'un regret sans doute peu sincère de n'avoir pu trouver une adresse précise pour Dunwidge & Fille. Fawnsley avait cependant entendu dire que ces libraires exerçaient leur profession quelque part près de King's Road, à Chelsea, et terminait par cette dernière information :

*IMPORTANT RETRAIT DE FONDS DE MAULDING MOIS DERNIER STOP DIX MILLE £ STOP NON APPROUVÉ PAR QUAYLE STOP ENQUÊTEZ STOP*

Dix mille livres sterling, c'était plus qu'une petite fortune. Il y avait dans la bibliothèque de Maulding un coffre-fort, au contenu duquel je n'avais aucun moyen d'accéder. Il se pouvait que l'argent s'y trouve encore, mais si Maulding avait retiré cette somme sans passer par Quayle – comme il en avait parfaitement le droit, bien que ce ne fût pas dans ses habitudes – cela suggérait un achat que ledit Maulding préférait cacher à son avocat et qui avait dû revêtir un caractère urgent.

L'expérience m'avait appris que les dépenses de nature inhabituelle donnent lieu à des spéculations sur ce qui les a motivées. Par exemple, de petits retraits d'argent dont l'importance et la fréquence croissent lentement peuvent conduire à suspecter un problème de jeu ; des sommes plus importantes et d'un montant régulier suggèrent un intérêt récent pour une dame ou une grue. Un seul gros retrait, notamment si l'homme n'en avise pas son avocat, peut s'expliquer par une opportunité d'investissement d'une légalité douteuse, ou par une tentative de régler un problème.

D'après ce que je savais de Lionel Maulding, il n'aimait ni le jeu ni les femmes et n'était donc pas perturbé par les problèmes que cause un abus de l'un ou de l'autre. Non, le retrait de dix mille livres sterling suggérait un achat. Or, Maulding avait déjà une maison, et il n'y avait pas eu d'apparition soudaine de voitures ou de yachts dans les environs immédiats de Bromdun Hall.

À quoi Lionel Maulding dépensait-il généralement son argent ?

En bouquins.

Et quel livre, voire quels livres, pouvait coûter une telle somme ?

Un livre rare. Un livre très rare.

J'avalai rapidement mon petit déjeuner, je consultai l'horaire des trains avec Mme Gissing et je me préparai à retourner à Londres.

## 5

Je ne me rappelais pas avoir jamais obscurci de mon ombre la porte de Steaford's, principalement parce qu'il n'y avait rien dans cette librairie que je m'estimais capable de lire. Je craignais aussi que cette incompétence ne saute aux yeux dès que je franchirais le seuil de l'établissement et qu'un employé zélé ne surgisse de derrière un comptoir où s'entassaient des ouvrages sur la nature de l'atome, avant de me reconduire poliment dehors pour m'indiquer la direction d'un kiosque à journaux généreusement pourvu en hebdomadaires illustrés. Au lieu de quoi, un homme jeune et courtois ayant la carrure d'un solide première ligne de rugby m'offrit un siège dans un bureau encombré et m'écouta exposer les raisons de ma visite. J'avais emporté plusieurs des reçus établis pour de récents achats de Maulding, mais l'écriture en était affreuse et les rares mots que j'arrivais à déchiffrer ne signifiaient rien pour moi.

L'employé, qui se présenta sous le nom de Richards, pourrait toujours faire carrière dans l'interprétation du vieux sanscrit s'il ne réussissait pas dans la vente de livres, car l'écriture quasi illisible ne lui posa aucun problème.

— C'est de la main du vieux M. Blair, expliqua-t-il. J'ai appris à la lire, avec les années.

— M. Blair serait-il disponible ?

L'expression de Richards devint embarrassée.

— Je crains qu'il n'ait quitté ce monde il y a quelques semaines.

— J'en suis désolé.

— Il avait quatre-vingt-douze ans.

— Je n'en suis pas moins désolé.

— C'est M. Steaford en personne qui l'avait embauché, précisa Richards. Il était le dernier lien avec le fondateur de la maison. Mais il a toujours eu une écriture exécrable.

Revenant aux factures, il fit cette observation :

— Ces achats dessinent un intérêt particulier.

— Lequel ?

— Eh bien, vous avez un exemplaire de la correspondance Leibniz-Clarke, publiée pour la première fois en anglais en 1717, bien qu'il s'agisse à l'évidence d'une édition postérieure. Ce qui intéresse la plupart des lecteurs, c'est la discussion sur la nature de l'espace, et même du temps. Vous avez aussi *L'Analyse des sensations* d'Ernst Mach, publié en 1897. Mach suggère que seules les sensations sont réelles, et rien d'autre, si je l'ai bien compris, mais ce n'est pas tout à fait mon domaine…

Il énuméra d'autres noms qui ne me disaient pas grand-chose – « Planck. Einstein – un type plein d'avenir, celui-là –, puis fronça les sourcils.

— Tiens, il a aussi commandé divers ouvrages de William James. Certains se situent en dehors de ce que nous proposons habituellement : *Compte rendu des discussions de la Société américaine pour la recherche en psychologie, volume 3* ; *Les Formes multiples de l'expérience religieuse* ; *La Volonté de croire…* C'est un choix curieux. Pas inintéressant, mais tout à fait curieux.

J'attendis. Parfois, ma propre patience me stupéfiait.

Richards eut un sourire d'excuse, puis ajouta :

— Désolé. Un sujet fascinant. James se réfère à ce qu'il appelle le « Multivers », un ensemble hypothétique d'univers possibles, dont le nôtre ne constitue qu'un des éléments.

— Et qu'y aurait-il selon lui dans ces autres univers ?

— Je ne suis pas sûr qu'il soit allé aussi loin, mais j'avoue ne pas être un spécialiste de James. Pour en revenir aux achats de M. Maulding, je dirais qu'il s'est intéressé à la nature de la réalité. Un problème complexe, en particulier pour le lecteur ordinaire.

Je remerciai Richards. Je ne pensais pas pouvoir en apprendre davantage dans cette librairie, ou du moins rien que j'aurais une chance de comprendre.

— Une dernière chose, dis-je. Avez-vous entendu parler d'un libraire du nom de Dunwidge, ou Dunwidge & Fille, à Chelsea ?

— Non, je ne crois pas. Mais nous pouvons consulter le jeune M. Blair. Il connaît tous les libraires de Londres.

Par diverses volées de marches, Richards me mena à une petite section uniquement consacrée aux ouvrages de psychologie. Un homme frêle en costume sombre, qui devait bien avoir quatre-vingts ans, faisait tranquillement un petit somme derrière une caisse enregistreuse.

— Le frère du vieux M. Blair ? m'enquis-je.

— Curieusement, non. Ils n'étaient même pas parents et ne s'entendaient pas du tout. Le jeune M. Blair n'a même pas participé à l'achat de la couronne mortuaire.

Richards réveilla avec douceur le jeune M. Blair, qui ne s'offusqua pas du dérangement. En fait, il semblait enchanté que quelqu'un ait souhaité lui parler. Ou peut-être était-il simplement content de s'être réveillé. À cet âge, il approchait du moment où la ligne entre petit somme et repos éternel se fait ténue.

— Je vous présente M. Soter, monsieur Blair. Il a une question à vous poser sur un libraire.

M. Blair sourit et marmonna une volée de mots dans laquelle je réussis à saisir « ravi » et « aider », ce qui était de bon augure.

— Est-ce que par hasard vous connaîtriez un libraire de Chelsea nommé Dunwidge ? demandai-je.

Le visage du jeune M. Blair s'assombrit. Il se renfrogna. Secoua la tête. Leva un doigt et l'agita de manière comminatoire. Une autre volée de mots grommelés jaillit de ses lèvres, se fondit en un long croassement de désapprobation. Finalement, constatant que j'avais le plus grand mal à saisir ce qu'il disait, il parvint à articuler quelques phrases courtes et cohérentes :

— Un homme épouvantable. La fille encore pire. Hmmm… Des occultistes ! Ça sent le soufre. À plein nez. Des livres anciens. Des livres *pernicieux*. Pas de la science. Pas de la science du tout.

Il se pencha et tapota le comptoir de l'index.

— Un monceau d'âneries, déclara-t-il en prononçant cette fois clairement chaque syllabe.

— J'ai besoin de leur adresse, arguai-je. On m'a dit qu'ils sont à Chelsea, peut-être dans King's Road.

Le jeune M. Blair reprit ses marmottements, il mit la main sur un morceau de papier et, d'une élégante écriture moulée, nota une adresse pour moi. Je le remerciai de son aide et m'apprêtais à prendre congé quand il se leva et m'agrippa le bras avec une force étonnante.

— Ne vous approchez pas d'eux, m'implora-t-il. Une sale engeance, ces deux-là, mais surtout la fille !

Après que j'eus renouvelé mes remerciements, il me lâcha et se rassit. Ses yeux se fermèrent et il replongea dans son sommeil.

— Vous savez, me dit Richards, très impressionné, je ne l'ai pas vu aussi excité depuis la mort du vieux M. Blair.

## 6

Je me rendis ensuite à Chancery Lane pour faire état de mes progrès – ou plutôt de leur absence – à Quayle, mais il n'était pas à son cabinet. Il n'y avait que Fawnsley, qui grattait tristement de la plume de son stylo un document farci de jargon juridique, telle une poule cherchant dans la terre un grain de maïs égaré.

— Vous avez mis le temps ! m'assena-t-il en guise d'accueil.

— Comment ça ? répliquai-je. Je ne suis parti que depuis deux jours. Je ne fais pas de miracles.

Fawnsley tapota son calendrier de bureau fait de plusieurs blocs d'ivoire qu'on pouvait faire tourner pour changer le jour, le mois et l'année. *15 octobre*, indiquait-il.

— Votre calendrier se trompe, la date est fausse, affirmai-je.

— Mon calendrier ne se trompe jamais.

Je me laissai lourdement tomber sur une chaise. J'aurais été absent une semaine ?! C'était tout bonnement impossible. J'avais pris le train le 8, j'avais encore le billet dans ma poche, je l'avais gardé pour que Quayle ne conteste pas mes dépenses… Il n'y était plus.

— Vous avez l'air malade, fit observer le secrétaire.

— J'ai des insomnies.

Je regardai à nouveau le calendrier. Impossible. Impossible.

Fawnsley mâchonna une question silencieuse puis ouvrit la bouche :

— Est-ce que vous ne seriez pas…

Il laissa sa phrase en suspens. L'ombre de l'hôpital militaire psychiatrique Craiglockhart pesa sur nous comme si son bâtiment se dressait devant le cabinet de Quayle.

— Non, dis-je. Je vais bien.

Il ne sembla pas me croire et je m'efforçai de paraître indifférent à ce qu'il pouvait croire ou pas.

— Vous avez reçu mon télégramme ? demanda-t-il.

— Oui. Dix mille livres sterling : un homme peut acheter beaucoup de choses avec une telle somme.

— Certes, mais avez-vous découvert ce que l'homme en question s'est acheté ?

— Comme vous ne m'avez informé que ce matin, il me faut un peu plus de temps pour ça, fis-je valoir.

Fawnsley m'adressa à nouveau un regard étonné et je me repris. Je ne voulais pas qu'il annonce à Quayle que j'étais perturbé, ou indigne de confiance. J'avais besoin de son argent.

— Désolé, m'excusai-je pour couper court. J'ai voulu dire que c'est ce matin seulement que je suis parvenu à une hypothèse, sur la base de l'information contenue dans votre télégramme.

— Et quelle est cette hypothèse remarquable ?

— Je pense que Maulding a utilisé cette somme pour acheter des livres…

— *Des livres ?!* s'écria Fawnsley. Il aurait pu s'acheter toute une bibliothèque, avec ça !

— Il en a déjà une. Quand un homme possède autant de livres que Maulding, il cesse de s'intéresser à ceux qu'on peut acquérir facilement, il se met à rechercher les volumes rares, et plus ils sont rares plus ils sont chers.

— Et de quelle sorte d'ouvrages rares parlons-nous ?

Avant même que je puisse répondre, il développa :

— Il ne s'agit quand même pas de littérature dépravée ?! Maulding ne m'a jamais donné cette impression.

— Tout dépend de ce qu'on entend par « dépravé ».

— Ne finassez pas avec moi, mon bonhomme. Vous savez pertinemment ce que je veux dire.

— Si vous pensez à des ouvrages de caractère érotique, alors, non, je ne crois pas que Maulding avait cette faiblesse. Il possède quelques livres de cette nature dans sa bibliothèque, mais ils sont peu nombreux. Il semble plutôt qu'il se soit pris de passion pour l'occultisme, et je n'ai pas retrouvé tous les livres de ce domaine qu'il a achetés. La plupart manquent à l'appel, bien qu'il soit possible que un ou deux aient échappé à mes recherches. Il y a une limite au nombre de titres qu'on peut examiner en un temps donné.

— De l'occultisme ? De l'érotisme ? Vous êtes devenu un véritable expert en une seule semaine, dirait-on. Notre argent est bien dépensé. Nous n'avons pas retrouvé Maulding, mais votre éducation progresse à pas de géant…

Encore ce problème : une semaine. Une semaine.

— Simple bon sens. Dites à Quayle que je prendrai contact avec lui quand j'aurai quelque chose de plus solide à lui offrir.

— Et les reçus ?

— Vous les aurez.

— J'y compte bien. Nous ne sommes pas Crésus, vous savez.

— Cette idée ne m'a jamais effleuré, monsieur Fawnsley. Si c'était le cas, vous auriez investi dans une tenue plus élégante et dans les manières qui vont de pair.

Il parut sur le point de répliquer, se ravisa. Je savais déjà ce qu'il pensait de moi. Un jour, peu après ma sortie de Craiglockhart, je l'avais entendu, par une porte entrouverte, tenter de dissuader Quayle de m'engager. J'avais travaillé pour Quayle avant la guerre, plus ou moins le genre d'enquêtes que je menais maintenant, mais Fawnsley n'était alors que second secrétaire. Le premier secrétaire de Quayle était un type de la vieille école nommé Hayley, qui avait été blessé à Sébastopol et buvait du porto au déjeuner.

« Soter n'est même pas un vrai officier, avait argué Fawnsley, se référant au fait que j'étais sorti du rang. Pire, c'est un homme brisé. »

À quoi Quayle avait répondu : « Il est plus officier que vous ou moi, et un homme brisé peut se relever, en particulier s'il a la volonté de s'amender. »

C'était la raison de ma loyauté envers l'avocat. Il croyait en moi. Cela m'arrangeait aussi qu'il me paie pour mes services – peu, et avec retard, mais il payait.

— Au revoir, monsieur Fawnsley, dis-je.

Je ne me souviens pas qu'il m'ait souhaité bon voyage.

Il faisait déjà nuit quand je me présentai à l'adresse de Chelsea où se trouvait Dunwidge & Fille, marchand de livres. C'était dans un quartier surnommé The World's End, d'après le nom d'un pub situé à l'extrémité ouest de King's Road. Au siècle précédent, il s'y était établi une sorte de colonie d'artistes : Turner, Whistler, Rossetti y avaient vécu et travaillé, et l'endroit avait gardé un peu de son côté bohème.

Dunwidge & Fille semblait toutefois désirer faire profil bas et le seul signe que la maison pût abriter une société était la plaque de cuivre gravée de deux *D* entrelacés. Je sonnai. Au bout d'une minute, un homme chauve portant une veste de costume et un gilet sur une poitrine nue vint ouvrir. Il tenait dans une main une cigarette, dans l'autre un bougeoir de laiton.

— Oui ? dit-il.

— Monsieur Dunwidge ?

— C'est moi. On se connaît ?

— Non. Je suis ici pour M. Lionel Maulding, un de vos clients.

C'était moins un mensonge qu'une vérité approximative.

— Je m'appelle Soter, ajoutai-je.

— Il est tard, mais entrez, si vous venez de la part de Maulding.

Il ouvrit grand la porte et je me glissai dans le hall. La maison, faiblement éclairée, rappelait celle de Maulding par le nombre de livres recouvrant les murs de l'entrée. Un escalier menait aux étages, mais Dunwidge me fit prendre une porte à droite. Je me retrouvai dans la première de deux pièces communicantes qui servaient d'espace commercial, avec des livres sur des tables et des étagères et, dans certains cas, mis à l'abri dans des vitrines ou des bibliothèques grillagées.

— Alors, il vous a envoyé avec sa liste de courses ? me demanda Dunwidge.

Il ficha sa cigarette entre ses lèvres et agita la main droite.

— Donnez-la-moi. Voyons un peu ce qu'il veut, cette fois…

Je ne répondis pas. Il y avait près de la fenêtre de la pièce principale une table sur laquelle était posé un cendrier débordant de mégots. C'était manifestement là que Dunwidge travaillait quand il n'était pas dérangé par un client. Le reste de la table était occupé par plusieurs feuilles de papier couvertes de symboles écrits à la main, selon un code que j'étais bien incapable de déchiffrer. Je les feuilletai, elles m'étaient toutes parfaitement incompréhensibles.

— Qu'est-ce que c'est ?

— Vous pourrez en parler à votre M. Maulding, répondit Dunwidge. Très intéressé, qu'il était, mais je n'avais pas à ce moment-là cette série de soixante folios à lui proposer. Les Manuscrits chiffrés. Un abrégé de magie, on pourrait dire.

— Ils sont en quelle langue ?

— Anglais et hébreu, essentiellement. C'est un cryptogramme par substitution. Pas très difficile à décoder, une fois qu'on a trouvé la clé. Celui-là appartenait à un Adeptus Major de l'Ordre hermétique de l'Aube dorée. Il se serait brouillé avec Berridge à la loge Isis-Urania et avec Crowley, aussi. Je ne lui ferai pas de reproches pour Crowley, c'est pas quelqu'un que je laisserais entrer ici. Un drôle de type, celui-là, et je m'y connais : j'en ai vu défiler, des lascars comme lui, dans ce métier. Bref, une fois que je serai sûr d'avoir tout le lot, je préviendrai votre M. Maulding. Je lui ferai un bon prix, qu'il ne s'inquiète pas pour ça.

Dunwidge alluma une autre cigarette sans m'en offrir une et m'examina d'un œil soupçonneux à travers la fumée.

— D'habitude, il vient lui-même, M. Maulding. C'est plutôt un solitaire, hein ? C'est rare qu'il envoie quelqu'un à sa place.

Je me tournai pour lui faire face et déclarai :

— M. Maulding a disparu. J'ai été chargé de le retrouver.

— Je vois… Ben, il est pas ici.

— Quand l'avez-vous vu pour la dernière fois ?

Dunwidge se livra à un bref exercice de tirage d'oreille et de gonflage de joues.

— Oh, ça doit faire deux, trois mois, peut-être plus, je dirais.

— Vraiment ?

— Au moins.

Je tirai de ma poche une liasse de reçus établis par Dunwidge & Fille.

— C'est curieux, dis-je, parce que tous ces reçus sont plus récents que ça.

— On travaille beaucoup par la poste…

— Je n'en doute pas. Néanmoins, M. Maulding est venu plusieurs fois à Londres le mois dernier et il n'avait pas pour habitude de s'y rendre plus qu'il n'était nécessaire. C'était un homme méticuleux, il gardait ses billets de train, ses notes de taxi, et les additions des repas qu'il avait mangés. Je les ai étudiés, et il semble bien qu'il ait eu plus d'une fois votre maison pour destination.

Je m'attendais à ce que Dunwidge perce à jour mon mensonge, mais il se déroba :

— Bon, je peux me tromper, bien sûr. Il vient toutes sortes de gens, ici, à n'importe quelle heure. J'ai dû le manquer. C'est surtout ma fille qui s'occupe des clients. Moi je reste plutôt dans les coulisses. On a toujours fait comme ça.

— Votre fille est ici, monsieur Dunwidge ?

— Oh, elle est pas loin. Elle devrait pas tarder.

Il tripota quelques livres, les redressa afin qu'ils soient bien alignés au bord de leur étagère. De toute évidence, il regrettait à présent d'avoir été celui qui avait répondu à mon coup de sonnette.

— Vous vous rappelez quels livres M. Maulding vous aurait achetés ?

— Comme ça, de mémoire, non. Vous seriez étonné du nombre de bouquins qu'on vend. Y a beaucoup d'intérêt pour notre domaine, beaucoup.

Il se remit à aligner les dos des livres, les épaules nouées.

— Mais vous tenez un registre, j'imagine ?

— C'est ma fille qui s'en occupe. Moi, je suis un homme de chiffres. Je compte la recette à la fin de la journée et je la mets en sûreté à la banque le lendemain matin.

— Les coulisses et les chiffres, alors… Votre seule lacune côté talents serait la mémoire, semble-t-il.

Il ne laissa pas mon sarcasme le piquer et eut simplement un sourire modeste.

— Je ne suis plus de la première jeunesse, dit-il, son sourire se faisant déplaisant. Ma mémoire a des hauts et des bas, je le reconnais, et c'est une malédiction, vous savez, mais une bénédiction aussi.

Il regarda par-dessus mon épaule droite et je vis sur son visage une expression de soulagement, avec peut-être une trace de peur.

— Ah ! La voilà ! s'exclama-t-il. Je me demandais où t'étais passée, ma chérie. Ce monsieur a des questions à poser sur M. Maulding.

Le sourire se fit rusé quand il s'adressa de nouveau à moi :

— Je vous demande bien pardon, monsieur, mais j'ai déjà oublié votre nom.

— Je m'appelle Soter, dis-je en me tournant vers la fille.

Ce qui me frappa d'abord en elle, ce fut sa robustesse. Ni maigre ni replète, elle avait la carrure de quelqu'un qui a longtemps exercé un métier réclamant d'intenses efforts physiques. J'eus l'impression que si j'avais tenté de lui tâter le bras mon doigt aurait presque aussitôt été arrêté par du muscle dur. Elle était grande pour une femme – près d'un mètre soixante-quinze – et pouvait avoir n'importe quel âge entre trente et cinquante ans. Ses cheveux d'un châtain terne étaient coiffés en un chignon serré maintenu par des épingles. Son visage n'était orné d'aucun maquillage hormis un trait de rouge à lèvres, trop pâle pour son teint, qui lui donnait un aspect exsangue contredisant sa carrure. Elle portait une robe noire à boutons de nacre qui, bien que relativement collante, ne révélait que peu de rondeurs. On aurait presque pu dire qu'elle avait un côté asexué, et cependant cela n'aurait pas été exact. C'était à l'évidence une femme, mais je n'aurais pas davantage envisagé de la séduire que je ne l'eusse fait d'une statue de la reine Victoria. Il y avait en elle un manque de charme qui provenait de son être intérieur. J'avais connu des femmes quelconques, voire franchement laides, qui compensaient leurs défauts physiques par leur esprit et dont la décence et la gentillesse parvenaient à les transformer en adoucissant la rudesse de leurs traits. Ce n'était pas le cas de cette femme. Sa laideur était en elle, et aucun changement de coiffure, aucun recours intelligent aux cosmétiques, aucune robe élégante n'aurait pu la rendre moins perturbante.

— Je suis Eliza Dunwidge, se présenta-t-elle. Ravie de faire votre connaissance, monsieur Soter.

La façon dont elle prononça mon nom me fit penser qu'elle l'avait déjà entendu, alors que je n'avais pas perçu une telle réaction chez son père. Cet individu à l'esprit étroit semblait puiser du courage dans la présence de sa fille et il me toisait désormais, les bras croisés, avec une expression satisfaite, comme pour dire : « Elle va te remettre à ta place, mon gars. La chatte va se jeter sur le pigeon et lui arracher les plumes. Elle va s… »

Comme en réponse à ces pensées imaginées, Eliza Dunwidge fit apparaître ses mains – qu'elle avait jusque-là gardées derrière son dos –, comme pour tordre le cou au volatile le plus proche. Elles étaient fines et délicates, sans rides ni taches. On eût dit des mains de mannequin de vitrine, soudées à ses membres. Ses ongles étaient parfaits et luisaient à la lumière de la pièce.

— M. Maulding est un bon client, dit-elle. Nous sommes toujours impatients de le recevoir ici.

— Il venait souvent ?

— Puis-je vous demander la raison de cette enquête ? Nous sommes d'une extrême discrétion en ce qui concerne nos clients. Vous l'avez peut-être déjà compris, nous prodiguons un service très spécialisé. D'aucuns désapprouvent ce que nous vendons, et c'est la raison pour laquelle nous n'exposons pas notre marchandise dans une devanture de Charing Cross Road.

— M. Maulding a disparu. Personne ne l'a vu depuis une semaine…

Songeant au calendrier de Fawnsley, j'ajoutai :

— … voire plus. Son avocat m'a chargé de le retrouver.

Eliza Dunwidge ne parut pas trop étonnée. Des gens disparaissaient peut-être régulièrement autour d'elle. Il y avait peut-être même dans sa boutique une section intitulée *Gens – désincarnation*. Elle trouva néanmoins en elle les mots appropriés aux circonstances, même s'ils semblaient dépourvus de toute sincérité :

— Vous m'en voyez navrée. J'espère qu'il ne lui est rien arrivé.

— Comme vous le souligniez, c'était un bon client. Vous ne voudriez pas le perdre, j'imagine.

Elle inclina légèrement la tête sur le côté et eut l'air de me considérer sous un nouveau jour, qui ne lui plaisait peut-être pas.

— Non, monsieur Soter, je ne voudrais pas le perdre.

« Je », cette fois, pas « nous ». Intéressant. Il était facile de deviner qui était le patron de cette affaire, qu'on aurait mieux fait d'appeler Dunwidge & Père.

Je m'éloignai d'elle, me plantai devant une vitrine.

— Ces livres sont précieux ?

Elle me rejoignit. Elle ne mettait pas de parfum et son corps dégageait une odeur musquée qui n'était pas désagréable.

— Tout livre est potentiellement précieux. Cela dépend autant de la personne qui veut l'acheter que du livre lui-même. Sa valeur est fonction de son âge, de sa rareté, de son état et, bien sûr, de l'intérêt qu'il suscite – ou simplement du désir que l'on a de l'acquérir. En définitive, certains livres finissent par avoir une valeur sur laquelle tout le monde s'accorde. Les livres de cette vitrine en font partie.

— Vendez-vous souvent des livres dont cette valeur convenue dépasse de beaucoup celle de la plupart des autres ?

— Quelquefois.

— Quel est le livre le plus cher que vous avez en rayon ?

— Je dirais à brûle-pourpoint que des ouvrages d'occultisme du XVIe siècle peuvent valoir des centaines de livres sterling, mais la demande est faible.

— Et pour des milliers de livres ? Vous avez des volumes qui coûtent ce prix ?

— Oh, pas ici, répondit-elle en secouant la tête. Pour vendre une pièce de cette valeur, il faut déjà avoir un acheteur. Nous n'avons pas les moyens de faire l'acquisition hasardeuse d'un livre de cette valeur en espérant simplement pouvoir bien le vendre plus tard. Cela risquerait de nous ruiner.

— Mais il y a de tels livres ?

— Oui, naturellement.

— Sur l'occultisme ?

Elle marqua un temps avant de répondre :

— Quelques-uns.

— Lionel Maulding était-il à la recherche d'un tel livre ?

Elle me regardait fixement. Son visage ne trahissait pas grand-chose de ses pensées, mais je devinais qu'elle se demandait ce que je savais au juste et ce qu'elle pouvait me révéler avant de se mettre à mentir ou de décider de ne plus piper mot. Je comprenais en outre que cette femme d'une force peu commune était également vaniteuse. J'avais senti son dédain dès qu'elle avait posé les yeux sur moi. Être prise à mentir serait une humiliation pour elle et blesserait son orgueil. Garder le silence ne serait guère mieux, car cela reviendrait à admettre tacitement que j'étais sur la bonne piste, et toute enquête ultérieure la mettrait en difficulté. Dans un cas comme dans l'autre, cela signifierait que j'avais gagné la première manche de la partie qui se jouait entre nous. Elle résolut donc de dire la vérité, ou du moins en partie :

— Oui, il cherchait un livre très rare.

— Lequel ?

— C'est un ouvrage si exceptionnel qu'il n'a pas vraiment de titre, ou plutôt qu'on le connaît sous plusieurs noms, dont aucun ne rend tout à fait compte de sa nature profonde – ce qui est tout à fait approprié en la circonstance. M. Maulding n'était au départ même pas sûr de son existence, mais ses recherches montrent qu'il avait commencé à consulter des livres de plus en plus abscons, dont l'obscurité conduisait à d'autres obscurités, comme les branches d'un arbre deviennent de plus en plus fines. Finalement, il ne pouvait qu'aboutir à des livres qui étaient plus des murmures que de vrais livres, des ouvrages contenant en eux des *mythes* de livres.

J'attendis. Elle s'amusait, à présent : les experts adorent les auditoires captifs.

— Le titre sous lequel je l'ai connu, et sous lequel j'en avais entendu une description auparavant, c'est l'*Atlas Regnorum Incognitorum*, traduit généralement par l'*Atlas des royaumes inconnus*, bien qu'on l'ait aussi appelé l'*Atlas des impossibilités géographiques* et l'*Atlas fracturé*. On ne lui connaît pas d'auteur, ni de genèse confirmée. Il est mentionné dans d'autres textes, mais sans références spécifiques à son contenu. C'est un livre dont peu de gens ont entendu parler et que personne n'a jamais vraiment vu.

— Et que contient-il ?

— Des cartes de mondes. D'autres mondes que le nôtre.

— Vous voulez dire des planètes ? Mars, par exemple ?

— Non, je parle de royaumes d'existence, d'univers situés au-delà du nôtre.

— Le Multivers, dis-je, me rappelant une partie de ce que le vendeur de chez Steaford's m'avait raconté.

Je la vis à nouveau changer d'opinion sur moi, malgré mon impression d'être un truqueur puisque je ne me souvenais pas du nom du type qui avait inventé ce mot, pour commencer, et que je n'étais pas sûr d'être capable d'expliquer ce qu'il signifiait vraiment, même avec le canon d'un pistolet sur la tempe.

— Oui, acquiesça Eliza Dunwidge, je suppose qu'on peut lui donner ce nom.

— Et quel en serait le prix si un exemplaire en était offert sur le marché ?

— Ah, mais c'est bien le problème. Il n'y a pas de copies. Il n'y a que l'original et, s'il a jamais existé, il est perdu depuis longtemps.

— Pas de copies ? Pourquoi ?

Je pouvais presque voir dans la tension de son corps les tours et détours de ses pensées. Nous étions arrivés aux limites de ce qu'elle était prête à me dévoiler pour le moment. Elle se décida à prononcer un premier mensonge, et je le sentis. L'odeur même de son corps était différente, elle était plus âpre.

— On ne peut reproduire ce qu'on ne voit pas, déclara-t-elle. Pour créer une copie, il faut avoir en main l'original. Malgré de longues recherches, nous n'avons pas pu satisfaire la demande de M. Maulding.

J'inspirai une bouffée de ce mensonge et je passai ma langue sur mes lèvres pour en apprécier la saveur. Il sentait l'ortie et avait un goût de cuivre.

— Si quelqu'un trouvait cet atlas, et s'il y avait un acheteur, dix mille livres sterling en couvriraient-elles le prix ?

— Cette somme couvrirait le prix de beaucoup de choses, monsieur Soter.

Elle ajouta une étrange remarque, si tant est qu'on pût distinguer des degrés d'étrangeté dans une conversation qui avait pris d'emblée une tonalité bizarre.

— Elle pourrait même acheter une âme.

Eliza Dunwidge prit congé de moi en assurant que son père se chargerait de me reconduire et monta l'escalier d'un pas pesant. Une porte s'ouvrit et se referma au-dessus de nos têtes, puis le silence se fit.

Mais je sentais que, là-haut, elle m'écoutait.

— Ça vous a aidé, j'espère, fit Dunwidge père.

— Un peu. Dites-moi, existe-t-il à Londres d'autres libraires qui proposent des ouvrages similaires ?

— Pas comme nous, mais je peux vous donner des noms. Je vois pas pourquoi je serais le seul à goûter au plaisir de votre compagnie.

Il griffonna quelques adresses sur une feuille de papier à lettres, mais tint à me raccompagner avant de me remettre la liste.

— Bonne soirée, me souhaita-t-il en me dirigeant vers l'obscurité. Faites attention où vous mettez les pieds.

— Nous nous reverrons, je pense.

— J'en informerai ma fille, elle sera ravie.

Là-dessus, il me claqua la porte au nez.

## 7

Je passai une grande partie du lendemain à mettre à profit les noms que Dunwidge m'avait fournis, sans apprendre grand-chose. Je connaissais déjà plusieurs de ces noms puisque je les avais vus sur les reçus de Maulding, mais dans chaque cas il apparaissait qu'il leur avait acheté relativement peu de livres, dont quelques-uns seulement d'une valeur importante. Lorsque je mentionnais l'*Atlas des royaumes inconnus*, j'avais droit à des mines déconcertées ou à un déni de son existence. Par ailleurs, le nom de Dunwidge & Fille provoquait le plus souvent des réactions négatives, sous-tendues par ce que j'interprétais comme un certain degré de malaise.

Steaford's n'était pas encore fermé quand j'y arrivai, car il restait ouvert plus tard que la plupart des autres boutiques de son espèce pour répondre aux besoins des étudiants que leurs cours retenaient toute la journée. Lorsque je demandai à voir le jeune M. Blair, on m'indiqua qu'il était parti prendre son manteau et qu'il sortirait par la porte de devant. Je résolus de l'attendre dehors. La nuit était à présent tombée et le brouillard enlaçait la ville. Je me mouchai le nez pour le débarrasser d'une partie de la saleté de Londres et je me demandai une fois de plus ce que l'air de la grande cité faisait à mes poumons. Eux, je ne pouvais pas les purger aussi facilement.

Le jeune M. Blair émergea de la librairie tel un enfant poussé hors du ventre maternel, arraché à un lieu chaud et intime pour entrer dans un monde extérieur froid et hostile. Il posa un dernier regard affectueux sur l'intérieur du magasin avant de coiffer sa casquette et de l'enfoncer de manière à recouvrir le plus possible ses oreilles. Sa serviette de cuir marron, patinée sans être usée, s'appuyait à sa jambe droite, son parapluie sur la gauche. En m'approchant, je pus le voir s'interroger sur le caractère familier de mon visage jusqu'à ce que la lumière se fasse dans son esprit et illumine ses traits. Il y avait en lui une bienveillance qui me plaisait, le détachement heureux des futilités et de la laideur de la vie propre à celui qui a découvert un domaine pour lequel il n'a qu'amour et gratitude et qui a pu en faire un moyen d'existence.

Après l'avoir salué, je lui proposai de faire quelques pas avec lui, ce à quoi il consentit d'un hochement de tête et d'un marmonnement dans lequel je crus percevoir les mots « naturellement » et « avec plaisir, mon cher », bien qu'il se fût glissé entre eux tant de *Hum*, de *Ah* et de fragments inintelligibles qu'il m'était difficile d'en être sûr. Ensemble, nous prîmes la direction de Tottenham Court Road jusqu'à Oxford Street. Comme nous passions devant le premier des salons de thé Lyons, il huma avec envie les odeurs qui en émanaient et je n'eus pas grand mal à le convaincre d'y pénétrer.

Un nommé Gladys prit notre commande de thé et de sandwichs, et tandis que nous attendions d'être servis le jeune M. Blair, assis les mains croisées dans son giron, un sourire aux lèvres, contemplait l'animation et la vie qui l'entouraient. Le brouhaha de la salle devait résonner à ses oreilles comme un vacarme comparativement au silence quasi monastique de Steaford's, mais il se délectait de tout cet environnement. Je n'avais pas remarqué d'alliance à son doigt et je ne pouvais imaginer que les jeunes employés de Steaford's passaient beaucoup de leur temps libre avec lui une fois que la librairie avait fermé ses portes. Après la disparition de son ennemi juré, le vieux M. Blair, il était devenu le vendeur le plus âgé et il ne se trouvait probablement pas beaucoup de ses collègues pour lui tenir compagnie, même s'ils comprenaient plus qu'une faible partie de ce qu'il disait.

Je me rappelai le regard qu'il avait posé sur la boutique en la quittant. Steaford's était son vrai foyer. Quel que fût l'endroit où, le soir, il posait la tête sur un oreiller, ce n'était qu'une annexe. Loin de la librairie, le jeune M. Blair devait se sentir parfois très seul, supposais-je.

Lorsque nous eûmes mangé nos sandwichs et bu notre thé, il nettoya son assiette en s'humectant l'index et en le passant sur la porcelaine pour que pas une seule miette ne lui échappe ; je proposai alors une part de tarte aux pommes avec de la crème fouettée. De la main, je fis signe à Gladys, qui passait près de notre table, et après une brève résistance de pure forme il accepta, « Oui, de la tarte, ce serait très agréable ». Nous continuâmes donc à manger, Gladys remplit à nouveau notre théière, et lorsque nos estomacs furent bien lestés j'abordai à nouveau le sujet de Dunwidge & Fille.

Le jeune M. Blair gonfla les joues, se gratta le menton, tambourina des doigts sur la table tel un homme envisageant d'acheter un article dont la provenance et la qualité provoquent en lui une profonde méfiance.

— Épouvantable, cette femme, finit-il par lâcher comme s'il avait jamais douté de la conclusion de ses ruminations. Épouvantable, vraiment.

Je lui fis comprendre que je ne le contredirais pas sur ce point, puis expliquai en partie mon problème : une connaissance mutuelle (à ces mots, il se tapota le nez et me fit un clin d'œil théâtral) avait demandé un livre à Dunwidge & Fille (nouveau gonflement des joues, plissement du front, « Une femme épouvantable »), mais l'ouvrage était si peu connu qu'ils n'étaient pas parvenus à le trouver. Étant donné la situation, vers qui notre connaissance mutuelle avait-elle pu se tourner ?

Le jeune M. Blair considéra la question.

— Occultisme ?

— Oui.

— Sale truc. Aurait mieux fait de ne pas y toucher.
— Probablement.
— Rare ?
— Très rare.
— Cher ?
— Extrêmement cher.
— Alors, Maggs, déclara le jeune M. Blair d'un ton assuré. Maggs est l'homme indiqué.
— Il n'a pas de prénom ?
— Si, peut-être. S'en sert jamais. Beau salopard.
Il se pencha par-dessus la table, murmura « Maggs l'Asticot[1] » et hocha solennellement la tête.
— Il est libraire ?
— Ooooh, non, non, non.
Il paraissait offensé de ma suggestion, comme si, en supposant une telle chose, j'avais souillé la réputation de sa profession.
— *Dénicheur* de livres, corrigea-t-il.
— Je ne vois pas trop ce que c'est.
— Il recherche des livres rares. Il les achète pour une somme dérisoire – aux veuves, aux héritiers qui n'y connaissent rien – et les revend à des libraires. La plupart ne le laissent pas entrer dans leur boutique. Ce voleur, *hum*. Cet escroc, *hum*. Mais il sait trouver des livres. Trouve tout ce qui a une couverture. S'y connaît en livres, Maggs. Mais ne les aime pas. C'est toute la différence. Il faut les aimer. Sinon, ça ne rime à rien.
Le jeune M. Blair frotta son pouce contre l'index et le majeur de sa main droite en un geste parfaitement clair.

1. En anglais *maggot*.

— Pour ça, vous voyez ? L'argent, *hum*. Rien d'autre. Aussi mauvais que cette femme, Maggs. Devrait l'épouser !

Il rit de sa plaisanterie avant de jeter un coup d'œil à sa montre de gousset.

— Dois partir.

Il tira un portefeuille de la poche intérieure de sa veste, mais je l'arrêtai :

— En guise de remerciement. Pour votre aide.

— Oh, fit-il.

Et je crus voir ses yeux s'embuer.

— Oh, cher jeune homme. Très gentil.

— Une dernière chose, repris-je alors qu'il rassemblait ses affaires. Où puis-je le trouver, ce Maggs ?

— Princelet Street. Près de la synagogue. Connais pas le numéro. Devrez demander. Très gentil de votre part, je le répète, très gentil.

Me tapotant le bras, il ajouta d'un ton grave :

— Méfiez-vous de Maggs. N'aime pas les livres. Les a peut-être aimés, autrefois, mais il est arrivé quelque chose. Occultisme. Sale truc. Comprenez ?

Je ne comprenais pas, mais je renouvelai mes remerciements et il disparut dans la nuit après m'avoir serré la main.

Princelet Street se trouvait à Whitechapel, près de Spitalfields. Je connaissais cette partie de la ville et, si je me souvenais bien, il y avait deux synagogues dans cette rue : celle dite de Princelet Street et celle qu'on appelait la Chevrah Torah. Je consultai ma montre, il était vingt heures passées. J'avais le choix entre retourner à mon appartement ou essayer de trouver Maggs, le dénicheur de livres. Tout comme le jeune M. Blair – du moins selon la vision que j'avais de sa vie intime – peu de chose m'attendait chez moi et je pris conscience que j'avais peut-être projeté ma propre solitude sur le vieux libraire.

Peu importe, me dis-je. Et je décidai de me mettre à la recherche de Maggs.

## 8

S'il était vrai que personne à Whitechapel ne m'avait dit du mal de Maggs, c'était uniquement parce que aucun de ceux que j'avais rencontrés ne semblait vouloir perdre son temps à parler de lui. J'avais commencé à poser des questions au voisinage de la Chevrah Torah et l'on m'avait dirigé d'un ton bourru vers la synagogue de Princelet, située un peu plus loin dans la rue. Là, mes questions furent accueillies par des regards sombres et, dans l'un des cas, par un énorme jet de salive qui manqua de peu ma chaussure. Finalement, un vieil hassid coiffé d'un *spodik* à l'ancienne m'orienta vers une allée empestant la pisse de chat et l'eau croupie. Une porte ouverte révélait un clapier de logements exigus. Une jeune femme, une prostituée peut-être, fumait une cigarette dehors.

— Vous vivez ici ? lui demandai-je.

— J'y vis – et j'y trime.

La façon dont elle indiqua un escalier d'un mouvement de tête m'ôta les doutes que j'avais pu avoir sur sa profession. Comme je ne mordais pas à l'hameçon, elle tira une longue bouffée de sa cigarette et passa une langue rose sur ses lèvres.

— Z'êtes flic ?

— Non.

— Vous en avez l'air.
— C'est une bonne chose ?
— Pas dans le coin.
— Je cherche un certain Maggs. On m'a dit qu'il habite par ici.
— Il a des ennuis ?
— Pourquoi vous dites ça ?
— Parce que quand des types comme vous cherchent des types comme lui y a forcément des ennuis à la clé.
— Et c'est quel genre de type, Maggs ?
— Le genre que j'aimerais pas baiser avec même s'il avait une bite trempée dans l'or et qu'il me la donnait après pour m'en faire un butoir de porte.
L'image était saisissante.
— J'ai eu toutes les peines du monde à trouver quelqu'un qui ait un mot gentil pour lui, convins-je. Quand il mourra, il n'y aura pas foule à son enterrement.
— Croyez pas ça. Des tas de gens rappliqueront pour être bien sûrs qu'il est clamsé.
— On offre des chaussures de danse pour ce genre d'occasions, paraît-il.
Elle sourit et répondit :
— Si c'est pas vrai, je ferai avec celles que j'ai.
— Il est dans les parages, ce Maggs ?
— Je pense que oui. Il est rentré un peu plus tôt, je l'ai entendu monter. Il tousse beaucoup, le Maggs. Il tousse, mais il crève pas.
— Vous ne l'aimez vraiment pas, hein ?
— Il reluque les femmes comme s'il avait envie de les découper en morceaux et de les vendre au poids. Il pue parce qu'il est pourri en dedans. Il volerait son

odeur à un macchabée et il donnerait pas un sou pour sauver une vie.

Elle finit sa cigarette et la jeta dans l'ombre.

— Numéro 9, dernier étage, dit-elle.

— Vous ou lui ?

— Lui. Moi, je suis au 5, si vous changez d'avis.

— Je ne crois pas, mais merci quand même.

— Pourquoi ? Vous êtes trop bien pour une pute ?

— Non, c'est la pute qui est trop bien pour moi.

Je trouvai quelque argent dans ma poche et lui glissai l'équivalent de ce qu'elle m'aurait demandé pour une passe. Comme pour le petit télégraphiste, je ne réclamai pas de reçu : Fawnsley et Quayle devraient me croire sur parole.

— Vous étiez pas obligé, marmonna-t-elle d'une voix plus douce.

— Ça correspond au temps que vous m'avez fait gagner.

L'argent disparut.

— Faites gaffe à Maggs. Il porte toujours un couteau.

— Pour quoi faire ?

— Se protéger, mais, de quoi, j'en sais rien.

Maggs ne cadrait apparemment pas avec l'image qu'on pouvait se faire du monde du livre, un refuge peuplé de timides et de gens studieux.

— Merci pour l'avertissement.

J'allais la laisser quand une idée me traversa. Je tirai la photo de Maulding de ma poche et la lui montrai.

— Avez-vous déjà vu cet homme par ici ?

Elle la tint dans sa main et l'examina longuement.

— J'ai l'impression que oui, mais il était plus vieux que sur cette photo.

— Quand était-ce ?

— Je suis pas sûre. Moins d'un mois, mais plus d'une semaine, je dirais.

— Il venait voir Maggs ?

— C'est pas moi qu'il venait voir, en tout cas.

Elle me rendit le cliché, retroussa ses jupons pour qu'ils ne traînent pas dans l'eau sale de l'allée et partit chercher la clientèle plus loin. Je la regardai s'éloigner. Elle avait une sorte de beauté dure, mais si elle restait dans sa branche actuelle sa joliesse se fanerait et la dureté prendrait toute la place, passant de la surface au cœur, comme la glace d'un lac. Dans une autre vie, je serais peut-être monté avec elle. J'aurais payé, autant pour sa compagnie que pour le plaisir physique que j'aurais pu en tirer.

Avant la guerre, peut-être. Avant High Wood.

En gravissant l'escalier qui menait à l'appartement de Maggs, je commençai à élaborer un scénario dans ma tête : Maulding prend contact avec Dunwidge & Fille dans le cadre de ses recherches pour l'atlas. Comme ils sont incapables de le satisfaire, il se renseigne ailleurs et finit par tomber sur Maggs. Il lui offre beaucoup d'argent pour cette rareté, plus que Maggs n'en a jamais vu, et le dénicheur de livres entrevoit la possibilité de devenir plus riche qu'il ne l'a jamais rêvé. Il appâte Maulding en lui promettant l'*Atlas* et l'égorge.

Maggs, le dénicheur au couteau.

Maggs l'assassin.

Une histoire nette et sans bavures, bien ficelée, ce qui signifiait probablement que ça ne s'était pas passé comme ça. Pourtant, si la fille avait raison, Maulding était venu chez Maggs, ce qui faisait de celui-ci un maillon dans la chaîne d'événements qui avait conduit à sa disparition.

Parvenu devant la porte du numéro 9, je frappai. Pas de réponse. J'appelai Maggs d'une voix forte et je frappai à nouveau. La porte était fermée à clé, mais une porte close est plus une promesse de sécurité qu'une sécurité véritable. Je pris ma pochette de crochets et ce fut l'affaire d'une minute.

À l'intérieur il faisait sombre. Les doubles rideaux étaient tirés et je ne percevais aucun bruit de présence, ni mouvements ni ronflements. J'appelai une deuxième fois Maggs avant d'entrer, conscient de la réputation de l'homme que je cherchais et du fait qu'il avait un couteau.

J'avançai d'un pas et je me retrouvai directement dans une pièce spacieuse meublée d'un canapé défoncé et de chaises dépareillées. Tout le reste n'était que livres, mais après avoir passé un moment dans la maison de Maulding, puis chez Dunwidge & Fille et Steaford's, je m'étais habitué à voir une profusion de livres occupant tous les espaces disponibles. Il flottait dans l'air des relents de vêtements sales et de peau mal lavée avec, sous-jacente, une odeur de viande brûlée : du porc, peut-être. La peinture des murs était récente, mais je crus distinguer des mots en dessous, comme si l'on avait imparfaitement recouvert un acte de vandalisme.

Une porte ouverte près de la chambre vide menait à une petite cuisine. Un homme y était assis à une table, me tournant le dos. Il portait un gilet sur une chemise grisâtre qui avait dû être blanche et ses pieds étaient nus. Il avait une calvitie, et des cheveux épars adhéraient à son crâne tels des fils de la vierge collés à une pierre.

— Monsieur Maggs ? dis-je.

Maggs, si c'était bien lui, ne bougea pas. Je glissai une main dans la poche de mon manteau pour empoigner ma matraque, mais en m'approchant je constatai que les mains de l'homme étaient posées à plat sur la table et qu'il n'y avait aucune arme en vue.

Je m'arrêtai quand je fus à deux pas de la porte. L'homme ne bougeait absolument pas. Soit il retenait sa respiration, soit il était mort. Je m'avançai encore dans la cuisine et eus confirmation de ma seconde hypothèse.

Le cadavre assis à la table n'avait plus d'yeux et ses orbites se prolongeaient si profondément dans sa tête que si j'avais eu une lampe électrique j'aurais pu, en braquant sa lumière dans les trous, apercevoir l'intérieur de son crâne. Je me penchai et sentis une odeur de brûlé dans les deux orifices, comme si on lui avait enfoncé par deux fois dans le cerveau un tisonnier brûlant. Je tâtai la chair : elle était dure mais non putréfiée, pas encore. L'homme n'était pas mort depuis longtemps.

Sur la table devant lui, entre ses deux mains, une enveloppe. Je la pris et regardai à l'intérieur. Elle contenait cinq cents livres sterling, une somme énorme pour un individu comme Maggs. D'où provenait cet argent ? J'examinai l'enveloppe. Elle était de couleur crème, d'un papier de bonne qualité légèrement strié. Je me rappelai le bureau de Dunwidge & Fille, ses stylos et sa paperasse. Dans mon portefeuille j'avais encore la liste de noms que le père m'avait fournie. Je la dépliai et la posai à côté de l'enveloppe. Le papier était le même.

J'entendis alors derrière moi un trottinement. Je fis volte-face, m'attendant à découvrir un rat, mais j'entrevis des pinces noires et une carapace qui disparaissaient derrière la cuisinière. Une fois remis de ma stupeur, j'attrapai un balai dans un coin de la cuisine et je m'agenouillai. Le sol gluant n'avait pas été lavé depuis des lustres. Je plongeai le regard sous la cuisinière et détectai des signes de mouvement dans l'obscurité. Saisissant le balai par sa brosse d'une main et plaçant l'autre au milieu du manche, je tâchai d'embrocher ce qui était tapi dans l'ombre. Je sentis le bout du balai heurter un corps, qui se tortilla contre le mur. J'appuyai plus fort, mais la créature se dégagea. Elle fila vers la droite, se retrouva acculée dans le coin : je la tenais. Je la transperçai plusieurs fois jusqu'à ce qu'elle cesse de lutter, puis je retournai le balai pour pousser son cadavre dans la lumière.

Elle mesurait un peu moins de vingt centimètres, avec un corps de homard. Sa carapace était d'un rouge laiteux, comme si elle avait survécu à un séjour dans l'eau bouillante d'une marmite. Je comptai douze paires de pattes articulées, pourvue chacune d'un méchant éperon à la première jointure. Les pinces étaient à l'arrière du corps, ce qui accentuait leur ressemblance avec celles du perce-oreille qui m'avait attaqué chez Maulding, mais les multiples yeux qu'elle avait devant faisaient davantage penser à ceux d'une araignée : deux gros globes noirs au-dessus des mâchoires, avec une grappe d'organes plus petits éparpillés autour, comme au hasard. Les mâchoires étaient hérissées de deux rangées jumelles de petites dents aiguës incurvées vers l'arrière, et autour, placées comme les points cardinaux d'une boussole, de quatre extrusions munies de crocs pour couper et déchirer.

Je répugnais à la toucher car des petits poils translucides recouvraient sa carcasse et, même dans la mort, elle relâchait un liquide laiteux avec lequel je ne voulais à aucun prix entrer en contact. Elle dégageait en outre une chaleur, aussi forte que la flamme d'un réchaud, mais dont l'intensité baissait peu à peu. Je la fis pivoter pour mieux voir sa gueule et j'eus l'impression que quelque chose était pris derrière les dents incurvées. Des couverts avaient été abandonnés dans une assiette sale sur le buffet de la cuisine et je m'en servis pour écarter les mâchoires de la créature afin de mieux examiner ce qu'il y avait dans sa bouche. C'était blanc, avec quelques traces de couleur, presque comme un petit œuf, presque comme un…

Laissant choir fourchette et couteau, je reculai en titubant, le cœur au bord des lèvres. J'avais vu tant d'horreurs que je fus surpris d'être encore capable d'être révolté par quoi que ce soit, mais je l'étais, bel et bien.

Logé dans la gueule de la créature, il y avait un globe oculaire, dont je ne pouvais que supposer qu'il avait appartenu à l'infortuné Maggs. Je me tournai vers le cadavre sur sa chaise puis revins à la créature. Je fis le lien entre sa chaleur, qui continuait à décroître, l'odeur de brûlé des orbites vides de Maggs et les deux tunnels percés dans son cerveau. J'avais cru à un tisonnier brûlant enfoncé par deux fois dans son crâne, mais je craignais désormais de m'être mépris. Se pouvait-il que les trous aient été creusés par quelque chose qui se serait *extirpé* de sa tête pour sortir enfin à la lumière ?

Mais pourquoi Maggs n'avait-il pas bougé ? Pourquoi ne s'était-il pas débattu ? Pourquoi se tenait-il bien droit sur sa chaise, les mains posées sur la table devant lui, comme un homme attendant patiemment qu'on lui serve son repas ? Et cette chose, cette abomination, était trop grosse pour ce passage étroit. Aurait-elle pu grossir autant *après*, dans son nouvel environnement ? Mais comment une telle créature pouvait-elle grossir ? Elle avait dû perdre sa carapace, qui gisait peut-être quelque part sur le sol. Si je regardais attentivement…

Deux trous… Ce qui signifiait qu'il y avait une autre créature horrible quelque part dans l'appartement de Maggs. Je me figeai, guettant un bruit révélateur de sa présence. Puis je me mis à explorer du balai les coins obscurs de la pièce et le dessous du buffet. J'allai ensuite fouiller méticuleusement les autres pièces, ôtant même les draps du lit et soulevant le matelas, mais je ne vis aucun signe de la créature. Elle n'était pas parmi les piles de livres, ni tapie en haut des étagères poussiéreuses. Si je ne me trompais pas sur l'origine de la seconde trouée dans le crâne de Maggs, la créature avait réussi, je ne savais comment, à m'échapper.

Je retournai dans la cuisine. Maggs n'avait pas bougé, il ne bougerait plus jamais, et l'argent se trouvait toujours dans l'enveloppe. J'échafaudai donc un autre scénario, lié au premier : Maulding prend contact avec les Dunwidge, qui, à leur tour, lui présentent Maggs, mais il travaille maintenant pour eux, il n'est pas un opérateur indépendant. Ou bien Maggs trouve le livre que Maulding recherche et les Dunwidge lui versent une commission ; ou, plus probablement, il convainc Maulding qu'il a le livre, Maulding apporte l'argent, et une fois que Maggs l'a en sa possession il débarrasse les Dunwidge du vieux bonhomme et touche cinq cents livres sterling pour sa peine. Mais d'où venaient la créature et sa sœur jumelle impossible à retrouver, et comment une créature semblable avait-elle pu apparaître dans la baignoire de Lionel Maulding ?

Je considérai Maggs comme s'il pouvait me donner la réponse.

De fait, il sembla s'y essayer car ses lèvres se mirent à remuer. Son menton frémit, ses lèvres s'écartèrent, mais au lieu de mots ce furent quatre crocs qui émergèrent et forcèrent la bouche déjà raidie à s'ouvrir davantage tandis que j'entendais la mâchoire de Maggs craquer. La tête de la seconde créature apparut dans l'écartement, sa propre gueule mâchant un morceau méconnaissable des entrailles de Maggs.

J'abattis le balai sur le visage du mort avec une telle force que je sentis ses dents se briser et que le manche se cassa en deux. Le corps de Maggs bascula et tomba sur le dos. Le coup avait contraint la créature à battre en retraite dans la bouche du cadavre, à chercher refuge dans son gosier, mais il n'était pas question pour moi de renoncer. Je pouvais voir ses yeux sombres luire dans la gorge de Maggs. Je saisis la partie pointue du balai brisé et l'enfonçai encore et encore entre les lèvres du mort jusqu'à ce que son palais et sa langue soient réduits en chair à pâté, que ses dents aient toutes sauté et que le corps de la créature qui s'était glissée en lui ne se distingue plus du magma.

Puis je fondis en larmes.

## 9

Je ne sais combien de temps je restai assis par terre, dans un coin de la cuisine crasseuse, le corps de Maggs gisant à côté de moi. Durant cette prostration, il me sembla que je sombrais dans ma vie antérieure et que j'en ressortais – non, pas *ma* vie, *mes* vies, et dans chacune j'étais un homme différent : un fils, un mari, un père, un soldat, un malade et maintenant une âme à la dérive. Je sentis et j'entendis à nouveau le manche du balai frapper la chair de Maggs, mais c'était devenu un fusil, dont la baïonnette était enfoncée si profondément dans le sternum d'un homme allongé dans la boue que je dus plaquer mon pied droit contre sa poitrine pour l'en extirper. J'étais accroupi au carrefour du Crucifix, à côté de la statue grêlée du Christ, High Wood au loin, la vallée de la mort devant moi, et ce pilonnage, ce pilonnage incessant. Je me tenais en haut d'un cratère d'obus, un matin de novembre, et je voyais le premier de quarante-sept hommes des bataillons de Londres disparaître dans la boue grise qui les avalerait si totalement qu'ils finiraient par en faire partie, présage de la décomposition à venir.

Et puis j'étais brisé et le monde lui-même se fragmentait.

Craiglockhart : une infirmière poussait mon fauteuil roulant dans une petite pièce privée où un aumônier et un officier attendaient, et quelqu'un me murmura l'impossible : un raid de bombardiers Gotha le 13 juin, une femme, une fille et un garçon enfouis sous les ruines.

Finalement, je me tenais devant un autre trou dans le sol et on y descendait aussi des corps. Je n'avais pas été autorisé à voir les dépouilles avant qu'on visse les couvercles des cercueils, comme si je n'avais jamais vu avant des êtres humains réduits en bouillie et des os fracassés par des bombes, comme si ce que j'imaginais ne pouvait pas être pire que la réalité de ce qu'on leur avait infligé.

Si je ne suis ni un mari, ni un père, ni un soldat, qu'est-ce que je suis ?

Qui suis-je ?

Je songeai à prévenir la police, mais le bon sens prévalut. Maggs était défiguré et c'était ma faute. La créature morte restée sur le sol avait fini par se refroidir. Elle s'était transformée en une coque desséchée et, quand je la touchai du bout de ma chaussure, elle s'effrita comme un bloc de cendres. Celle qui s'était logée dans la gorge de Maggs s'était désintégrée de la même façon, revêtant la bouche et le gosier d'une poussière sombre. Si je faisais venir la police, elle m'accuserait d'avoir mutilé et assassiné le dénicheur de livres. Je me rappelai la fille qui m'avait indiqué le numéro de son appartement. Elle ne connaissait pas mon nom, mais elle saurait me décrire, et je ne lui avais pas donné assez d'argent pour acheter son silence. Maggs ne devait pas peser bien lourd et, si nous avions été dans un endroit écarté, je l'aurais porté hors de l'immeuble pour le faire disparaître, mais je ne pouvais pas parcourir les rues de Spitalfields et de Whitechapel avec un cadavre sur le dos.

On frappa à la porte de l'appartement. Je ne réagis pas. Nouveaux coups, suivis d'une voix de femme :

— Monsieur ? Monsieur ? Ça va ?

C'était la fille de l'allée.

— Monsieur ?

Je me relevai. Si je ne répondais pas, c'était peut-être elle qui déciderait d'appeler la police. Je n'avais pas le choix, je devais aller ouvrir.

J'entrouvris la porte, juste assez pour que la fille puisse constater que j'allais bien, tout en l'empêchant de voir ce qu'il y avait derrière moi. Elle eut l'air à la fois soulagée et intriguée.

— Je me faisais du souci. Maggs…

— A une mauvaise réputation, finis-je pour elle. Il ne la mérite pas, du moins pas en ce moment.

— Vous avez été obligé de le frapper ?

— Non, pas du tout. En fait, il est soûl.

Je fis de la main le geste de boire, car j'avais vu des bouteilles vides de mauvais gin entassées dans un coin de la chambre.

— C'est tout lui, ça, dit-elle en hochant la tête. Je sais pas s'il est mieux à jeun que quand il a bu, ça fait pas vraiment de différence.

— Je vais le mettre au lit et l'allonger sur le flanc pour qu'il ne s'étouffe pas dans son vomi pendant la nuit, puis je m'en irai.

— Vous avez une sale tête. Vous êtes sûr que ça va ?

— Maintenant que vous le dites…

J'avais le visage couvert de sueur, j'en sentais le goût sur mes lèvres.

— Venez donc au Ten Bells, proposa-t-elle. Un whisky vous remettra d'aplomb. Ce sera ma tournée, pour répondre à votre gentillesse de tout à l'heure.

Je fus tenté de refuser et de décamper le plus vite possible, mais un verre me ferait sans doute du bien, et pas la saleté avec laquelle Maggs avait coutume de s'imbiber. Je ne voulais pas non plus éveiller des soupçons en fuyant.

— Vous savez quoi ? J'accepte. Je m'occupe de Maggs et je vous rejoins.

— Vous voulez de l'aide ?

— Non, je peux me débrouiller.

— D'accord. Je vous attends en bas.

Je souris et refermai la porte, retournai à la cuisine et regardai Maggs. Je ne pouvais rien faire pour le moment, mais l'appartement n'était pas loin de la

Tamise. Quand la ville serait endormie, je pourrais le porter jusqu'à la berge comme s'il était ivre mort, à condition de recouvrir son visage, et je le jetterais dans le fleuve. Des jours s'écouleraient peut-être avant qu'on le repêche, et l'on pourrait attribuer l'état de son visage à la longueur de son séjour dans l'eau, ou à l'hélice d'un bateau. En attendant, je pris l'enveloppe aux billets et la fourrai dans ma poche.

Au cas où vous me traiteriez déjà de voleur, laissez-moi vous dire que je n'avais pas l'intention de conserver cet argent, mais de le confier à Quayle pour qu'il le mette en sûreté. C'était l'argent de Lionel Maulding – de cela au moins j'étais sûr – et si je le laissais dans l'appartement il finirait dans la poche d'un autre. Quayle, lui, le garderait pour le remettre à son propriétaire. Il saurait quoi faire. Un instant, j'eus presque envie de lui demander son aide, de lui raconter ce qui s'était passé dans la cuisine de Maggs, mais il ne m'aurait sans doute pas cru et m'aurait peut-être même livré à la police.

Bien que rusé et précautionneux, Quayle n'était pas véritablement malhonnête, et certes pas quand il y avait eu meurtre. J'étais convaincu que me livrer lui ferait de la peine (« Il n'a plus jamais été le même après la guerre, le pauvre »), et il témoignerait peut-être même au tribunal en ma faveur, mais il ne me protégerait pas s'il me croyait coupable d'un assassinat.

Je descendis et rejoignis la fille, qui m'informa qu'elle s'appelait Sally. Je l'escortai jusqu'au Ten Bells, un pub de Commercial Street. L'endroit jouissait d'une certaine notoriété parce qu'on l'associait à Annie Chapman et Mary Kelly, deux victimes de Jack l'Éventreur, quoique plusieurs autres établissements locaux s'enorgueillissent d'un même lien. Il ne me sembla pas approprié de l'évoquer avec Sally et elle n'aborda pas non plus le sujet. Nous parlâmes plutôt de sa vie, en omettant sa profession, et je lui parlai un peu de la mienne, pas beaucoup, sans lui révéler mon vrai nom. Au bout d'une heure, des femmes de sa connaissance firent leur entrée et j'annonçai que j'allais rentrer.

Sally était alors éméchée. Elle essaya de m'embrasser quand je pris congé et me proposa de monter chez elle. Je déclinai l'offre et promis de revenir la voir un autre soir. Elle perça mon mensonge à jour et son expression peinée me fit mal. C'était une bonne fille et cela faisait très longtemps que je n'étais pas allé avec une femme, pas depuis mon autre vie.

En quittant la salle, je réglai une tournée pour elle et ses amies. Sally m'accompagna d'un regard triste et blessé. Je me demande maintenant ce qu'elle est devenue, mais il est trop tard. Il est trop tard pour nous tous.

## 10

Quand avais-je commencé à penser que je devenais fou ? Lorsque la première des créatures avait émergé dans la baignoire ? Quand la forme constituée d'étoiles et de fragments d'obscurité figés m'était apparue dans la nuit ? Oui, j'avais alors failli douter de ma santé mentale, alors que toutes ces choses m'avaient semblé réelles, j'en étais convaincu. Était-ce quand Fawnsley m'avait dit qu'une semaine, et non un jour, s'était écoulée depuis qu'il m'avait envoyé son télégramme ? Peut-être. Oui, c'était peut-être là que j'avais vraiment basculé. La présence des deux autres étranges crustacés dans l'appartement de

Maggs n'avait été qu'une preuve de plus que, si j'étais torturé par mon imagination, c'était d'une manière profonde, et que ma maîtrise de la réalité s'affaiblissait au point qu'il n'y aurait bientôt plus de doute, et que je serais bien avisé d'en finir en me tirant une balle dans la tête pendant qu'il me restait encore un peu de lucidité.

Le moment où je commençai à craindre véritablement pour ma raison, ce fut cependant lorsque je retournai chez Maggs, animé d'un courage d'ivrogne et prêt à jeter son cadavre dans la Tamise, pour découvrir que le dénicheur de livres avait disparu. Son corps ne gisait plus sur le sol de la cuisine.

Et ce n'était pas le pire. L'appartement lui-même avait changé : l'emplacement des meubles, des livres, la disposition même des pièces – tout était différent. La cuisine se trouvait maintenant à gauche de l'entrée, non à droite. Le lit défait était de l'autre côté de la chambre. Il n'y avait plus d'étagères, les livres formaient à présent des piles bien nettes partant du sol.

— Non, dis-je à voix haute, ce n'est pas possible.

Ça l'était pourtant. Je pouvais le constater de mes propres yeux.

Je tâtai la poche de mon manteau : l'enveloppe y était encore. J'examinai les paumes de mes mains et repérai les marques que le manche à balai y avait laissées. J'avais la tête qui tournait, le whisky m'amenait le cœur au bord des lèvres. Je m'assis sur une chaise, près de la fenêtre, et tâchai de me ressaisir.

Je m'étais à peine laissé tomber sur le siège que je détectai un mouvement dans l'obscurité de l'allée, en bas. Je demeurai parfaitement immobile, dissimulé derrière les rideaux salis de chiures de mouches, et je vis

Dunwidge, pour une fois loin du port d'attache de sa fille, s'éloigner dans la nuit.

## 11

Voici maintenant ce qui, selon moi, se passa ensuite.

Eliza Dunwidge fut réveillée par un bruit au rez-de-chaussée de la maison qui abritait tant de merveilleux livres. Une grande partie des volumes les plus précieux étaient déjà emballés dans des caisses, prêts à être emportés, et son père et elle finiraient de préparer le reste dans les vingt-quatre heures. Du moins, quand son père se déciderait enfin à rentrer. Il aurait déjà dû être là, mais c'était un homme qui vivait la nuit et elle n'allait pas commencer à se faire du souci pour lui à son âge.

À nouveau ce bruit : le léger frottement d'un corps sur du cuir, un craquement de bois. Son père serait-il revenu sans qu'elle s'en aperçoive ? Il ne manquait jamais de lui annoncer son retour, quelle que soit l'heure.

Non, il y avait quelqu'un d'autre en bas.

Eliza Dunwidge tira une longue matraque de dessous son lit. Elle avait appartenu à un policier de Liverpool qui avait été révoqué pendant la grève de la police de 1919 et qui était mort peu après. Il avait rendu son uniforme, pas sa matraque. Eliza l'avait achetée à sa veuve en même temps qu'une petite bibliothèque d'ouvrages d'occultisme que le policier avait héritée de son grand-père, et dont lui-même et sa famille ignoraient la valeur. Elle avait fait à la veuve une offre plus qu'équitable puisqu'elle aurait pu obtenir le tout pour bien moins que ce qu'elle avait payé. Eliza n'avait pas pour habitude de tromper les gens. Elle connaissait mieux que personne la nature des livres. Les livres ont des histoires et chacune de ces histoires est une façon de se souvenir.

Et les livres d'occultisme se souviennent mieux que les autres.

Tandis qu'elle descendait l'escalier à pas feutrés, elle entendit les bûches craquer dans la cheminée et vit une lueur de flammes reflétée par les murs. Prise de panique, elle craignit qu'il n'y ait le feu dans la maison et que les livres ne soient en danger. Elle se rua dans la pièce en ne pensant qu'à les sauver.

— Bonsoir, mademoiselle Dunwidge, la saluai-je. Je me demandais quand vous me rejoindriez. Je m'offre une bonne petite flambée, il fait froid cette nuit.

J'arrachai d'autres feuilles au livre que je tenais et je les ajoutai au feu dans la cheminée. L'ouvrage avait pour titre *Le Livre de magie cérémonielle*, d'Arthur Edward Waite, publié à Londres en 1913, bien que, selon l'introduction, il s'agît d'une publication privée ultérieure. Je l'avais choisi parce que les pages en étaient grandes et d'un papier de bonne qualité. Elles brûlaient très bien.

Eliza Dunwidge poussa un cri aigu et se précipita vers moi avec la matraque, mais le cri et l'assaut cessèrent en même temps quand je lui montrai mon arme. Un Luger à canon de dix centimètres, que j'avais prélevé sur un cadavre allemand au carrefour du Crucifix. Je n'avais jamais eu la moindre raison de m'en servir, mais j'étais retourné chez moi le prendre après ma conversation avec Dunwidge père. Je l'avais rattrapé dans Commercial Road et l'avais incité à revenir à l'appartement de Maggs avec moi. S'il s'était révélé d'abord moins coopératif que je ne l'avais espéré, j'avais fini par le convaincre de m'aider dans mon enquête.

« Je sais pas, avait-il répété. Je sais rien. Me demandez pas. »

Il savait quelque chose, pourtant, même si ce n'était pas suffisant.

« C'est l'*Atlas*, avait-il enfin lâché après que j'eus été contraint de le bousculer un peu. C'est l'*Atlas*. Le monde n'est plus le même. »

Et c'était pour cette raison que je me trouvais de nouveau dans les locaux de Dunwidge & Fille. Je pris la matraque et la posai à côté de mon fauteuil : ce serait plus sûr pour moi et pour Eliza si je la gardais à portée de main. Je l'invitai à s'asseoir, ce qu'elle fit en resserrant sa robe de chambre autour d'elle de crainte qu'entrevoir un peu de sa chair n'éveille en moi des pensées lascives. Je l'interrogeai sur la matraque, en grande partie pour savoir si elle ou son père entretenait des rapports particuliers avec la police, ce qui ne m'aurait pas aidé. L'explication qu'elle me donna me rassura sur ce point.

Tout en continuant à braquer mon pistolet sur elle, je fis glisser vers moi de mon pied gauche une caisse de livres et j'en examinai quelques-uns sous le regard anxieux d'Eliza. Ils semblaient beaucoup plus anciens que l'ouvrage de Waite et très soigneusement emballés.

— Vous vous préparez à déménager, dis-je. Pour des locaux plus spacieux, peut-être, grâce à l'argent de Lionel Maulding.

— Nous nous installons à la campagne.

— Puis-je vous demander pourquoi ?

— La ville n'est plus sûre.

— Elle ne l'était certes pas pour M. Maggs. En fait, elle a fini par lui être fatale.

Eliza ne sourcilla pas, mais la présence de son père dans Princelet Street ne laissait aucun doute sur l'implication de sa fille dans ce qui avait causé la mort de Maggs. Le père avait prétendu ignorer ce que Maggs était devenu. Il n'était pas entré dans l'appartement, il n'avait pas emporté le corps. Il ne savait même pas qu'il y avait un cadavre avant que je lui en parle. Curieusement, je l'avais cru.

— Vous avez donné cinq cents livres sterling à Maggs, une grosse somme pour un type comme lui. Pourquoi ?

Elle garda le silence.

Je pris le premier livre de la caisse qui se trouvait à mes pieds et le lançai dans le feu.

— Non !

Eliza se leva d'un bond et, malgré la menace de mon arme, elle faillit bien se précipiter vers la cheminée pour tenter de sauver le volume des flammes.

— Si vous faites un pas de plus, je tire, mademoiselle Dunwidge, l'avertis-je. Je vous loge une balle dans le pied, ou dans le genou, parce que je ne veux pas vous tuer. Mais ça vous fera mal. Très mal. Sachez aussi que je détiens votre père. Son maintien en bonne santé, récemment compromis, est entre vos mains.

À la vérité, je n'avais dû gifler le père que une ou deux fois pour qu'il soit plus disposé à converser avec moi et j'avais eu honte de ma conduite quand il s'était mis à pleurer, mais sa fille n'avait pas besoin de le savoir. Cela dit, j'avais appris qu'il était la créature de cette femme et qu'il ignorait tout de ce qu'elle avait dernièrement manigancé avec Maggs. Elle l'avait simplement envoyé prévenir Maggs de mon intérêt pour

Lionel Maulding et l'inciter à quitter Londres avant que mon enquête ne finisse par me mener à sa porte.

L'allusion au sort de son père suffit à la faire se rasseoir.

— C'est un vieil homme, plaida-t-elle.

— Si vous collaborez, il vivra plus vieux encore.

Elle déglutit et me supplia :

— Je vous en prie, arrêtez de brûler mes livres !

— J'arrêterai si vous parlez, mademoiselle Dunwidge. Dites-moi seulement la vérité sur l'*Atlas*.

## 12

Elle me parla comme si j'étais un enfant :

— Ce livre est un train de réécrire le monde.

En d'autres circonstances, je lui aurais ri au nez, mais son expression disait assez qu'elle ne souffrirait pas ce genre de moquerie et, pour être franc, j'inclinais déjà à la croire : j'avais constaté le chamboulement des pièces chez Maggs, j'avais écouté le témoignage désespéré du père.

— Comment ? Comment un livre peut-il réécrire le monde ?

— Regardez autour de vous, monsieur Soter. Les livres changent constamment le monde. Si vous êtes chrétien, vous avez été changé par la Bible, par la parole de Dieu, ou ce qu'il en est resté après qu'elle a été déformée par les hommes. Si vous êtes musulman, voyez le Coran ; si vous êtes communiste, Marx et Engels. Ce monde est sans cesse transformé par des livres. Le *Manifeste du parti communiste* a été publié en 1848, il y a moins d'un siècle, et *Le Capital* est encore plus récent, et cependant la Russie y a succombé, et d'autres nations tomberont à leur tour.

— Mais ce sont des idées, objectai-je. Les livres les répandent et elles s'implantent dans l'esprit des hommes. Les livres eux-mêmes ne sont pas responsables, pas plus qu'un revolver n'est responsable de la balle qu'il tire, ni une lame de la blessure qu'elle inflige. Ce sont les hommes qui pressent les détentes et jouent du couteau, ce sont les hommes qui changent le monde. Les livres les inspirent peut-être, mais ce ne sont que des objets passifs, ils ne tiennent aucun rôle actif.

Eliza Dunwidge secoua la tête.

— Vous êtes un niais si vous croyez vraiment ce que vous dites. Un livre est un porteur de germes, et les idées contenues entre ses couvertures sont une infection prête à se répandre. Ces germes se multiplient en nous, ils s'adaptent selon leur hôte. Les livres changent les hommes qui, à leur tour, changent les mondes.

— Non, c'est…

Elle se pencha et posa une main sur mon bras. Malgré la chaleur du feu, ce contact me glaça jusqu'à l'os. Je ressentis une douleur physique et je dus prendre sur moi pour ne pas avoir un mouvement de recul.

— Vous ne me croyez pas, constata-t-elle. Vous avez changé, pourtant, depuis notre dernière rencontre. Parlez-moi de Maggs. Dites-moi ce que vous avez vu.

Comment peut-elle être au courant, pour Maggs ? me demandai-je. Cette femme avait quelque chose de surnaturel.

— Il avait dans le crâne des trous prolongeant ses orbites. D'horribles créatures, arthropodes ou crustacés, qui ne ressemblaient à rien de ce que je connais, avaient creusé des tunnels dans sa tête pour sortir par ses yeux. Je les ai détruites, toutes les deux.

— Maggs, soupira-t-elle, avec une pointe de tristesse dans la voix. Il détestait les livres, vous savez. Il n'y voyait qu'une source de richesse. Il aimait la chasse, pas la proie, mais il n'avait pas toujours été comme ça. Il en était venu à avoir peur des livres. Cela arrive, parfois, à ceux qui travaillent dans notre branche si particulière : tous les ouvrages qui nous passent dans les mains ne sont pas admirables en tous points. Nous inspirons la poussière des pires d'entre eux, des gouttes de leur venin, et nous nous empoisonnons. C'est ce qui est arrivé à Maggs. Il dénichait des livres, et plus ils étaient étranges, mieux c'était, mais il ne les lisait pas. Je crois cependant que dans le cas de l'*Atlas* sa curiosité a pris le pas sur sa peur. Il l'a examiné, et quelque chose de ce livre a pris racine dans son cerveau.

— Comment l'avait-il trouvé ?

— Il le cherchait depuis toujours, à l'affût des rumeurs et des moindres bruits bizarres. Maggs était un dénicheur sans pareil, qui voulait réussir là où d'autres avaient échoué avant lui. Et puis Maulding a pris contact avec moi. J'ai tenté de le dissuader de s'intéresser à l'*Atlas*, mais il le voulait à tout prix, lui aussi. Si Maggs était un dénicheur incomparable, Maulding était un collectionneur exceptionnel. Il y avait là une combinaison de forces, une conjonction parfaite de circonstances : l'occasion était trop belle pour le livre, il a choisi de se révéler.

— Vous en parlez comme d'un être vivant, fis-je observer.

— Vous ne comprenez toujours pas. Les livres ne sont pas des objets inertes, ils transmettent des mots et des idées. Leur effet sur chaque lecteur est unique. Ils instillent dans nos esprits des images qui s'enracinent. Vous avez vu Maggs. Vous avez vu ce qui arrive à un homme qui sous-estime un livre, en particulier un livre comme l'*Atlas*.

Je baissai les yeux vers la cheminée, où des volumes brûlaient encore. Je sentais l'odeur de leur reliure de cuir racornie par la chaleur. Leurs pages se recourbaient en s'enflammant, comme si elles se tordaient de souffrance.

— Vous n'avez pas répondu à ma question : comment l'a-t-il trouvé ?

— Il a fini par le découvrir dans le plus improbable des lieux : la collection d'une vieille fille de Glasgow, une femme craignant Dieu qui ne savait rien de l'*Atlas*, pas même qu'il existait, et qui ne put donc lui dire comment elle était entrée en sa possession. Il avait dû se glisser dans des réimpressions sans valeur. Il attendait que son heure vienne, sans laisser quiconque le lire entre-temps. Quand Maggs a mis la main sur l'*Atlas* et compris ce que c'était, il m'a contactée. Il m'a demandé si je pouvais trouver un acquéreur, parce qu'il ignorait que l'acheteur aussi s'était révélé. L'*Atlas*, lui, le savait. Il était prêt.

— Vous avez donc versé une commission à Maggs et remis le livre à Maulding.

— Oui.

— Vous ne l'avez pas trompé ?

— Non. Je suis scrupuleuse sur de tels points.

— Vous êtes morale ?

— Pas morale. Effrayée.

Je ne relevai pas et demandai :

— Vous l'avez examiné ?

— Non.
— Pourquoi ?
— Là encore, parce que j'avais peur.
— Vous ne l'avez même pas vu ?
— Juste un coup d'œil, quand Maulding est venu le prendre.
— À quoi ressemble l'*Atlas* ?
— Il fait environ soixante centimètres sur quarante-cinq, avec une reliure d'un rouge profond, un dos orné de moulures dorées. On a gravé deux mots au fer sur la couverture : *Terrae incognitae*. Terres inconnues.
— Quelle sorte de reliure ? Du cuir ?
— Non, je pense que c'était de la peau.
— D'animal ?
Pour la seconde fois, Eliza Dunwidge secoua la tête.
— Pas… humaine ? dis-je.
— Non plus. Je crois que sa reliure n'était pas de ce monde, et le livre *palpitait* sous ma main. Je pouvais sentir sa chaleur, j'avais l'impression qu'un liquide semblable à du sang y circulait. Il ne voulait pas que je le tienne, il n'acceptait que les mains de Maulding. Maulding était destiné à le posséder. D'une certaine façon, l'*Atlas* lui avait toujours appartenu.

Cette histoire était extraordinaire. Je parvenais à croire que la fille Dunwidge avait trouvé l'*Atlas* et l'avait vendu à Maulding, mais j'avais du mal à admettre le reste : un livre vivant, animé d'intentions, qui s'était caché jusqu'à ce que soient réunis le moment et l'acheteur parfaits.

— Si ce que vous dites est vrai, pourquoi *maintenant* ? Quel changement a poussé le livre à agir ?
— Le monde a changé, répondit-elle. Il s'est transformé sans l'incitation de l'*Atlas*. Le mal appelle le

mal, et les circonstances sont favorables. Vous devriez le savoir mieux que quiconque.

Et je compris.

— La guerre, laissai-je tomber.

— La guerre, répéta-t-elle. Vous vous rappelez la formule de Wells, « La guerre pour mettre fin à la guerre[1] » ? Il se trompait, bien sûr : c'était la guerre pour mettre fin aux mondes, à notre monde. Le tissu de l'existence s'est déchiré : le monde était devenu prêt pour le livre, et le livre était prêt pour le monde.

Je fermai les yeux, et j'entendis le bruit sourd de corps précipités dans un cratère d'obus, et mes propres cris lorsqu'on m'avait appris la mort de ma femme et de mes enfants. Je vis des restes humains difformes exhumés des ruines d'une ferme, toute une famille massacrée par un seul obus, des enfants nés ou encore à naître anéantis par l'explosion et les flammes. Eliza Dunwidge ne se trompe pas, pensai-je. Si tout cela est vrai, laissons le livre s'emparer du monde, car ce qui émergera ensuite ne pourra pas être pire que ce que j'ai déjà vu. La femme de l'aubergiste avait raison : elle ne croyait pas, et moi non plus, que la guerre avait débarrassé la terre de ses graines empoisonnées. Elles avaient germé dans le sang répandu.

— Qui a écrit l'*Atlas* ? demandai-je. Qui l'a fait ?

La fille Dunwidge se détourna et répondit :

— Le Non-Dieu.

— Le diable ?

Elle partit d'un rire rauque, déplaisant.

---

1. H.G. Wells, l'auteur de *La Guerre des mondes*, écrivit en août 1914 une série d'articles qui furent ensuite rassemblés dans un livre portant ce titre.

— Il n’y a pas de diable. Tout ça…

De la main, elle indiqua les ouvrages d’occultisme, déjà ou pas encore emballés, et son geste aurait aussi bien pu condamner chacun d’eux à l’autodafé.

— … c’est autant de fumée et de miroirs, d’amusettes pour ignorants. Ils ont autant d’influence sur la réalité qu’un comédien affublé d’une cape et de cornes qui gambade sur une scène en agitant une fourche. La chose qui a créé le livre est plus puissante et plus terrible que n’importe quel dieu chrétien à trois têtes. Elle possède un million de têtes, ayant chacune un million d’autres têtes. Chaque créature qui se déchaîne contre la lumière en est issue et en fait partie. C’est un univers en soi. C’est le Grand Royaume inconnu.

— Qu’êtes-vous en train de me dire ? Qu’au moyen de ce livre une entité cherche à transformer notre monde en une autre version qui serait sienne ?

— Non, répliqua-t-elle, son visage rayonnant à présent d’un éclat fanatique qui le rendait plus laid encore. Vous ne comprenez pas ? Notre monde a cessé d’exister dès que le livre a été ouvert. Il était déjà agonisant et l’*Atlas* a fait disparaître sa dépouille en substituant ses terres aux nôtres. Nous sommes déjà le Royaume inconnu. C’est comme si un miroir déformant était devenu non le reflet de la chose, mais sa réalité.

— Alors pourquoi ne voyons-nous pas les changements ?

— Vous, vous les avez vus. Pourquoi ? Je l’ignore, mais d’autres les verront bientôt aussi. Quelque part au plus profond de leur psyché, dans la lie de leur conscience, ils le sentent probablement déjà, et refusent toutefois de reconnaître ce qui s’est passé.

Le reconnaître reviendrait à se soumettre à une vérité qui va les dévorer vivants.

— Non. On peut encore faire quelque chose. Je trouverai le livre. Je le détruirai.

— Vous ne pouvez détruire ce qui a toujours été.

— Je peux essayer.

— Il est trop tard, le mal est fait. Ce n'est plus notre monde.

Je me levai et Eliza Dunwidge m'imita.

— J'ai encore une question à vous poser, dis-je. Une seule et je vous laisserai.

— Je la connais.

— Vraiment ?

— C'est la première et la dernière question, la seule qui compte. « Pourquoi ? » Pourquoi j'ai fait ça ? Pourquoi je me suis rendue complice du livre ? Pourquoi, pourquoi, pourquoi ?

Elle avait raison, bien sûr, et je ne pus qu'acquiescer de la tête.

— Par curiosité, poursuivit-elle. Parce que je voulais voir ce qui se passerait. Mais comme Maggs, comme Maulding, je n'ai fait que servir la volonté de l'*Atlas*, consciemment ou non.

Si « Pourquoi ? » était la première et la dernière question, « Par curiosité » était la première et la dernière réponse. Dieu lui-même en avait reçu une version dans le jardin d'Éden, et elle était destinée à rester pour toujours la raison de la fin de toute chose tombée aux mains des hommes.

— Je vous dis que je trouverai un moyen d'empêcher ça, affirmai-je.

— Et moi je vous dis que vous feriez mieux de vous suicider avant que le pire arrive.

Eliza Dunwidge s'écarta de moi jusqu'à ce que ses épaules touchent le manteau de la cheminée. Sa robe de chambre prit feu derrière elle, le tissu s'épanouit en fleurs orange et rouges autour de ses jambes. Puis elle me tourna le dos, me révélant son corps déjà cloqué par la chaleur, l'étoffe collée à la peau, et avant que je puisse réagir elle se jeta la tête la première dans les flammes. Le temps que je la tire hors de l'âtre, son visage était calciné et elle agonisait déjà. Son corps tremblait dans ses dernières affres tandis que ses livres brûlaient autour d'elle, comme par solidarité.

Je les abandonnai aux flammes.

## 13

En m'éloignant de la maison des Dunwidge, j'entendis des cris et des exclamations, des bruits de bris de verre. Je n'avais pas parcouru huit cents mètres que sonnaient au loin les cloches des camions de pompiers.

Je n'avais aucune raison de repasser chez moi. J'avais une arme et j'avais laissé de quoi me changer à Bromdun Hall. Mon enquête ne me retenait plus à Londres. Il me restait néanmoins une tâche à accomplir avant de partir et je pris la direction de Chancery Lane pour me rendre à pied au cabinet de maître Quayle.

J'étais à un kilomètre de ma destination quand j'eus la sensation d'être suivi. Je me retournai et découvris une petite fille vêtue d'une robe bleu et blanc sur le trottoir d'en face, à une dizaine de mètres derrière moi. Comme elle me tournait le dos, je ne pouvais voir son visage. Et puis de la partie obscure entre les becs de gaz, à une distance comparable, mais cette fois du même côté de la rue que moi, un garçon émergea, marchant à reculons. Il portait une culotte courte et une chemise blanche. Ses mouvements saccadés, peu naturels, me firent penser à une image animée lentement projetée à l'envers.

Pour une raison quelconque, le garçon, tout comme la fille de son côté, parut se rendre compte que je l'avais repéré et il s'immobilisa, une jambe en l'air. Ce fut alors seulement que je remarquai que ses pieds étaient nus et étrangement déformés. Cela me rappela des membres humains que j'avais vus dans les tranchées, gonflés par la gangrène, tordus par des fractures osseuses. La fille était elle aussi sans chaussures et elle avait les pieds plats, ce qui lui donnait la démarche d'un grand pingouin pâle.

— Allez-vous-en ! leur lançai-je. Allez-vous-en ! criai-je plus fort. Rentrez chez vous ! Ce n'est pas une heure à traîner dehors pour des enfants !

Mais, au moment même où je prononçai ces mots, j'eus le sentiment que leur chez-eux devait être loin, loin d'ici, ou alors, si Eliza Dunwidge avait dit la vérité, leur foyer était ici, il l'avait toujours été, et c'était moi l'étranger, l'intrus.

Ne voulant pas les perdre de vue, je me mis moi aussi à marcher à reculons et nous aurions offert un spectacle insolite s'il y avait eu quelqu'un pour nous observer. À mesure que je reculais, le garçon et la fille faisaient de même et j'entendais leurs articulations craquer, comme si en ce court laps de temps de la glace s'était formée sur leurs jambes. Le garçon progressait d'un pas irrégulier, ses chevilles se tordant sous lui, tandis que la fille se dandinait, les genoux largement écartés, et elle ressemblait moins désormais à un pingouin qu'à un crapaud ayant accompli l'exploit de se tenir droit sur ses pattes, impression renforcée par sa corpulence, car c'était une enfant bouffie.

Finalement, je me mis à courir. Je l'avoue : je fis demi-tour et je m'enfuis. Je les entendais derrière moi, leurs pieds claquant plus vite sur le sol, et je priai pour que quelqu'un apparaisse, un autre noctambule qui les contraindrait à me laisser tranquille, ou qui me confirmerait au moins par sa simple présence que je n'étais pas encore complètement fou. Mais il n'y avait personne : pas de passants, pas de voitures, pas même un cheval avec sa carriole. La ville dormait d'un profond sommeil, ou peut-être n'y avait-il plus de ville ; le Londres que j'avais connu avait disparu, remplacé par une ombre de lui-même où n'habitaient que des enfants difformes et des hommes sans yeux.

Je courais encore lorsque je m'aperçus que je n'étais plus suivi. Ils étaient partis. Je m'arrêtai, les mains sur les genoux, pour prendre quelques longues inspirations hachées et pénibles. Mes poumons n'étaient plus ce qu'ils avaient été. J'étais parti pour la France à la fleur de l'âge, j'étais maintenant vieux en tout, sinon en années. Devant moi s'étendait le West End : là au moins il y aurait des gens, même à cette heure de la nuit, et l'aube ne devait plus être loin. Je jetai un dernier coup d'œil derrière moi pour m'assurer que j'étais seul et je repartis.

Ils étaient toujours là, bien sûr, j'aurais dû m'en douter. J'avais lu assez d'histoires de fantômes, suffisamment de romans d'épouvante de quatre sous, pour le savoir. Les enfants, si c'étaient bien eux, m'avaient contourné comme une troupe en temps de guerre, pour se procurer l'avantage d'attaquer l'ennemi d'une direction inattendue. Ils furent bientôt à trois mètres de moi, encore dos à moi, mais ils se mirent à tourner lentement, tel un poids suspendu à une corde, jusqu'à ce que je puisse voir enfin leurs visages.

Rejetons monstrueux, bêtes immondes : une volée de petits yeux noirs jetée sur la partie supérieure de leurs traits, une douzaine ou plus, semblables à des raisins secs dans de la pâte. Pas de nez, mais deux fentes séparées par un mince septum et, en guise de bouches, des grimaces sans lèvres révélant des dents de rongeur inégales avec, de chaque côté, des protubérances pointues comme sur les mâchoires venimeuses d'une araignée.

Je n'hésitai pas. Je ne réfléchis pas. Submergé par une peur primale, je braquai mon Luger sur le visage de la fille et pressai la détente. La balle lui traversa le front, ressortit dans un flot de liquide qui n'était pas rouge mais jaune, comme les entrailles d'un insecte. Elle tomba en arrière sans un bruit ; le garçon poussa un cri jailli du plus profond de lui. Il se rua sur moi et je l'abattis lui aussi, mais la fureur de son assaut me prit par surprise et ma balle l'atteignit à l'épaule, le fit pivoter et le projeta à terre, de sorte que je dus l'achever alors qu'il se tordait à mes pieds, claquant des mâchoires comme si, même au seuil de la mort, il désirait me dévorer.

Je traînai leurs corps dans une ruelle et les cachai derrière des poubelles débordantes qui puaient la viande pourrie. Pas le temps d'aller à la police, de donner des explications. Je devais trouver le livre : le trouver et le détruire.

## 14

Fawnsley arriva le premier, comme toujours. Il était un peu plus de huit heures. J'avais longtemps attendu, recroquevillé dans un coin de la cour dont les portes closes, surmontées de fenêtres aux volets fermés, faisaient penser aux visages de géants assoupis. J'avais essayé de pénétrer par effraction dans le cabinet de Quayle, mais la serrure m'avait résisté. L'avocat, je le découvrais, était ladre en tout hormis sa propre sécurité.

J'approchai de Fawnsley par-derrière alors qu'il cherchait ses clés, mais une ombre sur la porte l'avertit d'une présence. Il se retourna et ses traits déjà pâles devinrent plus blêmes encore.

— Vous, dit-il. Qu'est-ce que vous faites ici ?

Sa voix tremblait et les clés tintaient dans sa main tandis qu'il tentait de trouver le trou de la serrure sans me quitter des yeux.

— Je suis venu voir Quayle. J'ai besoin de lui demander quelque chose.

— Vous n'avez rien à faire ici.

— Vous vous trompez. J'ai une tâche importante à y remplir, plus importante que vous ne pouvez l'imaginer. Je sais ce qui est arrivé à Maulding, du moins je le crois. Je touche au but. Je peux tout arrêter. Le monde est en train de changer, mais je peux le ramener à ce qu'il était avant.

— Je ne comprends pas un mot de ce que vous dites. Cela fait des semaines que vous avez disparu. Des semaines ! Vous empochez l'argent, et plus de nouvelles. Pas un mot. Je vous avais prévenu, la dernière fois que vous êtes venu. Je vous ai expliqué ce qu'on attendait de vous.

Son ton indigné sonnait faux à mes oreilles. Il y avait autre chose, quelque chose qui m'échappait, mais mon attention était détournée par ce qu'il disait. Je ne voulais pas que ce soit vrai.

— Comment ça, « des semaines » ? Je vous ai vu il y a quelques jours.

— Vous dites n'importe quoi. Nous sommes le 12 novembre. Vous délirez. Regardez-vous. Regardez ce que vous êtes devenu.

Je m'efforçai de ne pas révéler ma peur. Je m'efforçai de ne pas laisser filer ce qu'il me restait de raison.

— Ce n'est pas moi, expliquai-je, c'est le monde. Regardez ce que le monde est devenu et voyez ensuite ce qu'il m'a fait.

Fawnsley se ressaisit quelque peu, comme si son simulacre de bravoure l'avait abusé lui-même. Sa main cessa de trembler, sa ruse instinctive tempéra sa nervosité.

— Enfin, entrez quand même vous réchauffer, proposa-t-il. Vous savez où est la bouilloire, faites-vous du thé et reposez-vous. Je vais aller chercher maître Quayle. Il est à la Sessions House, aujourd'hui, mais il viendra si je lui parle de votre, *hum,* agitation.

Il déglutit et ajouta :

— Il a beaucoup d'affection pour vous, malgré tout ce qui s'est passé.

La Sessions House était le nom couramment donné au tribunal du centre-ville de Southwark. Comme ce bâtiment était assez éloigné du cabinet de Quayle, cela prendrait du temps à Fawnsley pour aller là-bas et revenir avec Quayle. Le Fawnsley que je connaissais n'aurait jamais fait un tel effort pour moi. Il n'aurait même pas traversé la rue pour m'aider si j'avais trébuché.

Je lui montrai mon arme et une tache sombre apparut à son entrejambe.

— N… non, bredouilla-t-il. Ne faites pas ça.

— Alors, parlez. Et dites la vérité.

Je lui enfonçai le canon du pistolet entre les côtes au cas où il douterait encore de la gravité de sa situation.

— La police, lâcha-t-il. Elle vous cherche. Elle prétend que vous avez tué un homme à Cheapside. On a retrouvé le corps dans la cave d'un immeuble, et une femme, une prostituée, affirme qu'elle se souvient de vous. La police veut aussi vous interroger sur d'autres événements : un incendie et…

Les mots se bloquèrent dans sa gorge, il ne put poursuivre.

— Parlez ! ordonnai-je.

— Des enfants, reprit-il en pleurant. Des enfants morts.

— Ce n'étaient pas des enfants, rétorquai-je. Vous me croyez capable d'assassiner un enfant ?

Fawnsley secoua la tête, mais évita mon regard.

— Non, monsieur. Non, vous ne feriez pas ça.

— Entrez.

Il parvint enfin à faire tourner la clé dans la serrure et à ouvrir la porte.

— Ne me tuez pas, supplia-t-il. Je ne dirai rien.

— Obéissez, et je veillerai à ce qu'il ne vous arrive aucun mal.

— Tout ce que vous voudrez – argent, nourriture… Vous n'avez qu'à demander.

Je le forçai à grimper l'escalier en songeant à la dernière fois où j'avais gravi ces marches, lorsque le monde, déjà fracturé, n'était pas encore tombé en morceaux.

— Je n'ai besoin ni de l'un ni de l'autre, répondis-je. Je veux seulement consulter votre dossier sur la résidence de Maulding.

# 15

Je repartis avec ce que j'étais venu chercher. Les affaires de la famille Maulding avaient été gérées pendant des générations par Quayle et ses prédécesseurs, et le grand-père de l'avocat s'était occupé de l'achat de Bromdun Hall au début du siècle dernier. Par bonheur, les archives soigneusement tenues du cabinet incluaient un plan détaillé de la demeure, et je me dis que j'avais finalement droit à un peu de chance.

J'achetai le *Times* dans High Holborn, il était daté du 12 novembre : Fawnsley avait donc dit la vérité. Je n'avais d'ailleurs jamais vraiment cru qu'il mentait.

La ville semblait se refermer sur moi tandis que je marchais et seule la volonté de Dieu empêchait ses bâtiments de basculer et d'écraser la population sous leurs décombres. Cela aurait pu être une bénédiction pour certains, car les hommes et les femmes parcourant les rues me paraissaient particulièrement nerveux et abattus, oppressés par un ciel bas et la chaleur hors de saison qui s'était installée dès les premières heures.

Un peu après Chancery Lane, le chauffeur d'un omnibus avait mal estimé un tournant et heurté une charrette de livreur, blessant son cheval. La pauvre bête, hennissante et misérable, gisait sur le sol, l'une de ses jambes arrière fracturée si gravement que le fémur avait transpercé sa robe. Le véhicule était un type B, semblable aux centaines d'omnibus réquisitionnés pendant la guerre pour servir de transports de troupes ou d'emplacements mobiles de canons, et même de pigeonniers pour les oiseaux assurant les communications sur le front. L'Omnibus Company avait commencé à remplacer les B par des K et des S, et c'était un miracle que cette relique fût encore en état de rouler tant elle avait l'air déglinguée. Je n'avais pas vu un seul B depuis un an au moins, ce modèle était déjà un anachronisme.

Un vieil homme fumait une cigarette sur le lieu de l'accident, une grosse valise posée à côté de lui.

— Je fais ce trajet depuis des lustres et j'ai jamais vu ça, disait-il, la voix cassée par le tabac. Ce serait à croire que le gars n'a jamais tenu un volant, mais il conduit des omnibus depuis que Tilling a lancé le premier dans Peckham, et ça date pas d'aujourd'hui, ni même d'hier.

— 1904, précisai-je.

— Exactement.

— J'ai grandi là-bas. Je me souviens.

Le chauffeur avait en effet l'air d'un homme d'expérience, mais il était manifestement ébranlé par ce qui s'était passé. Il parlait à voix basse au charretier tandis qu'un agent de police prenait des notes. Je rabattis mon chapeau sur mon visage et fixai le trottoir.

Le vieil homme tira une longue bouffée de sa cigarette et secoua la tête.

— Je l'ai entendu jurer que la chaussée avait rétréci. Je crois qu'il a bu.

D'autres policiers accouraient maintenant, accompagnés d'un homme jeune vêtu d'un costume de tweed taché. D'une main, il portait une mallette noire, de l'autre un pistolet de forme grossière.

— C'est sûrement le vétérinaire de la police, dit le vieux. C'est pas trop tôt. Si j'avais eu une arme, j'aurais mis fin moi-même aux souffrances de cette malheureuse bête.

Instinctivement, ma main saisit la crosse du Luger dans la poche de mon manteau. L'homme me considéra de manière bizarre.

— Vous vous sentez bien ?

— Ça va, affirmai-je. C'est... c'est à cause du cheval. Je n'aime pas voir un animal souffrir.

— Ce sera bientôt fini, prédit le vieux.

Comme pour lui donner raison, le pistolet du vétérinaire claqua, bruit incongru dans une rue de Londres. Je fermai les yeux et crus percevoir l'odeur du sang du cheval.

— Vous feriez mieux de vous asseoir, me conseilla l'homme à la valise, vous allez tomber.

— Non, il faut que j'y aille.

— Comme vous voudrez.

Je me perdis dans la foule, mais je me sentais mal, vraiment mal, j'avais la tête qui tournait, les rues me faisaient peur. Je pris le métro pour Liverpool Street, où je montai dans un train. En fin d'après-midi, j'étais de retour dans le Norfolk. Bromdun Hall était silencieux et verrouillé à double tour. J'essayai d'ouvrir la porte avec ma clé – pas moyen. Je cassai un carreau d'une fenêtre du bureau de Maulding et pus ainsi m'introduire à l'intérieur. Je ne me rendis pas à l'étage, je m'estimais plus en sécurité dans les pièces du bas. Dans la cuisine, je trouvai un quignon de pain rassis que je mangeai avec du thé noir.

Je me mis presque aussitôt au travail, mais les événements des heures précédentes m'avaient éprouvé. Je m'étendis sur le canapé du bureau avec mon manteau en guise de couverture. J'ignore combien de temps je dormis, je sais seulement que la lumière avait changé à mon réveil. La nuit était d'une couleur de mélasse et l'obscurité avait de la substance. Je pouvais la sentir quand j'appuyais mes mains dessus, comme si la nature de la gravitation s'était modifiée et que l'atmosphère conspirait pour m'étouffer.

J'entendis un crissement désagréable, tel celui d'une craie sur un tableau noir. C'était sans doute ce qui m'avait réveillé. Cherchant la source du bruit, je vis une forme bouger contre la fenêtre. Le crissement reprit. Lentement, encore gêné dans mes mouvements par l'air, je m'approchai de la fenêtre. Je serrais dans ma main droite la crosse du pistolet, dont le chargeur contenait encore trois balles.

Des griffures parallèles zébraient deux des carreaux de la fenêtre et le verre était taché d'un liquide noir ressemblant à de l'encre de calmar. Je voulus inspecter le parc, mais il n'y avait pas de lune dans le ciel et aucune étoile n'y brillait. L'obscurité était si profonde que j'aurais pu me trouver au fond de l'eau et je n'aurais pas été surpris si une nuit liquide s'était déversée dans la pièce par le carreau brisé pour me submerger petit à petit.

Le carreau brisé : si j'avais pu pénétrer dans la maison en passant une main par l'ouverture pour tourner l'espagnolette, la chose que j'avais aperçue, quelle qu'elle fût, aurait pu en faire autant. Alors, pourquoi gratter au carreau ?

La réponse me fut donnée d'abord par un bruit, puis par une forme. J'entendis dehors une longue inspiration suivie de petits reniflements rapides, comme si quelque chose dans les ténèbres avait senti mon odeur. Une forme grise se pressa contre le verre, animée, semblait-il, d'un désir effroyable ; elle étendit des membres grêles dont la peau pendante et craquelée suintait, remua des doigts semblables à des aiguilles articulées. Elle avait la taille d'un homme, mais était dépourvue de cheveux et d'yeux ; son nez plat se tordait pour me flairer. Sa bouche, indiscernable jusque-là, s'ouvrit lentement, rouge et sans dents, et d'entre ses mâchoires jaillit un appendice, moins une langue qu'un tube charnu hérissé de fines barbes. Il frappa le verre, y laissant à nouveau ce résidu noir.

Les reniflements reprirent et la créature changea de position, se pencha vers le carreau cassé ; sa main gauche explora la fenêtre jusqu'à ce qu'elle trouve la brèche et s'y introduise.

Je me préparai à faire feu puis hésitai. Que peut-il y avoir d'autre là-dehors ? me demandai-je. Quelles autres horreurs allais-je attirer sur moi en tirant ? Et se posait aussi le problème des balles : il ne m'en restait que trois et je n'avais aucune chance de m'en procurer d'autres dans cet endroit.

Je cherchai une autre arme, découvris un coupe-papier sur le bureau. La lame en était émoussée, mais pas la pointe. Je l'enfonçai dans le bras de la créature et, bien qu'il ne s'échappât aucune goutte de sang de la plaie, je vis sa bouche s'ouvrir de souffrance muette. Je la poignardai, encore et encore, tandis qu'elle luttait pour ramener son bras en arrière. Elle déchira sa chair plus encore aux éclats de verre tranchants restés fixés à l'encadrement de la fenêtre et finit par se libérer. Elle recula dans l'obscurité et disparut.

Les fenêtres étaient munies de volets en bois. À leur poussière, aux insectes morts qui les parsemaient, on devinait qu'ils n'avaient pas servi depuis quelque temps. Je les fermai et les bloquai, puis je fis de même pour les autres fenêtres. Je ne dormis pas, j'attendis l'aube. Quand enfin ses premières lueurs passèrent entre les lattes, j'étais au bord des larmes, car une partie de moi avait craint de ne plus revoir la lumière du jour tant la nuit était noire. J'ouvris les volets. De la brume flottait au-dessus de l'herbe et le soleil teintait de rouge les nuages sombres.

Je n'avais jamais rien vu d'aussi beau.

## 16

Je m'attelai à ma besogne dès que le matin eut assuré son emprise sur le monde. Je vérifiai les dimensions des pièces sur les plans de la maison avant de les arpenter et de confronter les nouvelles mesures à celles des dessins. J'eus la chance de commencer par le bureau – si ce n'était de la chance, c'était un dernier sursaut de logique et de rationalité dans un monde qui semblait craquer aux coutures. Tout simplement, la pièce n'était pas aussi longue que le plan l'indiquait parce que, de toute évidence, les étagères de la partie ouest avaient été installées à plus de deux mètres du mur. Il me fallut toutefois près d'une heure pour trouver un moyen d'accéder à ce qu'il y avait derrière. Je dus débarrasser les étagères sur une hauteur de deux mètres avant de dénicher le mécanisme : un simple levier dissimulé derrière le premier tome richement orné de l'*Histoire du déclin et de la chute de l'Empire romain,* de Gibbon, un in-quarto de 1776, notai-je, toute cette histoire de livres commençant sérieusement à déteindre sur moi.

Lorsque j'actionnai le levier, une partie des étagères s'ouvrit avec un *clic.* Avant d'élargir l'ouverture, j'attendis, incertain de ce que j'allais découvrir : de la pourriture à l'odeur pestilentielle, une autre de ces abjectes créatures fouisseuses au corps brûlant ? Ou bien le maelström même, le passage entre les univers ? Au lieu de quoi, une fois que ma curiosité l'eut emporté, je vis seulement une réplique en plus petit de la pièce, meublée d'une table carrée et d'une seule chaise. Sur la table, une chandelle éteinte. La porte dérobée ne s'ouvrait pas totalement, soit à dessein, soit parce que le mécanisme fonctionnait mal, et j'eus grand-peine à me glisser à l'intérieur. Je craquai une allumette, l'approchai de la mèche. La lumière tremblotante de la chandelle me révéla la bibliothèque occulte de Lionel Maulding, volume après volume, anciens pour la plupart et donnant tous, même par leur aspect extérieur, une impression d'interdit et de sale.

Je ne leur accordai cependant que peu d'attention parce que c'était le livre posé sur la table qui m'intéressait au premier chef. Il était conforme à la description d'Eliza Dunwidge : de grande dimension, relié dans ce qui était manifestement de la peau. Une peau ridée, balafrée et – Dieu nous protège ! – sillonnée de ce qui pouvait être un réseau de veines. Pire, la surface de l'ouvrage semblait effectivement palpiter de vie, mais c'était peut-être un effet de la lumière chiche de la bougie, conjuguée à la nature indéterminée de la reliure… et à ce qu'Eliza m'en avait dit. Pour autant, je répugnais à le toucher. Avec sa couverture rouge et sa tranche jaunie, il faisait désagréablement penser à une bouche. Il y avait aussi le souvenir de Maggs le dénicheur et des tunnels creusés dans sa tête par ce que le livre avait semé dans son cerveau.

Pourtant, l'*Atlas* m'appelait. J'avais fait tout ce chemin, je voulais savoir. Quelque part dans ces pages se trouvait la vérité – la vérité sur ce qui était arrivé à Lionel Maulding et, surtout, la réponse à ce qui arrivait, ou était déjà arrivé, à mon propre monde.

J'ouvris le livre. Regardai.

Les pages étaient vierges. Comment aurait-il pu en être autrement ? Après tout, il avait transféré son contenu dans ce royaume, le nôtre, en l'inscrivant sur tout ce qui avait existé avant, comme un palimpseste où la seconde écriture, lentement, sûrement, triomphe de la première.

Alors, je le jure, d'un lieu à la fois proche et immensément éloigné, se fit entendre un rire, mais c'était le rire des damnés.

## 17

Je brûlai le livre. Je le déposai dans la cheminée de la bibliothèque de Maulding, bien à plat sur le bois et le charbon, lorsque je fus certain que le feu avait pris. L'*Atlas* grésillait, crachait et craquait, plus comme de la viande mise à rôtir que comme du papier embrasé. Un moment, il émit un long sifflement bas qui ressemblait à un cri, qui ne cessa que lorsque la reliure commença à noircir. Il empestait en se consumant. Il dégageait une odeur de chair putréfiée enfin jetée dans un incinérateur, mais j'avais senti pire.

Je ne sais combien de temps je restai assis là, utilisant un tisonnier pour tourner et retourner le livre, et attiser le feu, et il finit par se fondre en une masse calcinée ne pouvant plus flamber. Je m'assoupis et rêvai de l'*Atlas* tel qu'il avait peut-être été autrefois, avec des cartes de mondes différents du nôtre, des territoires marqués d'images de bêtes et de démons, une cartographie complexe, l'œuvre du Non-Dieu. Ses pages étaient maintenant vides parce que tout ce qu'elles avaient contenu était passé dans notre monde comme les grains d'un sablier. Il n'en restait rien et le processus de transformation avait commencé. Où se trouvait Lionel Maulding ? Je l'ignorais. Comme Maggs, il avait peut-être commencé à mourir à l'instant même où il avait ouvert le livre, et les idées de l'*Atlas* étaient restées en gestation dans sa tête avant de faire irruption pour, finalement, le dévorer.

Il existait toutefois un autre scénario, tout aussi plausible, bien sûr, même si je le repoussais aussi fermement que je tournais le dos à la possibilité d'un monde qui en infectait et en corrompait un autre : le livre n'avait jamais existé. C'était une escroquerie montée par les Dunwidge avec la complicité de Maggs, et la mort de ce malheureux avait été soigneusement manigancée pour assurer son silence et maintenir la supercherie. Moi aussi j'y avais pris part. J'avais joué mon rôle. Je m'étais laissé manipuler.

Mais alors comment expliquer les créatures fouisseuses ou la chose qui avait explosé dans cette même maison ? Les enfants difformes qui m'avaient suivi dans les rues de Londres, ou le spectre gris à la fenêtre du bureau ? Les jours – les semaines – envolés, à en croire Fawnsley ? Comment expliquer…

Tout ?

Car il existait un troisième scénario, n'est-ce pas ?

L'après-midi finissait. Mme Gissing n'était pas venue, Willox non plus. Je quittai Bromdun Hall avec le sac contenant mes affaires et marchai jusqu'à la gare. Le train pour Londres était attendu. Je retournais là-bas.

J'irais voir Quayle. Quelle que soit la réponse qu'il me donnerait, je l'accepterais. Si elle menait dans une cellule et à la corde, ce ne serait pas pire que ce que je vivais.

Il n'y avait personne au guichet quand je m'y présentai, et j'entendis des exclamations confuses en provenance du quai. Je m'approchai du brouhaha et découvris le chef de gare, assisté de ses subalternes, discutant avec de futurs passagers, tous apparemment fort troublés.

— Que se passe-t-il ? demandai-je.

— Le train venant de Londres n'est pas arrivé ce matin, répondit une femme corpulente. Le train pour Londres est bien passé, mais aucun en provenance de la ville.

Elle indiqua le chef de gare.

— Le vieux Ron, là, n'en sait pas plus que nous mais, moi, il faut absolument que j'aille à Londres. Ma fille va accoucher de son premier enfant et je lui ai promis d'être auprès d'elle pour l'aider.

Plus grand et plus costaud que tous ceux qui s'étaient attroupés, je me frayai un chemin dans la foule jusqu'à me retrouver face à face avec le chef de gare. Il ne devait pas être loin de la retraite : des cheveux gris, des kilos en trop, et une moustache en guidon de vélo qui achevait de le faire ressembler à un vieux morse.

— Expliquez-nous, lui assenai-je.

Quelque chose dans le ton de ma voix fit taire ceux qui m'entouraient et ne suscita aucune hostilité chez le fonctionnaire.

— C'est comme j'viens de le dire à ces gens, monsieur : on n'a pas eu de train depuis ce matin et toutes les communications sont coupées. J'arrive pas à joindre quelqu'un pour savoir ce qui se passe. J'ai envoyé un de mes gars à Norwich avec sa bicyclette pour voir s'il pouvait trouver quelque chose, mais il est pas encore revenu. J'peux pas vous en dire plus.

Je demeurai sur le quai et me tournai vers le sud-ouest[1]. C'était peut-être un tour que me jouait la lumière, mais j'eus l'impression que le ciel, là-bas, était plus sombre, et teinté de rouge, alors que l'aube était passée depuis longtemps. C'était comme un immense incendie vu de loin. Je regardai l'horloge de la gare et vis l'aiguille des minutes bouger.

— L'horloge, dis-je.

— Quoi, l'horloge ? fit le chef de gare.

Je gardai les yeux sur le cadran. Il était midi tout juste passé et l'aiguille des minutes venait non d'avancer vers le I, mais de reculer vers le XII dans ce royaume à l'envers. Elle avait changé de sens.

J'ai quitté la foule et je suis retourné à Bromdun Hall. J'ai fermé les volets et barricadé les portes. Il y a de la nourriture, ici, et de l'eau. Le ciel s'assombrit et il ne s'éclaircira plus. Des bruits me parviennent de l'étage et du parc. J'ai refermé la porte du bureau secret de Lionel Maulding. Posté derrière, j'écoute les craquements de la réalité, semblables à ceux de la glace sur un lac gelé.

C'est l'avènement du Non-Dieu.

Il me reste trois balles.

J'attends.

---

1. C'est-à-dire dans la direction de Londres.

## *V. Et nous aurons les ténèbres pour demeure*

On avait laissé tomber les doubles rideaux, qui cachaient le cabinet de maître Quayle à la nuit, ainsi qu'à tout regard inquisiteur qui aurait pu avoir tendance à s'égarer vers la fenêtre éclairée. Encore eût-il fallu pour cela que le curieux parvienne jusqu'à la toute petite cour située en retrait de Chancery Lane, or nul n'y pénétrait à moins d'avoir à faire avec l'avocat. De plus, pour voir dans les locaux de Quayle, il aurait encore fallu avoir accès, d'une façon ou d'une autre, à l'un des bâtiments dominant la cour, dont les niveaux supérieurs surplombaient très légèrement le rez-de-chaussée, à la hollandaise. Ils étaient fort exigus et les meubles qu'ils contenaient avaient dû être hissés jusqu'aux fenêtres au moyen des crochets à l'aspect menaçant qui dépassaient des pignons.

Personne ne se rappelait pourquoi les maisons de la cour avaient été ainsi bâties, ni qui avait été chargé de leur construction. Curieusement, personne non plus ne se souvenait qu'on avait eu recours à ces crochets pour hisser des meubles, et une recherche dans les archives des cabinets et entreprises concernés n'aurait sans doute mis au jour aucun reçu ni récépissé récent relatif à la livraison de quoi que ce soit, mobilier ou autre, à aucun des bâtiments, exception faite de celui de Quayle. Savoir à qui ils appartenaient était une question nébuleuse et, si quelqu'un avait disposé d'assez de temps et d'énergie pour éplucher actes notariés et registres, il aurait uniquement découvert que leur propriétaire n'était identifiable que comme client de maître Quayle.

Cet honorable gentleman, présentement installé derrière son bureau noir en chêne massif, avait mis de côté sa paperasse et tenait dans sa main droite un petit verre de sherry. Assis sur une chaise à dossier droit et se contentant d'un thé, un inspecteur de Scotland Yard nommé Hassard lui faisait face. Fawnsley, le secrétaire, était déjà parti. Il s'était éclipsé peu après l'arrivée du policier, sans doute pour rentrer chez lui, bien que d'aucuns eussent été surpris d'apprendre qu'il vivait ailleurs que sous le toit de Quayle tant il était omniprésent dans le cabinet et peu enclin à s'éloigner de son maître.

— Hassard, dit l'avocat. C'est un nom huguenot, non ?

— Des Pays-Bas, répondit l'inspecteur.

Il était jeune, avec des cheveux prématurément grisonnants, et considérait ceux de Quayle d'un œil soupçonneux, car l'avocat avait gardé une tignasse d'un noir suspect pour son âge.

— Un certain Peter Hasaret, si je me souviens bien, a fui les persécutions exercées sur ces terres au XVIe siècle.

— Je crois que notre famille fait partie de ses descendants.

— Il est mort brûlé vif sur un bûcher.

— C'est ce qu'on dit. Vous semblez bien connaître l'histoire huguenote, monsieur Quayle.

— Ce cabinet a pour origine une association entre le premier Quayle et un nommé Couvret, adepte de cette foi. Cela s'est mal terminé.

— Il a été assassiné, n'est-ce pas ?

Quayle haussa un sourcil et regarda le policier comme s'il découvrait en lui une facette nouvelle et pas entièrement bienvenue.

— Éviscéré, pour être précis, ajouta l'inspecteur.

L'autre sourcil de l'avocat menaçait de s'envoler pour rejoindre le premier, mais Quayle parvint à le maintenir en place.

— Je vois que je ne suis pas le seul ici à être versé en histoire. Je vous épargnerai la peine de me donner de plus amples détails en avouant que mon ancêtre, le fondateur du cabinet, fut longtemps soupçonné d'avoir été impliqué dans le meurtre de Couvret, bien qu'on n'ait jamais déniché aucune preuve qui aurait conduit à une condamnation.

— Ce qui aurait été regrettable pour le cabinet.

— Fort regrettable, convint Quayle, avant de boire une gorgée de son sherry.

Hassard fit une nouvelle tentative pour avaler son thé, trop fort à son goût, et si épais, si goudronneux, qu'il semblait presque répugner à quitter sa tasse. Hassard renonça et ouvrit son calepin.

— Au sujet de M. Soter..., commença-t-il.

— Oui ?

— Je suppose que vous n'avez pas eu de nouvelles de lui ?

— Pas un mot.

— C'est une affaire très étrange.

— En effet.

— Le texte qu'il a laissé a été examiné par plusieurs experts, notamment un psychiatre de l'armée. Si c'est une lettre de suicide, ils n'en ont jamais vu de telle.

— On m'a autorisé à en lire seulement une copie, dit Quayle. Le texte reflète certes une intention claire de mettre fin à ses jours, mais un tel acte se traduit généralement par un cadavre.

— C'est la raison pour laquelle nous continuons à rechercher Soter. Nous souhaitons l'interroger sur cinq meurtres : ceux d'Eliza Dunwidge et de son père, de Maggs et de deux gosses des rues.

— Je pensais qu'on n'avait pas retrouvé Maggs, objecta Quayle. Et la seule indication que nous ayons sur ce qui lui est arrivé se trouve dans le manuscrit de Soter.

— Nous avons repêché un cadavre dans la Tamise, hier soir. Bien qu'il soit très abîmé, nous sommes à peu près certains qu'il s'agit de Maggs. Ce qui fait cinq.

— Et la chose qui, selon Soter, aurait essayé de s'introduire chez Maulding par une fenêtre ?

— Une hallucination d'un esprit dérangé, peut-être, suggéra Hassard. Bien que la fenêtre ait été effectivement fracturée, nous n'avons relevé aucune trace d'homme ou de bête dans le parc de Bromdun Hall. Non, nous avons cinq meurtres auxquels Soter a été mêlé, et cela devrait suffire pour lui passer la corde au cou.

— Vous semblez tout à fait convaincu de sa culpabilité.

— Je trouve le manuscrit biaisé et truffé d'absurdités : les bêtes bizarres dans l'appartement de Maggs, la disparition du corps. Soter cherche à faire croire que le vieux Dunwidge se serait débarrassé du cadavre, mais Dunwidge n'est plus là pour que nous puissions l'interroger. Soter y a veillé. Il l'a battu à mort et a jeté son corps dans la cave de Maggs.

— C'est ce que vous prétendez.

— Soter demeure notre principal suspect – à moins que vous ne puissiez nous en désigner un autre.

— C'était un homme perturbé, mais il s'est conduit en héros. La guerre l'a brisé.

— La guerre en a brisé bien d'autres qui ne sont pas tous devenus des assassins.

— C'est vrai, mais il faut comprendre les circonstances qui ont pu engendrer un meurtrier.

— Si vous le dites.

Quayle soupira. Cet inspecteur ne méritait peut-être pas son intérêt, finalement.

— Quant aux enfants…, commença-t-il.

Hassard gigota sur son siège.

— Quoi, les enfants ?

— J'ai entendu dire qu'ils étaient… anormaux.

— Ils souffraient de rachitisme, si c'est à ça que vous faites allusion.

— Je pense à quelque chose de plus grave. Selon mes informations, ce serait des sortes de… mutants.

— Balivernes !

— Vraiment ?! Balivernes aussi que nous n'ayez jusqu'ici pas réussi à les identifier et que personne, ni parents ni tuteurs, ne soit venu réclamer leurs corps ?

— C'est exact, admit le policier, mais ils n'en sont pas moins morts. Si je puis me permettre, monsieur Quayle, vous me paraissez enclin à douter que Soter ait commis quoi que ce soit de mal.

— Je suis avocat. C'est mon devoir de douter.

— Le mien est de retrouver un meurtrier, et peut-être son complice.

— Un complice ?!

— Quelqu'un a pénétré dans la résidence de Maulding avant que la police soit prévenue par la gouvernante. Soter, dans son manuscrit, prétend avoir barricadé toutes les portes avant de s'enfermer dans le bureau secret de Maulding, mais la porte d'entrée était ouverte quand la gouvernante est arrivée, de même que celle du bureau. Elles avaient toutes les deux été fracturées de l'extérieur. Nous avons relevé des traces.

— Quelle sorte de traces ?

— Nous avons d'abord pensé à un pied-de-biche, mais un râteau nous semble maintenant plus probable, ou un outil quelconque avec des dents pouvant rayer le bois. Nous avons interrogé le gardien, il affirme qu'il n'a pas mis les pieds hors de chez lui, et sa famille confirme ses déclarations.

— Des dents, répéta Quayle d'un ton pensif.

Il tint sa main droite devant ses yeux et écarta les doigts, examina ses ongles soigneusement coupés. Si Hassard remarqua le geste, il ne fit aucun commentaire.

— Et ce livre dont parle Soter ? reprit l'inspecteur. Celui qu'il prétend avoir brûlé ?

— Oui. L'*Atlas fracturé*.

— Nous n'en avons pas trouvé trace dans la cheminée.

— Un livre, ça brûle, fit observer l'avocat.

— Oui, c'est sans doute l'explication, répondit Hassard.

Il tapota son calepin de son stylo et demanda :

— Vous pensez que Soter était fou ?

— Je vous le répète, il était très perturbé.

— À en croire le texte qu'il a laissé, il s'imaginait que les horloges tournaient à l'envers et que les dimensions du monde changeaient. Il voyait une effroyable intention criminelle dans un déraillement qui avait bloqué deux voies et fait tomber des fils télégraphiques.

— Je me souviens d'un Soter différent, bien meilleur.

— Savez-vous que, quelques semaines plus tôt, il s'était présenté au domicile du général Pulteney et y avait fait du raffut ? Une chance que sir William n'ait pas été assassiné, lui aussi.

— Soter n'avait pas beaucoup de respect pour Pulteney. En cela au moins, il n'était ni perturbé ni fou.

— Le neveu de Maulding n'a pas exprimé cette opinion quand je lui ai parlé.

— M. Sebastian Forbes, dit Quayle sans sympathie marquée. Il fera un bel héritage une fois que les détails de la succession Maulding auront été réglés.

— Il semble estimer qu'en tant qu'exécuteur testamentaire de son oncle vous traînez les pieds pour lui remettre ce qui lui appartient de droit.

— Vraiment ? Comme c'est curieux. Je crois pouvoir assurer que M. Forbes recevra en temps voulu ce qui lui revient.

Hassard parut sur le point de répliquer, puis se ravisa et rangea son carnet.

— Nous en avons terminé ? demanda Quayle.

— Pour le moment.

— Je suis désolé de ne pas avoir pu vous aider davantage.

L'inspecteur parvint à sourire.

— Sincèrement ?

— Je vous trouve cynique, même pour un policier.

— Peut-être. Une dernière question me vient à l'esprit.

— Je vous écoute.

— Pensez-vous que Soter soit mort ?

Quayle réfléchit.

— Je crois qu'on ne reverra pas Soter en vie sur cette terre, répondit-il enfin.

— Voilà une hypothèse intéressante.

— N'est-ce pas ? Venez, je vous raccompagne. Les marches de cet escalier peuvent être traîtresses.

La nuit se fit plus noire. Finalement, même le mince halo de lumière entourant le bord des doubles rideaux de Quayle s'éteignit et l'avocat apparut dans la cour. Il en traversa les pavés, ouvrit avec une clé la porte située directement en face de son cabinet et la referma doucement derrière lui. Il n'avait même pas pris la peine de vérifier si on l'avait observé car il était sensible à la moindre modification de son environnement.

Après tout, il fréquentait ces lieux depuis très longtemps et devant lui s'étirait l'éternité.

Après avoir gravi un escalier étroit, il entra dans un appartement confortable : une salle à manger, un salon-bibliothèque, une petite cuisine et une chambre dont une bonne partie était occupée par un lit en chêne massif de la même teinte et tout aussi ancien que le bureau de son cabinet. Là encore, si un quidam imaginaire, un homme disposant de temps et montrant un intérêt particulier pour le style de vie de maître Quayle, y avait eu accès et s'il avait possédé un sens de l'observation aiguisé, il aurait remarqué que la superficie de toutes les pièces prises ensemble semblait excéder l'espace délimité par les murs. La plupart des livres rangés sur les étagères étaient des ouvrages de droit, entre lesquels s'étaient glissés des volumes traitant d'occultisme, notamment des livres parfois cités mais jamais vus, et des traités condamnés par l'Église dès que leur existence avait été connue.

Un seul livre ne se trouvait pas sur une étagère. Couverture brûlée, pages noircies, on l'avait placé sur un lutrin. Au moment même où Quayle entrait, une partie de la couverture parut s'étendre, ne serait-ce que d'un pouce, et recouvrir une portion jusque-là dénudée. L'*Atlas* se reconstituait.

Quayle se débarrassa de la liasse de papiers qu'il avait emportée, défit sa veste et son écharpe. Il s'approcha d'une porte flanquée d'étagères et qui, si un intrus était parvenu à l'ouvrir, n'aurait révélé qu'un mur blanc. Mais l'avocat connaissait mieux que quiconque l'étrangeté de l'univers et savait que ce qu'on avait l'impression de voir ne correspondait pas toujours à ce qui était vu. Il tira une clé d'une poche de son pantalon, l'inséra dans le trou de la serrure. Un seul tour de cette clé suffit pour que, derrière la porte, cliquettent de nombreux pênes dont le bruit résonnait sans fin, comme si une infinité de portes s'ouvraient lentement.

Quayle saisit la clinche et l'abaissa, tira le battant vers lui. Un homme nu, suspendu devant lui, sans soutien apparent, semblait flotter dans le noir de l'espace.

Lionel Maulding ne cessait jamais de crier, mais on ne l'entendait pas dans ce lieu. Un instant, Quayle observa une bande de peau qui se décollait lentement du crâne du vieil homme, puis de son front, de son nez, de sa gorge, descendait vers la poitrine, le ventre…

Quayle détourna les yeux – il avait déjà vu ce spectacle. Il l'avait même chronométré. Il fallait un jour environ pour que Maulding soit totalement écorché et que le processus de reconstitution s'amorce. Quayle avait l'impression que la recomposition de la peau était au moins aussi douloureuse que l'écorchement qui la précédait, mais il n'éprouvait aucune pitié pour son ancien client. Maulding aurait dû savoir ce qui l'attendait. Rien dans les livres d'occultisme qui l'obsédaient ne suggérait que la fin de ses recherches aurait quoi que ce soit d'agréable.

À côté de Maulding pendait Soter. Il avait les yeux clos. Ses yeux étaient toujours clos, comme sa bouche, ses narines et ses oreilles, tous cousus avec un épais catgut, ce même catgut qui avait servi à attacher ses bras à son corps et ses jambes l'une à l'autre. Emprisonnée dans cette forme immobile, il y avait la conscience de Soter, prise au piège dans un enfer qui ressemblait à High Wood, car pour un homme qui avait connu de telles souffrances il avait fallu faire preuve d'imagination pour le tourmenter encore. À l'égard de Soter, Quayle ressentait une sorte de pitié. Quayle n'était pas humain, même selon les critères peu exigeants de sa profession, mais une pointe d'humanité l'avait contaminé, à la longue.

Derrière ces deux hommes pendaient des centaines de formes similaires, hommes et femmes pris, tels des insectes, dans une immense toile d'araignée. Quayle ne se rappelait pas leurs noms, ni ce qu'ils avaient bien pu faire pour mériter cette fin. Cela importait peu. Tout n'était qu'affaire de perspective, supposait-il.

Loin derrière les corps, des veines rouges étaient visibles dans les profondeurs du noir, telles des failles dans une roche volcanique. L'univers se scindait, sa mince carapace craquait. Par endroits, elle était presque transparente. Quayle vit une forme massive se presser contre la barrière, un être pour qui les galaxies n'étaient qu'écume à la surface d'un lac lointain. Il aperçut des pattes articulées, des mâchoires à l'intérieur de mâchoires. Il distingua des dents pointues et des myriades d'yeux gris-noir semblables à du frai de grenouille au fond d'une mare.

Même après tout ce temps, Quayle tremblait encore en présence du Non-Dieu.

Entassés derrière, il y en avait d'autres, tant d'autres, pas aussi grands que le premier, mais tous attendaient que les failles s'élargissent pour les laisser passer. Cela prendrait du temps, mais le temps n'était rien pour eux, ni pour Quayle. Le monde avait été réécrit. Le livre avait accompli sa tâche, et quand il serait restauré il entamerait un nouveau récit, dont le premier chapitre parlerait de la création d'une autre sorte d'univers.

Quayle se retourna, referma la porte, alla dans sa cuisine se faire un thé.

Puis il s'assit et regarda croître l'*Atlas fracturé*.

# RAZORSHINS

Mon grand-père s'appelait Tendell Tucker et c'était un dur. Il faisait dans la contrebande d'alcool pour King Solomon pendant la prohibition, organisant les convois qui partaient du Canada, traversaient le Maine et descendaient jusqu'à Boston. Il rendait surtout des comptes à Dan Carroll, l'associé de Solomon, parce qu'il préférait bosser avec des Irlandais plutôt que de travailler avec des Juifs. Il ne m'a jamais dit pourquoi. Il était comme ça.

Beaucoup de gens l'ignorent, mais Dan Carroll était un type prudent, ce qui explique peut-être pourquoi il a vécu si longtemps. Pendant la prohibition, la plupart des cargaisons qu'il recevait arrivaient la nuit par bateau, elles étaient ensuite chargées sur des camions qui transportaient la gnôle jusqu'aux entrepôts assurant la distribution, mais Carroll aimait couvrir ses mises quand il le pouvait. Ce n'était pas un flambeur comme Abe Rothstein, ou comme Solomon. Carroll chiffrait ses frais et le bénéfice potentiel de chaque cargaison puis répartissait celle-ci en conséquence. Si, par exemple, il investissait trente mille dollars dans du whisky canadien pour un rapport estimé à trois cent mille dollars, il calculait le nombre de caisses nécessaires pour rentrer dans ses frais et les acheminait séparément, le plus souvent dans des Cadillac spécialement aménagées. De cette façon, si les gardes-côtes ou les fédéraux avaient vent de l'affaire et saisissaient le chargement, Carroll n'en serait pas de sa poche.

C'est là que grand-père Tendell entrait en jeu. Né à Fort Kent, sur la frontière entre le Maine et le Canada, il connaissait le pays et les gens. Il dirigeait les équipes pour Carroll, recrutant des chauffeurs, veillant à ce que les véhicules soient bien entretenus, graissant des pattes pour que les flics locaux restent à l'écart. « Y avait plus de flics que de criminels dans la contrebande d'alcool », disait-il, et il avait raison. Ça l'amusait toujours de voir que les politiciens ayant voté pour la loi Volstead[1] étaient les premiers à faire la queue pour se procurer la gnôle qu'elle avait rendue illégale.

Dan Carroll faisait confiance à mon grand-père. Jamais un mot plus haut que l'autre entre eux deux.

Et King Solomon ?

Eh ben, King Solomon n'était pas du genre confiant, et c'est comme ça que les ennuis ont commencé.

Il faut que vous compreniez un truc, à propos du Maine. Au XIXe siècle, on le considérait comme l'État le plus alcoolisé de l'Union. Le maire de Portland, Neal Dow, était un quaker, membre fondateur de la Société de tempérance du Maine. Du coup, il n'appréciait pas trop la réputation que l'État avait acquise. Bon sang, il n'avait qu'à se balader de la partie basse de Congress

---

1. Loi de 1919 qui renforçait la prohibition.

Street à Munjoy Hill pour voir ce que sa ville était devenue. Ça fait à peu près quinze cents mètres, et du temps de Dow on y comptait environ trois cents établissements où un homme ou une femme pouvait boire un coup ! On n'avait même pas à quitter le trottoir : des épiciers préparaient du punch au rhum dans des bassines devant leurs magasins et le servaient dans des gobelets en fer-blanc. Finalement, Dow en a eu assez et, quasiment seul, il a imposé en 1851 une loi interdisant l'alcool. Elle a tenu près de cinq ans, jusqu'à ce que les Émeutes du rhum de 1855 conduisent à des fusillades, à des morts, et fichent en l'air à la fois la prohibition et la réputation de Dow. Donc, vous voyez, la relation du Maine avec l'alcool était compliquée, c'est le moins qu'on puisse dire, et ce avant même que la loi Volstead soit adoptée.

Mon grand-père Tendell a profité de la prohibition, comme beaucoup de gens qui ont vu une opportunité à saisir dans une loi défectueuse, et qui possédaient la détermination et le sens de l'organisation nécessaires pour exploiter la situation. *Organisation*, c'est le mot important, parce que la prohibition a créé le crime organisé : avec tant d'argent à se faire, l'ordre et la discipline étaient cruciaux. Mon grand-père l'avait compris, et Dan Carroll aussi. Il payait mon grand-père généreusement pour son travail et ajoutait un pourcentage sur toutes les cargaisons arrivant sans accrocs à Boston, ce qui était le cas pour la plupart. Et puis en janvier 1933, King Solomon a envoyé dans le Maine un nommé Mordecai Blum.

Blum a débarqué chez mon grand-père, à Portland, la veille du jour où celui-ci devait se rendre à Vanceboro pour récupérer huit caisses de whisky extra en provenance de McAdam, de l'autre côté de la frontière. Mon grand-père savait que Blum allait venir : Dan Carroll avait téléphoné pour le prévenir. Il y avait eu une prise de bec entre Carroll et Solomon parce qu'une cargaison s'était perdue. Le bateau qui la convoyait avait coulé dans Machias Bay, mais une partie des bouteilles qu'il transportait avait refait surface dans le garage de Bill Sellers, un type qui bossait pour Carroll. Carroll avait assuré ne rien savoir de l'arnaque, et Sellers avait fini dans un trou creusé en douce quelque part, mais cette histoire avait jeté une ombre sur les relations de travail entre Solomon et Carroll. Pour mon grand-père, cette ombre, c'était Mordecai Blum.

Blum était un gars trapu dépourvu d'humour, avec de petits yeux sans éclat qui vous lorgnaient par-dessous des paupières tombantes. Il avait une tête trop longue qui ne s'amincissait pas au cou. On aurait dit, se souvenait mon grand-père, un énorme pouce dépassant du col de sa chemise. Il était aussi abominablement velu : Tendell l'avait aperçu en caleçon alors qu'il se rasait et seuls son visage et les paumes de ses mains n'avaient pas de poils. Le reste de son corps était entièrement recouvert d'une toison noire et rêche à travers laquelle on distinguait à peine la peau.

Il émanait de lui une puissance primitive et chacun savait qu'il tuait pour Solomon. « Mordecai le Mortifère », le surnommait Carroll, et il avait conseillé à mon grand-père de ne jamais lui tourner le dos, s'il pouvait l'éviter. Carroll ne pensait pas que Blum représentait un danger immédiat pour mon grand-père, pas s'il était réglo, et Carroll savait que mon grand-père l'était. Tendell était peut-être un truand, mais c'était un truand honnête, s'il n'y a pas contradiction dans les termes. En tout cas, il était trop malin pour se risquer à truander Dan Carroll, et il pouvait rendre compte de chaque caisse d'alcool qui lui passait entre les mains. Pour autant, il ne croyait pas Blum capable de faire la distinction entre honnêteté et malhonnêteté, ni d'avoir la volonté de le faire. Grand-père Tendell avait conscience que l'exécution de Sellers ne suffirait pas à calmer King Solomon et il n'avait aucune envie d'être immolé lui aussi pour servir d'exemple.

Tendell et Blum étaient donc partis ensemble pour Vanceboro et avaient fait la plus grande partie du trajet en silence. Blum n'était pas causant et mon grand-père préférait garder ses opinions pour lui quand il se trouvait avec des inconnus. Il avait quand même appris que le Mortifère ne buvait jamais une goutte d'alcool. Apparemment, le vin et le whisky ne valaient rien pour ses entrailles et il n'aimait pas le goût de la bière. Ils s'étaient trouvé là un point commun. Le père de Tendell avait été un ivrogne de la pire espèce, un type ignoble et brutal, qui avait connu une mort violente dans une rixe avec des pêcheurs de homards qu'il avait contrariés dans Commercial Street. Ils l'avaient éventré avec une gaffe et suspendu à une grue des quais. Tendell se méfiait donc des hommes qui ne tenaient pas l'alcool et surveillait sa propre consommation. Je ne l'ai jamais vu boire plus de un verre de rhum ou de whisky par soirée, et ses bières étaient éventées avant qu'il les finisse.

Ils sont finalement arrivés à Vanceboro, où les voitures et leurs chauffeurs les attendaient. Peu après dix heures du soir, deux camions venus de l'autre côté de la frontière sont arrivés à leur tour et les gars ont commencé à transférer le whisky dans les Cadillac. Blum n'a pas pris part à l'opération. Il a regardé les autres s'échiner, puis il a interrogé les chauffeurs canadiens, qui faisaient de la contrebande depuis quatre ou cinq ans et n'appréciaient pas qu'on mette leur probité en doute. Ils étaient peut-être des filous, mais eux aussi étaient réglo et ils ne volaient pas plus que ce qu'ils estimaient leur être dû. Blum avait un petit calepin dans lequel étaient notés les détails de tous les convois des douze derniers mois. Il les a passés en revue avec chacun des chauffeurs en comparant ce qu'ils se rappelaient avoir transporté et ce que mon grand-père et Dan Carroll avaient finalement livré à Boston. Quand il n'était pas satisfait de leurs réponses, il traçait un point d'interrogation à côté du convoi concerné. Tendell l'a regardé sans faire de commentaires, même si Blum le traitait implicitement de menteur et se mettait les chauffeurs canadiens à dos. Des nuages annonçant de la neige s'amoncelaient au-dessus d'eux et mon grand-père tenait à partir sans perdre de temps, mais Blum ne voulait pas qu'on le bouscule. Et c'est comme ça que les premiers flocons se sont mis à tomber quand ils sont enfin partis et que leur petit convoi n'avait pas fait plus de quinze kilomètres quand la route a disparu devant eux.

— Il faut qu'on se trouve un abri, a dit Tendell. J'aimerais pas me retrouver coincé sur cette route avec de la gnôle dans le coffre.

— Je croyais qu'avec tes pots-de-vin les flics fermaient les yeux, a répliqué Blum.

Il a tiré son carnet de sa poche et récité les diverses sommes que mon grand-père avait versées aux policiers dans les derniers mois.

Tendell était tenté de rétorquer qu'avec toutes ses questions Blum les avait mis en retard, et que sans son interrogatoire ils seraient devant la tempête et plus près d'une ville, mais il ne voyait pas l'intérêt de s'aliéner le tueur de Solomon.

— Je peux graisser la patte des flics, pas celle des prohis[1], du moins pas les nouveaux, qui sont ici seulement depuis novembre. Les plus anciens, peut-être, mais le Bureau a commencé à nous envoyer des vrais mordus qui voient les pots-de-vin d'un mauvais œil. C'est pas non plus des crétins, ils savent qu'on passe par ces routes.

— Alors, qu'est-ce que tu proposes ?

— Y a un nommé Wallace qui vit pas loin d'ici. Il nous laisse utiliser sa grange de temps en temps. Ça nous coûtera une caisse de whisky, mais ça vaut le coup. On pourra y attendre que la neige s'arrête de tomber. Au besoin, Wallace a un tracteur et une lame de déneigement. Il nous aidera à repartir demain matin.

Blum ne paraissait pas enchanté par la perspective de passer une nuit dans les North Woods, mais Tendell n'arrivait pas à imaginer une situation qui lui plairait. Son comportement ne laissait pas beaucoup de place aux émotions positives.

— Une caisse ? a protesté Blum. C'est trop.

— Il prend un risque, et en plus il trafique lui aussi un peu avec de la gnôle qu'il fait lui-même. Je pense qu'il prendra la caisse qu'on lui donnera et qu'il en fera cinq fois plus de tord-boyaux.

— Raison de plus pour marchander.

1. Membres du Bureau de la prohibition, l'agence fédérale chargée de faire appliquer la loi Volstead.

— C'est pas le genre à marchander.

— Tout le monde accepte de marchander. Faut juste trouver un bon moyen de pression.

Tendell a baissé les yeux vers les battoirs de Blum, qui ouvrait et fermait les poings comme s'il se préparait à faire usage de ses talents tout particuliers de négociateur sur la personne du malheureux Wallace.

— Écoute, a dit mon grand-père d'une voix douce. Ici, c'est mon bled, c'est mes gens. Laisse-moi lui parler. Dans un jour ou deux, tu seras de retour à Boston, mais Wallace et les autres comme lui seront toujours ici, et j'ai besoin de les avoir de mon côté. Tu comprends ?

Blum a tourné paresseusement la tête vers lui et l'a fixé par-dessous ses paupières gonflées. Il rappelait à Tendell les grands félins du zoo du Franklin Park, qui semblaient détendus, au bord de la somnolence, jusqu'à ce qu'on jette un morceau de viande devant eux.

— Tu connais King Solomon ? a demandé Blum.

— Je le connais.

— Il te fait pas confiance.

— Ah ouais ? Moi qui croyais que t'avais fait tout ce chemin pour me décerner une médaille.

— Je te fais pas confiance non plus.

— Tu m'en vois désolé.

— Tu le diras au King.

Blum s'est détourné, Tendell a crispé les mains sur le volant. Il n'avait jamais tué un homme, il n'avait même jamais été à un doigt de le faire, mais il pensait qu'il serait capable de liquider le Mortifère si l'occasion se présentait, et que King Solomon aille se faire foutre !

Tendell s'est arrêté sur le bas-côté de la route, il a bondi hors de la voiture et est allé prévenir les autres chauffeurs du changement de plan.

— Cet enfoiré de Wallace, a grommelé Riber, le grand Danois. On va se geler les couilles, oui.

Conlon et Marks, les deux autres conducteurs, ont hoché la tête pour signifier leur accord. Wallace tirait notoirement le diable par la queue, même selon les critères du Nord-Est.

— On peut pas rouler, a argué Tendell. Pas sous cette neige.

— Et le Juif ? a demandé Conlon.

Même s'ils n'avaient pas passé beaucoup de temps avec Blum, ils avaient entendu les questions qu'il avait posées aux Canadiens et savaient que ce type était une source de problèmes sur pattes. Il ne les avait pas encore interrogés, mais il le ferait.

— Il est pas franchement jouasse, a répondu Tendell. Mais il peut rentrer à pied, je m'en fous.

— Ce serait dommage qu'il lui arrive quelque chose, a insinué Marks.

— S'il lui arrive quelque chose, King Solomon nous zigouillera tous, a averti Tendell.

— C'est un sale mouchard, ce mec, a repris Conlon.

— Il a rien à moucharder. On est nickel. Danny le sait. C'est juste pour la frime.

Ils ont encore râlé un peu, mais le froid et la neige ont rapidement mis fin aux protestations. Quand Tendell est revenu à sa voiture, Blum avait posé son pistolet Colt sur ses cuisses.

— Tu vas à la chasse ?

— T'es resté parti longtemps.

— On a pris un bol d'air frais. C'est bon pour la santé. Range ton flingue. Personne te cherche des noises.

— Vraiment ? J'ai de bonnes oreilles, tu sais. Je crois pas que tes copains m'aiment beaucoup.

— Ils sont pas obligés. Ils sont seulement obligés de te supporter, comme moi.

Le Colt a disparu dans les plis du manteau de Blum et Tendell a redémarré. Il roulait lentement, incapable de voir à plus d'un mètre devant lui.

Et Blum, au bout de un kilomètre ou deux :

— T'aimes pas les Juifs.

C'était une affirmation, pas une question.

— J'aime beaucoup les Juifs. Je fais des affaires avec eux, je picole avec eux, j'ai même tringlé quelques Juives dans ma jeunesse. Il s'agit pas de ça.

— Il s'agit de quoi, alors ?

— T'es l'exécuteur de King Solomon et tu cherches une excuse pour me coller une balle dans la tête, parce que le King veut dissuader les autres de faire ce qu'il pense que Sellers a fait.

— Y a aucun doute, pour Sellers. Il a entubé le King.

— Et Dan Carroll aussi, du même coup ?

— Le King en est pas si sûr.

— Ben, le King se trompe.

L'haleine de Blum formait un panache et se perdait sur le pare-brise, comme si elle tentait vainement de fuir à l'atmosphère hostile de la voiture.

— Avant, le King pensait que Carroll et lui étaient pareils, a dit Blum. Il se gourait. Les Irlandais tiennent la police, les pompiers, les conseils municipaux. Ils ont le pouvoir. Les Juifs, ils ont pas le pouvoir, pas comme ça. On est pas pareils.

— Tu crois que la situation va s'améliorer parce que t'es venu gonfler tout le monde avec tes questions ?

— Tu sais jouer aux échecs ?

— Non, a répondu Tendell, je me suis jamais intéressé aux jeux.

— Dommage. Les jeux reflètent la réalité et, les échecs, c'est la guerre sur un plateau. Le King et Carroll se disputent la position. Les gars derrière nous, c'est des pions, les premiers à dégager dans tous les conflits. Les hommes comme nous, c'est les cavaliers, les fous, les tours. Si on fait pas gaffe, on peut se faire prendre par un pion, mais on est surtout menacés par des gars comme nous.

— Sellers, qu'est-ce qu'il était ?

— Un pion qui pensait pouvoir devenir un roi.

Les deux hommes n'ont plus échangé un mot jusqu'au chemin menant chez Wallace. Il n'y avait ni panneau ni barrière, rien qu'une brèche dans l'alignement des arbres. Une piste étroite, distinguable seulement par l'absence de végétation, serpentait en direction d'une ferme qui est peu après devenue visible derrière un voile de blanc. Elle n'avait rien d'attirant, mais des lumières brillaient à ses fenêtres, de la fumée et des étincelles s'échappaient de sa cheminée. Derrière se dressaient une vaste grange et quelques autres dépendances plus petites. Au-delà, dans les bois – Tendell le savait –, Wallace avait installé son alambic.

Le vieux fermier est apparu dans l'encadrement de la porte quand ils se sont approchés. Il tenait dans ses mains un fusil de chasse, qu'il gardait toutefois baissé.

Tendell s'est arrêté alors qu'ils étaient encore à quelque distance et s'est identifié.

— Vous pouvez descendre, a dit Wallace.

Alors seulement mon grand-père a fait entrer le convoi dans la cour. Après avoir serré le frein à main de sa Cadillac, il a conseillé à Blum de rester dans la voiture – « Les inconnus le rendent nerveux » – puis il est allé parler à Wallace. Âgé de plus de soixante-dix ans, le fermier avait de longs cheveux blancs et une barbe assortie. Chaussé de godillots qu'il n'avait pas lacés, il portait un épais manteau de laine à col de fourrure sur un pantalon en coton sergé beige et un pull de la marine. Tendell a remarqué que les chiens du fusil étaient relevés et que le vieux ne semblait pas pressé de les rabattre.

— Il nous faudrait un endroit où passer la nuit, Earl.

— Vous trimballez quoi ?

— À ton avis ?

Les yeux plissés, Wallace a regardé le passager assis dans la Cadillac.

— T'as qui, avec toi ?

Sans se retourner, Tendell a répondu :

— Un des hommes de King Solomon. J'ai aussi Conlon, Marks et Riber.

— T'as dit au gars de Solomon de rester dans la voiture ?

— Oui.

— Ben, il t'a pas écouté.

Tendell a entendu des pas crisser sur le gravier et la neige quand Blum les a rejoints.

— Comment ça va ? a demandé Blum.

— Au petit poil, a répondu le fermier.

Il contemplait Blum, qui dansait d'un pied sur l'autre, les mains enfoncées dans les poches de son manteau.

— Z'avez quelque chose qui va pas avec vos pieds ?

— J'ai froid, c'est tout.

— Alors, vous auriez dû rester dans la voiture.

— On a un problème ? a demandé Blum en faisant passer son regard de Wallace à Tendell.

— Bon Dieu, non, a soupiré mon grand-père. Aucun problème, pas vrai, Earl ?

Wallace ne paraissait pas franchement d'accord, mais le bon sens a prévalu. Il a laissé retomber les chiens de son fusil et a calé l'arme au creux de son bras.

— Le tarif habituel, a-t-il annoncé. Une caisse.

Entendant Blum prendre sa respiration pour répliquer, Tendell s'est retourné et a levé l'index de la main droite pour le faire taire. L'homme de Solomon n'a pas apprécié, mais il a tenu sa langue.

— Une caisse, a convenu Tendell.

— Faudra sortir le tracteur. Sinon, la grange est vide. J'ai du ragoût sur la cuisinière et du pain pour saucer. Du café au chaud, aussi.

— Je reconnais là ton sens de l'hospitalité, Earl.

Wallace a lancé un regard noir à Blum.

— Ma charité chrétienne, tu peux même dire, a-t-il marmonné avant de rentrer dans sa maison.

Tendell a chargé Riber de garer les Cadillac dans la grange et lui a demandé d'apporter une caisse de whisky pour payer Wallace. Il ne voulait pas laisser Blum seul avec le vieux. Wallace était orgueilleux et têtu, et la promesse d'une caisse d'alcool ne suffirait peut-être pas à leur assurer un abri pour la nuit s'il se sentait insulté.

L'habitation se composait de deux pièces : à un bout une cuisine-salle de séjour, avec un feu ronflant dans une cheminée, et à l'autre bout une petite chambre. Malgré le feu, la grande pièce était glacée. Ils devraient dormir par terre, mais on pouvait compter sur Wallace pour leur donner des coussins et peut-être même une ou deux couvertures. N'empêche, Riber avait raison : la nuit serait froide, fallait s'y attendre.

Blum a parcouru des yeux la pièce austère : une table en chêne grossièrement taillée, un quatuor de chaises, dont trois montraient des signes de fatigue, et une paire de fauteuils rembourrés près de la cheminée. Le sol était en dalles de pierre, recouvertes en grande partie de peaux d'animaux. Pas de photos ni de tableaux pour décorer les murs, et les seuls livres de l'unique étagère étaient une bible et quelques catalogues des grands magasins Sears Roebuck. Blum n'a fait aucun commentaire, il a simplement demandé s'il pouvait s'asseoir. Wallace a donné son assentiment et Blum a tiré une des chaises vers la cheminée. Il s'est chauffé les mains un moment en silence.

Une fois les voitures à l'abri, les trois autres les ont rejoints, Riber portant la caisse destinée à Wallace. Le vieux l'a ouverte et a vérifié que le cachet des bouteilles était intact avant de sortir pour les mettre en lieu sûr dans une des dépendances.

Conlon a tiré une bouteille de la poche de son manteau et l'a agitée en direction de Tendell.

— Sur ma part, d'accord ?

— Non, c'est pour moi, a répondu mon grand-père.

On a trouvé des tasses et Tendell a accepté juste un fond de whisky. Blum a décliné, sans même détourner son attention du feu. Wallace est revenu, mais n'a pas voulu prendre part aux libations. Tendell ne se rappelait pas avoir vu le vieux picoler. Les trois autres ont levé leurs tasses pour se porter un toast et se sont mis à boire. Pendant ce temps, Tendell a aidé Wallace à trouver des bols et des cuillères pour le ragoût.

— Il a un nom, l'homme de King Solomon ? a murmuré le fermier à mon grand-père.

— Blum.

— Mordecai Blum ?

— Ouais. T'as entendu parler de lui ?

— Des tas de gens ont entendu parler de lui. C'est un mauvais.

Tendell ne s'est pas embêté à discuter. Wallace est sorti se soulager, comme si la confirmation de l'identité de Blum avait suscité en lui un désir irrépressible de pisser sur quelque chose.

Wallace a posé la marmite de ragoût sur la table. Celui-ci se composait essentiellement de légumes et de pommes de terre, avec par-ci par-là quelques morceaux de viande grise. Le pain, en revanche, était frais et encore chaud au toucher.

— C'est quoi, la viande ? a voulu savoir Blum.

— De l'écureuil, surtout, a répondu Wallace. Avec un peu de bœuf, aussi, mais pas assez pour qu'on sente le goût. Je peux pas garantir que c'est casher.

Il ne plaisantait pas. On l'avait payé, il ne voyait aucune raison d'être impoli, indépendamment de ce qu'il pensait en son for intérieur de l'émissaire de King Solomon.

Blum a haussé les épaules. Il avait froid et le ragoût était bien chaud. Ils se sont installés près de la cheminée pour manger, Tendell et Wallace prenant les fauteuils. La conversation a porté sur les ragots locaux : histoires de maris infidèles et de femmes acariâtres, naissances et morts, prospérité des uns, misère des autres. Aucune allusion claire aux propres activités illégales de Wallace, qui leur a quand même confié que les prohis étaient venus dans le coin une semaine plus tôt et n'avaient rien trouvé.

— Ils avaient une piste ? a demandé mon grand-père.

— Non, juste un coup de chalut. Il paraît qu'ils ont une grande carte quadrillée accrochée au mur, à Houlton. Ils choisissent un carré, ils le ratissent et ils le barrent de leur liste.

— Une carte, tu dis ?

— Là où n'importe qui peut la voir, s'il en a envie.

— Je parie qu'y en a qui s'en privent pas.

— Je te crois.

— Et qui ouvrent grand leurs yeux et leurs oreilles, aussi.

— Seraient bien bêtes de pas le faire.

Tendell a souri.

— Avec tous ces yeux et toutes ces oreilles grands ouverts, ce serait étonnant que les prohis trouvent quelque chose.

— Étonnant, oui.

La moitié de la bouteille avait disparu. Riber avait déjà le menton sur la poitrine et ronflait doucement. Conlon et Marks n'étaient pas loin de le suivre. Blum buvait du café dans un gobelet de fer-blanc, la lueur du feu se reflétant dans ses yeux. La neige continuait à tomber.

— Ça va durer, cette neige ? a demandé Tendell.

Wallace a levé les yeux vers le plafond comme s'il pouvait voir le ciel à travers.

— C'est parti pour la nuit, mais pas plus. Dès qu'il fera jour, vous pourrez y aller. Je déblaierai le chemin et je vous remorquerai, s'il faut. Pour les routes principales, faudra vous débrouiller.

— Je te suis reconnaissant.

— Je vais me coucher, a annoncé le vieux en se levant. Y a du bacon pour ceux qui voudront, demain matin, du porridge pour les autres. Mettez quelques bûches dans le feu pour qu'il tienne toute la nuit.

Il s'est tourné vers Blum et l'a regardé.

— Encore une chose. J'aurais besoin que vous me donniez une bouteille en plus.

Le tueur a plissé le front.

— De quoi vous parlez ?

— C'est la pleine lune, cette nuit, même si vous pouvez pas le voir, et y a de la vie dans les bois. Une bouteille la tiendra à l'écart.

— Je m'en occupe, a promis Tendell.

— Sûrement pas, est intervenu Blum. C'est quoi, ces conneries ?

— Une vieille coutume, a expliqué mon grand-père. De la superstition. C'est rien, te prends pas la tête avec ça.

Blum a tendu le bras pour désigner, à travers les murs, la grange où les voitures étaient garées.

— C'est le whisky de King Solomon. Dan Carroll se charge de le transporter, mais c'est le fric du King qui l'a payé. J'ai rien dit quand t'as refilé une caisse à cet homme parce que tu l'as prise sur ta part, comme la bouteille que vous avez descendue ce soir, mais je suis pas d'accord pour qu'on en vide une autre dans les bois pour des histoires à dormir debout.

— Je m'en occupe, a répété Tendell.

— Non, a dit Wallace, d'un ton à présent teinté d'hostilité. C'est lui qui doit le faire, a-t-il ajouté en indiquant Blum d'un mouvement du menton. Si c'est le whisky de King Solomon et si ce type est un homme de King Solomon, ça doit être pris sur la part du King, et c'est l'homme du King qui doit faire l'offrande.

— Allez, quoi, Earl…

— Non ! S'il le fait pas, vous pouvez tous foutre le camp de ma maison et de mes terres. Les voitures passeront pas la nuit dans ma grange s'il le fait pas.

— Non mais merde, vous plaisantez ? s'est insurgé Blum.

— Je plaisante pas. À vous de choisir. Vous donnez son dû aux bois ou vous partez.

Blum a secoué la tête, l'air incrédule. Il s'est levé de sa chaise et a commencé à boutonner son manteau. Soudain son poing droit est parti s'enfoncer dans le ventre du vieux fermier. Avant que quiconque puisse réagir, Blum a porté un autre coup à la tempe de Wallace, l'expédiant par terre, puis il s'est mis à le rouer de coups de pied. Mon grand-père a été le premier à se précipiter sur Blum pour le repousser. Blum a trébuché en heurtant une chaise, mais il n'a pas perdu l'équilibre. Il allait se jeter sur Tendell quand Riber, réveillé par la bagarre, s'est interposé.

Tendell s'est accroupi pour examiner Wallace. Le vieux saignait de la bouche, mais il était conscient.

— Ça va, Earl ?

Wallace a grommelé quelque chose que Tendell n'a pas pu comprendre. Levant vers Blum un regard réprobateur, mon grand-père a constaté que le Colt était à nouveau dans sa main. Ses yeux morts luisaient maintenant de rage. Riber, qui n'était pas armé, s'était avancé vers lui, mais par-dessus son épaule il cherchait des yeux l'approbation de Tendell.

— Vous savez qui je suis ? a lancé sèchement Blum. Je suis Mordecai Blum, l'homme de King Solomon. Quand j'ouvre la bouche, c'est lui qui parle. Si vous posez la main sur moi, vous la posez sur le King.

— Et alors ? a répliqué Conlon.

Tendell l'a vu se diriger vers son manteau, sous lequel se trouvait son flingue. Tendell a secoué la tête, Conlon s'est immobilisé.

— Alors, vous la fermez ! a braillé Blum. Vous fermez vos putains de gueules !

— Tout ça pour une boutanche ? a dit Marks.

— Non, pour une question de principe. C'est le whisky de King Solomon. Il reste dans la grange et on ne sortira pas une bouteille de plus des caisses avant que la marchandise soit livrée à Boston.

Wallace s'est remis à marmonner. Il avait les yeux dans le vague.

— Aide-moi à le mettre dans un fauteuil, a dit Tendell à Marks. Il faut le veiller et le tenir au chaud. Il a peut-être une commotion cérébrale. Et toi…

Il s'est tourné de nouveau vers Blum.

— … tu ranges ton arme. Je te le répète, pas besoin de ça ici. Bon Dieu, c'est juste un vieux.

Marks a aidé mon grand-père à installer Wallace dans un fauteuil, sous une couverture. Conlon a trouvé un torchon propre, l'a mouillé et s'en est servi pour essuyer le sang. Le fermier avait la lèvre supérieure fendue et une de ses dents avait sauté. Tendell l'a ramassée et l'a jetée dans le feu.

Conlon, Riber et Marks se tenaient dans un coin et observaient Blum. De toute évidence, ils n'attendaient que l'occasion de lui sauter dessus. Le Mortifère avait baissé son arme, mais ne l'avait pas remisée.

— Ce qui est fait est fait, a dit Tendell, bien que cela lui coûtât. Vous trois, retournez dormir. Blum, pour la dernière fois, range ton calibre, bordel. Tu vois quelqu'un d'autre ici qui joue au cow-boy ?

Le tueur s'était calmé, sa colère s'était dissipée. Il a glissé le Colt dans le holster accroché sous son aisselle et s'est assis près de Wallace.

— Je voulais pas frapper si fort, a-t-il dit. Mais c'est le whisky du King.

Il a passé la main droite sur sa bouche, étalant un peu du sang de Wallace sur son propre visage.

— Qu'est-ce que c'est, cette histoire d'offrande aux bois ?

— Rien.

— Explique-moi.

— C'est une vieille superstition de bootlegger. Quand la lune est pleine, on laisse une bouteille pour Razorshins.

— Razorshins ? C'est qui, ça ?

— Qu'est-ce que ça peut te faire ?

— Ça m'intéresse.

— Ça t'intéresse, maintenant ? T'es vraiment con. Allez, dors.

Tendell est allé dans la chambre de Wallace prendre des coussins, des oreillers et des couvertures. Il les a distribués aux autres en gardant un oreiller pour lui, puis il s'est couché sur une peau d'ours et s'est recouvert de son manteau. Avant de fermer les yeux, il a vu Blum se servir une autre tasse de café.

Mon grand-père n'était pas superstitieux, ni même particulièrement croyant, mais il comprenait la nécessité d'être tolérant envers les convictions des autres, surtout quand ils vous rendaient service, et même si cela vous coûtait un peu de gnôle. Il savait que ceux qui vivaient et travaillaient dans les North Woods avaient leur propre mythologie. Ils ne faisaient pas de mal aux geais gris parce que ces oiseaux étaient, croyaient-ils, les esprits réincarnés de bûcherons morts ; ils considéraient les chouettes effraies comme un mauvais présage, au point qu'ils évitaient les parties de la forêt qu'elles peuplaient. Tendell avait aussi fréquenté des hommes qui prétendaient avoir aperçu le Wendigo, un esprit indien, quoique ces histoires, assorties invariablement de sombres références au cannibalisme, aient été plus tolérées que vraiment crues.

Razorshins n'était pas nouveau pour Tendell, qui avait connu des hommes dont les pères et les grands-pères, racontaient-ils, laissaient dehors une cruche d'alcool de contrebande une fois par mois pour que Razorshins ne perturbe pas le fonctionnement de leur alambic. Au siècle précédent, des scalps et autres mutilations qu'on avait imputés à des Indiens isolés avaient été par la suite secrètement attribués à Razorshins. Personne n'avait jamais vu cette créature, et l'on ne pouvait jurer qu'elle existait vraiment, mais Tendell connaissait des bouilleurs – et pas des imbéciles – qui avaient un soir laissé une cruche pleine dehors et l'avaient retrouvée vide le lendemain matin, ou alors elle avait disparu et ils avaient relevé alentour des empreintes bizarres : comme celles de pieds de squelette, affirmaient-ils, étrangement étroites, avec six orteils et, soutenaient certains, une sorte d'ergot au talon.

Tendell a rouvert les yeux. Blum était toujours assis près du feu, sirotant son café. Près de lui, Wallace gémissait dans son sommeil. Le vieil homme survivrait mais, ils auraient beau lui offrir dix caisses de whisky, ils ne seraient plus jamais les bienvenus chez lui. Blum avait tout foutu en l'air.

Tendell a refermé les yeux et essayé de dormir.

Réveillé par un grognement, mon grand-père a vu Blum debout, s'étreignant le ventre, et il a retenu un sourire : quand un homme n'a pas l'habitude de manger des bestioles, ça peut jouer des tours à sa digestion. Il a entendu Blum lâcher un pet sonore et jurer. Autour de lui, les autres ronflaient.

Tendell s'est soulevé sur un coude.

— Magne-toi d'aller dehors, avant de nous asphyxier tous.

— Cette saloperie de ragoût…, a gémi Blum. Ça me brûle les tripes.

— T'es juste pas habitué à une nourriture riche, a répondu Tendell, en jetant un coup d'œil par la fenêtre. Je suis pas sûr, mais on dirait qu'il neige plus. C'est déjà ça.

Blum a remis ses chaussures, drapé son manteau sur ses épaules et s'est dirigé vers la porte d'un pas chancelant.

— Tu sais pas où est passé mon chapeau ?

— Non, aucune idée.

— Ça caille.

— Grouille-toi si tu veux pas te chier dessus.

Blum a cherché encore un instant son chapeau avant de se résigner à s'en passer.

— Tant que t'y es, tu pourrais changer d'avis, pour cette bouteille, lui a suggéré Tendell.

Sans lui répondre, Blum est sorti dans le froid et a refermé la porte derrière lui. Un des chauffeurs s'est agité dans son sommeil, mais ne s'est pas réveillé.

— Tendell…

C'était la voix de Wallace.

— Ça va mieux, Earl ?

Tendell s'est levé et s'est approché du foyer pour voir comment allait le fermier. Comme le feu était en train de mourir, il a ajouté une bûche.

— Ferme la porte à clé, a murmuré le vieux.

Mon grand-père a cru avoir mal compris.

— T'as dit quoi ?

— Ferme la porte à clé. Maintenant. On a pas beaucoup de temps.

— Qu'est-ce que tu racontes ? Blum est dehors.

— Et il est pas seul. Écoute.

Tendell a tendu l'oreille, mais n'a rien entendu.

— Tout est silencieux.

— Non, non.

Et puis il a perçu le bruit : un très léger crissement de pas sur la neige, et autre chose, aussi : un cliquetis, comme de l'os sur de l'os.

Laissant Wallace, il est allé à la fenêtre. Le ciel s'était éclairci, les bois luisaient au clair de lune. Il pouvait voir la grange dans laquelle les Cadillac étaient garées et, à droite, la petite cabane où Blum faisait son affaire. Les seules traces dans la neige étaient les siennes.

— Je vois r…

Il a vu quelque chose. Il aurait pu attribuer ce mouvement au vent s'il y avait eu du vent, mais les branches des arbres étaient immobiles. Tendell avait du mal à comprendre ce qu'il voyait parce que la créature restait à la lisière du bois en se dirigeant vers la cabane. La comparaison la plus proche qu'il pouvait trouver : un phasme géant, une énorme mante religieuse. Elle mesurait plus de deux mètres et avait la couleur de la crème au beurre tournée. Comme elle n'avait quasiment pas de chair, Tendell pouvait compter chacun des os sous la peau qui drapait son corps. Les articulations des genoux étaient repliées vers l'arrière, de sorte qu'elle se penchait en avant en marchant. Elle avait les bras tendus devant elle et semblait palper l'air de ses mains aux longs doigts terminés par des serres qui cliquetaient les unes contre les autres. Des pointes osseuses hérissaient l'arrière des genoux, ainsi que les chevilles, les coudes et les poignets. Une ligne irrégulière de ces mêmes pointes courait le long de la colonne vertébrale comme sur le dos des dinosaures que Tendell avait vus au musée d'Histoire naturelle. La tête semblait incurvée comme un fer de hache, ce dont Tendell a eu confirmation quand la créature s'est tournée vers la fenêtre, révélant un visage à peine plus gros qu'un poing fermé, une bouche garnie de petites dents aiguës de brochet. Elle n'avait pas d'yeux, du moins aucun que Tendell pût distinguer, et ses narines, larges et humides, reniflaient la nuit.

— Va fermer la porte à clé ! a répété Wallace.

— Mais Blum ?

À cet instant, l'homme de Solomon est sorti de la cabane en remontant son pantalon.

— Blum ! a crié Tendell en frappant au carreau. Blum !

Il a entendu derrière lui les autres qui remuaient et commençaient à s'éveiller.

— Taisez-vous, a ordonné le fermier. Ne faites pas de bruit.

Blum a regardé vers la fenêtre en plissant les yeux. Une ombre s'est posée sur lui et il a tendu les mains devant lui en voyant ce qui s'approchait. Le pantalon lui est tombé sur les chevilles, il a quand même tenté de fuir. Il y a eu comme un sifflement de faux et soudain le tueur gisait sur la neige, la jambe droite sectionnée en dessous du genou.

Blum a poussé un hurlement d'animal.

Lorsque mon grand-père a fait mine de gagner la porte, Riber lui a barré le chemin, tout comme il s'était interposé plus tôt entre Wallace et Blum.

— Il faut qu'on l'aide, a plaidé Tendell.

— On peut pas, a rétorqué Riber.

— Si tu mets le pied dehors, tu vas crever, a prédit Wallace de son fauteuil. On va peut-être tous crever.

Tendell a essayé de contourner Riber, mais il n'était pas de taille face au Danois, qui l'a repoussé.

— Non, a lâché Riber.

Tendell a de nouveau regardé par la fenêtre. Dehors, Blum se traînait sur la neige en laissant derrière lui un sillage de sang. La créature se tenait au-dessus de lui, et sous les yeux de Tendell elle s'est mise à le taillader de ses bras et de ses jambes, ouvrant dans son corps des plaies sanglantes. Et pendant tout ce temps Blum a poussé des cris déchirants, jusqu'à ce que la créature le saisisse enfin par les cheveux et le scalpe d'un seul geste vif.

Tendell a détourné les yeux. Lorsqu'il a recommencé à regarder, le monstre tenait Blum suspendu par sa jambe gauche, la tête en bas. Il l'a balancé de droite et de gauche avant de le jeter dans l'obscurité des bois, tout en gardant les yeux fixés sur la ferme.

Riber, Conlon et Marks avaient maintenant leur arme à la main.

— Ça vous servira à rien, leur a dit le vieux. Éloignez-vous juste des fenêtres. Approchez-vous du feu.

Les quatre hommes ont suivi son conseil, sans pour autant lâcher leurs pistolets. Une ombre est passée devant la fenêtre la plus proche ; la poignée de la porte a vainement tourné. Les chauffeurs et Tendell ont entendu tapoter contre le bois des murs, gratter au carreau de la fenêtre la plus éloignée. Finalement, après un long silence, quelque chose a craqué dehors.

— C'est dans la grange, a estimé Tendell.

Ils ont perçu des bruits de verre cassé, de métal enfoncé, de bois éclaté, jusqu'à ce que le silence revienne. Dix minutes se sont écoulées, puis quinze, avant que Tendell trouve en lui le courage de retourner à la fenêtre.

— Je crois qu'il est parti, a-t-il annoncé.

Ce n'était pas l'avis de Wallace :

— Non, il est toujours là. Il attend.

— Il attend quoi ? a demandé Riber.

— Qu'un de nous sorte, a répondu Wallace. Je crois que quelquefois il oublie à quel point il aime le sang.

Aucun des cinq hommes ne s'est éloigné du feu avant que l'aube finisse par poindre. La nuit s'en est allée, et avec elle Razorshins.

Ils ont trouvé le cadavre mutilé de Blum dans les bois, et l'identifier aurait posé un gros problème à qui aurait ignoré comment il était mort. Ils ont enterré ce qui restait de lui parmi les arbres.

— Qu'est-ce qu'on va dire à King Solomon ? s'est demandé Conlon à voix haute.

— Rien, a répondu Tendell. J'avais pour instruction de le déposer à Portland. Pour ce que vous en savez, c'est ce que j'ai fait.

— Le King avalera jamais ça.

— À Dan de régler le problème.

L'une des Cadillac était irréparable, mais la plupart de ses caisses n'avaient pas souffert. Ils les ont réparties dans les autres voitures, puis Tendell a utilisé le tracteur et la lame de déneigement pour dégager un chemin jusqu'à la route, parce que Wallace était trop faible pour les aider. Ils lui ont laissé deux caisses de whisky en plus pour sa peine, mais il ne les a pas remerciés et Tendell ne l'a plus jamais revu.

C'est seulement au moment de partir que mon grand-père a retrouvé le chapeau du Mortifère. Il était par terre contre un poteau de clôture, à côté d'une bouteille vide. Autour, des empreintes de pieds à six orteils marquaient la neige.

Tendell n'en a pas parlé aux autres.

La disparition de Mordecai Blum a provoqué entre Dan Carroll et King Solomon des frictions qui menaçaient de dégénérer en violences, mais quelque temps plus tard, cette même année, deux flingueurs nommés Burke et Coyne ont mis fin aux jours du King dans les toilettes messieurs du Cotton Club de Boston, alors que Dan Carroll, toujours aussi veinard, poursuivait sa route pour décéder finalement en 1946, à l'âge de soixante-trois ans.

Peu avant la mort de Dan, mon grand-père lui a révélé la vérité sur la disparition de Blum. Carroll n'était plus alors que l'ombre de l'homme qu'il avait été, mais il avait encore toute sa tête.

— T'aurais dû me le dire, a reproché Dan à mon grand-père.

— Tu m'aurais cru ?

— Je l'ai toujours fait. La seule fois où je t'ai pas cru, c'est quand tu m'as raconté que t'avais déposé Blum à Portland, mais j'ai pensé qu'il valait mieux accepter ton histoire et vivre avec que commencer à faire des trous dedans et inciter Solomon à nous tomber dessus. Et tu sais, le King t'aurait peut-être cru, lui aussi.

— Pourquoi tu dis ça ?

— Parce que, le jour où il est mort, quelqu'un a laissé une bouteille sur le pas de sa porte. Dedans, y avait un scalp conservé dans du whisky canadien. Je me suis toujours demandé qui avait fait ça. Tu penses que c'est Wallace ?

— Sûrement.

— Tu sais que Blum avait zigouillé un cousin du vieux ?

— Non, j'ai jamais entendu parler de ça.

— Il vivait dans le New Hampshire. Il fabriquait de la gnôle et il est devenu ambitieux. Solomon a envoyé Blum péter son alambic et lui péter aussi quelques os. Il était pas censé le buter, mais il est allé trop loin.

Carroll s'est tourné sur son lit de douleur, cherchant, tel un vieux chien, un rayon de soleil auquel se chauffer.

— Tu crois que Wallace savait que Blum accompagnerait le convoi ?
— Je crois, oui.
— Et la tempête de neige ?
— Un coup de pot – ou autre chose, peut-être, a suggéré Carroll. La neige a pris tout le monde par surprise, si je me souviens bien.
— Wallace n'était pas un chaman.
— Ah ouais ? Tu t'es jamais demandé ce qu'il faisait avec toute la gnôle que tu lui refilais ? Il la buvait pas, en tout cas, il touchait jamais à l'alcool.
— Aucune idée, a reconnu mon grand-père.
— Je pensais que tu savais tout ce qu'y avait à savoir sur les gens de là-bas. C'était peut-être pas le cas.
— Peut-être, nom de Dieu.
— Nom de Dieu, comme tu dis. Tout se paie un jour. Même King Solomon le savait.

Les yeux de Carroll commençaient à se fermer, il approchait de la fin. Ce serait la dernière conversation que mon grand-père aurait avec lui.

— Tu retournes de temps en temps là-haut, Tendell ? a demandé Carroll sans le regarder.
— Non, pas après ce qui s'est passé.
— Je crois que tu fais bien. Tu penses que Razorshins est toujours dans les bois ?
— Sûrement.
— Et qu'est-ce qu'il fait, d'après toi ?

Mon grand-père s'est alors rappelé ce que Wallace leur avait dit après que la créature avait scalpé Mordecai Blum.

— Il attend, a-t-il répondu. Il attend.

# À PROPOS DE *LA DISSECTION D'UN INCONNU* (1637), DE FRANS MIER

## 1

Le tableau intitulé *La Dissection d'un inconnu* est l'une des œuvres les plus obscures du petit maître hollandais Frans Mier. C'est une toile insolite, quoiqu'on puisse considérer son sujet comme typique de notre époque : l'ouverture d'un corps par un chirurgien ou un anatomiste, suppose-t-on dans un premier temps, à la lumière d'une lampe suspendue au-dessus du corps nu du quidam, le cuir chevelu rabattu en arrière révélant le crâne, les entrailles exposées, l'anatomiste, scalpel à la main, prêt à explorer plus à fond les intrications de ce corps, la composition physique de la riche complexité de l'univers.

Je me suis rendu il y a peu en Angleterre, où j'assistai à la pendaison d'une certaine Elizabeth Evans – surnommée Canterbury Bess –, coupeuse de bourses et meurtrière notoire, arrêtée avec son complice, Thomas Sherwood. « Country Tom » connut lui aussi la potence, mais pas le sort posthume d'Elizabeth, disséquée après sa mort dans le Barber-Surgeons' Hall, parce que le corps d'une femme intéresse davantage les chirurgiens que celui d'un homme et est en outre plus difficile à se procurer. Elle pleurait et geignait tandis qu'on la conduisait au gibet, elle implorait un enterrement chrétien parce que sa peur du Hall était plus terrible que celle de la potence. Finalement, le bourreau la fit taire en lui mettant un bâillon, car cela perturbait le public.

Sa frayeur se communiqua cependant en partie à la populace massée au pied de la potence. Bien que les chirurgiens eussent revêtu pour l'occasion des habits d'hommes du commun, la foule les avait reconnus pour ce qu'ils étaient et un cri s'éleva pour leur signifier que la loi avait déjà été assez sévère avec cette femme et qu'il ne convenait point de lui infliger un acte supplémentaire de barbarie. Je dirais toutefois qu'il s'agissait moins de lui assurer quelque dignité dans son repos éternel que du souci de ne pas être privé de la longue exposition de ses os à King's Cross. Les chirurgiens eurent néanmoins gain de cause puisque, à peine le bourreau eut-il rempli son office, Canterbury Bess fut dépendue, déshabillée, fourrée nue dans une caisse aussitôt hissée sur une charrette. Elle fut ensuite transportée au Hall, près de Cripplegate. Pour un penny, j'eus la permission, avec d'autres, d'observer les chirurgiens à l'œuvre, et ce fut pour moi une révélation.

Mais je digresse. Je donne simplement ces détails pour souligner que le tableau de Mier ne peut être compris isolément. Il est un témoignage sur notre temps et doit être considéré dans le contexte des œuvres de Valverde et Estienne, Spigelius, Berrettini et Berengarius, autres grands illustrateurs des mystères internes de notre forme corporelle.

Regardez-y cependant de plus près et il vous apparaîtra que le sujet de la toile de Mier n'est point ce qu'il semble être de prime abord. Le visage de l'inconnu s'est tordu dans ses ultimes souffrances, mais l'on ne voit aucun signe de strangulation et le cou ne montre aucune marque. Si c'est un malandrin ayant échappé à la potence, par quel moyen a-t-on mis un terme à sa vie ? Malgré la faible lumière, on peut voir qu'on lui a attaché les mains à la table de dissection au moyen d'une solide corde. Seule la droite est visible, soit, mais on imagine mal que l'une soit entravée et l'autre non. Sur son poignet, des entailles indiquent qu'il s'est débattu dans ses liens et du sang coule de la table en grande quantité. Or, les morts ne saignent pas ainsi.

Et si l'homme au scalpel est vraiment un chirurgien, pourquoi n'en porte-t-il pas l'habit ? Pourquoi travaille-t-il seul, dans ce lieu obscur de surcroît et non dans un amphithéâtre ? Où sont ses pairs ? Pourquoi n'y a-t-il aucun autre homme de savoir, aucun assistant, aucun spectateur curieux ayant acquitté son penny pour pouvoir être là ? Il s'agit, semble-t-il, d'un labeur secret.

Observez : là, dans le coin, derrière l'anatomiste, le visage incliné pour regarder l'homme disséqué, n'est-ce pas une femme au buste penché ? Elle porte la main gauche à sa bouche et ses yeux s'écarquillent de chagrin et d'horreur, mais là encore une corde est visible. La femme aussi est attachée, mais pas aussi étroitement que la victime de l'anatomiste. Oui, *victime* est peut-être le mot, car la seule conclusion qu'on puisse tirer, c'est que l'homme allongé sur la table souffre sous le scalpel. Ce n'est pas un cadavre de pendu, et il ne s'agit pas d'une dissection.

C'est bien pire.

## 2

L'attribution d'une œuvre est toujours chose difficile en de telles circonstances. Elle s'apparente, pourrait-on dire, à une enquête sur un crime. Le meurtrier a laissé des indices et il appartient à l'observateur attentif et malin de relier ces preuves au responsable. L'utilisation d'une unique source de lumière, éclairant de droite à gauche, est typique de la manière de Mier. De même pour l'allongement des visages, peints de sorte que les personnages ressemblent plus à des spectres qu'à des personnes vivantes, comme si leur voyage vers l'au-delà avait déjà commencé. Les mains, en revanche, sont maladroitement rendues, à l'exception de celles de l'anatomiste. Il se peut qu'elles aient été peintes par d'autres – Mier ne serait pas le seul maître laissant ses élèves achever ses toiles. Mais il se peut également qu'il ait cherché à attirer notre attention sur les mains de l'anatomiste. Il y a une grâce, une dextérité dans cette profession, et Mier suggère peut-être que ce sont des doigts habiles qui tiennent le scalpel.

Pour Mier, c'est un artiste à l'œuvre.

## 3

J'avoue n'avoir jamais vu le tableau en question. J'en ai seulement une image dans mon esprit, reposant sur ma connaissance de ces sujets. Mais pourquoi cela nous préoccuperait-il ? Imaginer, n'est-ce pas le premier pas qui conduit à faire exister quelque chose ? D'abord on l'envisage, puis on peut entreprendre d'en faire une réalité. Toute grande œuvre d'art a pour point de départ une vision, qui est peut-être plus proche de Dieu que celle que créera finalement le pinceau de l'artiste. Des défauts humains se glissent immanquablement dans l'exécution. Le peintre n'atteint à la perfection qu'en esprit.

4

Il est possible que le tableau intitulé *La Dissection d'un inconnu* n'existe pas.

5

Qui est cette femme ? Pourquoi la force-t-on à regarder un homme se faire découper par un autre, à entendre ses cris lorsque la lame le taillade avec une lenteur exquise ? Les chirurgiens et les savants ne se livrent pas à de telles tortures.

6

Alors, si ce n'est pas un chirurgien au travail que nous observons, peut-être, faute d'un autre mot, regardons-nous un meurtrier. Il est plus âgé que les autres personnages, pas assez vieux cependant pour que sa barbe ait viré au gris. La femme, elle, est d'une grande beauté, aucun doute là-dessus : Mier n'était pas un sentimental, il ne l'aurait pas portraiturée autrement qu'elle n'était. La victime aussi est plus proche en âge de la femme que du chirurgien. Nous pouvons le constater dans ses traits, et dans la perfection juvénile de son corps, à présent détruite.

Il se peut qu'il ait quelque chose d'espagnol en lui.

## 7

Je l'admets, Frans Mier n'existe peut-être pas.

## 8

Forts de cette connaissance, glanée par un examen minutieux du tableau, échafaudons une hypothèse. L'homme au scalpel n'est point chirurgien – bien qu'il puisse souhaiter le devenir –, mais il nourrit pour la nature de la forme humaine une curiosité qui l'a conduit à observer attentivement les anatomistes. La femme ? Disons-le : c'est son épouse, charmante et infidèle, inconstante dans ses amours, lasse du corps vieillissant qui partage sa couche, et avide d'une chair plus ferme.

Et l'homme sur la table, donc, est, ou était, son amant. Supposons maintenant que le mari ait découvert l'infidélité de son épouse. Le jeune homme est peut-être son apprenti, quelqu'un en qui il a placé sa confiance et son affection, une sorte de substitut à l'enfant qu'il n'a pas eu le bonheur d'engendrer. Comprenant la trahison dont il est l'objet, le maître attire l'apprenti dans la cave, où la table est déjà prête. Non, attendez : il l'endort avec du vin contenant une drogue, car l'apprenti est jeune et plus gaillard que lui, et le maître n'était pas sûr d'avoir le dessus. Lorsque l'apprenti reprend conscience, réveillé par les cris de la femme enfermée avec lui, il est incapable de faire un mouvement. Il ajoute sa voix à celle de la femme, mais les murs sont épais et la cave est profonde. Personne ne peut les entendre.

Une silhouette s'approche, la lampe fait luire la lame aiguisée, et le sinistre travail débute.

## 9

Voilà donc notre version de la vérité, notre réponse à la question de l'attribution. Moi, Nicolaes Deyman, j'ai occis mon apprenti Mantegna. Je l'ai disséqué dans ma cave, le découpant lentement comme si, à l'instar des médecins d'antan, je cherchais en lui une cinquième humeur encore insoupçonnée, l'humeur noire et maligne responsable de sa trahison. J'ai contraint mon épouse, ma bien-aimée Judith, à me regarder arracher la peau à la chair, la chair à l'os. Une fois son amant mort, je l'ai étranglée avec une corde et j'ai pleuré ce faisant.

Je reconnais la sagesse et la justice du jugement de la cour : que mon nom soit effacé de tous les registres et recueils de titres, qu'il ne soit plus jamais prononcé ; que je sois emmené hors de ce lieu, pendu en secret et, encore vivant, remis aux anatomistes, porté dans leur temple du savoir pour y être disséqué alors que mon cœur bat encore, afin que ma lente agonie puisse contribuer au progrès des connaissances humaines et vienne en compensation de mes crimes.

Je ne demande qu'une chose : qu'un artiste, un homme de quelque talent, soit autorisé à observer et consigner tout ce qui arrive afin que le tableau intitulé *La Dissection d'un inconnu* accède enfin à l'existence. Après tout, j'ai commencé le travail pour lui. J'ai imaginé la scène. Je l'ai décrite. J'ai fourni à cet homme le sujet et je l'ai rendu réel.

Car moi aussi je suis un artiste, à ma façon.

# Fantômes

Le monde était devenu vaguement étrange. Même l'hôtel semblait différent, comme si tout le mobilier avait quelque peu bougé pendant son absence : le bureau de la réception avait été déplacé d'une trentaine ou d'une cinquantaine de centimètres, ce qui faisait paraître le hall plus petit ; les lampes avaient été modifiées, leur lumière était maintenant toujours trop faible ou trop vive. Ce n'était pas comme ça avant. Tout avait changé.

Mais pouvait-il en être autrement alors qu'elle n'était plus à ses côtés ? Il n'était jamais venu seul dans cet endroit. Elle l'avait toujours accompagné, se tenant à sa gauche tandis qu'il procédait à leur inscription, l'observant dans un silence approbateur tandis qu'il signait le registre, lui pressant le bras quand il écrivait *M. et Mme*, comme il l'avait fait le premier soir, pour leur lune de miel. Depuis, elle avait répété ce petit geste si intime à chacun de leurs retours pour lui signifier, à sa manière silencieuse, qu'elle ne prendrait jamais leur couple pour acquis, cet assemblage des divers aspects de leurs êtres sous un seul nom. Elle était à lui comme il était à elle, elle ne l'avait jamais regretté, elle ne s'en lasserait jamais.

À présent, il n'y avait plus de *Mme*, seulement *M.* Il leva les yeux vers la jeune femme de la réception. Il ne l'avait jamais vue avant, elle devait être nouvelle. Il y avait toujours eu de nouveaux employés, mais autrefois il restait toujours assez d'anciens pour leur donner, lorsqu'ils revenaient, elle et lui, un sentiment réconfortant de familiarité. Cette fois, tandis qu'on préparait sa clé électronique et qu'on passait sa carte de crédit dans la machine, il prit le temps de détailler les visages du personnel et ne reconnut personne. Même le concierge n'était plus le même. Tout avait changé, semblait-il, depuis qu'elle était sortie de sa vie. Sa mort avait incliné le globe terrestre sur son axe, déplaçant les meubles, modifiant l'éclairage et même les gens. Ils étaient morts avec elle, et tout avait été remplacé sans qu'une seule objection ait été émise.

Lui, il ne l'avait pas remplacée par une autre, et il ne le ferait jamais.

Lorsqu'il se pencha pour prendre sa valise, la douleur le transperça à nouveau, si vive, si brutale, qu'il en eut le souffle coupé et dut s'appuyer au bureau. La jeune femme lui demanda s'il allait bien et il mentit en affirmant que oui. Un chasseur s'approcha et proposa de porter son bagage dans la chambre, ce qui fit naître en lui un vague sentiment de honte de ne pouvoir accomplir une tâche aussi simple : porter une valise en cuir de la réception à l'ascenseur, de l'ascenseur à la chambre. Il savait que personne ne l'observait, que personne ne s'intéressait à lui, que c'était à ça que servait le chasseur, mais c'était le fait qu'il n'avait désormais plus le choix qui le troublait : il aurait été incapable de porter cette valise, même s'il l'avait voulu. Son corps lui faisait mal et chacun de ses mouvements disait sa faiblesse. Il imaginait parfois que ses entrailles étaient devenues une structure alvéolaire, avec des espaces vides là où des cellules s'étaient délabrées, effondrées, une fragile construction qui se désintégrerait sous la pression. Il approchait du terme de sa vie et son corps avait entamé son déclin final.

Dans l'ascenseur, il caressa sa carte-clé, remarqua le numéro sur le petit étui de carton. Il avait déjà occupé cette même chambre très souvent, mais toujours avec sa femme, et cela lui rappela une fois de plus à quel point il était seul sans elle. Pourtant, il n'avait pas voulu passer dans la maison où ils avaient vécu ce premier anniversaire de leur mariage depuis qu'elle était morte. Il avait voulu faire comme ils avaient toujours fait, pour honorer sa mémoire, et il avait téléphoné pour retenir la chambre qui lui était familière.

Après une brève lutte avec la serrure électronique – Qu'est-ce qui n'allait pas avec les clés de métal pour qu'on ait dû les remplacer par ces morceaux de plastique disgracieux ? se demanda-t-il –, il entra dans la chambre. Tout était propre et net, anonyme sans être aliénant. Il avait toujours aimé les chambres d'hôtel, il appréciait de pouvoir leur imposer des éléments de sa personnalité en laissant simplement un livre sur la table de chevet, ou ses chaussures au pied du lit.

Il y avait un fauteuil dans un coin près de la fenêtre et il s'y laissa tomber en fermant les yeux. Le lit le tentait, mais il craignait de ne plus pouvoir se relever s'il s'y étendait. Le voyage l'avait épuisé. C'était la première fois qu'il prenait l'avion depuis le décès de sa femme, et il avait oublié quelle corvée c'était devenu.

Il était assez âgé pour se souvenir d'un temps où il n'en avait pas toujours été ainsi, où subsistait une part de glamour et d'excitation. Dans l'avion, il avait dîné de papier, tout ce qu'il avait avalé et bu avait un goût de carton, de plastique. Il vivait maintenant dans un monde composé d'éléments jetables : tasses, assiettes, mariages, personnes.

Il dut s'endormir, car lorsqu'il rouvrit les yeux la lumière avait changé et il avait un goût aigre dans la bouche. Il consulta sa montre, fut surpris de constater qu'une heure s'était écoulée. Étonnant aussi, ce bagage dans un coin, apporté peut-être par le chasseur pendant qu'il sommeillait – en tout cas, il n'était pas à lui. Il pesta en silence contre le jeune homme. Était-ce vraiment si difficile de monter le bon bagage à la bonne chambre ? Ce n'était pas comme si le hall débordait de clients quand il était arrivé. Il se leva et s'approcha de l'objet offensant. C'était une valise rouge, posée sur un support à côté du placard. L'idée lui vint que, fatigué par le voyage, il ne l'avait peut-être pas remarquée en entrant dans la pièce et qu'elle s'y trouvait déjà. Il l'examina. Elle était fermée à clé, avec un foulard vert attaché à la poignée pour la distinguer des autres bagages sur le carrousel de l'aéroport. Pas de nom, mais la poignée était collante au toucher à l'endroit où l'étiquette de la compagnie aérienne avait été apposée. Il jeta un coup d'œil à la corbeille : elle était vide, elle ne contenait pas d'étiquette usagée qui aurait identifié le propriétaire. Et pourtant, cette valise lui semblait étrangement familière…

Le téléphone de la salle de bains était plus proche que celui de la table de chevet. Il décida donc de l'utiliser pour appeler la réception, prit toutefois le temps d'examiner de nouveau la valise. Il sentit soudain en lui une brève flambée de peur. Il se trouvait dans un grand hôtel d'une métropole américaine. Ne se pouvait-il que quelqu'un ait délibérément abandonné cette valise dans la chambre ? Il se demanda s'il n'allait pas devenir tout à coup l'épicentre d'une énorme explosion et imagina son corps non pas désintégré, ni vaporisé, mais déchiqueté en d'innombrables morceaux comme une statue de porcelaine tombée sur un sol de pierre, des fragments de lui jonchant les ruines de la pièce : un lambeau de joue ici, un œil là, clignant encore. Le chagrin avait rendu son corps fondamentalement fragile, il y avait des failles dans son être.

Les bombes tictaquaient-elles encore ? Il supposait que certaines – les plus désuètes – le faisaient encore. Tout comme il avait compté sur son vieux réveil à remontoir pour le tirer du sommeil le matin même (il vivait dans la crainte des coupures de courant quand il avait un avion à prendre, ou une réunion à laquelle il devait assister), il y avait peut-être des circonstances où seul un simple réveil à tic-tac, avec un petit trou derrière pour remonter le mécanisme, faisait l'affaire quand on ne pouvait se permettre d'échouer.

Il s'approcha de la valise avec précaution, se pencha et tendit l'oreille, retenant sa respiration pour que son sifflement ne masque pas un éventuel bruit révélateur. Il n'entendit rien, se sentit aussitôt ridicule. C'était un bagage égaré, rien de plus. Il allait appeler la réception pour qu'on vienne le récupérer.

Il passa dans la salle de bains, alluma la lumière et se figea, la main sur le téléphone. Des articles de toilette et des produits de beauté étaient alignés avec soin au-dessus du lavabo, ainsi qu'une brosse à cheveux, un peigne et une petite trousse. Il nota des crèmes hydratantes, des rouges à lèvres et, dans la cabine de douche, un flacon de shampooing vert pomme voisinant avec un après-shampooing au jojoba. Des cheveux blonds étaient pris dans la brosse.

On lui avait donné une chambre déjà occupée, dont une femme avait déjà fait temporairement son foyer. Il éprouva de la colère et de l'embarras, à la fois pour elle et pour lui. Comment aurait-elle réagi si, retournant à sa chambre, elle y avait découvert un vieil homme somnolant dans un fauteuil près de son lit ? Aurait-elle poussé un cri ? Il songea que le choc provoqué par des cris de femme dans une chambre inconnue aurait peut-être suffi à hâter l'heure de sa mort et il se réjouit brièvement que les choses n'en soient pas arrivées là.

Il composait déjà une diatribe dans sa tête lorsqu'il entendit la porte de la chambre s'ouvrir. Une femme entra. Elle portait un chapeau rouge et un imperméable crème dont elle se débarrassa sur le lit en même temps que de sacs de courses provenant de deux boutiques de vêtements branchées. Elle lui tournait le dos et sa chevelure blonde, attachée par une barrette en cuir, lui balayait la nuque. Maintenant qu'elle avait défait son manteau de pluie, il pouvait voir son pull jaune citron et sa jupe blanche, au-dessus de ses jambes nues et de ses sandales beiges.

La femme se retourna et le regarda droit dans les yeux. Il ne bougea pas. Il ouvrit les lèvres et prononça son nom, mais elle ne l'entendit pas.

Non, pensa-t-il, ce n'est pas possible. Ça ne peut pas être.

C'était elle, et ce n'était pas elle.

Il n'avait pas devant lui le visage de la femme qui était morte moins d'un an plus tôt, les traits profondément creusés par l'âge et les ravages de la maladie qui l'avait emportée, des cheveux gris et clairsemés, un corps frêle, presque un corps d'oiseau, parce qu'elle s'était recroquevillée sur elle-même par endroits au cours de ses derniers mois, mais le visage d'une autre femme qui avait autrefois vécu sous ce nom. C'était son épouse telle qu'elle avait été autrefois, avant la naissance de leurs enfants. C'était sa bien-aimée en jeune femme – la trentaine, environ, pas plus. Et en la contemplant, il fut stupéfié par sa beauté. Il l'avait toujours aimée, il l'avait toujours trouvée belle, même vers la fin, mais ni les photos ni les souvenirs ne rendaient justice à la jeune fille qui l'avait fasciné et pour laquelle il avait éprouvé des sentiments qu'il n'avait jamais ressentis auparavant et qu'il n'avait plus jamais ressentis depuis.

Elle se dirigea vers lui. Il prononça à nouveau son nom et n'obtint pas de réponse. Lorsqu'elle fut devant la salle de bains, il s'écarta, exécutant une petite danse au terme de laquelle il se retrouva hors de la salle de bains et elle dedans. Puis elle lui referma la porte au nez et il l'entendit se déshabiller, et malgré sa stupeur il se surprit à s'éloigner pour lui laisser un peu d'intimité, et se mit à fredonner comme il le faisait toujours dans ses moments de confusion ou de distraction. Pendant le court laps de temps où il avait dormi, le monde avait de nouveau changé, mais il ne comprenait plus quelle place il y occupait.

Il perçut le bruit de la chasse d'eau et elle sortit de la salle de bains, fredonnant le même air que lui. Elle ne peut pas me voir, se dit-il. Elle ne peut pas me voir, mais est-ce qu'elle peut m'entendre ? Elle n'avait pas réagi quand il l'avait appelée par son nom et pourtant elle fredonnait maintenant la même chanson. Cela pouvait être une simple coïncidence. C'était après tout un de leurs airs préférés, et il n'y avait peut-être rien d'étonnant à ce qu'elle le chante à mi-voix quand elle était seule et contente. Il ne l'avait jamais vue sans lui, évidemment. Certes, il était arrivé qu'elle ne soit pas consciente de sa présence et qu'il l'ait observée à son insu tandis qu'elle vaquait à l'une ou l'autre des activités routinières de ses journées, mais ces moments étaient toujours brefs et s'interrompaient quand elle s'apercevait de sa présence ou qu'il pensait avoir des choses plus essentielles à faire. Ces choses étaient-elles vraiment si essentielles ? Depuis la mort de sa femme, il aurait donné une dizaine de ces choses – non, cent, non, mille – pour une seule minute à la regarder. Sagesse rétrospective, supposait-il. Le recul rendait avisé, mais trop tard.

Tout cela n'avait aucune importance. Ce qui comptait, c'était qu'il voyait pour l'heure sa femme telle qu'elle avait été, telle qu'elle ne pouvait plus être et qu'elle était pourtant. Il envisagea diverses explications : un rêve éveillé, peut-être, ou une hallucination causée par la fatigue et le voyage. Mais il avait senti son odeur quand elle était passée près de lui, et il l'entendait chanter, et ses pieds laissaient dans l'épaisse moquette des empreintes qui demeuraient visibles un instant.

J'ai envie de te toucher, pensa-t-il. De sentir ta peau contre la mienne.

Elle ouvrit sa valise et entreprit d'en sortir ses vêtements, accrocha robes et corsages dans le placard et rangea ses dessous dans le tiroir de gauche, comme elle le faisait à la maison. Il était désormais si près d'elle qu'il captait sa respiration. Il prononça encore son nom, son souffle sur sa nuque, et un instant elle parut troublée, perdit le fil de sa chanson en trébuchant sur un vers. Il murmura à nouveau et elle s'interrompit tout à fait. Elle regarda par-dessus son épaule avec une expression incertaine et son regard le traversa.

Il tendit la main, caressa doucement la peau de son visage. Savoura sa chaleur. Elle était une présence vivante, réelle, dans la pièce. Elle frissonna et porta la main à l'endroit qu'il avait touché, comme si elle avait senti sur sa peau un fil d'araignée.

Plusieurs pensées l'assaillirent presque simultanément.

Première pensée : Je ne parlerai plus. Je ne la toucherai pas non plus. Je ne veux plus voir cette expression sur sa figure. Je veux la voir comme je l'ai si rarement vue dans la vie. Je veux être à la fois dans et en dehors de son existence. Je ne comprends pas ce qui se passe, mais je ne veux pas que cela s'arrête.

Deuxième pensée : Si elle est réelle, que suis-je ? Je suis devenu immatériel. Quand je l'ai découverte, je l'ai prise pour un fantôme, mais il semble maintenant que ce soit moi qui aie perdu de ma réalité. Pourtant, je sens mon cœur battre, j'entends le bruit que fait ma salive dans ma bouche, et j'ai conscience de ma douleur.

Troisième pensée : Pourquoi est-elle seule ?

Ils étaient toujours arrivés ensemble pour fêter leur anniversaire de mariage. Ils demandaient toujours cette chambre parce que c'était celle où ils avaient dormi la première fois. Il leur importait peu que la décoration ait changé au fil des ans, ou que cette chambre ait été en fait identique à une demi-douzaine d'autres de l'hôtel. Non, ce qui comptait, c'était le numéro sur la porte, et les souvenirs qu'il évoquait. C'était le frisson du retour sur « le lieu du crime », comme elle l'avait exprimé une fois, avec son rire un peu rauque, qui lui donnait toujours envie de l'entraîner vers le lit. Les rares fois où cette chambre n'était pas disponible, ils éprouvaient une déception qui jetait une très légère ombre sur leur plaisir.

Il la voyait dans leur chambre, mais sans lui. Ne devrait-il pas y être lui aussi ? Ne devrait-il pas voir également son moi plus jeune auprès d'elle, les voir tous deux évoluer dans la pièce, l'un se reposant tandis que l'autre se douchait, l'un lisant tandis que l'autre s'habillait, l'un (à la vérité, c'était toujours lui) tapant impatiemment du pied tandis que l'autre apportait un dernier ajustement à sa coiffure ou à sa tenue ? Il eut une impression de vertige quand il sentit son identité commencer à s'écrouler tel un vieux pan de briques sous le marteau d'un maçon. Il lui parut possible qu'il ait rêvé toute une existence, qu'il ait créé une vie sans fondement dans la réalité. Il allait se réveiller et découvrir qu'il était encore dans la maison de ses parents, allongé dans son lit étroit, et qu'il allait devoir aller au lycée, assister aux cours puis participer à l'entraînement de foot et rentrer faire ses devoirs quand le jour déclinerait.

Non. Elle est réelle et je suis réel. Je suis vieux, proche de la mort, mais je ne me laisserai pas voler mes souvenirs sans me battre.

Seule. Elle était venue seule. Mais elle ne le resterait peut-être pas. Un autre était-il en route, un amant, un homme qu'il connaissait ou qui lui était inconnu ? L'avait-elle déjà trahi dans cette chambre, dans *leur* chambre ? Cette possibilité était plus dévastatrice pour lui que l'hypothèse que sa femme n'ait jamais existé. Il recula et la douleur crût en lui. Il eut envie de lui empoigner les bras, d'exiger une explication. Pas maintenant, se dit-il, pas si près de la fin, alors que tout ce que j'attends désormais, c'est de la retrouver enfin ou, s'il n'y a rien après ce monde, de me perdre dans un néant où il n'y a pas de douleur, où je ne ressentirai plus sa perte parce qu'elle sera simplement noyée dans le grand vide de l'au-delà.

Il s'assit lourdement dans le fauteuil. Le téléphone sonna – il n'aurait su dire si c'était dans son monde ou dans celui de sa femme. Deux mondes, l'un posé sur l'autre, comme deux extraits de film montrant chacun un acteur différent. Sa femme, qui avait maintenant défait ses chaussures, se jeta sur le lit et décrocha.

— Allô ?… Salut… Oui, je suis bien arrivée et ils nous ont donné notre chambre… Oh, non, c'est moche ! Tu penses avoir un autre vol quand ?… Bon, au moins, tu ne rateras pas tout le séjour.

Nouveau silence pendant lequel il entendit une voix métallique à l'autre bout du fil, et c'était la sienne.

— Oui, bonne idée de passer la nuit dans un motel de l'aéroport, au cas où, reprit-elle. Mais ce ne sera pas aussi bien qu'ici.

Elle eut son rire rauque, sensuel, et il sut quelle avait été la réponse, parce que c'était lui qui l'avait prononcée autrefois, il se la rappelait au mot près, comme il se rappelait presque chaque minute de ce week-end, parce que tout lui revint en mémoire et provoqua en lui une rafale de réactions contradictoires. Il se sentit à la fois soulagé et honteux. Il avait douté d'elle. Tout à la fin, après tant d'années passées ensemble, il avait pensé à elle d'une manière indigne. Il aurait voulu pouvoir s'en excuser, mais c'était impossible.

— Pardon, murmura-t-il, reconnaître sa faute à voix haute le soulageant un peu plus.

Il fit défiler dans sa tête ses souvenirs de ce week-end. La neige tombant sur l'aéroport avait retardé tous les vols. Il avait couru toute la journée – des réunions, des gens à voir. Son vol était le dernier et il avait vu se succéder sur le tableau RETARDÉ, RETARDÉ, et puis finalement ANNULÉ. Il avait passé une soirée morne dans un motel de l'aéroport afin d'être sur place pour prendre le premier vol le lendemain matin si le temps se levait. Le temps s'était levé et ils avaient passé la nuit suivante ensemble, mais c'était la première fois qu'ils avaient été séparés la veille de leur anniversaire de mariage, elle dans une chambre et lui dans une autre. Maintenant qu'il s'en souvenait, ça n'avait pas été une si mauvaise soirée, plutôt un moment où il avait pu se laisser aller, mangeant de la pizza à même la boîte devant un match de hockey, mais il aurait quand même préféré la passer avec elle. Il y avait eu peu de nuits, durant leurs quarante-huit années de mariage, qu'il n'aurait pas préféré passer avec elle.

Il y avait eu autre chose, pendant cette nuit, quelque chose qu'il ne parvenait pas à se rappeler tout à fait. Cela l'énervait, comme une démangeaison impossible à gratter. Il maudissait sa mémoire défaillante quand une autre émotion l'envahit.

Il prit conscience d'un sentiment de jalousie envers son moi plus jeune. Il était si arrogant à l'époque, si imbu de son importance… Il lui arrivait de regarder d'autres femmes (ça n'allait jamais plus loin) et il repensait parfois à son ancienne copine, Karen, qui aurait pu devenir son épouse. Elle était partie pour une petite université élitiste du Nord-Est avec l'espoir qu'il la suivrait, mais il avait préféré s'inscrire dans une autre, plus près de chez lui. Ils avaient tenté de maintenir leurs relations en étant loin l'un de l'autre, ça n'avait pas marché. Durant les premières années de son mariage, il lui était arrivé de se demander comment aurait été sa vie s'il avait épousé Karen, quels enfants ils auraient eus ensemble, ce qu'il aurait éprouvé s'il avait passé toutes les nuits près d'elle, s'il l'avait éveillée d'un baiser dans le noir et l'avait sentie répondre à son désir, passer les bras autour de lui pour que leurs corps s'enlacent lentement. Avec le temps, ces pensées avaient disparu et il s'était solidement ancré dans le présent qu'il s'était choisi, heureux de tout ce que ce choix – et sa compagne – lui avait apporté. Mais ce même jeune homme, insouciant et irréfléchi, arriverait le lendemain matin et entraînerait sa superbe femme au lit sans comprendre qu'il avait une chance inouïe de l'avoir pour lui.

Elle raccrocha le téléphone et s'assit au bord du lit, passa un doigt sur la pierre de sa bague de fiançailles puis traça des cercles autour de l'alliance en or qui se trouvait en dessous. Elle se leva et lui, resté dans son fauteuil, l'observa tandis qu'elle fermait les rideaux, allumait les lampes de chevet pour baigner la chambre d'une chaude lumière.

Et il lui fut donné d'être avec elle cette nuit-là, à la fois lointain et admis dans son intimité. Assis sur le sol de la salle de bains, il la regarda prendre un bain, la nuque appuyée sur une serviette, les yeux clos, tandis que la radio de la chambre retransmettait un concert de Stan Getz. Il fut près d'elle quand elle retourna s'asseoir sur le lit en peignoir de bain, une serviette entourant ses cheveux, et qu'elle se vernit les ongles des doigts de pied devant une sitcom débile qu'elle n'aurait jamais regardée avec lui, et il se surprit à rire, autant parce que c'était quand même drôle que pour rire avec elle. Elle se fit apporter une salade Cobb[1] et une demi-bouteille de chablis, et il vit l'empreinte que ses doigts laissèrent sur le verre froid. Il suivit des yeux les mots sur les pages du livre qu'elle lut ensuite – il venait de le finir et il avait pensé que cela pourrait lui plaire. Il le lisait maintenant avec elle, ce roman qu'il avait oublié depuis longtemps, et qu'ils découvraient ensemble.

Enfin, elle dénoua la serviette et secoua sa chevelure, défit le peignoir et passa une chemise de nuit. Elle se glissa entre les draps, éteignit la lumière et posa la tête sur l'oreiller. Son visage était presque luminescent dans l'obscurité, et cependant pâle et indistinct. Il était seul avec elle. Il sentait le sommeil le gagner, mais il avait peur de fermer les yeux, car il savait au fond de lui qu'elle ne serait plus là quand il s'éveillerait et il voulait que cette nuit dure à jamais. Il ne supporterait pas d'être à nouveau séparé d'elle.

La démangeaison persistait, cette impression qu'il s'était passé cette nuit-là quelque chose d'important qu'il n'arrivait pas à se rappeler, quelque chose lié à une conversation qu'ils avaient eue quand il l'avait enfin rejointe. Cela lui revint. Lentement, certes, il

---

1. Grand classique de la cuisine des États-Unis : laitue, bacon, blanc de poulet, œufs durs, tomates, roquefort.

retrouvait d'autres fragments de ce week-end dans le grenier encombré de sa mémoire. Ils avaient fait l'amour, oui, et elle avait ensuite gardé le silence. Quand il s'était tourné vers elle, il avait vu qu'elle pleurait.

*Qu'est-ce qu'il y a ?*

*Rien.*

*Ça ne peut pas être rien. Tu pleures.*

*Tu vas me trouver idiote.*

*Dis-moi.*

*J'ai rêvé de toi.*

À nouveau, il ne se souvenait plus. De quoi avait-elle rêvé ? C'était important. Tout ce qui concernait cette nuit était important. À côté de lui, la respiration de sa jeune femme changea tandis qu'elle s'enfonçait plus profondément dans son sommeil. Il se mordit la lèvre de frustration. Qu'est-ce qu'il ne parvenait pas à se remémorer ?

Son bras gauche s'engourdissait, sans doute à cause de sa position. Il essaya de bouger et l'engourdissement devint une douleur qui gagna rapidement tout son corps, tel un poison injecté dans son système sanguin. Il ouvrit la bouche, il en sortit une bouffée d'air et un filet de salive. Il avait la poitrine oppressée, comme si une présence invisible le chevauchait, gênant sa respiration et comprimant son cœur, qu'il se représenta comme une masse rouge contractée en un poing exprimant lentement son sang.

*J'ai rêvé que tu étais près de moi mais en grande détresse, et que je ne pouvais pas t'atteindre. J'essayais, j'essayais, je n'y arrivais pas.*

Il entendait sa voix de loin, les mots lui revenant comme en écho. Il avait serré sa femme contre lui et lui avait caressé le dos, touché par l'intensité des sentiments qu'elle manifestait, mais conscient qu'au fond de lui il la trouvait stupide de réagir si fortement à un rêve.

Elle bougea dans son sommeil, et maintenant c'était lui qui pleurait, la douleur forçant les larmes à sourdre au coin de ses yeux.

*J'ai rêvé que tu mourais et que je ne pouvais rien faire pour te sauver.*

Je suis en train de mourir, pensa-t-il. Enfin.

— Là, là, murmura sa femme.

Il la regarda et bien qu'elle eût encore les yeux clos elle chuchotait :

— Là, là, c'est tout. Je suis là, près de toi.

Elle se retourna dans le lit, tendit les bras pour le prendre dans son étreinte. Il enfouit le visage dans ses cheveux, sentit son odeur et la toucha dans son ultime souffrance. Son cœur explosait, tout s'achevait dans une défaillance du muscle et du sang. Elle le serra fort contre elle tandis que les derniers mots qu'il prononcerait jamais sortaient de sa bouche en un fatras dénué de sens.

Avant que l'obscurité ne se referme sur lui.

Avant que tout ne soit qu'immobilité et silence.

— C'est tout, répéta-t-elle tandis qu'il mourait. Je suis là.

*Mon Dieu, je t'aime tant.*

Là, là.

*Là, là.*

Et il ouvrit les yeux.

# Lazare

## 1

Il se réveille dans le noir, gêné par les liens qui l'entravent. Il est allongé sur de la pierre et l'air qu'il respire sent le renfermé. Il se rappelle vaguement avoir entendu une voix l'appeler par son nom, mais elle est silencieuse à présent. Lorsqu'il tente de se redresser, les cordes qui l'enserrent l'en empêchent. Ses jambes sont devenues insensibles. Il ne voit rien, il peine à respirer à travers le tissu qui recouvre son visage. La panique le gagne.

Il entend un claquement de pierre sur de la pierre. La lumière fuse et il doit fermer les yeux pour s'en protéger quand elle transperce l'étoffe. Il y a maintenant des mains sur lui, qui le soulèvent. Des doigts qui défont doucement ce qui l'enveloppe. Il sent des larmes sur ses joues, mais ce ne sont pas les siennes. Ses sœurs sont en train de l'embrasser et de clamer son nom :

— Lazare ! Lazare !

Oui, c'est son nom.

Non, ça ne l'est plus.

Ça l'était avant, mais Lazare n'est plus, ou ne devrait plus être. Pourtant, il est là.

Un homme se tient devant lui, sa tunique couverte de la poussière des routes. Lazare le reconnaît, c'est celui que ses sœurs vénèrent, celui qu'il vénère aussi, mais il ne peut prononcer son nom. Ses cordes vocales se sont atrophiées dans le tombeau.

Le tombeau : il baisse les yeux tandis qu'on détache de son corps les derniers lambeaux de tissu, et on jette un drap sur ses épaules pour cacher sa nudité. Il regarde derrière lui la pierre qu'on a fait rouler hors de l'entrée de la grotte.

Maladie : oui, il était malade. Ses sœurs lui épongeaient le front et les médecins secouaient la tête. Ils finirent par le déclarer mort et l'entourèrent de bandes avant de le déposer dans une grotte. Une erreur fut commise, elle a maintenant été corrigée.

Mais c'est un mensonge. Il le sait avant même que cette pensée se soit tout à fait formée dans son esprit. Une grave erreur a été commise au nom de la compassion et de l'amour. Celui qu'il a reconnu, le vénéré, le touche et prononce son nom. Lazare remue les lèvres, et pourtant aucun son n'en sort.

Qu'as-tu fait ? essaie-t-il de dire. Que m'as-tu pris, et à quoi ai-je été arraché ?

## 2

Lazare est assis à la fenêtre de la maison de ses sœurs, avec devant lui une assiette de fruits auxquels il n'a pas touché. Il n'a pas d'appétit, il ne sent pas le goût de la nourriture qu'on lui donne depuis son retour.

Il marche toujours difficilement, même avec l'aide de deux cannes, et de toute façon où irait-il ? Ce monde a perdu toute beauté pour lui après le tombeau.

Lazare n'a aucune souvenance de ce qui s'est passé quand ses yeux se sont fermés pour la dernière fois. Il sait seulement qu'il a oublié quelque chose de très important, à la fois beau et terrible. C'est comme si on avait scellé une pleine pièce de réminiscences, lui interdisant l'accès à ce qu'il a connu. Ou peut-être s'agit-il simplement d'une illusion, tout comme il lui semble que la réalité de son existence est désormais masquée par un voile, conséquence des quatre jours passés allongé sur la pierre, car ses yeux ont à présent un aspect laiteux, et ils ne sont plus bleus mais gris.

Sa sœur Marthe vient et emporte l'assiette. Elle relève les cheveux tombés sur le front de Lazare, mais elle ne l'embrasse plus comme elle le faisait avant. Il a une haleine fétide. Il ne sent pas le goût de pourri dans sa bouche, mais il le devine à l'expression de sa sœur. Marthe lui sourit et il s'efforce de lui rendre son sourire.

De l'autre côté de la fenêtre, des femmes et des enfants se sont rassemblés pour voir l'homme qui a été mort et ne l'est plus. Leurs visages expriment de l'étonnement, de la curiosité et…

Oui, de la peur. Ils ont peur de lui.

Il quitte la fenêtre et gagne son lit en titubant.

## 3

Lazare ne dort plus. Il est terrifié par l'obscurité. Chaque fois qu'il ferme les yeux, il sent l'air vicié du tombeau, les bandes qui enserrent sa poitrine et le tissu qui couvre sa bouche et ses narines.

Il n'est jamais fatigué. Il n'a jamais ni soif ni faim. Il n'est jamais heureux, ni triste, ni fâché, ni jaloux. Il ne connaît qu'une sorte de léthargie, et le désir d'un sommeil sans nécessité.

Non, pas le sommeil : l'oubli. L'oubli et ce qui se cache derrière.

## 4

Le troisième soir, il entend des pas dans la maison. Une porte s'ouvre, une femme apparaît. C'est Rachel, sa promise. Elle était à Jérusalem quand il s'est réveillé, maintenant elle est là. Elle promène les mains sur le front de Lazare, sur son nez, ses lèvres. Elle s'allonge près de lui et murmure son nom, attentive à ne pas réveiller ses sœurs. Elle se penche pour l'embrasser, se recule, mais ses doigts continuent à descendre sur sa poitrine et son ventre, le trouvent enfin, le caressent, cherchent à l'exciter, puis son visage se fige lentement en une expression déroutée et déçue.

Rachel s'en va pour ne plus jamais revenir.

## 5

Les prêtres convoquent Lazare. Il est amené devant leur conseil et il se tient au pied de l'estrade du siège de Caïphe, le grand prêtre. Lazare a recouvré sa voix, mais elle est éraillée, comme s'il avait la gorge emplie de gravier.

— Que te remémores-tu du tombeau ? demandent-ils.

— Je ne me souviens pas, répond-il.

Caïphe fait sortir les autres pour rester seul avec Lazare. Il lui offre une coupe de vin, mais Lazare ne la boit pas.

— Maintenant que les autres ne sont plus là, rapporte-moi ce que tu as vu, dit le grand prêtre. As-tu aperçu le visage de Dieu ? Existe-t-Il ? Réponds-moi !

Lazare n'a rien à lui répondre. Finalement, Caïphe lui tourne le dos et le renvoie chez ses sœurs.

Ce n'est pas la première fois qu'on pose à Lazare de telles questions. Même ses sœurs ont essayé de savoir ce qu'il y a après la tombe, mais il n'a pu que secouer la tête et répéter ce qu'il a dit aux prêtres.

Rien. Il n'y a rien, ou rien dont je me souvienne.

Personne ne le croit. Personne ne veut le croire.

## 6

Caïphe convoque une autre réunion du conseil, et cette fois Lazare n'est pas présent.

— A-t-on des nouvelles de celui qui l'a ramené d'entre les morts ? demande-t-il.

Et les pharisiens expliquent que le Nazaréen est allé se cacher.

Caïphe est contrarié. À chaque jour qui passe, il en veut davantage à Lazare. Le peuple est mécontent. Il a entendu que Lazare ne se rappelle rien de ce qu'il a connu après sa mort, et certains commencent à murmurer qu'il n'y a rien à se rappeler, que les prêtres leur ont peut-être menti. Caïphe n'admet pas qu'on mette son pouvoir en cause.

Il ordonne de lapider trois hommes qu'on a entendus tenir ces propos au sujet de Lazare. Cela servira de leçon aux autres.

7

Lazare se brûle la main à un fer chaud. Il ne s'en aperçoit pas avant de le lâcher et laisse dessus un morceau de peau. Aucune douleur. Il trouverait cela étonnant, si quoi que ce soit pouvait encore l'étonner. Le monde n'a plus d'intérêt pour lui. Il ne sent plus ni goûts ni odeurs. Il ne se repose jamais, chaque jour est pour lui une sorte de rêve éveillé. Il regarde fixement sa paume à vif, explore la plaie avec ses doigts, d'abord de manière hésitante, puis il finit par arracher la chair jusqu'à mettre l'os à nu, dans un effort désespéré pour sentir quelque chose, n'importe quoi.

8

Une femme demande à Lazare s'il peut entrer en contact avec son fils, mort dans son sommeil deux jours plus tôt, et avec qui elle s'est disputée avant qu'il aille se coucher. Un homme l'implore de dire à son épouse défunte qu'il regrette de lui avoir été infidèle. Le frère d'un homme disparu en mer le prie de découvrir où ce frère a caché son or.

Lazare ne peut les satisfaire.

Et tout le temps, il est confronté à ceux qui l'interrogent sur ce qu'il y a dans l'au-delà, et il est incapable de répondre. Il voit dans leurs yeux qu'ils sont déçus et qu'ils le soupçonnent de mentir.

## 9

Caïphe est troublé. Dans la pénombre du temple, il prie pour être éclairé, mais aucune lumière ne lui est accordée.

Dans l'affaire de Lazare et du Nazaréen, il n'y a, se dit-il, qu'un nombre limité de possibilités.

La première : le Nazaréen serait, comme certains le prétendent, le Fils de Dieu. Or, Caïphe n'aime pas cet homme. Mais Caïphe aime Dieu. Donc, si le Nazaréen est vraiment le Fils de Dieu, Caïphe devrait l'aimer aussi. Le fait qu'il ne l'aime pas signifie qu'il n'est pas le Fils de Dieu. Caïphe décide qu'il est satisfait de son raisonnement.

La deuxième : si le Nazaréen n'est pas le Fils de Dieu, il n'a pas le pouvoir de ressusciter les morts.

La troisième : si le Nazaréen n'a pas le pouvoir de ressusciter les morts, qu'en est-il de Lazare ? La seule conclusion qu'on puisse tirer, c'est qu'il était vivant quand on l'a mis dans la tombe. Mais s'il y était resté, il serait mort à présent. Oui, Lazare *devrait* être mort, et son entêtement à ne pas l'être est une offense faite à la nature et à Dieu.

Caïphe décide qu'il n'est plus aussi troublé qu'avant et va se coucher.

## 10

Libérée de ses obligations envers Lazare, Rachel en épouse un autre. D'une oliveraie, le ressuscité regarde les mariés gagner le lieu du repas de noce. Il se remémore le soir où Rachel est venue le voir. Il s'efforce de deviner ce qu'il devrait ressentir et il feint l'envie, le chagrin, le désir, pantomime d'émotions au seul profit des oiseaux et des insectes. Il finit par s'asseoir par terre et enfouit la tête dans ses mains.

Et se met à se balancer lentement.

## 11

Le Nazaréen revient en triomphe à Béthanie. Le peuple espère qu'il lui donnera des réponses, qu'il expliquera comment il a accompli le miracle de la résurrection de Lazare. Est-il prêt à le refaire ? Parce que d'autres sont morts depuis la dernière fois qu'il est venu, et qui peut dire que le chagrin de Marthe et de Marie est plus grand que celui d'un autre ? Une femme s'approche, tenant dans ses mains son bébé mort, dont le corps est entouré d'un linge blanc taché de sang, de larmes et de terre. Elle supplie le Nazaréen de lui rendre son enfant, mais il y en a tant d'autres qui crient que sa voix se perd dans le brouhaha. La femme se détourne et va préparer les funérailles de son enfant.

Le Nazaréen se rend à la maison de Marthe et Marie, il soupe avec elles. Marie lui lave les pieds et les essuie avec sa chevelure tandis que Lazare les observe en silence. Avant que le Nazaréen reparte, il lui demande de lui accorder un instant.

— Pourquoi m'as-tu ramené à la vie ? demande-t-il.

— Parce que tu étais aimé de tes sœurs et de moi.

— Je ne veux pas être ici, dit Lazare.

Un attroupement s'est formé devant la porte et les disciples du Nazaréen l'entraînent, de crainte que des ennemis ne se soient glissés dans la foule.

Et Lazare se retrouve seul.

## 12

Il se tient près d'une fenêtre et écoute Rachel et son mari faire l'amour. Un chien le renifle, lèche sa paume brûlée et écorchée, mordille la chair, et Lazare l'observe d'un regard vide.

Il lève la tête vers le ciel de nuit, imagine une porte dans le noir. Derrière cette porte, il y a ce qu'il a perdu. Ce monde est un fac-similé imparfait de ce qui a été autrefois et devrait être maintenant.

Il rentre chez lui. Ses sœurs ne lui parlent plus, elles se contentent de le fixer d'un œil froid. Elles voulaient retrouver leur frère, mais tout ce qu'elles aimaient en lui est resté dans la tombe. Elles désiraient un vin capiteux, elles n'ont eu qu'une amphore vide.

## 13

Les prêtres viennent à nouveau chercher Lazare à la faveur de la nuit. Ils font du bruit – assez, pense-t-il, pour réveiller un mort, si le mort en question n'était pas déjà réveillé –, mais ses sœurs ne viennent pas voir ce qui se passe. Cette fois, on ne l'amène pas devant le conseil, on le traîne dans le désert, les mains liées derrière le dos, un chiffon enfoncé dans la bouche. Ils marchent jusqu'à ce qu'ils arrivent enfin au tombeau où on l'avait couché. Les prêtres l'étendent sur la pierre, ôtent le chiffon de sa bouche, et il voit Caïphe approcher.

— Dis-moi, murmure le grand prêtre. Dis-moi et tout ira bien.

Mais Lazare ne dit rien et Caïphe, déçu, fait un pas en arrière.

— Cet homme est une monstruosité, déclare-t-il aux autres, un non-mort. Il n'a pas sa place parmi nous.

On entoure à nouveau Lazare de bandes jusqu'à ce que seul son visage reste découvert. Un prêtre s'avance, une pierre grise à la main. Il la brandit au-dessus de sa tête.

Lazare ferme les yeux. La pierre s'abat.

Et Lazare se souvient.

## Holmes contre Holmes

*(une histoire de la Caxton,
bibliothèque de prêt privée et dépôt de livres)*

L'histoire de la Caxton, bibliothèque de prêt privée et dépôt de livres, ne fut pas exempte de tribulations, comme il se doit pour une institution occupant un espace apparemment infini et habité en grande partie par des personnages de roman ayant réussi à se faufiler dans le monde réel.

La mort de Charles Dickens, en juin 1870, provoqua par exemple une arrivée massive de personnages, sans précédent dans l'histoire de la Caxton. M. Torrans, qui en était le bibliothécaire à l'époque, fut au moins averti un peu avant de la vague imminente, puisqu'il avait reçu au courrier, quelques jours plus tôt, un bon nombre de premières éditions de Dickens en parfait état, chacune soigneusement enveloppée d'un papier marron maintenu par une ficelle, et sans adresse d'expéditeur, comme de coutume. Aucun bibliothécaire n'était jamais parvenu à comprendre comment les livres étaient expédiés. Le vieux George Scott, le prédécesseur de M. Torrans, était parvenu à la conclusion que les volumes s'enveloppaient et se postaient tout simplement eux-mêmes, mais il faut dire que Scott était déjà complètement fou et qu'il passait la majeure partie de son temps engagé, avec l'oncle Toby de *Tristram Shandy*, dans des conversations qui tournaient de plus en plus en rond et dont il ne pouvait rien sortir de bon.

Pour ceux qui ne connaîtraient pas cette bibliothèque, précisons qu'elle vit le jour après que son fondateur, William Caxton, découvrit un matin de 1477 à son réveil plusieurs personnages des *Contes de Canterbury* de Geoffrey Chaucer discutant dans son jardin. Caxton se rendit rapidement compte que ces personnages – le Meunier, le Juriste, le Chevalier, la Seconde Nonne et la Bourgeoise de Bath – avaient pris une telle place dans l'imagination du public qu'ils avaient transcendé leurs origines littéraires pour acquérir une réalité objective, ce qui posait problème à toutes les personnes concernées. Il fallait trouver un endroit où ils vivraient, et la Caxton, bibliothèque de prêt privée et dépôt de livres, fut créée pour servir de foyer aux êtres grands, aux êtres bons et, dans certains cas, aux pas-si-bons-mais-mémorables de la littérature, le tout financé en augmentant le prix des ouvrages d'un demi-penny.

Naturellement, M. Torrans s'était attendu à l'arrivée des personnages de Dickens bien avant la mort de cet auteur et la réception subséquente des premières éditions. Plusieurs d'entre eux étaient tout bonnement destinés à finir à la Caxton dès leur première apparition dans un livre, et M. Torrans parcourait quelquefois les sombres étendues de la bibliothèque, où des salles étaient encore en cours de formation, en tâchant de deviner quels personnages viendraient y habiter. Dans le cas de Dickens, un guide des vieilles auberges relais de Grande-Bretagne avait fourni une piste pour la future résidence de Samuel Pickwick ; de même, un bol ébréché et une fourchette à griller le pain serviraient à rappeler à Oliver Twist les terribles débuts dans la vie qu'il avait surmontés. (M. Torrans était d'avis que ce rappel était inutile en la circonstance, mais les voies de la Caxton étaient mystérieuses.)

En fait, M. Torrans craignait seulement que les personnages peu recommandables ne soient plus nombreux qu'il ne l'aurait souhaité – il se demandait ce qu'il ferait si on lui imposait un Quilp, ou un Uriah Heep – et il fut donc soulagé lorsqu'il apparut que l'afflux dickensien se limitait aux protagonistes les plus sympathiques, à l'exception du vieux Fagin, que la potence semblait au demeurant avoir quelque peu adouci. La pendaison doit avoir cet effet sur le caractère, supposait M. Torrans.

Mais réservons les personnages de Dickens pour une autre fois. Intéressons-nous pour l'heure à l'une des plus étranges histoires des annales de la Caxton, un événement qui y enfreignit un grand nombre des règles établies de longue date et qui menaça de saper tout le délicat édifice de cette institution.

En décembre 1893, l'imagination collective des lecteurs britanniques subit un choc d'une violence sans équivalent dans un passé récent avec la publication dans le *Strand Magazine* de la nouvelle « Le Dernier Problème », dans laquelle Arthur Conan Doyle supprime son cher Sherlock Holmes en le précipitant dans les chutes du Reichenbach au cours d'une empoignade avec son ennemi juré, le professeur Moriarty. L'illustrateur Sidney Paget représenta pour les lecteurs les derniers moments du héros, engagé dans un corps-à-corps avec Moriarty. Les deux hommes basculent vers la droite et sont manifestement sur le point de tomber, le chapeau de Moriarty, qui tournoie déjà dans le vide, annonçant la chute inévitable de Holmes et du professeur.

Il en résulta un désastre pour le *Strand*. Vingt mille lecteurs indignés résilièrent aussitôt leur abonnement, ce qui faillit causer la ruine du magazine, et des années plus tard son personnel n'évoquerait la mort de Holmes qu'en termes d'« effroyable événement ». On rapporte que des Britanniques portèrent pour l'occasion des brassards de deuil. Bien que consterné par la véhémence de la réaction du public, Conan Doyle n'éprouva aucun remords.

Il faut dire que M. Headley, qui avait succédé à M. Torrans lorsque ce dernier avait pris sa retraite, fut tout autant consterné. Abonné au *Strand*, il avait suivi les aventures de Holmes et Watson avec un intérêt à la fois personnel et professionnel : personnel parce que c'était un lecteur captivé et admiratif, professionnel parce qu'il savait qu'à la mort de Conan Doyle Sherlock Holmes et le Dr Watson finiraient inéluctablement à la Caxton. En revanche, il s'attendait à lire leurs aventures pendant de nombreuses années encore et ce ne fut pas sans regret qu'il reposa le *Strand* après avoir achevé la lecture de la nouvelle « Le Dernier Problème », tout en se demandant ce qui avait pris à Conan Doyle d'infliger un tel sort au personnage qui lui avait apporté la célébrité et la fortune.

Mais M. Headley n'était pas écrivain et ne prétendait pas comprendre comment fonctionne l'esprit d'un auteur.

Laissons un moment de côté la Caxton et considérons la situation d'Arthur Conan Doyle l'année où a été publié « Le Dernier Problème ». En 1891, il écrit à sa mère, Mary Foley Doyle : « Je songe à tuer Holmes… à me débarrasser de lui une bonne fois pour toutes. Il me détourne de sujets plus intéressants. » Dans l'esprit de Conan Doyle, ces « sujets plus intéressants » étaient des romans historiques, qu'il estimait plus dignes de son temps et de son talent que les aventures de Holmes, qu'il qualifiait d'« élémentaires », le choix de cet adjectif conférant une ambiguïté déplaisante à l'utilisation que Holmes en fait lui-même dans ses histoires.

Voilà donc la raison apparente de supprimer le détective, mais à la mort de Conan Doyle la bibliothèque reçut un étrange manuscrit, glissé entre les pages de la première édition de 1894 des *Mémoires de Sherlock Holmes*, le volume se concluant par « Le Dernier Problème ». L'écriture de ce document était, semblait-il, celle de Conan Doyle, avec quelques différences notables pour les majuscules. Une longue note en bas de page sur l'étymologie du mot « professeur » étonnait cependant parce qu'elle ne ressemblait pas du tout à ce qu'écrivait habituellement l'auteur.

Jointe au manuscrit, il y avait une lettre, clairement de la main de Conan Doyle, expliquant comment, un matin d'avril 1893, il avait trouvé ce texte sur son bureau en se levant. Selon la lettre, il s'était demandé si ce n'était pas le fruit d'une forme d'écriture automatique, car il était fasciné par l'idée que le subconscient – voire quelque agent surnaturel – puisse prendre le contrôle de l'auteur afin de produire une œuvre. Peut-être, avait-il encore supposé, s'était-il levé pendant la nuit dans un état à demi conscient et s'était-il mis à écrire, car pour certains aspects cette écriture ressemblait à la sienne. Il avait examiné sa main droite et n'y avait décelé aucune trace d'encre, mais en passant à la gauche il avait découvert avec stupeur que les doigts et le bord de la paume étaient tachés de noir, révélation qui le contraignit à chercher le réconfort et la sécurité du siège le plus proche.

Seigneur, pensa-t-il, qu'est-ce que cela peut signifier ? Et pis encore, quelles pouvaient être les conséquences pour son maniement de la batte ? Était-il en train de devenir ambidextre ou, Dieu l'en préserve, un individu utilisant de préférence sa main gauche, la senestre ? Des lanceurs gauchers sur un terrain de cricket, passe encore – la plupart du temps, ils sont inoffensifs –, mais les batteurs gauchers sont une calamité, ils obligent à réorganiser entièrement le champ et causent toutes sortes de problèmes, d'ennuis… et d'ennui. La tête lui tourna lorsqu'il envisagea les catastrophes possibles si son corps se rebellait contre lui. Peut-être ne pourrait-il plus jamais être batteur pour Marylebone[1] !

Conan Doyle recouvra cependant peu à peu son calme et la peur fit place à de la fascination, du moins jusqu'à ce qu'il entreprenne de lire attentivement le manuscrit. Il y trouva le compte rendu détaillé d'une conversation entre Sherlock Holmes et le professeur Moriarty, qui avaient apparemment pris la liberté de se rencontrer au Benekey's de High Holborn, un pub renommé pour la discrétion de ses box et la qualité de ses vins. Selon le manuscrit, Moriarty avait pris l'initiative de cette rencontre en envoyant un mot au 221B, Baker Street

1. Quartier du centre de Londres.

et Holmes, intrigué, avait accepté ce rendez-vous avec le maître du crime.

Dans sa lettre, Conan Doyle expliquait ce qui le troublait le plus après une première lecture : il avait seulement inventé quelques jours plus tôt le personnage de Moriarty et l'avait à peine mentionné dans une histoire encore dépourvue de titre. Et pourtant le professeur était là, assis dans un box du Benekey's, et s'apprêtant à avoir avec Sherlock Holmes une discussion des plus extraordinaires.

Extrait du manuscrit
*(Caxton CD/MSH 94 : MS)*

*Holmes, les nerfs tendus à en vibrer, fixait Moriarty. Il avait devant lui l'homme le plus dangereux d'Angleterre, un génie criminel, un calculateur au sang froid. Pour la première fois depuis de nombreuses années, le détective éprouvait de la peur, malgré le revolver armé posé dans son giron et dissimulé par une serviette.*

*— J'espère que vous trouverez le vin à votre goût, dit Moriarty.*

*— L'avez-vous empoisonné ? demanda Holmes. J'hésite même à toucher le verre, au cas où vous l'auriez enduit d'une mixture infernale de votre invention.*

*— Pourquoi aurais-je fait une chose pareille ? répliqua le professeur, qui semblait sincèrement étonné par cette suggestion.*

*— Parce que vous êtes mon ennemi juré. Parce que vous avez en vous des penchants héréditaires diaboliques. La tendance au crime est dans votre sang. Si je pouvais seulement débarrasser le monde de votre*

*personne, je considérerais que ma carrière a atteint son sommet.*

*— Oui, cette histoire d'ennemi juré..., marmonna Moriarty.*

*— Eh bien quoi ?*

*— Vous ne trouvez pas un peu bizarre qu'on n'en ait jamais parlé avant ? Car enfin, si je suis votre ennemi juré, le Napoléon du crime, l'araignée au centre d'une toile aux mille rayons, responsable de la moitié du mal commis à Londres, et que vous me pourchassiez depuis des années, pourquoi ne m'aviez-vous jamais mentionné jusqu'ici ? Mon nom aurait dû surgir à un moment ou à un autre dans la conversation, non ? Franchement, ce n'est pas le genre de détail qu'on oublie, un cerveau criminel au cœur d'un vaste complot... À votre place, je ne cesserais jamais de parler de moi.*

*— Je..., commença Holmes. Je n'y avais jamais vraiment pensé sous cet angle. Je dois reconnaître que c'est très récemment que vous avez fait irruption dans mon esprit, avec force détails. J'ai peut-être reçu un coup sur la tête, mais je suis sûr que le Dr Watson aurait remarqué une telle contusion.*

*— Il note tout, rappela Moriarty. Difficile de croire qu'une chose pareille puisse lui échapper.*

*— En effet. J'ai beaucoup de chance de l'avoir à mes côtés.*

*— Personnellement, je trouverais cela un tantinet ennuyeux. Imaginez que vous êtes Samuel Johnson et qu'à chaque fois que vous soulevez une tasse de café Boswell griffonne la position précise de vos doigts et requiert de vous un commentaire plein d'esprit à ce sujet.*

*— C'est sur ce point que nous différons. Et c'est la raison pour laquelle je ne suis pas un malfaiteur.*

*— Pas facile d'être un malfaiteur lorsque quelqu'un prend note de tout ce que vous faites, argua Moriarty. Autant passer tout de suite aux aveux complets et épargner ainsi des tracas et des recherches fastidieuses aux forces de l'ordre. Mais là n'est pas la question. Revenons à l'essentiel : ma soudaine entrée en scène.*

*— Elle est quelque peu troublante, convint Holmes.*

*— Voyez la chose de mon point de vue. « Troublante » est un mot faible. Tout d'abord, j'ai conscience d'être doué pour les mathématiques.*

*— C'est on ne peut plus vrai. À vingt et un ans, vous avez écrit un traité sur le binôme de Newton, devenu en vogue sur le continent.*

*— Écoutez, je ne sais absolument pas ce qu'est le binôme de Newton, ni comment il a pu devenir en vogue en Europe – ce qui n'a d'ailleurs aucun sens, soit dit en passant. C'est le binôme de Newton ou ça ne l'est pas, même si on en parle avec un accent français.*

*— Mais enfin, grâce à ce traité, vous avez obtenu une chaire dans l'une de nos petites universités ! protesta Holmes.*

*— Si c'est le cas, donnez-moi le nom de cette université, riposta Moriarty.*

*Holmes gigota sur sa chaise, visiblement mal à l'aise.*

*— Il ne me vient pas immédiatement à l'esprit, admit-il.*

*— Parce que je n'ai jamais obtenu de chaire. J'ai déjà du mal avec les simples additions. C'est toute une histoire, quand je dois payer le laitier.*

*Holmes plissa le front et lâcha :*

*— Alors, ça ne peut pas être vrai.*

*— Exactement où je voulais en venir ! C'est peut-être pourquoi je suis un ex-professeur – encore que même ex-professeur ne paraît pas plausible, vu que je ne me rappelle pas comment je serais devenu professeur, en premier lieu, et qui plus est dans une matière dont j'ignore tout. Ce qui m'amène au point suivant : comment se fait-il que vous ayez des connaissances aussi pointues sur les poisons, les types de poussière, et que sais-je encore ? Vous avez suivi des cours ?*

*Holmes médita la question avant de répondre :*

*— Je ne prétends pas être un expert dans tous les domaines. Je m'intéresse peu à la littérature, à la philosophie ou à l'astronomie, et j'accorde encore moins d'attention à la politique. Je fais confiance à la chimie, aux sciences anatomiques et, comme vous l'avez souligné, j'ai un bon niveau en géologie et en botanique, en particulier pour les poisons.*

*— Tout cela est bien beau, dit Moriarty. Reste à savoir comment vous avez acquis ces connaissances.*

*— Je possède quantité de livres..., fit valoir le détective avec embarras.*

*Le point d'interrogation qu'il crut presque entendre au bout de sa réponse le fit grimacer.*

*— Les avez-vous tous lus ? poursuivit Moriarty.*

*— Oui... je suppose.*

*— On n'acquiert pas ce genre de connaissances dans la rue. Je pourrais citer des gens qui ont étudié les différents types de poussière pendant des années et qui n'en savent pas autant que vous semblez en savoir.*

*— Qu'insinuez-vous ?*

*— Que vos connaissances en matière de poussière et de poisons sont en fait inexistantes.*

*— Mais il faut bien que j'en aie, pour résoudre des affaires criminelles uniquement grâce à ce savoir !*

*— Oh, il y a bien quelqu'un qui le possède – ou du moins qui en donne l'impression –, mais ce n'est certainement pas vous. C'est comme cette histoire de mon génie criminel. Hier soir, je m'apprêtais à commettre un crime tout simple, bijouterie, vitrine, brique... tout ce qu'il y a de plus classique : je m'approche de la boutique, je fracasse la vitrine, je m'enfuis avec les bijoux...*

*— Et ?*

*— Je n'ai pas pu. Je suis resté planté sur le trottoir, la brique à la main. Finalement, je suis rentré chez moi, où j'ai concocté un plan tortueux pour m'introduire dans la bijouterie par un tunnel en impliquant dans l'opération six nains, un chauve au dos voûté et un dirigeable...*

*— Un dirigeable pour creuser un tunnel ?!*

*— Justement ! Et pourquoi aurais-je besoin de six nains, sans parler d'un chauve au dos voûté ? Je ne vois aucune situation nécessitant de faire appel à six personnes de petite taille – enfin, aucune dont je puisse m'enorgueillir en public.*

*— À bien y regarder, on a effectivement l'impression que vous avez compliqué à l'extrême ce qui aurait dû n'être qu'un vol tout simple.*

*— Parce que j'étais incapable de briser cette vitrine et de m'emparer des bijoux, dit Moriarty. Ce n'était pas possible.*

*— Pourquoi ?*

*— Je ne suis pas écrit pour ça.*

*— Je vous demande pardon ?*

*— Ce n'est pas comme ça que j'ai été écrit. On m'a conçu comme un génie criminel qui échafaude des plans diaboliques. Même marcher en ligne droite dans la rue est contre ma nature. Croyez-moi, j'ai essayé, je n'y arrive pas. Je sinue et j'esquive, à en avoir la tête qui tourne.*

*Holmes se renversa en arrière, abasourdi, et faillit lâcher son revolver en prenant conscience de sa propre véritable nature. Soudain tout s'expliquait : le fait qu'il n'eût rien qui ressemblât à un passé ; l'absence d'un sentiment de lien familial avec son frère Mycroft ; les déductions époustouflantes dont il était capable et qui l'étonnaient parfois lui-même.*

*— Je suis une création littéraire, murmura-t-il.*

*— Exactement ! s'exclama Moriarty. Ne vous méprenez pas : vous êtes un bon – meilleur que moi, sans aucun doute –, mais vous êtes quand même un personnage.*

*— Alors, je ne suis pas réel ?*

*— Je ne dirais pas cela. Je pense que vous avez acquis une sorte de réalité que vous ne possédiez pas au départ.*

*— Mais que devient mon libre arbitre ? Si vous avez raison, mon destin est dans les mains d'un autre. Mes actes sont prédéterminés par un agent extérieur.*

*— Non. Nous n'aurions pas cette conversation si c'était le cas. Je pense que vous devenez plus réel à chaque mot qu'écrit l'auteur et que cela déteint un peu sur moi.*

*— Que pouvons-nous y faire ? demanda Holmes.*

*— Cela ne dépend pas entièrement de nous, répondit Moriarty.*

Là s'arrêtait le manuscrit : sur un personnage romanesque engagé dans un curieux combat avec son créateur. Dans sa lettre, Conan Doyle écrit qu'il laissa alors les feuilles tomber à terre, et qu'à cet instant le sort de Sherlock Holmes fut scellé.

Le détective était un homme mort.

Ainsi commença l'extraordinaire suite d'événements qui mettrait en péril la Caxton, bibliothèque de prêt privée et dépôt de livres. Conan Doyle acheva « Le Dernier Problème » en précipitant Holmes dans les chutes du Reichenbach et en ne laissant que son bâton ferré pour seule trace de son passage. Les lecteurs se partagèrent entre colère et lamentations ; Conan Doyle se consacra uniquement aux romans historiques, qui, croyait-il, établiraient vraiment sa réputation.

Pendant ce temps, M. Headley vaquait aux affaires de la Caxton, ce qui consistait pour l'essentiel à préparer le thé, épousseter, lire, et veiller à ce que les personnages s'aventurant à l'extérieur – certains inclinaient à le faire – soient rentrés avant la tombée de la nuit. Le bibliothécaire avait un jour dû expliquer à un policier pas du tout impressionné pourquoi un vieil homme affublé d'une armure de bric et de broc semblait résolu à endommager un petit moulin à vent ornemental situé au centre de la place de Glossom, et M. Headley ne tenait pas du tout à renouveler l'expérience. C'était déjà difficile d'essayer de comprendre comment Don Quichotte s'était retrouvé à la Caxton puisque son livre géniteur avait été écrit en espagnol. C'était peut-être parce que les premières traductions anglaises du *Quichotte*, en 1612 et 1620, avaient suivi de peu les publications originales de l'œuvre en 1605 et 1615. Mais il se pouvait aussi que la Caxton se soit méprise. Cela lui arrivait.

M. Headley fut donc quelque peu surpris quand, un mercredi matin, la bibliothèque reçut au courrier un petit paquet plat, mal emballé dans un papier marron et mal ficelé. Il découvrit en l'ouvrant l'exemplaire du mois du *Strand* contenant « Le Dernier Problème ».

— Ça ne se peut pas ! se récria Headley.

Il avait déjà reçu l'exemplaire de son abonnement, et n'avait nul besoin d'en avoir un second. Le papier marron et la ficelle l'incitèrent cependant à réfléchir. Il les examina et conclut que l'emballage était identique à celui qui était utilisé depuis toujours pour expédier les premières éditions à la Caxton. Jamais auparavant, toutefois, il n'avait servi à protéger un journal ou un magazine.

— Oh, mon Dieu, soupira-t-il.

L'inquiétude le gagnait. Muni d'une lampe, il parcourut la bibliothèque, descendant – ou montant, il ne savait jamais, car la Caxton était aussi originale par son architecture que par tous ses autres aspects – dans ses profondeurs (ou ses étages), où de nouvelles salles avaient coutume de se former dès l'arrivée d'une première édition. Aucun signe d'activité apparent. Il se sentit soulagé. À l'évidence, le *Strand* avait commis une erreur et il se trouvait simplement que le papier et la ficelle utilisés pour envoyer le magazine ressemblaient à ceux qui lui étaient familiers. Il retourna à son bureau, se versa un mug de thé et tordit le deuxième exemplaire du *Strand* dans la perspective de s'en servir pour allumer le feu. Il lut ensuite quelques pages de *Clarisse Harlowe*, le roman épistolaire de

Samuel Richardson, qui l'avait toujours incité à l'assoupissement, et s'installa dans son fauteuil pour un petit somme.

Il dormit plus longtemps qu'il n'en avait eu l'intention, car lorsqu'il se réveilla il commençait à faire noir dehors. Alors qu'il disposait du petit bois dans la cheminée, il remarqua que l'exemplaire du *Strand* transformé en tortillon ne se trouvait plus dans le panier des bûches et reposait, intact et sans le moindre pli, sur son bureau.

— Ah, fit-il. Bon.

Il n'alla pas plus loin dans ses réflexions parce que la clochette en laiton accrochée au-dessus de la porte tinta. La Caxton n'avait pas de sonnette et il avait fallu quelque temps à M. Headley pour s'habituer au fait qu'on pût sonner à une porte sans sonnette. Le bruit de la clochette ne pouvait signifier qu'une chose : la bibliothèque allait accueillir un nouvel arrivant.

Il ouvrit la porte et découvrit sur le seuil un individu sec et musclé, au front haut, au nez long, portant une casquette à rabats et un macfarlane. Derrière lui se tenait un moustachu d'allure athlétique coiffé d'un chapeau melon un peu trop grand, l'air plus désorienté que son compagnon.

— « Holmes m'a décrit les événements », récita le bibliothécaire.

— Pardon ? fit l'homme au melon, l'air encore plus dérouté.

— Paget, expliqua M. Headley. « Flamme d'argent. » Parce que les deux hommes semblaient tout droit sortis de l'illustration de cette aventure.

— Je ne vous suis toujours pas.

— Vous n'êtes pas censés être ici, fit observer M. Headley.

— Et pourtant nous y sommes, répondit le plus mince des deux.

— Il doit y avoir une erreur, avança le bibliothécaire.

Et la réponse fusa :

— En ce cas, vous ne la réparerez pas en nous obligeant à rester dehors dans le froid.

Les épaules de M. Headley s'affaissèrent.

— Oui, vous avez raison. Entrez donc. Monsieur Holmes, docteur Watson, soyez les bienvenus à la Caxton, bibliothèque de prêt privée et dépôt de livres.

Tout en allumant le feu, M. Headley fit à Holmes et Watson une brève présentation de la bibliothèque. Au début, l'endroit étonnait souvent quelque peu les nouveaux venus, qui avaient peine à saisir la coexistence de leur réalité physique et de leur nature de personnages, puisque, en principe, l'une aurait dû contredire l'autre, or ce n'était pas le cas. Holmes et Watson ne semblaient toutefois pas perturbés outre mesure par la situation. Comme nous l'avons vu, grâce aux efforts de l'ex-professeur Moriarty, le détective avait pris conscience qu'il pouvait être de nature fictionnelle et, avant sa mise à mort inopportune par son créateur, il s'était employé à partager en partie avec Watson cette prise de conscience.

— À propos, mon ennemi juré est-il ici ? demanda Holmes.

— Je ne m'attends pas à sa venue, répondit M. Headley. Vous savez, il n'a jamais paru tout à fait réel.

— Non, c'est exact, approuva Holmes.

— Pour être franc, je ne m'attendais pas non plus à vous recevoir, messieurs, comme vous l'avez peut-être deviné. En général, les personnages n'arrivent ici qu'après la mort de leur auteur. Je pense que c'est parce qu'ils ont alors acquis leur forme définitive, pour ainsi dire. Vous êtes les deux premiers à vous présenter ici alors que votre auteur est bien vivant. C'est tout à fait inhabituel.

M. Headley aurait aimé pouvoir consulter quelqu'un, mais le vieux Torrans était mort depuis longtemps et la Caxton fonctionnait sans l'aide d'avocats, de banquiers, d'institutions gouvernementales, ou du moins sans l'implication active de ces diverses catégories. Les factures étaient réglées, les baux garantis, et les chiffres dûment transmis aux autorités, mais tout cela sans que M. Headley ait à lever le petit doigt. Les activités de la Caxton étaient si profondément enracinées dans la société britannique que tout le monde avait cessé de les remarquer.

Le bibliothécaire servit du thé à ses deux hôtes et leur offrit des gâteaux. Il retourna ensuite dans les profondeurs – au grenier ? – de la bibliothèque, où il constata qu'elle avait commencé à créer un lieu adéquat où loger Holmes et Watson en se fondant sur les illustrations de Paget et les descriptions faites par Watson du 221B Baker Street. M. Headley en éprouva un immense soulagement, car cela lui épargnerait de leur installer des lits dans son bureau, et il n'était d'ailleurs pas sûr que Holmes se serait accommodé d'un tel arrangement.

Peu après minuit, la bibliothèque avait achevé la formation du 221B, incluant même une vue de ses fenêtres sur une rue victorienne animée. La Caxton occupait un espace indéterminé entre réalité et fiction, et elle ne répugnait pas à permettre aux personnages d'accéder à leurs univers fictionnels élargis s'ils décidaient de quitter un moment leurs chambres. Beaucoup préféraient cependant y somnoler – parfois pendant des dizaines d'années – ou faire de temps à autre un petit tour dans le village de Glossom et ses environs, qui avaient au moins le mérite d'être pour eux un endroit nouveau et différent. Les habitants ne les remarquaient généralement pas, à moins, bien entendu, qu'ils ne se mettent à renverser les moulins à vent, à parler de sorcières avec un accent écossais, ou à s'enquérir de la possibilité de faire un beau mariage avec de respectables gentlemen célibataires, voire ayant déjà quelqu'un dans leur vie.

Une fois Holmes et Watson confortablement installés dans leur appartement, M. Headley regagna son bureau, s'octroya un grand cognac et consigna les événements de la journée dans les archives de la Caxton, afin que ses successeurs aient une idée de ce qu'il avait enduré. Puis il se mit au lit et rêva qu'il s'agrippait au bord d'un précipice tandis que les chutes du Reichenbach grondaient sous lui.

Après cette anicroche, la vie de la bibliothèque se déroula quasiment sans incident pendant plusieurs années, même si les activités de Holmes et Watson ne laissaient pas de poser problème à M. Headley. Les deux hommes aimaient faire des incursions dans le village et au-delà, proposant à des agents de police perplexes d'enquêter sur la disparition de chatons, sur des barattes endommagées, sur le vol possible d'un sac de petits pains dans le train de midi pour Penbury. Leurs personnages étant solidement établis dans l'imaginaire du public, les deux hommes passaient pour d'aimables excentriques. Ils n'étaient pas les seuls à porter les tenues du fameux détective et de son biographe, c'était même monnaie courante parmi les messieurs se trouvant à divers niveaux d'altération de leur santé mentale. Ce qu'ils avaient d'exceptionnel, c'était d'être vraiment Holmes et Watson, bien que personne ne semblât s'en apercevoir.

Il y avait aussi le petit problème de la cocaïne qui faisait régulièrement son apparition dans la bibliothèque. M. Headley ne parvenait pas à identifier la source de la drogue et en était réduit à conclure que c'était la Caxton elle-même qui la fournissait, mais il s'inquiétait quand même. À Dieu ne plaise qu'un policier perspicace ne détecte chez Holmes une preuve d'usage de stupéfiants et ne réussisse à le suivre jusqu'à la bibliothèque ! M. Headley ne savait pas quelle peine on encourait pour gestion d'un repaire de drogués et il ne tenait pas à l'apprendre, aussi pria-t-il le détective d'être discret sur sa consommation et de la réserver pour la tranquillité de son appartement.

Sinon, le bibliothécaire était ravi d'avoir pour résidents deux personnages qu'il adorait et il passait de délicieuses soirées en leur compagnie. Il les écoutait discuter des détails d'affaires qu'il connaissait pour les avoir lues ; il testait le savoir de Holmes sur d'obscurs poisons ou sur les différents types de cendres de tabac. M. Headley avait maintenu son abonnement au *Strand Magazine*, car il jugeait en général son contenu excellent et ne lui gardait pas rancune d'avoir publié la dernière aventure de Holmes, puisqu'il avait désormais le privilège d'abriter le détective sous son toit.

Il avait néanmoins ordinairement un retard de un mois ou deux dans sa lecture du *Strand*, sa préférence allant toujours aux livres.

Et puis, en août 1901, un événement tout à fait inattendu vint troubler cette existence paisible. M. Headley était allé à Cleckheaton rendre visite à sa sœur Dolly et, à son retour, il trouva Holmes et Watson dans un état d'extrême agitation. Le détective brandissait le dernier numéro du *Strand* en répétant :

— Qu'est-ce que cela signifie ? Qu'est-ce que cela signifie ?!

Le bibliothécaire plaida d'abord pour qu'il se calme, ensuite pour qu'il lui remette le magazine incriminé, ce qui fut fait. M. Headley s'assit sur le siège le plus proche et, une fois revenu de sa surprise, il lut le début du *Chien des Baskerville*, publié par le *Strand.*

— On n'y mentionne pas ma mort ! s'indignait Holmes. Pas un mot là-dessus. Enfin, je tombe à l'eau et je ne suis même pas mouillé !

— Attendons la suite, suggéra M. Headley. D'après ce que je comprends, l'action se déroule avant la scène des chutes de Reichenbach, sinon Conan Doyle aurait été contraint d'expliquer votre réapparition. Gardez-vous un quelconque souvenir de cette affaire, Holmes – et vous, docteur Watson, vous rappelez-vous l'avoir relatée ?

Les deux hommes répondirent que les seuls détails qu'ils gardaient en mémoire du *Chien des Baskerville* étaient ceux qu'ils venaient de lire, mais ils admirent ensuite qu'ils ne savaient pas trop si ces souvenirs provenaient de ladite lecture ou si leurs personnalités étaient en cours de modification pour accueillir la nouvelle histoire. M. Headley recommanda la prudence et conseilla à Holmes et Watson de ne pas avoir une réaction excessive avant d'en savoir plus sur cette affaire. Le bibliothécaire mena une enquête discrète auprès de la direction du *Strand*, mais ses propriétaires restèrent muets sur le retour de Holmes dans leur magazine, ravis qu'ils étaient du bond des abonnements provoqué par cette réapparition, et tous les efforts de M. Headley pour en apprendre davantage furent vains.

Aussi dut-il, ainsi que Holmes, Watson et les lecteurs britanniques, attendre la livraison mensuelle de chaque nouvel épisode pour tenter de discerner les intentions de Conan Doyle envers ses personnages. À mesure que le temps passait, il devint clair que cette histoire relevait bien du domaine historique puisqu'elle précédait les événements contenus dans « Le Dernier Problème ». À titre expérimental, M. Headley cacha à Holmes la conclusion de l'affaire et l'interrogea ensuite. Le détective put expliquer en détail que Rodger Baskerville avait détourné de l'argent en Amérique du Sud, qu'il avait pris le nom de Vandeleur et ouvert dans le Yorkshire une école qui dut fermer à cause d'un scandale – autant de faits révélés dans la partie finale de l'histoire que Holmes n'avait pas encore lue. Sur cette base, les trois hommes conclurent que Conan Doyle, en reprenant ses personnages, créait de nouveaux souvenirs chez Holmes et Watson, ce qui, bien qu'un peu perturbant pour eux, n'avait rien de catastrophique.

M. Headley n'arrivait cependant pas à se départir d'un sentiment de malheur imminent. Il se mit à surveiller de près les publications du *Strand* et autres magazines semblables et accorda une attention particulière aux rumeurs concernant les activités littéraires de Conan Doyle.

Les bruits commencèrent à circuler à l'automne de 1903. M. Headley fit de son mieux pour les dissimuler à Holmes, jusqu'à ce que la Caxton reçoive le numéro d'octobre du *Strand*, les pires craintes du bibliothécaire devenant alors réalité. Superbement illustrée par Paget, « La Maison vide » marquait le retour de Sherlock Holmes, bien que déguisé au départ en vieux bouquiniste. M. Headley lut cette histoire dans l'arrière-salle de son bureau, la porte fermée à clé et bloquée par un meuble pour plus de sûreté, les portes fermées à clé ne constituant pas un obstacle pour certains résidents de la bibliothèque, notamment Holmes. (M. Headley avait eu de nombreuses conversations pénibles avec le Renard[1], qu'il soupçonnait de lui voler ses biscuits.)

En toute franchise, les explications sur la façon dont Holmes avait survécu à sa chute paraissaient peu crédibles au bibliothécaire parce qu'elles s'appuyaient sur une maîtrise supposée du baritsu, un art martial anglais d'origine japonaise, sur la capacité improbable de basculer d'une haute falaise pour se recevoir sur un sentier, ou peut-être de ne pas tomber et apparaître simplement sur un sentier, ou de donner l'impression de tomber et…

Peu importe. Suivaient un voyage au Tibet et à Khartoum, une identité norvégienne pendant plusieurs années… M. Headley en avait mal à la tête, mais il devait admettre en son for intérieur que c'était

1. Surnom du chef de la bande de jeunes pickpockets dans le roman de Dickens *Oliver Twist*.

dû en partie aux conséquences potentielles du retour de ce Sherlock du *Strand* pour le Holmes résidant à la Caxton. Il allait falloir l'en aviser, évidemment, à moins qu'il ne soit déjà au courant du fait d'un changement soudain dans ses souvenirs et d'une aptitude auparavant insoupçonnée à parler norvégien.

Le bibliothécaire n'avait d'autre choix que de s'introduire dans l'appartement de Holmes et Watson pour découvrir lui-même la vérité. Il déplaça le meuble, ouvrit la porte avec sa clé, pénétra dans la bibliothèque et s'arrêta en chemin dans la section Dictionnaires. Il trouva Watson assoupi sur un canapé et Holmes s'affairant avec des fioles et un bec Bunsen qui n'étaient peut-être pas étrangers à la fabrication de narcotiques.

M. Headley observa la forme endormie du docteur. « La Maison vide » contenait une autre information pour le moins déplaisante : Mary, l'épouse de Watson, était apparemment décédée. La nouvelle eût sans doute été plus pénible si le Watson vivant à la Caxton avait gardé le souvenir de s'être marié, ce qui n'était pas le cas, peut-être parce que sa femme n'avait pas figuré souvent dans leurs diverses aventures, ou n'y avait pas joué un rôle essentiel, et n'avait donc pas eu un impact important sur les autres protagonistes. M. Headley devait quand même annoncer à Watson la mort de Mary. Ce n'était pas de la poussière qu'on pouvait dissimuler sous le tapis.

Pour le moment, c'était toutefois Holmes qui le préoccupait le plus.

— Tout va bien, monsieur Holmes ? s'enquit le bibliothécaire.

— Y aurait-il une raison pour que ça n'aille pas ? répliqua le détective.

Il ne leva même pas les yeux de sa paillasse, d'où montait une odeur douceâtre, légèrement épicée, qui fit tourner la tête de Headley.

— Non, non, pas du tout. C'est de la drogue que je sens ?

— Je procède à une expérience, répondit Holmes d'un ton acerbe et, jugea Headley, quelque peu sur la défensive.

— Oui, bien sûr. Soyez juste, euh, prudent, s'il vous plaît.

Il y avait dans le mur, derrière la tête de Holmes, une grille de ventilation. M. Headley ne savait pas trop où elle aboutissait et vivait dans la crainte que son policier imaginaire ne renifle un jour une bouffée de l'air qui s'en échappait et, après avoir repris ses esprits, n'effectue une descente.

Il s'éclaircit la voix et dit, en articulant de son mieux :

— *Goddag, hvor er du ?*

Holmes le regarda avec perplexité.

— Comment ?

— *Lengen siden sist*, poursuivit Headley.

— Vous vous sentez bien ?

Le bibliothécaire jeta un coup d'œil au guide de conversation norvégien qu'il tenait dans la main droite.

— *Jo takk, bare bra. Og du ?*

— Vous parlez… norvégien ?

Watson se réveilla et demanda :

— Que se passe-t-il ?

— Il semblerait que Headley se soit cogné la tête, répondit Holmes. Il se prend maintenant pour un Norvégien.

— Seigneur, soupira Watson. Dites-lui de s'asseoir.

M. Headley referma son petit manuel.

— Je ne me suis pas cogné la tête et je n'ai pas besoin de m'asseoir. Je me demandais simplement, monsieur Holmes, si par hasard vous parliez norvégien.

— Je n'ai jamais eu besoin d'apprendre cette langue, répondit Holmes. Mais je me suis échiné sur *Beowulf* dans ma jeunesse, et le vieil anglais présente certaines ressemblances avec le norvégien.

— Avez-vous entendu parler d'un explorateur norvégien du nom de Sigerson ?

— Non, je ne crois pas, dit le détective, qui fixait désormais Headley d'un regard soupçonneux. Pourquoi cette question ?

M. Headley résolut finalement de s'asseoir. Il ne savait pas si c'était une bonne ou une mauvaise nouvelle que le Holmes de la Caxton n'ait pas commencé à se créer de nouveaux souvenirs à cause du retour de son moi littéraire. Quelle que fût la réponse, il ne pouvait cacher à Holmes l'existence de la nouvelle aventure. Tôt ou tard, le détective finirait par l'apprendre.

Le bibliothécaire passa une main sous sa veste et en tira le dernier numéro du *Strand*.

— Je crois que vous devriez le lire, dit-il à Holmes, avant de se tourner vers Watson. Désolé de devoir vous l'annoncer, mais votre femme est morte.

Watson considéra la nouvelle un instant avant de lâcher :

— Quelle femme ?

Les trois hommes étaient assis dans le bureau de Headley autour d'une table sur laquelle reposait l'exemplaire du *Strand*. La situation réclamant une boisson plus forte que le café, le bibliothécaire avait débouché une bouteille de cognac et servi à chacun un petit verre.

— S'il est moi et si je suis lui, je devrais avoir ses souvenirs, raisonna Holmes pour la énième fois.

— D'accord, convint une fois de plus Headley.

— Mais je ne les ai pas, je ne suis donc pas ce Holmes.

— Non.

— Ce qui signifie qu'il y a maintenant deux Holmes.

— Il semblerait.

— Alors que se passera-t-il à la mort de Conan Doyle ? Le second Holmes se présentera ici aussi ?

— Et le second Dr Watson, ajouta Watson, encore perturbé d'avoir découvert qu'il avait été marié, un état dont il commençait à exhumer de vagues souvenirs, remontant peut-être au *Signe des quatre*. Enfin, ce n'est pas possible de laisser deux nous – euh, quatre, je veux dire – se balader dans la nature. Ce serait trop déconcertant.

— Et lesquels seraient le vrai Holmes, le vrai Watson ? enchaîna le détective. À l'évidence, nous sommes les originaux, donc ce devrait être nous, mais nous serions bien en peine de l'expliquer à nos prétendants, si je puis dire. Pire, que se passera-t-il si ces nouveaux Watson et Holmes usurpent notre place dans l'imagination du public ? Cesserons-nous d'exister ?

Ils semblaient tous les trois consternés, à juste titre, par cette possibilité. M. Headley était très attaché à sa paire de Holmes et Watson. Il ne voulait pas les voir s'estomper peu à peu pour être finalement remplacés, dans un avenir plus ou moins proche, par des versions de rechange. Il s'inquiétait aussi de ce que l'arrivée de nouveaux Holmes et Watson pourrait signifier pour la bibliothèque. Cela ouvrirait la voie à toutes sortes de conjonctions calamiteuses. Supposons que des versions non canoniques de personnages apparaissent sur le seuil de la Caxton, revendiquent leur réalité et suscitent des troubles ? Il en résulterait un véritable chaos.

Et quelles seraient les conséquences pour la bibliothèque même ? M. Headley comprenait bien qu'une institution aussi complexe et mystérieuse que la Caxton devait être également extrêmement fragile. Pendant des siècles, la réalité et l'irréalité avaient maintenu un parfait équilibre en son sein. Cet équilibre était peut-être à présent menacé par la décision de Conan Doyle de ressusciter Holmes.

— Nous n'avons pas le choix, déclara Holmes. Nous devons aller trouver Conan Doyle et lui demander de cesser d'écrire ces aventures.

M. Headley pâlit.

— Oh, non, dit-il. Vous ne pouvez pas faire ça.

— Et pourquoi donc ?

— Parce que la Caxton est un établissement secret et doit le rester. Les écrivains ne doivent pas connaître son existence, sinon ils se mettraient à réclamer l'immortalité pour leurs personnages et pour eux-mêmes. Or, l'immortalité doit se mériter et ne peut advenir qu'après la mort de l'auteur. Les écrivains sont de très mauvais juges pour ce genre de choses et, s'ils apprenaient qu'il existe ici à Glossom un panthéon pour personnages, nous ne finirions pas d'en entendre parler.

« Pis encore, imaginez ce qui arriverait si l'existence de la Caxton devenait de notoriété publique. Nous serions comme le zoo de Londres. Les gens frapperaient nuit et jour à notre porte en demandant à voir Heathcliff – et vous savez quel caractère il a – ou, Dieu nous en préserve, à avoir une conversation avec David Copperfield…

Il y eut un soupir collectif. Il était bien connu à la bibliothèque que poser à David Copperfield la plus simple des questions requérait de réserver une bonne partie de sa journée pour écouter la réponse.

— Je ne vois quand même pas d'autre solution, dit Holmes. C'est notre existence qui est en jeu – et peut-être aussi celle de la Caxton.

M. Headley vida son verre et ne laissa s'écouler que quelques secondes avant de se resservir généreusement.

Oh, mon Dieu, pensa-t-il. Mon Dieu, mon Dieu, mon Dieu.

Les préparatifs du voyage furent rondement menés. M. Headley ferma la bibliothèque à clé après avoir informé les résidents les plus équilibrés des raisons de son départ, sachant que son absence ne serait pas remarquée par la plupart des autres. Ils passaient des semaines, des mois, voire des années dans un profond sommeil dont ils émergeaient uniquement lorsqu'un éditeur republiait leur livre géniteur, ou quand un essai suscitait un regain d'intérêt pour leur existence.

— Tâchez de ne pas trop attirer l'attention, suggéra M. Headley à ses compagnons en payant les trois billets en première classe pour Londres.

Au moment même où ces mots franchissaient ses lèvres, il se rendit compte qu'ils étaient parfaitement vains. Car il allait prendre le train avec un homme portant un macfarlane et une casquette à rabats, des chaussures neuves étincelantes surmontées de guêtres blanches, et qui n'aurait pu ressembler davantage à Sherlock Holmes s'il s'était exclamé…

— La partie commence, Watson ! lança une voix joyeuse à proximité. La partie commence !

— Seigneur, donnez-moi de la force, murmura Headley.

— Votre ami, là, dit l'employé du guichet. Il se prend pour, vous savez…

— Oui, répondit M. Headley. D'une certaine façon.

— Il est inoffensif ?

— Je pense.

— Il n'embêtera pas les autres voyageurs ?

— Pas à moins qu'ils n'aient commis un crime.

L'employé parut envisager sérieusement d'appeler à la rescousse des costauds en blouse blanche pour maîtriser la situation, mais M. Headley s'empara des billets avant que l'homme puisse réagir et poussa ses compagnons vers le train. Ils s'installèrent dans la voiture et ce fut avec un certain soulagement que le bibliothécaire sentit le train s'ébranler avant que quiconque ne manifeste l'intention de les en faire descendre.

Des années plus tard, lorsqu'il prendrait sa retraite pour céder la place à M. Gedeon, le nouveau bibliothécaire, Headley se rappellerait ce voyage comme l'un des plus merveilleux de sa vie, malgré son inquiétude à la pensée de la confrontation imminente avec Conan Doyle. Tandis qu'il observait Holmes et Watson de son siège près de la porte – Holmes à droite, penché en avant, frappant de son index droit la paume de sa main gauche chaque fois qu'il souhaitait donner force à un argument ; Watson en face de lui, un cigare à la main, une jambe croisant l'autre –, M. Headley avait l'impression de faire partie d'une illustration de Paget pour le *Strand*, comme s'il était passé de sa vie réelle aux pages d'une des aventures de Conan Doyle.

Tous les lecteurs se perdent dans les grandes œuvres, et que peut-il y avoir de plus extraordinaire pour un lecteur que de se retrouver en compagnie de personnages qu'il aime depuis longtemps, de mêler sa vie à la leur et d'être changé par cette rencontre ? Le cœur de M. Headley battait en cadence avec le bruit des roues sur les rails et le soleil matinal lui accordait la bénédiction de ses rayons.

Sir Arthur Conan Doyle quitta le terrain du Cricket Club de Marylebone, sa batte sous le bras droit. Il avait pris plaisir à cette séance d'entraînement hors saison et estimait avoir fait preuve d'un bon niveau, tout bien considéré. Il n'était assurément pas assez talentueux pour intégrer l'équipe d'Angleterre – ce qui ne le chagrinait guère –, mais il était capable de frapper fort, et ses balles lentes déconcertaient des batteurs plus expérimentés que lui.

L'écrivain avait presque oublié le choc ressenti quelques années plus tôt lorsque, dans une crise de somnambulisme sans doute, il avait fait usage de sa main gauche pour écrire un manuscrit holmésien. Pendant des mois, il s'était approché du terrain de cricket avec appréhension, craignant qu'à un moment inopportun sa main gauche, comme possédée, ne s'empare de sa batte, telle une créature d'un conte de Wilhelm Hauff. Par bonheur, cet embarras lui avait été épargné, mais il posait encore un regard soupçonneux sur sa main gauche quand il frappait de travers.

Il se changea, prit congé de ses coéquipiers et s'apprêta à regagner son hôtel, car il avait l'intention de travailler. Au début, il avait recommencé à écrire sur Sherlock Holmes avec un rien de résignation et d'ennui, mais « La Maison vide » s'était révélée plus réussie qu'il ne l'avait prévu : de fait, il la tenait pour l'une des meilleures aventures de Holmes, et la joie des lecteurs, les éloges des critiques qui avaient suivi sa publication dans le *Strand*, conjugués à l'honneur du titre de chevalier qui lui avait été conféré l'année précédente, avaient revigoré Conan Doyle. Seule la longue maladie de sa chère Touie le tourmentait encore. Elle était restée à Undershaw, leur résidence dans le Surrey, où il se rendrait le lendemain pour passer le week-end avec elle et les enfants. Il avait trouvé un autre spécialiste à consulter sur l'état de sa femme, mais dans son for intérieur il gardait peu d'espoir. La tuberculose la tuait lentement, et il ne pouvait rien faire pour la sauver.

Le romancier venait de tourner sur Wellington Place quand un petit homme fluet s'approcha de lui. Il avait l'allure d'un employé de bureau, bien vêtu au demeurant, et ses chaussures brillaient au soleil. Conan Doyle aimait voir quelqu'un qui prenait soin de ses chaussures.

— Sir Arthur ? fit l'inconnu.

L'écrivain hocha la tête, sans pour autant ralentir. Il ne s'était pas vraiment habitué à la célébrité que Holmes lui avait value et il avait appris dès le début de sa carrière littéraire à ne jamais s'arrêter. Si vous cessiez d'avancer, vous étiez fichu.

— Oui ?

— Je m'appelle Headley, je suis bibliothécaire.

— Noble profession, dit Conan Doyle en accélérant le pas.

Seigneur, un bibliothécaire ! Si ce type réussissait à l'accrocher, ils y passeraient la journée.

— Certains de mes, euh, collègues sont très désireux de faire votre connaissance.

— Pas le temps, je regrette, argua l'écrivain. Très occupé. Envoyez un mot au *Strand*, ils verront ce qu'ils peuvent faire.

Il opéra un soudain virage à gauche qui prit M. Headley à contre-pied et traversa la chaussée d'un pas rapide pour emprunter Cochrane Street en s'efforçant de donner l'impression d'avoir une question de vie ou de mort à régler. Il était presque au coin de la rue quand deux hommes lui barrèrent le chemin, l'un coiffé d'une casquette à rabats, l'autre d'un melon.

— Oh, mon Dieu, marmonna Conan Doyle.

C'était pire qu'il ne l'avait imaginé. Le bibliothécaire avait amené une paire d'imbéciles qui se prenaient pour Holmes et Watson. Ce type d'individus lui empoisonnait la vie. La plupart avaient quand même la décence de ne pas l'accoster dans la rue.

— Ha ha, fit-il d'un ton dépourvu de gaieté. Bravo, messieurs, excellent.

Il tenta de les contourner, mais celui qui était déguisé en Holmes fut plus rapide que lui et le bloqua.

— Mais qu'est-ce que vous faites ? protesta Conan Doyle. Je vais appeler la police !

— Il faut vraiment qu'on se parle, sir Arthur, dit Holmes.

Ou plutôt « Holmes », comme Conan Doyle l'avait aussitôt catalogué dans son esprit. Ce genre de choses devait être étouffé dans l'œuf. C'était pour ça que les guillemets avaient été inventés.

— Il ne faut pas, vraiment pas, répliqua le romancier. Laissez-moi passer.

Il agita sa canne d'une manière vaguement menaçante en direction de l'importun.

— Je m'appelle Sherlock Holmes, prétendit « Holmes ».

— Non, c'est faux.

— Et voici le Dr Watson.

— Tout aussi faux. Je vous préviens, vous allez tâter de ma canne.

— Comment va votre main gauche, sir Arthur ?

Conan Doyle se figea.

— Qu'avez-vous dit ?

— Je vous ai demandé des nouvelles de votre main gauche. Je ne vois aucune trace d'encre sur cette main. Vous n'en avez donc pas de nouveau fait usage pour écrire ?

— Comment pouvez-vous savoir ça ? lâcha Conan Doyle, éberlué.

Il ne se souvenait pas d'avoir parlé à quiconque de sa mésaventure d'avril 1893.

— Parce que j'étais au Benekey's. Vous m'y aviez mis, avec Moriarty.

« Holmes » – ou peut-être maintenant Holmes – tendit la main droite.

— Ravi de vous rencontrer enfin, sir Arthur. Sans vous, je n'existerais pas.

Les quatre hommes s'attablèrent dans un coin tranquille de l'Ye Olde Cheshire Cheese, derrière Fleet Street, où ils s'étaient rendus en fiacre. En chemin, M. Headley avait fait de son mieux pour expliquer la situation à Conan Doyle, mais le grand homme semblait n'avoir pas encore vraiment saisi la réalité de la Caxton et de ses personnages. Le bibliothécaire aurait eu mauvaise grâce à le lui reprocher. Lui-même avait dû s'allonger un moment après que le vieux Torrans lui avait révélé la nature de la Caxton, et il imaginait sans peine combien ce devait être traumatisant pour l'écrivain, d'autant qu'il avait en face de lui ses deux plus célèbres créations déjeunant d'un bol de soupe aux pois. Le romancier s'était contenté d'un scotch single malt, mais il semblait bien qu'il lui en faudrait un autre avant longtemps.

À la demande de Conan Doyle, Holmes s'était débarrassé de sa casquette à rabats, qui pendait à présent à une patère avec son macfarlane. Sans ce couvre-chef, il pouvait passer pour un client ordinaire de l'Ye Olde Cheshire Cheese, avec toutefois une certaine intensité dans le regard.

— Force m'est d'admettre, messieurs, que j'ai du mal à croire à ces révélations, dit Conan Doyle.

Il fit aller son regard de Holmes à Watson puis le ramena sur le détective. Sans qu'il le veuille vraiment, il avança vers eux sa main droite, l'index tendu, comme pour les toucher afin d'avoir confirmation de leur réalité physique, en dépit du bruit que faisait Watson en mangeant sa soupe.

— Il n'y a là rien de surprenant, déclara M. Headley. D'une certaine façon, ils témoignent de la puissance de votre imagination et de la profondeur de vos créations. Jamais auparavant dans l'histoire de la Caxton un auteur n'avait vu ses personnages prendre vie dans la réalité.

Conan Doyle but une autre gorgée de son whisky.

— Si d'autres écrivains avaient cette possibilité, cela pourrait sonner leur glas.

Holmes poussa son bol sur le côté et reprit :

— Sir Arthur, M. Headley vous a expliqué la situation. Elle est complexe, inquiétante, et nous ne voyons qu'une solution. J'ai bien conscience que cela pourrait vous poser problème, mais vous devez cesser d'écrire des aventures de Sherlock Holmes.

Conan Doyle secoua la tête.

— Je ne peux pas. J'ai passé un accord avec *Collier's Weekly*. Non seulement ça, mais les lecteurs voudront me voir pendu si, après leur avoir fait espérer d'autres affaires, je fracasse cet espoir un mois plus tard. S'ajoute le menu problème de mes finances. J'ai une femme malade, deux jeunes enfants et des maisons à entretenir. J'aurais souhaité que mes autres œuvres littéraires connaissent un plus grand succès, mais personne ne classe Rodney Stone[1] au même rang que Holmes et Watson, et je ne peux repenser à certaines critiques sans avoir envie de courir me terrer dans ma cave.

— Mais plus vous écrivez d'aventures de Holmes, plus vous risquez de donner vie à un deuxième Holmes qui – oh, et à un deuxième Watson…

— Merci, Holmes, dit Watson.

— Aimeriez-vous qu'un second sir Arthur baguenaude dans les rues, ou pire s'introduise dans votre foyer ? poursuivit le détective. Pensez à William Wilson[2]. Vous finiriez par vous enfoncer vous aussi une épée dans le corps !

M. Headley se pencha en avant.

— Sir Arthur, vous savez maintenant que la texture de la réalité est plus complexe que vous ne le pensiez.

1. Héros du roman éponyme de Conan Doyle.

2. Personnage d'une nouvelle de Poe, qui, en tuant son double, met fin à ses propres jours.

Il est possible que les conséquences de deux versions de Holmes et Watson ayant une réalité physique ne soient pas si terribles, quelles que soient les difficultés personnelles et professionnelles pour les personnages concernés, mais l'existence même de la Caxton pourrait être compromise. Plus les lecteurs croiront à cette nouvelle incarnation de Holmes, plus grands seront les risques d'ennuis pour nous tous.

Conan Doyle hocha la tête. Il paraissait soudain fatigué, et plus vieux qu'il ne l'était vraiment.

— Alors, il semble que je n'aie pas le choix, conclut-il. Holmes doit à nouveau tomber, et cette fois il ne se relèvera pas.

Watson toussota pour attirer l'attention. Tout en mangeant sa soupe aux pois jusqu'à la dernière cuillerée, car elle était succulente, le bon docteur n'avait pas raté un mot de la conversation. Il possédait plus de sagacité qu'on ne lui en attribuait la plupart du temps. Simplement, sa petite lumière ne brillait guère à côté du flamboiement de Holmes.

— J'ai l'impression que tout est affaire de croyance, dans cette histoire, avança-t-il. Vous l'avez vous-même souligné, monsieur Headley : ce sont autant les lecteurs que les auteurs qui donnent vie aux personnages. La solution serait donc…

Il laissa sa phrase en suspens et Holmes la termina pour lui :

— De rendre le nouveau Holmes moins crédible que l'ancien.

Le détective assena au dos de son ami une bourrade si forte que celui-ci faillit régurgiter un peu de soupe.

— Watson, vous êtes prodigieux.

— Merci infiniment, Holmes. Un peu de pudding, pour finir ? Je prendrais bien un peu de pudding, là, maintenant…

Sir Arthur Conan Doyle ne se rendit jamais à la Caxton, bien qu'on lui eût adressé une invitation permanente. Il estimait qu'il valait probablement mieux qu'il s'en tienne à distance puisque, comme il l'avait fait observer à M. Headley, s'il avait besoin de la compagnie d'un grand personnage de la littérature, il lui suffisait d'ouvrir un livre. Il ne revit pas non plus Holmes et Watson, car ils avaient leur propre vie dans son imagination.

Non, il s'attacha plutôt à saper la seconde incarnation de ses héros en insérant délibérément, dans les recueils ultérieurs, des aventures dont les énigmes et les solutions étaient si invraisemblables qu'elles mettaient à mal la crédulité des lecteurs – « Le Vampire du Sussex », par exemple – ou qui n'étaient tout simplement pas très bonnes, notamment « Le Trois-Quarts disparu », « Le Pince-Nez en or », ou « Le Soldat blanchi ». Il fit même allusion à d'autres épouses de Watson, sans se donner la peine de mentionner leurs prénoms. La publication de ces histoires le contraria moins qu'elle ne l'aurait fait autrefois : quoique lassé de ses inventions, il avait conscience qu'avec chacune de ces intrigues mal ficelées il assurait la survie de la Caxton et le bonheur de ses personnages originaux.

L'étrange découverte de cette bibliothèque lui avait en outre apporté une certaine sérénité. Dans les années qui suivirent sa rencontre avec Holmes et Watson, Conan Doyle perdit sa première femme puis, dans les dernières semaines de la Première Guerre mondiale, son fils Kingsley. Il entreprit de chercher des preuves d'une vie après la mort, n'en trouva aucune, mais savoir que la croyance des lecteurs donnait une incarnation aux personnages de roman, qu'elle leur insufflait une autre réalité hors des pages des livres, le laissait espérer que c'était aussi possible pour les êtres chers qu'il avait perdus. La Caxton était un monde au-delà du nôtre, avec sa propre existence, et si un tel monde existait d'autres existaient peut-être aussi.

Peu après la mort de Conan Doyle, en juillet 1930, la bibliothèque reçut des premières éditions des aventures de Holmes, notamment *Les Mémoires de Sherlock Holmes*, avec en annexe le manuscrit révélateur. M. Gedeon était alors bibliothécaire, et Holmes, Watson et lui avaient vécu quelques jours dans la crainte que le plan échafaudé par Watson et exécuté par Conan Doyle n'ait pas fonctionné. Finalement, aucune nouvelle incarnation de Holmes et Watson ne se présenta, et une étrange rafale de vent chaud parcourut la Caxton, comme si la vieille et vénérable institution avait poussé un soupir de soulagement.

Il y a maintenant, juste au-dessus du rayonnage des œuvres du créateur de Sherlock Holmes, une petite plaque bleue avec cette inscription :

*À la mémoire de sir Arthur Conan Doyle*
*(1859-1930),*
*pour services rendus à la Caxton,*
*bibliothèque de prêt privée et dépôt de livres*

## JE VIS ICI

Cette histoire est vraie. J'ai seulement changé un ou deux menus détails, rien de plus. Il m'a paru approprié, pour la discussion sur le roman fantastique qui va suivre, de m'arranger pour glisser un élément qui ne relève pas du tout de la fiction.

Les écrivains sont en général des êtres solitaires. Oh, nous avons nos fréquentations – amis, parents et autres. Certains d'entre nous entretiennent même des relations assez durables pour engendrer une progéniture. Pour autant, une partie de nous persiste toujours à préférer la solitude. Nous la gardons secrète, et c'est elle qui nous permet d'être écrivain.

Il fut un temps où les éditeurs se contentaient d'autoriser leurs auteurs à être eux-mêmes – c'est-à-dire qu'ils les laissaient écrire, et ne formulaient aucune exigence concernant leur temps libre en dehors d'une interview occasionnelle pour un magazine littéraire ou un journal sérieux, de la signature de quelques pages pour une édition à tirage limité vendue par souscription, ou d'un déjeuner avec eux, un de ceux pendant lesquels l'auteur boit du vin, exprime des récriminations et dénigre ses rivaux.

Maintenant, toutefois, on attend du romancier qu'il soit aussi représentant et publicitaire. Nous devons faire la promotion de notre marchandise. Nous sommes exhortés à rencontrer notre public. Certains écrivains excellent à cet exercice et s'en acquittent avec joie. Personnellement, cet aspect promotionnel du métier ne me dérange pas s'il ne consume pas trop de mon temps, car plus je passe d'heures loin de mon bureau, moins j'écris[1].

En règle générale, je considère que mes lecteurs préféreront lire un de mes livres plutôt que de passer un moment de plaisir douteux en ma compagnie. Or, je constate qu'on me demande plus de mon temps à mesure qu'augmente le nombre de titres que je produis, et je pourrais passer toute une année à faire la

---

1. Cela dit, je suis devenu meilleur quand j'écris en voyage, ne serait-ce que par nécessité. Lorsque j'ai commencé à écrire, j'y mettais probablement un peu d'affectation, j'estimais ne pas pouvoir travailler à moins d'être assis à mon bureau et, même alors, j'écrivais rarement plus de dix pages par jour, après quoi je devais me reposer jusqu'à ce qu'un des domestiques me réveille avec un cognac roboratif et un exemplaire fraîchement repassé du journal du soir. À présent, je peux écrire presque n'importe où – le siège du milieu dans un avion, un café bruyant, et même sous le regard insistant d'une caméra de télévision, comme je l'ai fait quand une équipe est venue tourner chez moi. La seule chose qui puisse me déranger, c'est une conversation sur un portable, voilà pourquoi dans *Les Âmes perdues de Dutch Island*, mon cinquième roman, un homme est violemment frappé puis abattu pour avoir eu l'audace de faire usage d'un mobile alors qu'une paire de tueurs s'efforçaient de lire tranquillement leur journal. J'ai rédigé cette partie du livre le jour même où dans un café quelqu'un m'avait importuné en entamant une bruyante conversation avec une personne se trouvant au Yémen. Je suis tout sauf passif-agressif. *(À partir d'ici, et sauf indication du contraire, toutes les notes sont le fait de l'auteur.)*

promotion de mes œuvres dans divers pays si l'envie m'en prenait.

Pour certains auteurs, ces tournées constituent un moyen d'obtenir des revenus supplémentaires sous forme d'allocations pour apparition, de rétributions pour animation d'ateliers et de défraiements non dépensés. Pour d'autres, c'est simplement un break dans leur routine, la possibilité de découvrir une ville aux frais de l'éditeur, et parfois de retrouver des amis ou des confrères dans un environnement exotique. Tout cela suppose que l'écrivain en question y prenne plaisir et se montre capable de faire un petit numéro pour le public. Ce n'est pas toujours le cas. Il y a des auteurs qu'on ne devrait jamais laisser sortir de chez eux, et ne jamais autoriser, en aucune circonstance, à rencontrer leurs lecteurs, car cela ne serait positif ni pour les uns ni pour les autres.

J'ai vu des écrivains se comporter de manière déplorable envers leurs lecteurs ; j'en ai fréquenté d'autres qui ne savaient pas du tout comment se conduire. Lors d'une fête du livre en France, je me suis retrouvé assis entre deux auteurs américains de romans policiers qui se déroulaient tous sur la côte Ouest, et ni l'un ni l'autre n'ont eu la décence ou le simple bon sens d'ôter leur chapeau de cow-boy dans la charmante ancienne église dans laquelle une des réunions se tenait. J'ai entendu un futur lauréat du Man Booker Prize se tourner vers ses confrères participant à une même rencontre et leur demander : « Vous ne détestez pas… tout ça ? » avec un geste dédaigneux de la main pour désigner un auditoire clairsemé, dont je faisais partie, qui avait bravé la pluie pour venir l'écouter. Dans une librairie pour enfants, j'ai côtoyé deux auteurs qui avaient collaboré à une série de livres pour adolescents écrits avec cynisme et peu réussis, et je les ai entendus échanger à voix basse des propos méprisants sur leurs lecteurs.

Mais peu importe : ce n'est pas l'objet de mon histoire, et les écrivains peuvent eux aussi faire état d'individus ivres interrompant une lecture publique, ou éreintant leur livre, ou profitant de la séance de questions pour faire la pub de leur propre bouquin autopublié. Il m'est arrivé d'être suivi dans les rues sombres de Birmingham par une lectrice trop enthousiaste qui m'a ensuite écrit pour m'assurer qu'elle n'avait jamais fait ça avant et qu'elle était heureuse que je sois son premier. J'ai été pris pour Ian Rankin, Michael Connelly, Joe Connelly et James Patterson, qui sont tous, je me permets de le signaler, un peu plus âgés que moi, ne me ressemblent pas du tout, et ne sont même pas irlandais ; on a renversé de l'eau sur ma tête, du vin sur mon beau pantalon neuf ; et j'ai reçu un coup de pied dans la figure d'une libraire de Glasgow qui tenait à tout prix à me faire admirer ses nouvelles chaussures. Finalement, il vaut mieux accepter que les auteurs doivent maintenant faire la promotion de leurs livres d'une manière qu'on n'imposait pas à leurs prédécesseurs d'une période plus douce, et aborder cette tâche avec bonne humeur et bonne volonté, en gardant à l'esprit qu'il y a des façons bien plus pénibles de gagner sa vie.

C'est ainsi que, il y a quelques années, une tournée de promotion m'a conduit dans une ville du nord-est de l'Angleterre. Très souvent, pour ce genre de déplacements, j'utilise ma voiture, car les trajets entre les séances de dédicace offrent un temps libre bienvenu. En la circonstance, c'était le représentant de mon éditeur pour la région nord qui m'avait emmené, ce qui me convenait tout à fait parce que j'ai beaucoup d'affection pour lui et qu'il est de bonne compagnie pour un long voyage. La lecture devait avoir lieu dans une librairie du centre-ville et commencer bien après la fermeture de la plupart des boutiques, de sorte que les rues étaient désertes à notre arrivée.

Tout s'est passé de manière habituelle, à l'aune de ce type d'événements. Il n'y a eu ni pugilats ni morts. J'ai un peu lu, et parlé davantage, l'auditoire a semblé passer un bon moment – ou du moins il avait la politesse de garder sa déception pour lui si ce n'était pas le cas – et a acheté quelques livres ensuite. Lorsque je prends la parole dans une librairie ou une bibliothèque, j'ai conscience que les gens ont d'autres choses à faire et j'essaie de rendre la soirée aussi distrayante que possible. Je préfère que les gens repartent, à tout le moins, agréablement surpris que ça n'ait pas été aussi pénible qu'ils ne l'avaient craint et envisagent de renouveler l'expérience, et non en jurant de se couper plutôt une jambe que de s'aventurer une seconde fois dans une soirée littéraire.

Alors que je croyais toute l'assistance partie, une dame âgée qui avait attendu discrètement dans un coin s'est approchée de la table à laquelle j'étais assis. Une femme plus jeune, ayant manifestement pour fonction de lui prodiguer un soutien moral, voire physique, la suivait d'un pas incertain.

— Monsieur Connolly ? a dit la vieille femme. J'ai une question à vous poser.

Il était tard et je dédicaçais des livres pour le libraire local, mais je suis capable de mener plusieurs tâches de front. J'ai déclaré à la dame que je serais heureux de répondre à toutes les questions qu'elle pouvait avoir à me poser, dans la mesure de mes possibilités. Elle semblait nerveuse, effrayée, même. Je fais rarement cet effet aux gens. Pour être franc, j'essaie de ne pas leur faire peur, c'est mauvais pour les ventes.

— J'ai lu vos livres, a-t-elle repris d'une voix chevrotante, et ils m'ont beaucoup plu. J'ai un problème et j'espère que vous pourrez m'aider à le résoudre.

Le ton était sérieux et elle ne souriait pas. J'ai poussé sur le côté le livre que je m'apprêtais à signer.

— Je vous écoute.

— Il y a une maison ici en ville où vit une créature mauvaise. Dangereuse. Elle hait tout le monde, surtout les enfants. J'habite près de cette maison. Je la surveille et je fais tout ce que je peux pour en tenir les enfants éloignés, mais je me fais vieille et je mourrai bientôt. Quelqu'un devra surveiller cette maison quand je ne serai plus là. Alors, je me suis demandé si vous avez des connaissances dans ce domaine, ou si vous connaissez quelqu'un qui en aurait.

J'ai regardé le représentant qui se tenait à côté de moi. Il m'a rendu mon regard, puis nous nous sommes tous deux tournés vers la vieille dame.

Voilà : dans ce genre de situation, on a tendance à croire les gens un peu dérangés. C'est terrible, je le sais, mais c'est vrai. *Dérangé* n'est peut-être pas le mot. *Excentrique* conviendrait sans doute mieux.

Sauf que cette femme n'avait pas l'air folle. Je sais que c'est difficile de juger, et je ne suis pas expert en la matière. Franchement, si l'on pouvait déceler la folie rien qu'en regardant quelqu'un dans les yeux, un grand nombre de tragédies seraient évitées. Et cette femme semblait parfaitement saine d'esprit, autant que je pouvais en juger. Et décidément très, très effrayée.

— Vous voulez parler d'un exorciste ?

— Non. Nous avons fait bénir la maison, mais cela n'a servi à rien. Je ne crois pas que cette créature la quittera un jour. Non, j'espérais que vous sauriez s'il existe des… « guetteurs » – vous savez, des gens qui surveillent les vieux endroits dangereux.

Je n'en connaissais pas, bien sûr, parce que je ne fréquente pas vraiment ce genre de personne.

Je suis ce genre de personne.

On me demande souvent si je crois au surnaturel, mais mon expérience directe de royaumes de l'au-delà est mince au point de confiner à l'inexistence. Je me considère comme un sceptique convaincu : si les fantômes existent, je n'en ai jamais vu. Le soir où le corps de mon père fut porté dans l'église pour la messe et l'enterrement fixés au lendemain matin, les résidents de notre maison – qui comprenaient ma mère et mon frère, ainsi qu'un oncle et une tante en visite – furent réveillés au cœur de la nuit par des ronflements sonores. Mon père était un épouvantable ronfleur et ce qu'on entendait portait le ronflement à un niveau épique. Ma mère, mon frère, mon oncle et ma tante se rassemblèrent sur le palier pour l'écouter. J'étais le seul absent puisque je dormais à poings fermés. Je suggérai d'ailleurs plus tard que c'était peut-être moi qu'ils avaient entendu, mais ma mère m'assura que c'était impossible. J'en fus soulagé, parce que je n'avais pas franchement envie de passer pour un ronfleur capable de réveiller toute une maisonnée, même si cela devait entretenir la possibilité, comme explication de rechange, d'une intervention de l'au-delà. Bref, ce que je veux dire, c'est que la seule fois où la maison de mon enfance avait peut-être été le théâtre d'une visitation paranormale je ne m'en étais absolument pas rendu compte. Il se peut qu'un certain nombre de mes ex aient raison et que je sois d'une insensibilité peu commune.

Mon intérêt pour le surnaturel est en grande partie d'origine littéraire. Je suis fasciné par ce genre d'histoires depuis l'enfance. Au début, je recherchais les anthologies destinées aux jeunes lecteurs, notamment des textes qui prétendaient ne pas appartenir à la fiction et mettaient à l'épreuve ma crédulité de préadolescent, mais je suis rapidement passé à des œuvres plus adultes.

Pendant la rédaction de ce petit essai, je suis retourné dans la chambre de la maison de mon enfance à Rialto chercher des preuves de ma fascination juvénile pour le fantastique[1]. Sur l'étagère fixée au-dessus de mon lit, j'ai retrouvé ce qui suit :

*The Pan Book of Horror Stories* (1959),
sous la direction de Herbert van Thal

Tous les éditeurs de recueils d'histoires d'épouvante devraient avoir des noms dans le genre de « van Thal ». Herbert van Thal s'appelait en fait Bertie Maurice van Thal mais, Bertie – ou Maurice – van Thal, ça ne sonne pas aussi bien, et Herbert (ou Bertie) avait

1. Je tiens à souligner que cette chambre est restée à peu près la même que lorsque j'ai quitté Rialto, des dizaines d'années plus tôt. Je me plais à penser que ma mère l'a préservée tel un sanctuaire de mon génie, au cas où des chercheurs travaillant sur mon œuvre estimeraient nécessaire de se plonger dans les détails de mes jeunes années, même si je soupçonne qu'elle eût été ravie si j'avais débarrassé tout le fatras que j'y avais laissé pour qu'elle puisse faire de cette pièce un meilleur usage.

une connaissance approfondie des oripeaux dont le surnaturel doit se vêtir. La série des Pan Books comprend trente volumes, dont van Thal n'a édité que les vingt-cinq premiers, avant que la mort mette fin à ses activités d'anthologiste. Le premier est probablement le meilleur, avec entre autres des nouvelles de Bram Stoker (« La Squaw ») et de Muriel Spark (« Portobello Road »). À mesure que les couvertures devenaient plus macabres – ce qui n'est pas peu dire car elles n'avaient jamais donné dans la retenue – la qualité des textes dégringolait. Ils étaient en outre, si je me souviens bien, un peu salaces, mais j'étais peut-être à l'époque facilement choqué. Ce recueil n'en demeure pas moins un des livres qui m'ont initié au fantastique, et j'en suis profondément reconnaissant à van Thal. Par parenthèse, mon ami le professeur Darryl Jones, lui aussi fin anthologiste d'histoires fantastiques, m'a rapporté que van Thal passait pour être l'homme le plus laid de Londres, ce qui, si c'est avéré, paraît étrangement approprié.

### *The Hammer Horror Film Omnibus* (1973), *The Second Hammer Horror Film Omnibus* (1974), l'un et l'autre sous la direction de John Burke

Pendant mon enfance et le début de mon adolescence, les films d'horreur constituaient la base de la programmation du samedi soir sur la deuxième chaîne de la BBC. Cela prenait invariablement la forme d'une séance de deux longs métrages, dont le premier était en général un vieux film de la Hammer – avec donc peu ou pas du tout de femmes dévêtues – tandis que le second s'adressait davantage aux adultes. J'étais par malheur affligé de parents qui ne sortaient pas le week-end, et leur intérêt pour les films d'horreur du samedi soir était quasi nul. En réalité, ma découverte de la Hammer, je l'ai faite grâce à mon meilleur ami de l'époque, dont la famille avait une maison de campagne à Rush, comté de Dublin.

Je n'ai jamais compris la raison pour laquelle une famille achèterait une maison de vacances située à une demi-heure seulement de l'endroit où elle habite. Cela semble en contradiction avec l'idée que les congés sont une rupture avec la routine du reste de l'année. En même temps, mon père détestait passer ses vacances dans tout endroit a) auquel il ne pouvait pas se rendre en voiture, et b) qui lui coûterait de l'argent, de sorte que nous passions la plupart des étés dans le cottage de ma grand-mère près de Ballylongford, comté de Kerry, où mon père pouvait jouir de vacances pour rien tout un gardant un œil sur sa voiture.

Les parents de Dan (appelons-le Dan, puisque c'était son prénom) étaient beaucoup plus ouverts que les miens, notamment pour ce que leurs trois enfants pouvaient voir, et ils nous laissaient tous regarder *Dracula, prince des ténèbres*, film de 1966, sur leur petit téléviseur portable en noir et blanc.

Ce film, comme vous l'avez sans doute déjà deviné, fut une révélation pour moi. Je n'avais jamais rien vu de pareil, et il demeure, près de quarante ans plus tard, un de mes souvenirs les plus marquants dans le domaine du cinéma. Je pense toujours que *Dracula, prince des ténèbres* est la meilleure interprétation de Christopher Lee du personnage du comte, probablement parce que Lee n'avait pas encore commencé à se lasser d'être constamment associé à ce rôle, bien que l'absence de Peter Cushing, qui honorait le *Dracula* de

1958 de son talent dans le personnage de Van Helsing, soit regrettable. Je dois ajouter que le film fit aussi une forte impression sur Dan, quoique pas tout à fait positive : il fut, après l'avoir regardé, la proie d'un affreux cauchemar, au cours duquel il fit pipi au lit. L'incident aurait été bien plus pénible pour moi si j'avais occupé la couchette du dessous. Je l'avais échappé belle.

Tout cela se passait avant l'époque des cassettes vidéo. C'était aussi avant l'époque de la télévision en couleurs, du moins pour tous les gens que je connaissais. D'ailleurs, mes parents n'ont jamais eu de magnétoscope et, la première fois que j'ai pu voir un film enregistré, c'était après avoir quitté la maison et acheté ma propre télé et un magnétoscope. La seule façon pour moi de revivre dans mon enfance une expérience cinématographique, c'était de me procurer la novélisation d'un film qui m'avait emballé et de la lire et relire à volonté. *The Second Hammer Horror Film Omnibus* a donc été pour moi un don du ciel puisqu'il comprenait non seulement *Dracula, prince des ténèbres*, sous forme écrite, mais aussi la novélisation de trois autres films de la Hammer que je n'avais pas encore vus – et que je ne verrais pas avant de nombreuses années.

Il y avait notamment *La Femme reptile*, sortie, comme *Dracula, prince des ténèbres*, en 1966. (Un bon cru pour la Hammer, qui produisit également cette année-là *Raspoutine, le moine fou*, avec Christopher Lee dans le rôle-titre, et une œuvre d'une exactitude historique peut-être un tantinet discutable, *Un million d'années avant J.-C.*, avec Raquel Welsh vêtue d'un bikini en peau de bête.) Bien des années plus tard, j'ai écrit un texte, « Miss Froom, Vampire », qui a été mis en ondes[1] sur BBC Radio 4 par mon ami Lawrence Jackson. Lawrence a persuadé Jacqueline Pearce, qui jouait le rôle vedette de la malheureuse Anna dans *La Femme reptile*, de lire le texte. À l'époque, elle était surtout connue pour son incarnation de la méchante Servalan dans la série de science-fiction de la BBC *Blake's 7*, et pour avoir fait une apparition dévêtue tout à fait spectaculaire dans *Sur la route de Nairobi*, un film de Michael Radford sorti en 1987.

J'ai eu la chance d'assister à l'enregistrement de l'émission à Londres et de pouvoir avouer à Jacqueline que j'étais amoureux fou d'elle depuis quasiment vingt-cinq ans. Bien que septuagénaire et se remettant d'un cancer, elle étincelait de glamour et était d'une merveilleuse compagnie. Je ne crois pas avoir rencontré avant elle d'actrices de l'ancienne école, tout en « Chériii ! » et anecdotes sur les gens du métier – j'étais comblé. Je l'ai emmenée dîner au Hakkasan de Tottenham Court Road, et cette soirée demeure l'un de mes souvenirs les plus chers. Elle vit maintenant sur une réserve animalière en Afrique du Sud. D'ailleurs, je viens de lui envoyer un mail entre la fin de ma dernière phrase et le début de la suivante. Elle est pour moi un lien avec ma passion de jeunesse pour le fantastique et, si ce petit essai bizarre ne sert à rien d'autre, il m'aura au moins offert l'occasion de reprendre contact avec elle. (Sa réponse vient de

1. À l'origine, ces dramatiques devaient être diffusées tard en fin de soirée, mais quelqu'un à la BBC eut la brillante idée de les mettre dans une tranche de début d'après-midi, au moment où les parents ramenaient les enfants de l'école. Je crois me rappeler qu'il y a eu des plaintes.

me parvenir, elle commence par : « Chéri, chéri ! » Seigneur, c'est une star, une vraie.)

Puisqu'on parle de *Dracula,* je n'aurai pas la grossièreté de poursuivre sans faire référence à son créateur, Bram Stoker. C'est récemment que j'ai remarqué qu'au numéro 33 de Kildare Street – en face de l'arrêt où je prends parfois le bus pour rentrer chez moi[1] – est apposée une plaque rappelant que Stoker a habité dans cette maison, ce que j'ignorais, puisqu'on a tendance à évoquer surtout celle où il est né, à Clontarf. L'initiative de cette plaque, je l'ai appris plus tard, revient à la Bram Stoker Society, fondée en 1980 à quelques pas de là, au Trinity College de Dublin, l'alma mater de Stoker – il y obtint un diplôme de science avec mention en 1870 – et la mienne.

Un mot sur cette Bram Stoker Society : quand j'étais étudiant à Trinity – c'est-à-dire de 1988 à 1992 – cette association était connue pour la ferveur de sa dévotion envers le grand homme, au point que, si vous preniez

1. Certaines de mes connaissances expriment à l'occasion leur surprise quand elles apprennent que je prends encore le bus car elles présumaient que j'avais renoncé à une telle absurdité et engagé un chauffeur. Un de mes anciens voisins était même stupéfait que je prenne le bus pour aller en ville, une conduite qui lui paraissait aussi scandaleuse que prostituer sa progéniture ou piéger des pigeons pour les manger. J'ai pris un jour le bus pour aller dans le centre de Dublin, un peu après Noël, et je me suis assis à la seule place libre, près d'une vieille dame qui, je n'ai pu que le constater, me coulait des regards en biais. Finalement, elle m'a tapoté le bras en disant : « Vos bouquins, ça marche plus trop, hein ? » Je suis resté un moment sans voix avant de pouvoir répondre que je prenais le bus non parce que je traversais des temps difficiles, mais parce que j'aimais les transports en commun, ce qui m'a valu cette réponse inoubliable, « Ouais, c'est ça », prononcée sur un ton mi-incrédule, mi-agressif.

l'air dans une allée de l'université après avoir avoué par inadvertance un intérêt limité pour l'œuvre de Stoker, vous pouviez légitimement craindre que des membres de la BSS ne s'abattent sur vous tels des oiseaux de proie, ne vous enlèvent et ne vous enferment dans une pièce sombre où vous seriez contraint de revoir en boucle des films de la Hammer jusqu'à ce que vous vous arrachiez les yeux de la tête. Le simple fait de mentionner en passant que votre grand-père avait été *stoker*, chauffeur à bord d'un navire, pouvait déboucher sur la tenue d'un symposium organisé spontanément autour de votre personne.

À leur décharge, il faut dire que les membres de la Bram Stoker Society étaient engagés dans une tâche ingrate. À l'époque, Trinity College – et peut-être toute la ville de Dublin – se faisait une joie de clamer ses liens avec d'anciens étudiants comme Oscar Wilde et Samuel Beckett, dont l'œuvre pouvait être considérée en toute sécurité comme de la littérature. (En fait, le département d'anglais de Trinity n'était pas trop enclin à encourager l'étude d'écrivains qui n'étaient pas déjà morts et enterrés, et donc peu susceptibles de ternir leur réputation par des ouvrages de dernière période prônant la pédérastie ou la suprématie blanche.) Stoker, c'était autre chose, puisqu'il n'était pas franchement en odeur de sainteté. Si Trinity College avait eu un grenier, c'était là qu'on aurait relégué ses livres. Il est tout à l'honneur de la BSS d'avoir persévéré face à ce manque d'enthousiasme pour la défense et l'illustration de l'œuvre de Stoker, même si elle a ce faisant rendu nerveuses certaines personnes.

La carrière d'écrivain de Stoker est cependant problématique. Pour emprunter une métaphore au base-ball, il a expédié la balle hors du parc avec son cinquième roman, *Dracula* (1897). Malheureusement, pour filer la métaphore, il n'avait qu'une seule balle et il n'a jamais vraiment réussi à la retrouver. Il a ensuite tenté de tirer parti de la vague égyptologique avec *Le Joyau des sept étoiles* (1902) et de la, hum, de la vogue des histoires de femmes qui sont en fait des serpents géants, et ce avec *Le Repaire du ver blanc* (1911), mais ces deux romans m'ont laissé le souvenir de lectures assez ennuyeuses, bien que *Le Repaire du ver blanc* ait eu au moins le mérite d'être complètement déjanté, alors que *Le Joyau des sept étoiles* était juste rasoir. Quant à *La Dame au linceul* (1909), dans lequel l'héroïne feint d'être un vampire pour des raisons qui n'étaient pas très claires pour moi quand j'ai lu le livre, et qui ne l'étaient sans doute pas beaucoup plus pour Stoker, le mieux est de s'abstenir d'en parler.

Cela ne signifie pas que la carrière de Stoker après *Dracula* soit totalement dénuée d'intérêt. 1914 a vu la publication posthume de *L'Invité de Dracula*, recueil rassemblant plusieurs des meilleures nouvelles de Stoker, notamment « La Maison du juge » (1891), « La Squaw » (1893), et « L'Invité de Dracula » même, tiré d'un premier jet de *Dracula* et constituant probablement à l'origine le premier chapitre du roman.

On pardonnera beaucoup à Stoker simplement parce qu'il a écrit *Dracula* et que l'œuvre a bien vieilli. C'est un roman qui s'appuie sur une structure épistolaire – une forme qui est parvenue à survivre à l'ennui raffiné de la *Pamela* (1740) de Samuel Richardson et, plus tard, de sa *Clarissa* (1748), un roman si long qu'entamer sa lecture est un défi à notre condition de mortel –, mais qui la modifie en y incluant des coupures de presse, des enregistrements du Dr Seward sur son phonographe, ce qui, encore aujourd'hui, lui confère une curieuse modernité et suggère une approche fragmentaire qui annonce des expériences littéraires du siècle suivant.

Francis Ford Coppola, dans son adaptation injustement critiquée de 1992, rend bien cette impression de progrès technique en se référant aux débuts du cinématographe. Malheureusement, aucune innovation, aucun talent de metteur en scène ne peut sauver son film de deux performances d'acteur exécrables. La moins mauvaise est celle de Keanu Reeves, qui n'a jamais autant mérité le surnom le plus souvent injuste de « Canoë Reeves », et qui incarne moins le personnage qu'il n'est écrasé par lui. Mais la première place lui est ravie par Anthony Hopkins, dans le rôle de Van Helsing, qui pendant deux heures cabotine plus que tout un chenil et semble se préparer pour ses efforts déconcertants dans *Légendes d'automne*, deux ans plus tard, où il donnera à l'Académie des Oscars une bonne raison de venir chez lui reprendre la statuette qu'elle lui avait décernée pour *Le Silence des agneaux*[1].

1. Je suis tenté de soutenir que l'Oscar du meilleur acteur masculin pour son rôle de Hannibal Lecter est la pire chose qui pouvait arriver à Hopkins, puisque, à deux honorables exceptions près – à savoir *Les Vestiges du jour* et *Les Ombres du cœur* –, cette récompense semble l'avoir conduit à penser qu'en matière de jeu on n'en fait jamais trop, et que caricature et personnage sont à peu près la même chose à Hollywood. *Le Silence des agneaux* est l'un des rares films pendant lesquels j'ai pleuré, mais je dois préciser que c'était moins à cause de son sujet que de circonstances personnelles. Je venais de rentrer des États-Unis pour voir mon père, qui mourait d'un cancer à l'hôpital, et j'ai ressenti le besoin de me cacher ensuite dans un endroit obscur. Ma copine d'alors a suggéré une salle de cinéma, et *Le Silence des agneaux* était le seul film qui commençait à cette heure-là. Nous sommes donc allés au

S'il faut trouver un défaut au roman de Stoker, c'est peut-être que les premiers chapitres sont si forts que le reste du roman pâlit un peu en comparaison. Stoker est à son sommet quand il décrit l'arrivée de Jonathan Harker en Transylvanie, le château de Dracula, la première rencontre avec le comte, et le moment où Harker le voit descendre en rampant, la tête la première, la muraille à pic du château pour s'en aller chasser. Vient ensuite la séduction de Harker par trois femmes vampires, interrompue par le retour de Dracula, qui leur jette un bébé dans un sac pour qu'elles s'en repaissent. Enfin, avec le chapitre 7, nous atteignons le point culminant du roman : le naufrage du *Demeter*, le bateau russe amenant Dracula en Angleterre.

*La lueur du phare l'escorta et un frisson d'horreur parcourut tous ceux qui distinguèrent l'horrible spectacle. Lié au gouvernail, un cadavre, tête pendante, tressaillait à droite et à gauche à chaque mouvement du schooner*[1].

---

Screen, où j'ai fondu en larmes à la moitié du film, devenant ainsi, je pense, la seule personne à avoir pleuré pendant *Le Silence des agneaux*. De toute façon, nous reviendrons sur Lecter.

1. Stoker fait ici directement référence au poème de Henry Wadsworth Longfellow, « Le Naufrage de l'*Hesperus* » (« un cadavre gelé… attaché au gouvernail, raide et nu… »). Je le sais parce que M. Buckley, mon premier professeur d'anglais au lycée, nous a fait entrer ce poème dans la tête à coups de tampon effaceur, côté bois, sur les phalanges de ceux qui ne se rappelaient pas que c'était l'histoire du schooner *Hesperus*, qui voguait sur une mer glaciale, et que son capitaine avait, naturellement, emmené sa petite fille pour lui tenir compagnie. Grâce aux Frères des écoles chrétiennes, je peux aussi réciter dans son intégralité la tirade de Shylock dans *Le Marchand de Venise*, mon numéro habituel dans

Stoker décide ensuite de reléguer Dracula en coulisse pour une grande partie de ce qui suit, nous laissant pour compagnie Renfield, l'entomophage dément ; Mina Murray, la fiancée en détresse de Harker ; les faux européanismes de Van Helsing et une Lucy Westenra de plus en plus pâle. *Dracula* sans Dracula est beaucoup moins drôle et ces chapitres se traînent un peu, avant un retour au galop en Transylvanie pour le finale grandiose, que Stoker avait initialement prévu de conclure par la chute du comte dans un volcan, avant que le bon sens ne reprenne le dessus.

Fait intéressant, *Frankenstein ou le Prométhée moderne* (1818) de Mary Shelley pose un problème similaire mais, comme elle n'avait que dix-neuf ans quand elle a commencé à l'écrire et que c'était son premier roman, on peut lui pardonner un certain flottement. (En 2014, j'ai eu la chance de voir le manuscrit original de Mary Shelley dans le cadre d'une exposition de la British Library intitulée *Terror and Wonder : The Gothic Imagination*, et ce qui m'a le plus frappé, c'est qu'il avait été écrit dans ce qui semblait être un cahier d'exercices et ressemblait à un devoir d'élève en classe d'anglais.)

Lire le roman de Mary Shelley, même deux siècles plus tard, c'est être sidéré par la profondeur de l'imagination de cette jeune femme. Les critiques contemporains, qui n'avaient jamais rien vu de tel, peinaient à mettre l'œuvre en perspective. Le chroniqueur du

---

les fêtes. Tout ce que j'ai appris d'autre, y compris toute la physique, et toute l'histoire, à l'exception de l'opération Barbarossa, je l'ai complètement oublié.

*British Critic*, par exemple, reconnaît que l'écriture a de la force, « mais que cette force est si mal utilisée, si pervertie, que nous lui préférerions presque de l'imbécillité… Nous nous élevons contre les rêves d'horreur éveillés de cette récente école ; nous nous sentons aussi hébétés, après la lecture de ces ouvrages qui harassent l'esprit, que si nous avions pris une trop forte dose de laudanum, ou été tourmentés par des cauchemars ». Le critique du *Blackwood's Edinburgh Magazine* est plus positif, il est impressionné par « le génie original de l'auteur et ses bonheurs d'expression ». Il suppose cependant à tort que cet auteur est un homme, car le roman a d'abord été publié de manière anonyme.

*Frankenstein* s'ouvre brillamment avec l'expédition Walton, qui remonte de plus en plus loin vers le nord jusqu'à se retrouver prise dans la glace. Là-dessus, on découvre Victor Frankenstein sur un glaçon flottant, et il raconte son histoire à Robert Walton, qui la rapporte à son tour à sa sœur en Angleterre. Comme *Dracula*, *Frankenstein* a une forme essentiellement épistolaire – la marque de fabrique du roman gothique anglais est son utilisation de lettres, documents ou fausses archives historiques pour inciter le lecteur à faire taire son incrédulité – mais, le plus étonnant, c'est que très peu de ce qu'il contient est familier pour qui le lit pour la première fois. Une grande partie des images associées à Frankenstein et à sa créature ne nous vient pas de Mary Shelley mais du cinéma. Elle ne nous explique même pas comment Victor Frankenstein donne vie à cette créature. Nous sommes conduits à présumer que l'électricité joue un rôle, ne serait-ce que parce que Frankenstein raconte qu'il a vu dans son enfance un arbre anéanti par la foudre et que cette manifestation d'une telle puissance a fait forte impression sur lui, mais nous n'en saurons pas plus. Il n'y a pas de grande scène de création, pas d'arc électrique jaillissant d'une électrode et traversant le corps du monstre, pas de cris « Elle vit ! Elle vit ! ». Mary Shelley nous donne à la place ceci, dans le chapitre II :

> *Ce fut par une morne nuit de novembre que je contemplai l'accomplissement de mes travaux. Avec une anxiété proche de la souffrance, je rassemblai autour de moi les instruments qui devaient me permettre d'introduire une étincelle de vie dans la créature inerte gisant à mes pieds. Il était déjà une heure du matin, la pluie crépitait, lugubre, aux carreaux et ma bougie était presque consumée, lorsque, à la faible lueur de sa flamme vacillante, je vis s'ouvrir l'œil jaune et terne de cette créature ; elle se mit à respirer bruyamment et un mouvement convulsif agita ses membres.*

C'est une scène spectaculaire à sa façon, mais beaucoup plus sobre que ses équivalents cinématographiques – et les tentatives sur grand écran pour décrire la naissance du monstre ont été nombreuses. Dans le roman, nous n'apprenons même pas comment Frankenstein se procure les parties de corps nécessaires pour constituer sa créature, et son aspect est très différent de celui, emblématique, de Boris Karloff, tête aplatie et boulons dans le cou. Le monstre de Mary Shelley fait deux mètres cinquante de haut, mais :

> *Ses membres étaient bien proportionnés et les traits que je lui avais choisis fort beaux. Beaux !*

*Grand Dieu ! Sa peau jaunâtre couvrait à peine le jeu des muscles et des artères qui les sillonnaient ; sa chevelure d'un noir luisant était très fournie ; ses dents avaient une blancheur de perle, mais toute cette beauté ne rendait que plus horrible le contraste avec ses yeux larmoyants, presque de la même couleur que les orbites blanchâtres qui les entouraient, sa peau fripée et ses lèvres pressées en une ligne noire.*

Il est aussi, nous ne tardons pas à l'apprendre, surhumain, doté non seulement d'une force incroyable, mais aussi d'une agilité et d'une célérité étonnantes qui lui permettent de s'échapper après que son créateur l'a rejeté. Et puis il y a son intelligence, qui fait prendre au roman un tournant un peu curieux dans le second volume. Frankenstein se rend dans les Alpes suisses, où il retrouve son œuvre. Nous apprenons que la créature a passé de nombreux mois cachée dans un appentis adossé à une petite maison, et qu'en écoutant ses habitants, en lisant des livres dérobés, elle a appris à parler.

Si on laisse de côté le fait que personne, dans le voisinage, ne se soit aperçu de la présence d'un monstre de deux mètres cinquante vivant dans l'appentis, les progrès de la créature dans le domaine linguistique sont assez remarquables. Malheureusement, le monstre se révèle bavard comme une pie, impossible de l'arrêter une fois qu'il est lancé et qu'il se met en tête de raconter à Frankenstein les nombreuses heures heureuses de sa vie dans l'appentis. Le roman s'engage sur un terrain plus classique lorsqu'il régale son créateur d'une histoire d'amants maudits et de Turcs perfides avant d'en venir enfin au sujet principal de la soirée : la créature désire que Frankenstein lui crée une compagne.

À ce point, le roman redevient intéressant sur un mode sexuel bizarre et nous rappelle que, oui, il est écrit par une jeune fille précocement douée, une adolescente déjà enceinte du poète Percy Bysshe Shelley à seize ou dix-sept ans, ledit poète ayant quitté sa femme Harriet, elle aussi enceinte, pour s'enfuir en France avec Mary.

Cet enfant mourut peu de temps après sa naissance et Mary en conçut rapidement un autre, malgré les tentatives de Shelley pour la refiler à son ami Thomas Jefferson Hogg. Toujours pas mariée, mais se faisant appeler Mrs Shelley au lieu de Mary Godwin, elle finit par se retrouver à la villa Diodati, en Suisse, avec Shelley, lord Byron – qui avait lui-même quitté l'Angleterre pour échapper à une série de scandales financiers et sexuels, notamment une liaison avec sa demi-sœur, Augusta Leigh, laissant derrière lui une épouse et au moins un enfant – et le médecin personnel de Byron, John Polidori, qui écrira plus tard *Le Vampire*. Lorsque Byron invite chacun d'eux à écrire une histoire de fantômes, Mary, souffrant d'insomnie et très désireuse de relever le défi du poète, trouve une nuit l'idée de *Frankenstein*, pendant un « rêve éveillé », quoique le manuscrit révèle clairement que son amant a apporté des corrections au texte et suggéré des changements avant qu'il soit publié.

Percy Shelley se noya en 1822, alors qu'il avait délaissé Mary pour Jane Williams – Byron et lui manquaient de constance dans leurs amours, c'est le moins qu'on puisse dire –, et ses restes furent brûlés sur la plage de Viareggio en présence de Byron. Un an après la mort de Mary Shelley en 1851, on découvrit dans son bureau, entre autres choses, un carré de soie contenant une partie des cendres de Shelley et les restes de son cœur.

On peut rapprocher *Frankenstein* d'une autre œuvre tardive du gothique anglais, *L'Étrange Cas du Dr Jekyll et de Mr Hyde* (1886), de Robert Louis Stevenson, en ce sens que les deux œuvres parlent de science et de rêve. Comme le *Frankenstein* de Mary Shelley, le « roman à succès », le « livre à sensation », de Stevenson tire au moins en partie son origine d'un cauchemar. Une nuit de 1885, son épouse Fanny[1], alertée par les cris de son

1. À ce propos – si l'on peut dire – j'ai eu autrefois une grand-tante prénommée Fanny, à présent morte depuis longtemps, qui occupait un étage d'un des derniers vieux immeubles de Dublin, dans Camden Row. C'était une toute petite dame qui vivait avec son frère dans un appartement sans télévision, entourée d'oiseaux empaillés, et fumait des quantités considérables de cigarettes Woodbine, qui lui teintaient les doigts et les cheveux en jaune orange. (Je crois qu'elle m'a peut-être en partie inspiré le physique du Collectionneur, un méchant de ma série des Charlie Parker.) Elle rapetissait encore en vieillissant, si bien qu'il se peut qu'elle ne soit pas du tout morte, mais devenue si petite que nous ne pouvons plus la voir, et donc quelque part, au niveau du tapis, des traînées de fumée de Woodbine que personne ne remarque témoigneraient de son existence.

Toutes les deux ou trois semaines, ma grand-tante Fanny venait dîner chez nous, et l'une de ses visites coïncida avec la première diffusion par la BBC des *Vampires de Salem*, adaptation par Tobe Hooper du roman de Stephen King, avec David Soul dans le rôle principal. (Comme, aux États-Unis, ce film fut diffusé pour la première fois en novembre 1979, je suppose que la BBC a dû le montrer au début de 1980, mais je suis ouvert à toute correction sur ce point.) Ainsi qu'on le verra un peu plus loin dans ce petit essai, j'ai adoré *Les Vampires de Salem,* et j'avais déjà lu le roman lorsqu'on a programmé son adaptation télévisée, aussi étais-je prêt pour l'un de mes grands chocs : la première apparition du vampire Barlow, aux allures de Nosferatu, quand il entre dans une cellule de prison pour enfoncer ses crocs dans Ned Tibbets. C'est l'un des grands moments de la télévision et Reggie Nalder, l'acteur mari, le réveilla, comme se doit de le faire une épouse dévouée. Stevenson n'en fut pas très content car elle venait de l'arracher à la première scène de transformation de l'histoire. Mais c'était un homme d'une trempe solide, et l'on dit qu'il lui fallut trois jours seulement pour rédiger la première version de son roman.

Sur le plan scientifique, *Frankenstein* doit beaucoup à la recherche médicale, alors en plein développement, et en particulier à la fascination pour le fonctionnement interne du corps humain, qui conduirait à la pratique du « burking », c'est-à-dire l'assassinat visant à fournir des cadavres pour les tables de dissection. Le « burking » tire son nom de William Burke, qui, avec son complice William Hare, tua seize personnes dans les environs d'Édimbourg en 1828 et vendit les corps au Dr Robert Knox. Burke fut pendu pour ses crimes tandis que Hare fut relâché après avoir accepté de témoigner pour l'accusation, et on ne sait pas trop ce qu'il devint ensuite. Burke fut disséqué en public après son exécution et son squelette est maintenant exposé au musée d'Anatomie de l'université d'Édimbourg.

Le roman de Stevenson s'appuie aussi sur une théorie néo-darwinienne de la dégénérescence : la civilisation contient en elle les graines de sa propre désagrégation. Tout en examinant la dualité de l'homme, cette thèse suggère qu'ayant évolué à partir d'êtres primitifs

---

autrichien en partie défiguré qui joue Barlow, est véritablement terrifiant dans ce rôle. Mais si j'avais préparé mes reins prépubères à cette scène, ceux, beaucoup plus âgés, de la grand-tante Fanny, assise dans un fauteuil proche, ne l'étaient pas. J'entends encore le bruit que fit la tasse de thé qu'elle lâcha et qui se fracassa sur la dalle de notre cheminée quand Fanny tomba évanouie.

nous gardons dans notre constitution des pulsions ataviques violentes qui n'attendent qu'un catalyseur pour surgir. C'était un des principes des premiers travaux d'anthropologie criminelle, notamment ceux de Cesare Lambroso, qui soutenait que « les germes de l'aliénation morale et de la criminalité se trouvent normalement dans l'humanité aux premiers stades de son existence ».

Bien que Stevenson sacrifie aussi à la tradition épistolaire en transmettant des connaissances au lecteur au moyen de lettres, elles font simplement partie d'une narration plus vaste. Ce qui m'a frappé avec le plus de force lorsque j'ai relu ce roman, c'est la lenteur avec laquelle la nature des relations entre Jekyll et Hyde nous est dévoilée. Nous connaissons bien maintenant l'idée centrale de l'histoire ; un savant expérimente une potion pour libérer son moi primitif et le séparer de la partie supérieure de son être :

> *Si chacun d'eux pouvait habiter des identités séparées, la vie serait débarrassée de tout ce qu'elle a d'insupportable ; le mauvais pourrait aller de son côté, délivré des aspirations et des remords de son jumeau plus droit ; et le juste marcherait d'un pas assuré, en toute sécurité, sur sa route ascendante, se livrant à de bonnes actions dans lesquelles il puiserait son plaisir, sans plus être exposé au déshonneur et au repentir causés par ce mal extérieur.*

Or, un contemporain de Stevenson lisant cette histoire pour la première fois ne pouvait avoir qu'une vague notion, ou pas la moindre idée, de ce qui relie Jekyll à Hyde, puisque c'est seulement dans « La première déclaration de Henry Jekyll sur l'affaire », qui clôt l'œuvre, que la vérité est révélée. Le reste nous est donné par bribes, par les récits de narrateurs et de témoins qui, nécessairement, ne livrent qu'une version incomplète des événements. C'est une lente révélation classique.

En 1888, Jekyll et Hyde se retrouvèrent sur une scène de Londres et les représentations données au Lyceum Theatre coïncidèrent avec les meurtres de prostituées commis à Whitechapel entre août et novembre, dont cinq furent attribués au tueur connu sous le nom de Jack l'Éventreur. L'œuvre de Stevenson prenait soudain un à-propos glaçant, et un éditorial du *Pall Mall Gazette* souligna : « Il semblerait y avoir là une incarnation passablement réaliste de Mr Hyde en liberté à Whitechapel. »

Si l'on présuma dans un premier temps qu'un homme capable de commettre des crimes d'une telle atrocité ne pouvait qu'être grossier et misérable[1] – « Nous ne devrions pas être surpris que l'assassin, dans le cas présent, ait grandi dans un taudis », poursuivait l'éditorial –, il ne fallut pas longtemps pour que les failles de ce raisonnement soient relevées, et le *Pall Mall Gazette* fit rapidement machine arrière en écrivant quelques jours plus tard : « Le marquis de Sade, qui mourut dans un asile de fous à l'âge de soixante-quatorze ans…, était un gentilhomme d'apparence fort aimable, et le tueur de Whitechapel pourrait l'être aussi. »

Si donc Henry Jekyll, parfaitement respectable en apparence, abritait en lui le sanguinaire Edward Hyde,

1. Ou comédien, ce qui revient à peu près au même : Richard Mansfield, qui joua la pièce au Lyceum en 1888, fut un temps soupçonné d'être l'Éventreur à cause de la nature convaincante de son interprétation.

il entrait dans le domaine du possible que Jack l'Éventreur soit un homme raffiné et de bonne éducation. Ce qui a donné lieu à toute une série de spéculations sur des suspects aussi divers que sir John William, le médecin de la reine Victoria, désigné comme le coupable en 2013 par un auteur prétendant descendre de sa dernière victime, Mary Kelly ; et – peut-être l'hypothèse la plus sensationnelle et la plus insensée – le peintre Walter Sickert, qui, en 2001, a été accusé des crimes de l'Éventreur par Patricia Cornwell, auteur de romans policiers, qui se fonde en grande partie sur le côté louche et sordide de ses toiles. Cornwell a été à son tour accusée de « stupidité monstrueuse » pour avoir taillé en pièces un tableau de Sickert afin de prouver sa théorie et, bien que je ne sois pas moi-même fan des œuvres de Sickert – je sais ce que j'aime, je n'en voudrais pas sur les murs de mon salon, etc. –, l'unique point positif qu'on peut trouver dans cet acte de Cornwell, c'est qu'il y a maintenant un tableau de Sickert en moins dans le monde.

Et c'est ainsi que, partant de *L'Étrange Cas du Dr Jekyll et de Mr Hyde* – et de l'image de l'Éventreur en individu bestial se cachant derrière la façade d'un gentleman –, nous pouvons tracer une ligne, un peu sinueuse, jusqu'à Thomas Harris, et la création du psychiatre cannibale Hannibal Lecter, du *Silence des agneaux*, qui a rendu cet auteur célèbre. Il se trouve qu'Anthony Hopkins a été le premier acteur à obtenir un Oscar dans un film d'horreur depuis Fredric March, à qui on l'avait décerné pour son rôle dans – oui, vous avez deviné – *Dr Jekyll et Mr Hyde*.

## *Histoires extraordinaires*, d'Edgar Allan Poe

Désolé pour cette longue digression, revenons maintenant aux lectures de mon enfance. Ce recueil de Poe est, je crois, l'un des deux seuls livres que j'aie récupérés dans la maison de ma grand-mère avant qu'elle soit vendue et démolie après sa mort. L'autre est une édition de poche du roman *Le Sourdingue* (1972), ma première rencontre avec une œuvre d'Ed McBain et aussi, je pense, le premier polar que j'aie jamais lu[1].

Poe a probablement constitué mon introduction à une prose fantastique plus adulte, car j'ai le souvenir d'avoir peiné sur son style. La bibliothèque de ma grand-mère a ainsi été à l'origine de ma carrière littéraire puisque dès mon premier roman, *Tout ce qui meurt*, j'étais fasciné par la possibilité de conjuguer la

1. C'est également l'unique livre dont je peux dire avec certitude que mon père le lisait aussi. Ce n'était pas un grand lecteur de romans mais, chaque été, il choisissait sur les étagères de ma grand-mère un livre qui constituerait sa lecture de vacances. Une année, il a commis l'erreur de porter son choix sur *Moi, Claude*, de Robert Graves, nettement dans le genre pavé, et il lui a fallu deux étés pour en venir à bout. Je soupçonne *Le Sourdingue*, moins épais, d'avoir été une réaction à son erreur antérieure. Nous nous étions disputé ce roman, dont la couverture et le titre avaient attiré mon attention. Mon père n'a plus jamais lu d'autre livre de McBain, alors que je faisais la chasse à tous les autres volumes de la série du 87e District, et dans *Tout ce qui meurt* j'ai donné à un personnage le nom de Fat Ollie, une sorte de coup de chapeau à l'auteur qui m'avait initié au genre policier. Malheureusement, McBain l'a mal pris et a menacé de me faire un procès, mais nous nous sommes réconciliés avant sa mort.

tradition rationaliste du roman policier avec les soubassements antirationalistes de la littérature fantastique.

Naturellement, cela ne m'a pas valu la faveur du dernier carré conservateur du roman policier. La communauté du polar – lecteurs, auteurs, critiques – a elle aussi son petit cénacle, qui s'oppose systématiquement à toute liberté dans l'élaboration d'un livre parce qu'il préférerait que d'une manière générale rien ne bouge, même si les changements proposés représenteraient un progrès. On ne peut même pas dire qu'ils ont une définition de ce qu'est le genre policier : ils savent simplement ce qu'il n'est pas. Ils ont toujours nourri une haine particulière pour le mélange des genres, au point qu'un roman policier ayant pour cadre, disons, le Far West sera automatiquement classé comme une histoire de cow-boys, et qu'un roman policier se déroulant dans le futur appartiendra à la science-fiction. Un contexte historique anglais sera acceptable, sans doute parce que la gloire de l'Empire plaît à leur conservatisme naturel.

Ces gardiens autoproclamés du passé, du présent et de l'avenir du genre policier vouent une haine singulière à toute trace de fantastique, détestation qui trouve son expression la plus célèbre dans les dix règles du roman policier édictées par le père Ronald Knox en 1929, et dont la deuxième s'énonce en ces termes : « Toute intervention surnaturelle est exclue, cela va de soi[1]. »

---

1. Knox (1888-1957) voit aussi d'un mauvais œil les jumeaux, les sosies, les policiers qui commettent eux-mêmes des crimes, l'usage excessif de passages secrets, et les Chinois. Cette dernière interdiction doit être considérée, notons-le, comme un coup de règle sur les phalanges d'auteurs dans la lignée de Sax Rohmer,

Or, je n'écrivais pas des romans dans lesquels « c'était le fantôme qui avait fait le coup », j'essayais simplement d'explorer certaines des possibilités inhérentes à la suggestion de William Gaddis : « C'est dans l'au-delà qu'on obtient justice, dans ce monde-ci on a la loi » (*Le Dernier Acte*, 1994). Elle m'intéressait, cette distinction entre loi et justice, la différence entre notre système judiciaire imparfait et la possibilité d'une justice divine, et les implications que l'existence de cette dernière pouvait avoir pour l'origine du mal. Je cherchais aussi à créer des formes nouvelles, des hybrides de traditions différentes, parce que je croyais que le progrès réside dans l'expérimentation.

Je me suis également rappelé que le petit recueil de Poe récupéré dans la maison de ma grand-mère contenait à la fois du policier et du fantastique puisque dans les *Histoires extraordinaires*, en plus de nouvelles relevant du genre horreur, on trouve deux enquêtes de Dupin, un détective amateur français qui résout des crimes déconcertants. La plus célèbre demeure « Double assassinat dans la rue Morgue », dans laquelle

---

qui s'appuyaient lourdement sur le « Péril Jaune » en concoctant leurs intrigues. Knox aurait été bien inspiré de rédiger cette règle (numéro cinq) en termes moins stricts que ceux-ci : « Aucun Chinois ne doit figurer dans l'histoire », qui peuvent prêter à une mauvaise interprétation. Fait encore plus regrettable, Knox, dans son essai de 1928, *Studies in the Literature of Sherlock Holmes*, a donné naissance à une série d'ouvrages de fausses recherches reposant sur l'hypothèse que Holmes, Watson, Poirot, etc., ont tous vraiment existé, ce qui amuse inexplicablement les individus qui se réfèrent à la grande Agatha uniquement sous le nom de « Miss Christie » et pensent qu'il n'y a plus eu moyen de se distraire quand les music-halls ont fermé.

la solution du mystère – je révèle ici un peu du dénouement, mais pas trop – implique un orang-outang, ce qui laisse penser que Poe trouvait tout à fait absurde l'approche purement rationaliste[1].

En composant *Nocturnes*, mon premier recueil de prose fantastique, j'ai tenté d'écrire une nouvelle à la manière de Poe intitulée « *The Bridal Bed* », mais je ne l'ai pas incluse dans le volume, car j'ai découvert qu'il est plus difficile qu'il n'y paraît d'écrire comme Poe. Comme pour Raymond Chandler, son atmosphère et son style sont si particuliers qu'en l'imitant on court le risque de tomber dans le pastiche. J'ai par la suite changé d'avis et je l'ai intégrée à l'édition de poche, mais en ayant la décence de m'en excuser.

Sur les étagères de ma grand-mère, Poe avait pour voisin un recueil de nouvelles de H.P. Lovecraft. Je ne sais toujours pas comment Lovecraft s'est retrouvé là. La présence de Poe, je pouvais presque la comprendre, car c'était un vieil ouvrage cartonné, parfaitement à sa place dans la bibliothèque de ma grand-mère, alors que le Lovecraft était une édition de poche Panther relativement récente, peut-être *La Peur qui rôde et autres*

1. On peut affirmer sans risque qu'il n'était pas le plus rationnel des hommes et qu'il avait ses démons. Dans sa biographie de cet auteur (*Edgar Allan Poe : une vie coupée court*, 2009), Peter Ackroyd rapporte un incident au cours duquel Poe, sale et débraillé, abandonne sa femme mortellement malade pour faire des remontrances à une autre jeune femme à laquelle il a peut-être été autrefois officieusement fiancé et qui a épousé depuis un autre homme. Poe, nous dit Ackroyd, « éminça alors des radis avec une telle rage qu'il en fit voler des morceaux dans toute la pièce. Puis il but une tasse de thé et partit ». C'est d'une certaine façon le détail des radis qui est le plus troublant.

*nouvelles*, mais je n'en jurerais pas. Je ne peux que supposer qu'un de mes cousins plus âgés l'avait laissé là, mais je n'ai que deux cousins plus âgés, et ni l'un ni l'autre ne me semblent du genre à perdre leur temps avec Lovecraft. C'était, d'une certaine façon, tout à fait lovecraftien – ou peut-être, plus exactement, M.R. jamesien (voir ci-dessous).

Quelle qu'ait été sa provenance, j'ai peiné sur le Lovecraft encore plus qu'avec le Poe, et je demeure hermétique à Lovecraft. Il m'a toujours semblé que l'imaginaire de cet auteur excède quelque peu sa capacité littéraire. Même sa nouvelle la plus connue, « Montagnes de la folie », dégringole quand il s'agit de mettre en mots sa vision étrange de l'univers, affligée d'horreurs bredouillantes de l'au-delà. Il y a pour mon goût beaucoup trop de « Je n'arrive pas à décrire la scène terrible qui m'apparut… » suivis de « Bon, d'accord, j'essaie ». Comme le remarque à un moment le narrateur, « Il vaut mieux que je sois franc – même si je ne peux être tout à fait direct », ignorant qu'être franc sans être direct c'est décocher une flèche sans pointe. Je reconnais que ses meilleurs textes réussissent à excéder la somme de leurs parties, quoique l'essai de Michel Houellebecq, *H. P. Lovecraft : contre le monde, contre la vie* (2005), tentative de réévaluation et de réhabilitation, m'ait laissé froid. En même temps, c'est peut-être une réaction naturelle – et, selon moi, éminemment compréhensible – à tout ce qu'écrit Houellebecq. Rappelez-vous : ce n'est pas un préjugé si vous avez raison.

Il se trouve que je suis content d'avoir saisi l'occasion de l'écriture de ce texte pour retourner dans la maison de mon enfance. (Ma mère est contente elle aussi parce que je repars avec deux caisses de livres, mon vieil ours en peluche et des petites voitures. Non seulement son plafond risque moins de s'effondrer sur elle, mais elle peut aussi nourrir quelque optimisme sur ma capacité à ne plus être tout le temps fourré dans ses jupes et à enfin prendre à bras-le-corps une vie d'adulte, Dieu la bénisse.) J'étais un enfant qui aimait les livres, je suis un adulte qui est le produit de livres. Là, dans mon ancienne chambre, l'histoire de mes lectures d'enfance demeure dans des limbes poussiéreux. Je dois vraiment encourager ma mère à apposer une plaque sur la façade de la maison et à faire payer les visites.

Il est toutefois une étrange absence sur ces étagères, celle de M.R. James, qui reste mon auteur de fantastique préféré.

Je dois peut-être nuancer ce jugement avant de poursuivre.

Mes premières explorations de textes fantastiques plus longs ont pris la forme des romans de Stephen King. J'ai commencé par *Les Vampires de Salem* (1975) mentionnés ci-dessus, avant de passer à *Shining* (1977), que m'avait donné Eamonn Sweeney, le garçon à côté de qui j'ai été assis pendant un an à l'école primaire, ce qui nous amène vers 1979 au plus tard. Eamonn Sweeney considérait *Shining* comme le livre le plus effrayant jamais écrit. Il se trompait, bien sûr : cet honneur revient aux *Vampires de Salem*, quoique *Shining* soit intéressant, même s'il est un peu long[1]. Lorsque j'ai fait la critique

1. En fait, *Shining* ne fait que huit pages de plus, mais je soutiens qu'il *semble* plus long. L'un des dons de King est sa capacité à créer un grand nombre de personnages et à évoluer parmi eux sans faire tomber la tension, ce qu'il fait spécialement bien dans

de *Docteur Sleep*, la suite de *Shining*, pour *The Irish Times*, j'ai calculé que j'avais lu plus de cinquante livres de King, ce qui est énorme pour un seul auteur[1].

Je dois avouer que King et moi nous sommes un peu éloignés l'un de l'autre en 1986 avec *Ça*. Il n'avait rien fait de particulier et cette séparation n'était pas définitive, non. Je voulais juste voir d'autres auteurs. J'ai continué à lire ses livres dès leur parution, mais ça n'était plus comme avant. Quelque chose avait changé et je ne comprenais pas pourquoi.

Je crois que j'ai la réponse, maintenant. En 1986, je venais d'avoir dix-huit ans et mon rapport avec les romans d'épouvante se modifiait. Ce genre offre à l'adolescence un moyen d'explorer l'obscurité et la complexité du monde adulte. Ce n'est qu'en surface qu'il traite de vampires, de loups-garous ou de fantômes. En fait, il permet aux jeunes gens d'attribuer un nom – zombie, goule, monstre – à l'innommable, de donner forme à des terreurs vagues et de parvenir ainsi à les accepter[2].

---

*Les Vampires de Salem*. C'est peut-être simplement parce que l'atmosphère claustrophobe du roman ne me plaisait pas beaucoup quand j'étais enfant. Je devrais vraiment le relire, mais il y a tant de livres que je n'ai pas encore lus.

1. J'ai manqué quelques e-books. Je n'ai jamais pu accrocher à *La Tour sombre*, son long cycle fantastique, et *Faithful,* son livre sur le base-ball et ses chers Red Sox, coécrit avec Stewart O'Nan, je ne l'ai jamais ouvert parce que c'est un livre sur le base-ball.

2. Il y a quelques années, lorsque j'ai publié *Les Portes*, le premier de ma série Samuel Johnson pour jeunes lecteurs, j'ai été invité à discuter du livre avec John Humphrys dans l'émission *Today* de BBC Radio 1. Pour ceux d'entre vous qui vivent hors du Royaume-Uni et qui ne le connaîtraient pas, Humphrys est une redoutable personnalité de la radio, le genre de type qui croque

Les romans de King se prêtent à ces explorations, en partie parce qu'il écrit si bien sur l'enfance et l'adolescence (ce qui ne veut pas dire que ses livres sont puérils, absolument pas). Mais une fois que nous sommes devenus de jeunes adultes, notre besoin pour ce genre d'instruments se fait moins pressant. Nous commençons à affronter la réalité de la sexualité, des relations, des compromis, du travail, des responsabilités et, tout au loin, de l'ombre de la mort. En conséquence, les romans d'horreur perdent une partie de leur immédiateté.

À présent dans la quarantaine, j'ai de nouvelles terreurs à affronter : le vieillissement de mon corps, les préoccupations pour mes enfants, la réalité de ma propre mort. J'étais immortel quand j'ai commencé à lire King ; je me sens maintenant absurdement vulnérable. Avec tout cela en tête, je me sens à nouveau touché par les derniers romans de King. Ce sont les livres d'un homme qui a lui-même terriblement souffert. En 1999, il s'est fait renverser par une fourgonnette alors qu'il

---

des hommes politiques égarés au petit déjeuner et passe le reste de la journée à sucer la moelle de leurs os. Il avait remarqué *Les Portes* parce que son fils le lisait et avait estimé que ma description du diable était un peu trop effrayante pour des lecteurs de l'âge de son rejeton. S'il est resté tout à fait aimable, il était clair que rien de bon, à ses yeux, ne pouvait émerger de la lecture de Ce Genre de Choses, même si la série Samuel vise autant à amuser qu'à faire peur. J'ai tenté de faire une analogie avec les contes folkloriques, de lui expliquer que, si l'on enlève les éléments de peur et de menace de ces histoires, on les prive de force et de sens, mais il n'a pas été convaincu. Je suis sorti de cette expérience avec seulement quelques petits bleus, et ce n'est pas souvent qu'un auteur a l'occasion d'avoir ce genre de discussion dans l'émission d'actualité phare de la plus grande station de radio au monde. Et tiens, prends ça, J. K. Rowling.

se promenait à Lovell, dans le Maine. Il a failli mourir et les douleurs provoquées par ses blessures étaient si fortes qu'elles ont entraîné une addiction aux analgésiques, qu'il a depuis surmontée, et qu'il a envisagé de renoncer totalement à écrire. (Quant au chauffeur de la camionnette, un certain Bryan Edwin Smith, il est mort un an après l'accident, le 21 septembre 2000, le jour du cinquante-troisième anniversaire de Stephen King, le genre de coïncidence qui n'arrive généralement que dans les romans dudit Stephen King.)

J'ai pris soin d'utiliser le terme de « romans d'horreur » pour les distinguer du genre fantastique en général. Il y a une tendance paresseuse à présumer que les histoires d'horreur ou de fantômes et le fantastique sont une seule et même chose, mais une histoire de fantômes ou un roman fantastique ne sont pas nécessairement terrifiants. Le genre horreur est le seul à porter le nom d'une émotion intense aux connotations essentiellement négatives. Voilà pourquoi les supermarchés se sont abstenus pendant des années de proposer des romans d'épouvante sur leurs gondoles ; voilà pourquoi les libraires relèguent la section horreur tout au fond de leur boutique, où elle est surtout découverte par de gentils jeunes gens dont les parents ne sont que légèrement préoccupés. Le genre horreur recèle quelque chose d'illicite et de honteux, mais là n'est pas la question. Comme Woody Allen l'a dit un jour du sexe, c'est seulement sale quand c'est bien fait. Les vampires proprets et resplendissants de la série Twilight relèvent du roman d'amour, mais le Dracula de Stoker – un tueur d'enfants, un pollueur, un être associé à la saleté et aux rats – est une véritable créature d'horreur.

L'efficacité d'un roman d'épouvante dépend toutefois de la révélation, de ce qui est vu et senti. Comme le reconnaît King dans *Danse macabre* : « Pour moi, la terreur est la plus belle des émotions… et je cherche donc à terroriser le lecteur. Mais si je m'aperçois que je n'arrive pas à le terrifier, j'essaie de l'horrifier, et si je ne parviens pas à l'horrifier, j'opte pour le répugnant. Je ne suis pas regardant. »

On m'a un jour demandé de donner une définition du roman d'horreur de bon goût. La seule réponse que j'ai pu fournir, c'est que personne n'aurait envie de lire un tel livre. Le bon goût n'a aucun rôle à jouer dans l'horreur. Comme pour la douleur physique, la question est plutôt de savoir ce qu'on est capable de supporter, et ce n'est pas un hasard si le roman d'horreur explore souvent cette assertion de John Donne, « Les concavités de mon corps sont pareilles à un autre enfer par leur capacité », citation dont j'ai fait usage au début de *Tout ce qui meurt*. À son point culminant d'efficacité, le genre horreur est lié à la fragilité de la forme humaine, aux blessures, à la douleur et, finalement, à la mort. En ce sens, toute horreur est horreur corporelle : c'est la raison pour laquelle *Le Silence des agneaux* de Thomas Harris, avec ses descriptions détaillées de mutilation et de cannibalisme, n'est pas un thriller mais un roman d'horreur. Le roman d'horreur nous en avertit : le corps est une construction fragile qui nous trahit tous à la fin.

Puisque j'ai reconnu des manques impardonnables dans mes lectures de King, je dois aussi avouer que je lis en fait très peu d'auteurs modernes de fantastique, King et une poignée d'autres exceptés, et que je ne peux qu'avoir été influencé par lui. J'écris même sur le Maine, comme lui, bien que ce soit parce que j'ai travaillé dans cet État quand j'étais plus jeune et que j'y possède maintenant une maison. En outre, je me considère toujours avant tout comme un auteur de romans policiers, alors que King est fondamentalement un auteur de romans d'horreur, bien que la question du genre ne l'ait pas préoccupé longtemps, je le sais. Ce que j'essaie de dire, c'est que je ne suis pas une sorte de harceleur fou de King qui s'est installé dans le Maine pour être plus près de son idole. J'ai simplement lu la plupart de ses livres et j'ai ainsi participé au paiement des traites pour sa maison. (Vous voyez cette gouttière, là, à droite ? Elle est à *moi*.)

Alors pourquoi est-ce que je ne lis pas davantage de textes fantastiques plus longs ? Sans doute parce que j'estime que la nouvelle est la forme idéale pour explorer le fantastique. Une nouvelle d'horreur nous permet de jeter un coup d'œil derrière le rideau, d'entrevoir ce qui se tapit dans l'obscurité, mais son auteur n'est pas vraiment tenu de fournir une explication, ce qui rend l'effet d'autant plus troublant. En revanche, si quelqu'un écrit un roman qui fait dans les mille pages, une explication, sous une forme ou une autre, ou une conclusion, est quasiment obligatoire. Le problème, c'est que l'explication est généralement moins intéressante que le mystère initial. En termes simples, la question est plus excitante que la réponse.

*Dôme*, pavé (mille soixante-quatorze pages, puisque vous posez la question) de King publié en 2009, l'histoire d'une petite ville du Maine coupée du reste du monde par un champ de force d'origine inconnue, est un cours magistral en tension, une description palpitante d'une communauté fermée qui tombe peu à peu dans la violence et l'anarchie. King ne commet pas un seul faux pas avant la fin du livre, quand il estime qu'une révélation sur l'origine du dôme du titre est nécessaire. Curieusement, en l'occurrence, ça ne l'est pas : le dôme n'est que le prétexte à une enquête sur la société emprisonnée dessous et sur la diversité des réactions suscitées par le confinement de la ville. Peu importe comment le dôme est arrivé là : c'est la population qui s'agite dessous – les rixes, les fuites, les meurtres – qui est passionnante. L'explication de la présence du dôme, quand elle est donnée, a des relents d'un épisode de *La Quatrième Dimension.* Elle est trop fragile pour soutenir l'édifice massif qui la couvre, et le roman s'effondre presque en conséquence[1].

La faute n'en incombe pas entièrement à King, mais réside dans le genre, soutiendrais-je. Si j'étais un peu plus vaniteux, je formulerais une règle intitulée la Loi de Connolly : l'efficacité d'un texte fantastique est inversement proportionnelle à sa longueur.

Cela ne signifie pas qu'il n'existe pas de grands romans d'épouvante – l'œuvre de King démontre à elle seule le contraire –, mais il y en a beaucoup moins qu'on ne pourrait s'y attendre et une grande partie d'entre eux sont plutôt minces, au point qu'il serait plus exact de les qualifier de nouvelles : *La Maison hantée*, de Shirley Jackson (200 pages, dans mon édition) ; *Frankenstein*, de Mary Shelley (221 pages) ; *Je suis une légende*,

1. Même les meilleurs commettent des erreurs. Et laissez-moi souligner que j'aime l'œuvre de King et que j'ai une profonde estime pour l'homme lui-même. Finalement, nous apprenons parfois plus d'un faux pas occasionnel d'un grand auteur que des réussites mitigées d'écrivains médiocres.

de Richard Matheson (170 pages) ; *Le Tour d'écrou*, de Henry James (128 pages) ; et *L'Étrange cas du Dr Jekyll et de Mr Hyde*, de R.L. Stevenson (65 pages). Par ailleurs, libéré des obligations du copyright – qui, soyons juste, ont beaucoup gêné notre vieil ami Herbert van Thal –, on pourrait publier de nombreux et excellents textes courts de fantastique, et il est intéressant de noter que maintes listes de grands romans d'horreur doivent être gonflées par des recueils de nouvelles[1].

Je me demande aussi parfois si ma prédilection pour la nouvelle n'est pas liée à mon exposition aux fortes doses de séries fantastiques qui ont constitué une bonne part de ma consommation télévisuelle dans ma jeunesse, encore plus que les vieux films d'horreur sur la BBC. J'ai grandi avec *Tales of the Unexpected* et *Hammer House of Horror*, dont les épisodes duraient

1. J'admets qu'il s'agit d'un sujet controversé. L'écrivain Robert Aickman note : « Si les bonnes histoires de fantômes sont fort peu nombreuses, les mauvaises sont, comme les pièces de théâtre, si nombreuses qu'il faut en faire l'expérience sur le plan professionnel pour y croire. » Aickman pensait qu'un auteur n'écrit que une ou deux grandes histoires de fantômes dans sa carrière, bien que la qualité de son œuvre apporte un démenti à sa thèse, et l'on pourrait en dire autant des nouvelles de M. R. James, Arthur Machen, Algernon Blackwood, Stephen King et d'autres.

Grâce à *Armchair Nation*, l'excellente histoire de la télévision britannique de Joe Moran, j'ai appris récemment que Blackwood était un pionnier improbable de la télé. À près de quatre-vingts ans, il est devenu un pilier de l'émission *Saturday Night Story*, pendant laquelle, assis dans un fauteuil, il racontait une histoire aux téléspectateurs. Il composait cette histoire dans sa tête en parcourant à pied les deux kilomètres qui séparaient sa station de métro des studios de Wood Green, car il refusait de répéter ou d'avoir recours à un texte écrit et réglait son rythme sur l'horloge du studio pour finir son histoire juste à temps.

respectivement trente minutes et une heure. Même les adaptations de romans plus longs étaient fréquemment administrées par petites doses : j'ai encore en mémoire la terreur qu'a provoquée en moi l'adaptation en 1978 de *Quiet as a Nun* (« Tranquille comme une nonne »), d'Antonia Fraser. Bien qu'il se soit agi d'un thriller plutôt que d'un roman fantastique, ce texte s'inspirait beaucoup de la tradition gothique et aurait sans doute obtenu l'approbation de Matthew Lewis, l'auteur du *Moine* (1796), autre œuvre s'appuyant sur le caractère potentiellement étrange des religieuses.

Il y a eu ensuite *Sapphire & Steel* d'ITV (1979-1982), hybride de science-fiction et de fantastique si bizarre qu'on a beaucoup de mal à comprendre comment il a obtenu le feu vert des autorités de la chaîne. Pour être juste, ajoutons que cette série est elle aussi quasi impossible à comprendre, ce qui lui donne au moins un certain degré de cohérence. Elle avait pour vedette Joanna Lumley, venue de *Chapeau melon et bottes de cuir*, et David McCallum, star des *Agents très spéciaux,* qui incarnaient... C'est là que ça devient un peu difficile, parce qu'on ne sait pas au juste ce qu'ils sont. Peut-être des agents transdimensionnels, au service du Temps lui-même, mais – accrochez-vous – ils sont aussi des éléments, au sens éléments du tableau de Mendeleïev. Nous le savons parce que au début de chaque épisode une voix masculine nous prévient : « On ne peut avoir recours à des éléments transuraniques là où il y a de la vie. Des poids atomiques moyens sont disponibles : Or, Plomb, Cuivre, Jais, Diamant, Radium, Saphir, Argent et Acier. Saphir et Acier ont été affectés... »

Ce qui ne clarifie pas du tout les choses, mais bon.

Les affaires sur lesquelles Saphir et Acier enquêtaient contenaient des éléments d'histoires de fantômes – vieilles bicoques effrayantes, gare de chemin de fer abandonnée apparemment hantée par le spectre d'un soldat mort pendant la Première Guerre mondiale – et se terminaient rarement en fournissant à quoi que ce soit une explication satisfaisante. Je n'ai jamais pris de drogues, mais je soupçonne que regarder *Sapphire & Steel* pouvait ressembler à fumer de la beu avant d'essayer de lire un manuel de sciences.

Ce n'est que plus tard que j'ai découvert des séries d'anthologie comme *Dead of Night*, diffusée par la BBC en 1972, et rapidement oubliée. Ne survivent que trois épisodes, dont « The Exorcism » est probablement le meilleur. Dans la même veine, il y avait *Supernatural* (1977), où ceux qui aspiraient à devenir membres du Club des Damnés étaient invités à raconter une histoire d'horreur dans le cadre de leur demande d'adhésion. S'ils ne parvenaient pas à effrayer suffisamment leurs pairs, ils étaient exécutés, ce qui me paraît tout à fait raisonnable. (Je pense que ce principe devrait être généralisé, en commençant par les comédies qui ne suscitent pas même un gloussement. Adam Sandler et Rob Schneider feraient bien de s'acheter un nœud coulant et d'en finir tout de suite.)

Même la télévision pour enfants semblait fonctionner sur l'idée que le meilleur moyen de calmer les gosses pénibles consistait à les réduire à un silence catatonique en les terrorisant. Pour *The Changes* (1975), la BBC avait adapté une trilogie de Peter Dickinson dans laquelle la Grande-Bretagne redevient une société préindustrielle parce qu'un bruit mystérieux incite la population à détruire toutes les machines et toute la technologie.

Elle incluait allègrement des épisodes comportant des éléments de satanisme et de sorcellerie diffusés avant l'heure du thé. ITV nous a également donné *Shadows* (1975-1978), série à laquelle plusieurs écrivains poids lourds ont contribué, notamment J. B. Priestley et Fay Weldon. Pour être tout à fait franc, je n'en ai pas retenu grand-chose, mais j'ai le vague souvenir d'un épisode où figuraient un truand et une paire de chaussures hantées, dont je sais aujourd'hui, grâce aux merveilles d'Internet, qu'il s'agissait des « Chaussures de Dutch Schlitz ».

La meilleure de toutes était, sur la même chaîne, *Children of the Stones*, décrite plus tard comme « le programme le plus effrayant jamais conçu pour des enfants ». Il y avait des cercles de pierres dressées, des druides, des trous noirs, et la musique composée par Sidney Sager garantissait quasiment à tous ceux qui avaient été exposés dans leur jeunesse à cette série d'être replongés dans leur enfance traumatisée chaque fois qu'ils l'entendraient de nouveau.

Je me rends compte maintenant que, mes premières rencontres avec les formes courtes du genre horreur, je les ai faites avec la série de science-fiction *Doctor Who* de la BBC. J'avais sept ans quand la saison 13 a été diffusée pour la première fois (avec Tom Baker dans le rôle du docteur) et elle me passionnait. Les saisons 13 et 14 sont considérées comme du « Who gothique », en grande partie à cause du producteur Philip Hinchcliffe et du scénariste Robert Holmes, fan « des vieux films d'horreur de Hollywood », selon Hinchcliffe. Mais « *Pyramids of Mars* » montrait des robots déguisés en momies et un égyptologue possédé par l'antique divinité égyptienne Seth. « *The Brain of Morbius* » est une réécriture de *Frankenstein*, remplaçant les membres de cadavres par des parties corporelles d'extraterrestres. « *The Hand of Fear* » s'attaquait au sous-genre des membres corporels possédés, dont « *The Beast with Five Fingers* » de W.F. Harvey fournit un exemple, tandis que « *The Masque of Mandragora* » opérait un retour à Poe. Cette période gothique a connu son point culminant avec « *The Talons of Weng-Chiang* » (ultime histoire de la saison 14, la dernière avant que la série originale commence à décliner), qui conjuguait Sherlock Holmes avec *Le Fantôme de l'Opéra*, la tradition « Péril Jaune » des méchants asiatiques, un jouet meurtrier avec le cortex cérébral d'un cochon et un rat géant.

*Doctor Who* avait fait dans l'horreur avant Hinchcliffe, mais c'était avant mon époque. Ma première rencontre avec la série a pris la forme de « *The Sea Devils* », un épisode que j'ai vu chez ma tante à Dunblane en 1972, quand je n'avais que quatre ans, et qui, avec la scène célèbre des amphibiens du titre émergeant de l'eau, m'a sans doute terrifié pour la vie.

Un an plus tôt, la BBC avait diffusé « *The Daemons* », un épisode dans lequel des fouilles archéologiques dans le village de Devil's End mettent au jour une bête cornue du nom d'Azal. Malgré le titre, la BBC, consciente qu'elle risquait d'offenser des sensibilités religieuses, n'est pas allée jusqu'à décrire Azal comme un démon, ou comme le diable lui-même, même si la créature en question n'aurait pas pu avoir une apparence plus satanique si elle avait surgi avec une fourche et coiffée d'un chapeau en forme de pentagramme. Au lieu de quoi, Azal est décrit comme un extraterrestre et ce n'est qu'avec l'épisode de 2006, de la période David Tennant, intitulé « *The Satan Pit* » que la série tentera explicitement de s'engager sur le sujet. Néanmoins, malgré toutes ces hésitations, peut-être compréhensibles, autour du satanisme, « *The Daemons* » a fait preuve de prescience puisqu'il est apparu des mois avant la sortie du célèbre film d'horreur britannique *La Nuit des maléfices*[1] et deux ans avant le sommet du genre, *The Wicker Man*, de Robin Hardy[2].

Tout cela nous ramène à M. R. James, le plus grand auteur de nouvelles fantastiques que le genre ait jamais produit. James (1862-1936) a été le recteur du King's College de Cambridge, et plus tard d'Eton College[3]. Il a écrit une trentaine d'histoires de fantômes, dont un grand nombre étaient destinées à être lues à ses amis et collègues pendant la période de Noël. James était un médiéviste, et les personnages centraux de ses contes sont souvent des universitaires, des antiquaires, ou des intellectuels distingués particulièrement vieux jeu et réservés. (La première anthologie de James, publiée en 1904, avait pour titre *Ghost Stories of an Antiquary*, « Histoires de fantômes d'un antiquaire ».)

Dans une nouvelle jamesienne, on trouvera immanquablement un de ces personnages farfouillant dans une vieille église ou une bibliothèque – examinant une gravure obscure (« *The Stalls of Barchester Cathedral* »),

---

1. Le titre anglais se réfère directement à Satan. *(Note du traducteur.)*

2. « *The Daemons* » nous offre aussi l'une des répliques les plus emblématiques de l'histoire de *Doctor Who*, quand le général de brigade Lethbridge-Stewart, du groupe de renseignements des Nations unies contre les extraterrestres, est confronté à une gargouille animée nommée Bok. Sa réaction ? « Le type avec les ailes, là… Cinq balles tir rapide ! »

3. Bel exemple de circularité, James a connu le jeune Christopher Lee quand il était à Eton, et Lee incarnerait plus tard le rôle de James dans les adaptations de ses lectures pour la BBC.

lisant un volume ancien (« *Canon Alberic's Scrap-Book* »), ou encore enquêtant sur une rumeur de trésor caché (« *The Treasure of Abbot Thomas* ») – et se retrouvant soudain face à une entité hideuse liée au lieu ou à l'objet en question. Ce qu'il y a de plus étonnant chez James, c'est la matérialité des esprits tirés de leur sommeil. Lorsque nous pensons à un fantôme, c'est souvent sous une forme incorporelle : des volutes éthérées qui flottent dans l'air et traversent les murs ou, dans le cas des poltergeists, des entités sans forme du tout dont on ne découvre la présence que par leur impact sur des objets terrestres. James ne s'adonne pas à ce genre d'absurdités : ses horreurs, on peut les voir et les toucher.

Plus inquiétant, elles peuvent en retour nous voir et nous toucher. Le malheureux narrateur d'« *Abbot Thomas* » raconte : « Je sens une infecte odeur de moisi, un visage froid pressé contre le mien et plusieurs – je ne sais combien – jambes, bras ou tentacules ou autres choses qui s'accrochent à mon corps. » Du trépas de John Eldred dans « *The Tractate Middoth* », on nous dit qu'une « petite forme noire apparut de derrière l'ombre d'un tronc d'arbre et deux bras entourant une masse d'obscurité s'avancèrent devant le visage d'Eldred et couvrirent sa tête et son cou ».

James semble avoir eu une sainte horreur des poils. (Il était notoirement arachnophobe.) Le démon qui garde l'album du chanoine Albéric est une « masse de poils noirs rêches et emmêlés » et la cathédrale de Barchester cache un être couvert « d'un pelage rugueux ». Plus désagréable encore, Mr Dunning, dans « *Casting the Runes* », passe une main sous son oreiller et sent « une bouche dentée entourée de poils ». L'image aurait assuré à un psychothérapeute un revenu régulier pendant de nombreuses années si James avait décidé de consulter, mais il ne faut pas être un freudien convaincu pour déceler toutes sortes de confusions psycho-sexuelles dans l'œuvre de James. Selon toute probabilité, c'était un homosexuel caché vivant dans une époque où la tolérance de la société pour ces formes d'attirance était extrêmement mince. Les principaux exutoires pour sa sexualité refoulée prenaient la forme de longs combats de lutte sur les tapis de l'université avec des messieurs ayant peut-être les mêmes orientations que lui, et des horreurs hirsutes qui clapotaient dans ses histoires.

En même temps, la nature de la sexualité de James compte moins que la puissance des livres qu'il nous a laissés. Le monde a connu beaucoup d'homosexuels refoulés, mais peu d'entre eux nous ont légué une œuvre aussi forte que celle de James. Fait plus intéressant encore, peut-être, ses histoires se présentent comme des mises en garde contre le danger de la curiosité intellectuelle, une position bizarre pour un universitaire[1]. Effectivement, une de ses nouvelles s'intitule « *A Warning to the Curious* », un avertissement aux curieux. Dans le monde de James, il n'est pas

---

1. Dans son récent documentaire sur M. R. James pour la BBC, Mark Gatiss suggère que le professeur Parkin, dans « *Oh Whistle...* », est puni non pour sa curiosité mais pour son orgueil intellectuel. C'est une lecture intéressante, mais elle implique qu'on prenne un titre comme « *A Warning to the Curious* » – une histoire écrite plus tard, il est vrai – pour de l'ironie, ou simplement pour un changement dans la philosophie de James. Oh, et les débuts de Gatiss dans la mise en scène avec le « *Tractate Middoth* » pour la BBC en 2013 méritent de figurer parmi les meilleures adaptations télévisées originales de l'œuvre de James.

recommandé de fourrer son nez dans les coins sombres, car il se pourrait bien qu'une créature en fasse autant.

Pourquoi, alors, James n'a-t-il pas sa place sur les étagères de mon enfance ? Il l'a, en un sens : « *Casting the Runes* » et « *Oh Whistle, and I'll Come to You, My Lad* » figurent tous deux dans des recueils que j'ai achetés pendant mon enfance, mais ma véritable introduction à James s'est faite par le truchement de la télévision.

De 1971 à 1978, la BBC a diffusé une série d'adaptations de nouvelles fantastiques sous le titre *A Ghost Story for Christmas*, une histoire de fantômes pour Noël. J'étais alors enfant de chœur à l'église de ma paroisse, ce qui signifiait que je servais la messe de minuit chaque 24 décembre. (Comme c'était en Irlande à la fin des années 1970 et au début des années 1980, la messe de minuit avait généralement lieu dès vingt et une heures pour éviter un afflux d'ivrognes, la plupart des pubs fermant à vingt-trois heures.) J'étais trop jeune pour avoir vu ces adaptations à leur première diffusion, mais assez âgé pour ne pas manquer leurs rediffusions. Le temps que je rentre de la messe, mes parents étaient déjà couchés ou me laissaient me débrouiller seul à condition que je promette de ne pas me glisser dans la salle de séjour pour jeter un œil sur mes cadeaux de Noël. Assis dans la cuisine devant une tasse de thé et un morceau de chocolat, j'allumais notre téléviseur portable et je regardais « *The Ash Tree* », « *Lost Hearts* », ou toute autre adaptation que la BBC me proposait[1]. Parfois, si j'étais particulièrement chan-

1. Ces adaptations ne se limitaient pas à l'œuvre de M. R. James et je défie quiconque de ne pas être profondément troublé par la version d'Andrew Davies du « Signaleur » de Charles Dickens, ou

ceux, j'avais aussi droit à un court Laurel et Hardy, ce qui rendait un peu moins angoissant pour moi de monter ensuite l'escalier obscur pour aller me coucher.

En 2012, le professeur Darryl Jones, mentionné ci-dessus, a publié un recueil complet des nouvelles de James chez Oxford University Press. Pour célébrer cet événement, nous avons projeté l'adaptation par Jonathan Miller en 1968 d'« *Oh Whistle...* », qui a perdu son « Oh » d'origine en devenant simplement « *Whistle...* » (pour des raisons que je n'ai jamais comprises), à des spectateurs de Dublin et de Belfast. Fait étonnant, le film avait gardé toute son efficacité, notamment à cause de la géniale interprétation de Michael Hordern dans le rôle du professeur Parkin, qui tombe par hasard sur un sifflet en os sur lequel sont gravés ces mots, « *Quis est iste qui venit* » (« qui est celui qui est venu »), une question dont il est malheureusement destiné à connaître la réponse. Certes, l'apparition, lorsqu'elle se manifeste enfin, prend la forme d'un drap de lit sur un fil de fer, mais c'est la réaction de Hordern qui hante le spectateur, le sentiment que ce monde a changé pour toujours et qu'il n'y trouvera plus jamais le repos.

Alors, voilà : je vous ai livré un petit aperçu des livres que j'ai lus et des films que j'ai vus, et un indice, peut-être, des raisons pour lesquelles j'écris ce que j'écris.

Et *quid*, me direz-vous, de la vieille dame et de son histoire de maison où une créature était tapie,

---

par la superbe adaptation par Leslie Megahey en 1979 de « *Strange Event in the Life of Schalken the Painter* » de Sheridan Le Fanu, imprégnée à la fois d'une passion pour la peinture hollandaise du XVIIe siècle et d'un sens aigu de la transgression sexuelle.

attendant de fondre sur les enfants qui s'y aventureraient ? Eh bien, je n'ai pas pu l'aider beaucoup, son problème ne relevait pas de mes compétences. Je lui ai conseillé de s'adresser à un auteur de chez Hodder spécialisé dans les livres sur les anges, mais je ne crois pas qu'il en ait résulté quelque chose.

Je suis retourné plus tard dans cette même ville pour présenter un recueil de textes sur le roman policier que j'avais codirigé et la vieille dame était à nouveau là. Cette fois, j'avais voyagé seul, aucun représentant ne m'avait accompagné. Comme la fois précédente, elle a attendu que tous les autres soient partis pour s'approcher de moi et m'a montré une carte d'une partie de la ville. On y avait tracé la lettre *X* et, dessous, les mots *Je vis ici*.

Je présumai naturellement que le *X* indiquait sa propre maison, et que c'était elle qui y vivait, mais je me trompais.

— C'est là qu'est la chose, a-t-elle dit.

Avec un sourire : elle me tenait, elle le savait.

— J'ai une voiture, ai-je répondu.

— Vous devriez aller là-bas.

Ce que j'ai fait.

C'était par un après-midi humide et froid. Il est apparu très vite que la maison en question se trouvait dans une rue proche de la bibliothèque. Elle n'était pas difficile à repérer parce que c'était la seule maison de la rue. Le reste était occupé par des bâtiments industriels, séparés par des terrains vagues qui brisaient leur monotonie. Apparemment, la maison avait fait partie d'une série d'habitations similaires en briques rouges, qui avaient toutes disparu. Il ne restait que celle-là, qui semblait comme tombée du ciel. Elle avait deux fenêtres à l'étage, une fenêtre et une porte au rez-de-chaussée. La plupart des carreaux étaient cassés. La porte et les fenêtres avaient été recouvertes de grillage en fer – trop tard pour sauver les vitres, mais cela pouvait dissuader quelqu'un qui aurait cherché à y pénétrer par effraction – et, derrière le grillage, des planches de contreplaqué empêchaient de voir l'intérieur.

Était-ce troublant ? Un peu, ne serait-ce que par l'incongruité du lieu. La rue n'était plus résidentielle. Si quelqu'un avait encore vécu dans cette maison, la vue offerte par les fenêtres aurait été d'une laideur insigne, l'exemple même de ce qui passe encore quelquefois pour de l'urbanisme dans des villes de Grande-Bretagne plus obscures. La maison semblait perdue, et un peu sinistre. Elle n'avait même plus de jardin. Ni muret ni barrière ne la séparaient du trottoir. Elle était simplement *là*.

Mais toutes les histoires de ce genre doivent comporter quelque chose de bizarre, un petit détail curieux qui fait frissonner le lecteur. Le voici : à l'un des coins du rez-de-chaussée, le contreplaqué avait été cassé, ou il avait pourri, et un morceau de verre poussiéreux recouvrait le trou. Et dans la poussière, comme écrits avec le doigt, il y avait ces trois mots :

*JE VIS ICI*

Tracés côté *intérieur* du verre.

Même s'il n'y avait pas de point d'exclamation à la fin de cette déclaration, je l'ai entendue prononcée avec force quand j'ai lu ces mots. C'était à la fois une affirmation et une sorte de menace, un hurlement de colère et de désespoir devant la décrépitude ambiante et ce qu'il était advenu de la personne qui avait tracé ces mots.

Ai-je vu un fantôme ?

Non.

Ai-je senti une présence ?

Non.

Y avait-il, tapie dans cette vieille bicoque, une créature ridée de haine, attendant de projeter sa rage sur les enfants jouant dans le terrain vague, juste hors de sa portée ? Je l'ignore, mais la femme qui m'avait envoyé là croyait que cette maison n'était pas inoccupée et elle m'avait paru sincère et saine d'esprit.

Finalement, quelqu'un démolira cette maison, et ce sera probablement tant mieux. Si une créature la hante, elle est liée à une personne ou à un lieu. Je n'avais vu personne et le seul lieu à la ronde était la maison – ses planches et ses briques, ses carreaux cassés, ses tuiles et ses murs. Enlevez-les, il n'y a plus aucun endroit où se cacher.

Je me méprends peut-être, bien sûr. Je ne prétends pas avoir une intuition géniale sur le sujet. Je ne crois même pas avoir envie de savoir ce qu'il en est vraiment. Je garde encore dans ma mémoire l'image de Michael Hordern dans le rôle du professeur Parkin, assis en chemise de nuit au bord de son lit, tourmenté, ébranlé dans ses certitudes sur ce monde, et confirmé dans ses peurs secrètes sur le monde d'après. Il vaut mieux rester dans l'incertitude, peut-être.

Il vaut mieux tenir compte des avertissements aux curieux.

# REMERCIEMENTS

J'ai publié le premier volume de *Nocturnes* en 2004, et plus d'une décennie s'est donc écoulée depuis. Ce second volume comprend tous les textes courts que j'ai écrits entre-temps et dont plusieurs avaient été commandés – et fort heureusement acceptés – par divers éditeurs.

J'ai un rapport quelque peu inhabituel et ambivalent avec la nouvelle. D'une manière générale, il me vient une idée pour une nouvelle – disons une histoire de chaussures hantées –, mais je l'écris uniquement si un éditeur me contacte et dit : « Nous cherchons une histoire de chaussures », et là, je bondis de ma chaise et j'annonce que j'ai exactement ce qu'il veut. D'un autre côté, quand je commence à écrire des nouvelles, j'y prends grand plaisir, et toutes les histoires auparavant non publiées de ce recueil ont été rédigées dans une flambée d'activité qui a duré de fin 2013 à janvier 2015.

« À propos de *La Dissection d'un inconnu* (1637), de Frans Mier » a d'abord paru dans *The Irish Times*, dans le cadre d'une série de textes inspirés par la Déclaration universelle des droits de l'homme, et son existence doit donc beaucoup à Roddy Doyle, qui m'a demandé d'écrire cette nouvelle (après, il faut le reconnaître, que quelqu'un d'autre y avait renoncé, mais c'était quand même très gentil de sa part), ainsi qu'à tous ceux du journal et d'Amnesty International qui étaient engagés dans le projet. Fintan O'Toole, directeur littéraire de *The Irish Times*, a aussi commandé et publié « La boue », à l'occasion du centenaire du déclenchement de la Première Guerre mondiale.

À l'origine de « Prière d'achever », il y a Otto Penzler, de la Mysterious Bookstore de New York, qui m'a demandé de contribuer avec une nouvelle à son recueil de bibliomystères et qui ne m'a ensuite plus lâché jusqu'à ce que je l'aie terminée. Del Howison et Jeff Gelg ont publié « Fantômes » dans *Haunted : Dark Delicacies III*, et Christopher Golden, éditeur de *The New Dead*, a aimablement accepté d'ouvrir cette anthologie avec « Lazare ». Pour fêter sa trois centième édition, le magazine *Shortlist* a invité des auteurs à écrire une nouvelle de trois cents mots exactement, ce qui pour moi a donné « Un rêve d'hiver ». « Les enfants du docteur Lyall » ont d'abord été publiés dans *OxCrimes*, un recueil de nouvelles pour soutenir Oxfam. Mon ami et confrère Mark Billingham m'a demandé de participer à une émission de radio de la BBC en trois parties intitulée « *Blood, Sweat and Tears* », « du sang, de la sueur et des larmes ». Comme Denise Mina et lui ont aussitôt respectivement sauté sur le sang et la sueur, j'ai écrit un texte sur les larmes, qui est devenu « Le Roi Creux ». Je remercie Celia de Wolff, Penny Downie et tous ceux qui ont pris part aux enregistrements de cette émission. Enfin, Leslie Klinger, éditeur de *The New Annotated Sherlock Holmes*, m'a épargné de rougir de

Composé par Nord Compo
à Villeneuve-d'Ascq (Nord)

Imprimé en France par

MAURY IMPRIMEUR
à Malesherbes (Loiret)
en janvier 2020



N° d'impression : 242575
Dépôt légal : janvier 2020
S29973/01

honte en relisant « Holmes contre Holmes » avant sa publication.

Il ne me reste plus qu'à exprimer ma gratitude à Sue Fletcher, mon éditrice chez Hodder & Stoughton, ainsi qu'à toute l'équipe qui a contribué à la publication de mes livres dans cette maison, notamment Carolyn Mays, Swati Gamble, Kerry Hood, Lycy Hale et Auriol Bishop ; à Breda Purdue, Jim Binchy, Ruth Shern, Siobhan Tierney et tous ceux de Hachette à Dublin, à Emily Bestler, ma très patiente éditrice américaine, et à tous les collaborateurs d'Atria/Emily Bestler Books, en particulier Judith Curr, Megan Reid et David Brown ; à mon bien-aimé agent Darley Anderson et à son équipe, d'une gentillesse et d'un talent exceptionnels. Ellen Clair Lamb s'est occupée de tous les détails déplaisants avec lesquels on ne doit pas m'embêter parce que je suis un type si important, et Madeira James et tous ceux de Xuni.com veillent à ce que je puisse me retrouver sur Internet.

Enfin, Jennie Ridyard est ma meilleure amie et consœur, quant à Cameron et Alistair, ils acceptent de continuer à vivre avec nous tant que nous pouvons les maintenir dans le style de vie auquel ils sont accoutumés, et c'est pourquoi je vous remercie, lecteurs, de votre soutien.